JOGOS MORTAIS

ANGELA MARSONS
JOGOS MORTAIS

TRADUÇÃO DE Luis Reyes Gil

Copyright © 2021 Angela Marsons
Copyright desta edição © 2025 Editora Gutenberg

Título original: *Play Dead: A Gripping Serial Killer Thriller*

Todos os direitos reservados pela Editora Gutenberg. Nenhuma parte desta publicação poderá ser reproduzida, seja por meios mecânicos, eletrônicos, seja via cópia xerográfica, sem a autorização prévia da Editora.

EDITORA RESPONSÁVEL
Flavia Lago

EDITORAS ASSISTENTES
Samira Vilela
Natália Chagas Máximo

PREPARAÇÃO DE TEXTO
Gleice Couto

REVISÃO
Natália Chagas Máximo

CAPA
Alberto Bittencourt
(sobre imagem de Adobe Stock)

DIAGRAMAÇÃO
Guilherme Fagundes

Dados Internacionais de Catalogação na Publicação (CIP)
(Câmara Brasileira do Livro, SP, Brasil)

Marsons, Angela
 Jogos mortais / Angela Marsons ; tradução de Luis Reyes Gil. -- São Paulo : Gutenberg, 2025.

 Título original: Play Dead : A Gripping Serial Killer Thriller

 ISBN 978-85-8235-781-1

 1. Ficção policial e de mistério (Literatura inglesa) I. Título.

24-237434   CDD-823.0872

Índices para catálogo sistemático:
1. Ficção policial e de mistério : Literatura inglesa 823.0872

Cibele Maria Dias - Bibliotecária - CRB-8/9427

A **GUTENBERG** É UMA EDITORA DO **GRUPO AUTÊNTICA**

São Paulo
Av. Paulista, 2.073 . Conjunto Nacional
Horsa I . Salas 404-406 . Bela Vista
01311-940 . São Paulo . SP
Tel.: (55 11) 3034 4468

Belo Horizonte
Rua Carlos Turner, 420
Silveira . 31140-520
Belo Horizonte . MG
Tel.: (55 31) 3465 4500

www.editoragutenberg.com.br
SAC: atendimentoleitor@grupoautentica.com.br

Dedico este livro à minha mãe e ao meu pai – Gill e Frank Marsons –, cujo orgulho e incentivo continuam me inspirando.

Obrigada por compartilharem essa jornada e ajudarem a torná-la divertida. Amo vocês dois.

PRÓLOGO

Old Hill – 1996

EU SABIA, antes mesmo de tocá-la, que ela estava morta. E, ainda assim, eu a toquei.

Senti a pele fria conforme meu dedo percorria seu braço. Parei na pinta abaixo do cotovelo. Uma marquinha que nunca mais se ampliaria quando ela se movesse. E que eu jamais voltaria a ver quando seus braços, vindos em minha direção, me envolvessem no seu calor.

Acariciei a lateral de seu rosto suavemente. Não houve reação, então toquei sua pele um pouco mais forte. Seus olhos, porém, continuaram fixos no teto.

"Não me abandone", eu pedi, sacudindo a cabeça como se minha negação pudesse desfazer aquela realidade.

Não conseguia imaginar minha vida sem ela. Havíamos sido apenas nós por muito tempo.

Para me certificar, prendi a respiração e observei o seu peito. Queria ver se iria subir e descer. Contei até vinte e três e, então, expirei. Seu peito não se mexera – nem uma vez sequer.

"E se eu puser a chaleira no fogo, mamãe? E depois vamos jogar nosso jogo favorito. Vou deixar tudo pronto", eu disse, com lágrimas começando a escorrer. "Mamãe, acorda!", gritei, sacudindo o seu braço. "Por favor, mamãe, não quero que vá embora. Achei que queria, mas não quero."

O seu corpo inteiro balançou com a força do meu empurrão. A cabeça ia de um lado para o outro no travesseiro, e por um momento achei que ela estivesse dizendo que não. Mas assim que parei de sacudi-la, parou de se mexer também. Sua cabeça terminando de oscilar foi a última coisa que se aquietou.

Caí de joelhos soluçando em sua mão, ainda na esperança de que minhas lágrimas tivessem algum poder mágico. Queria que seus músculos se flexionassem, ansiava ver sua mão se mexer. Sentir aqueles dedos se enfiando no meu cabelo para acariciá-lo.

Agarrei a mão sem vida e coloquei-a em cima da minha cabeça. "Vamos lá, mamãe, fala de novo", eu disse, deslizando minha cabeça para debaixo dos seus dedos imóveis. "Diga, mamãe... diga que sou a melhor menininha do mundo."

UM

Black Country – Dias atuais

KIM AGACHOU-SE atrás de uma caçamba de lixo. Depois de uns quinze minutos na mesma posição, já nem sentia mais as pernas.

— Stace, alguma novidade sobre o mandado? — ela perguntou, o rosto inclinado para dentro da jaqueta.

— Até agora não, chefe. — Foi a resposta que escutou pelo fone.

— Gente, não posso ficar esperando a vida inteira, ok? — reclamou Kim. Pelo canto do olho, viu Bryant balançando a cabeça. Ele estava debruçado sobre o capô aberto de um carro parado bem em frente à propriedade visada.

Kim confiava em Bryant como a voz da razão. Por ser cauteloso, ele fazia questão de que agissem dentro das normas, e ela concordava com isso. Até certo ponto. Mas todos sabiam o que acontecia naquela casa. E aquilo precisava terminar hoje.

— Quer que eu chegue mais perto, chefe? — Dawson perguntou ansioso, no ouvido dela.

Kim estava a ponto de dizer que não, quando a voz dele soou de novo.

— Chefe, tem um homem latino aproximando-se do outro lado da rua. — Há uma breve pausa. — Um metro e setenta, calça preta e camiseta cinza.

Kim recuou um pouco mais. Estava a duas propriedades da casa visada, espremida entre a caçamba de lixo e um arbusto de hortênsias, mas não podia correr o risco de ser vista. Eles contavam com o elemento surpresa, e ela não queria que isso mudasse.

— Conseguiu identificá-lo, Kev? — ela perguntou para dentro da jaqueta. Será que eles conheciam aquele homem?

— Negativo.

Ela fechou os olhos e desejou que o cara passasse direto. Não precisavam de um terceiro homem na propriedade. Por enquanto, os números estavam a favor dela e da equipe.

— Ele entrou, chefe — disse Bryant do outro lado da rua.

Caramba. Isso só podia significar uma coisa. Ele era um cliente.

Kim apertou o botão do microfone. A quantas andaria o maldito mandado?
– Stace?
– Nada ainda, chefe.
Ela ouviu os dois homens se cumprimentarem quando a porta da propriedade visada foi aberta.
O sangue de Kim ferveu. Cada músculo de seu corpo ansiava que ela corresse até a porta da frente, invadisse a casa, algemasse os ocupantes, desse voz de prisão a todos e só se preocupasse com as formalidades mais tarde.
– Chefe, espere só mais um minuto – Bryant disse de debaixo do capô. Ele era o único que sabia exatamente o que ela estava pensando naquela hora.
Kim ligou o rádio sem falar nada, só para ele entender que ela estava ouvindo.
Se entrasse no local sem um mandado, talvez o caso nunca chegasse ao tribunal.
– Stace? – ela perguntou de novo.
– Nada ainda, chefe.
Kim sentia o desespero dela pelo fone e sabia que Stacey estava tão ansiosa para lhe dar a resposta certa quanto a própria Kim estava para ouvi-la.
– Ok, pessoal, passando para o plano B – disse Kim pelo microfone.
– E qual é o plano B? – Dawson perguntou no ouvido dela.
Na verdade, Kim não tinha ideia.
– Apenas me acompanhem – disse, endireitando o corpo.
Kim desvencilhou-se das garras do arbusto de hortênsias, e a vida voltou aos seus membros inferiores. Esfregou as mãos no jeans preto para retirar alguma flor que talvez estivesse grudada à sua roupa.
Caminhou pela calçada em direção à frente da casa, decidida, como se não tivesse acabado de sair de um jardim vizinho. Enquanto andava, retirou o fone da orelha e escondeu-o no meio do cabelo.
Certo, o mandado estava prestes a chegar, mas aquele homem muito provavelmente era um cliente, e Kim não tolerava esse pensamento.
Ela se posicionou um pouco de lado, para que o fone de ouvido encarasse a rua. Bateu à porta e colou um sorriso nos lábios. Mesmo com o fone escondido no cabelo, Kim escutou Bryant sibilando.
– Chefe, que diabos você está fazendo...?
Ela levou o dedo aos lábios para sinalizar silêncio, pois já ouvia passos vindo de dentro da casa pelo corredor.
A porta foi aberta por Ashraf Nadir.

Kim manteve a expressão facial neutra, como se eles não tivessem observado cada um dos movimentos daquele homem nas últimas seis semanas.

O rosto dele na mesma hora ficou tenso.

– Olá, poderia nos ajudar? Nosso carro quebrou logo ali – ela disse, acenando na direção de Bryant. – Meu marido acha que é um problema mais complicado, mas eu imagino que deva ser só a bateria.

O homem deu uma olhada por cima do ombro de Kim, e ela aproveitou para observar por cima do dele. Os outros dois ocupantes da casa conversavam na cozinha. Um maço de notas foi passado de um para o outro.

Ashraf começou a negar com a cabeça.

– Não... Sinto muito... – Tinha a voz grossa, com sotaque.

Ashraf Nadir chegara do Iraque havia apenas seis meses.

– Você não teria aí um par de cabos de bateria pra gente tentar recarregar?

De novo ele sacudiu a cabeça. Recuou um passo, e a porta começou a vir na direção de Kim.

– Senhor, tem certeza...?

A porta continuou fechando.

– Consegui, chefe! – gritou Stacey no ouvido dela.

Kim enfiou o pé direito no vão entre o batente e a porta e empurrou-a com o peso do corpo. Sentiu uma lufada de ar quando Bryant se materializou ali.

– Ashraf Nadir, é a polícia, e temos um mandado de busca...

A porta da frente cedeu, e Kim terminou de empurrar para abri-la. Ashraf correu pela casa, derrubando os outros dois ocupantes como se fossem pinos de boliche.

Kim desatou a correr atrás dele, seguindo-o pela porta de trás.

O jardim dos fundos era denso, com arbustos bem crescidos. À sua direita, um velho sofá projetava-se para fora da vegetação contra uma cerca derrubada. Ashraf disparava à frente, cruzando o jardim. Kim seguia atrás aos trancos e barrancos, afastando a grama alta que a toda hora enredava-se em seus tornozelos.

Ashraf parou por uma fração de segundo e olhou ao redor, frenético. Seus olhos pousaram num galpão do jardim, parcialmente obscurecido por uma trepadeira de hera silvestre.

Com um salto, apoiou o pé num balde emborcado e ficou tentando ganhar tração para escalar a parede de tijolo. Kim deu um salto e por poucos centímetros não agarrou o pé do fugitivo.

– Droga – resmungou, e continuou perseguindo-o, passo a passo.

Quando Kim conseguiu içar o próprio corpo até o alto do galpão, Ashraf já escapulia e descia pelo outro lado.

Kim percebeu que havia perdido terreno, e ele também viu isso. Um sorriso já começava a se formar nos lábios dele quando seu rosto desapareceu de vista.

Seu olhar de triunfo acendeu um rastilho que alimentou ainda mais a determinação de Kim.

Ela demorou apenas um segundo para avaliar o jardim no qual ele havia saltado, mas viu algo que ele não percebera.

Era uma propriedade ampla e bem cuidada, com um gramado aparado e um pátio pavimentado. Enquanto o lado direito era adjacente à propriedade vizinha, o esquerdo era guardado por um muro de mais de dois metros de altura, rematado por espetos "arranha-gato". Mas em frente a esse muro havia duas coisas muito mais interessantes.

Kim sentou no telhado do galpão e ficou balançando as pernas na beirada. E esperou.

Dois pastores-alemães rodeavam a casa, e Ashraf ao vê-los parou na mesma hora.

Kim ouviu a voz de Bryant pelo fone.

– Chefe... onde você está?

– Dê uma olhada para trás – ela respondeu no microfone.

– Hmmm... Chefe, você está sentada em cima do galpão.

Os poderes de observação de Bryant sempre a impressionavam.

Sabendo que seu suspeito número um não iria a parte alguma, os pensamentos de Kim voltaram-se imediatamente para a razão daquela batida de domingo de manhã.

– E ele, você já o viu? – perguntou ela.

– Positivo – respondeu Bryant.

Ela apoiou as mãos ao lado das coxas e observou os cães preto e caramelo, na tentativa de proteger seu território, avançando em direção a Ashraf.

Ele começou a recuar para se afastar dos animais; o corpo desesperado para fugir e a mente procurando outras possíveis rotas de fuga.

– Precisa de ajuda aí, chefe? – Bryant crepitou no ouvido dela.

– Não, num minuto estarei de volta.

Ashraf deu mais dois passos para trás, acompanhados pelos pastores-alemães, e virou-se na direção de Kim, que lhe acenou brevemente.

Embora os cachorros se movessem devagar, os olhos atentos e os pescoços tensionados entregavam a intenção deles.

Ashraf olhou mais uma vez para os animais e decidiu que seria melhor apostar suas fichas em Kim.

Ele girou o corpo e disparou na direção dela. O movimento repentino desencadeou a agressividade até então contida dos cães, que investiram atrás dele, latindo. Kim abaixou a mão direita e puxou-o para local seguro.

Os cachorros saltavam e latiam e, por poucos centímetros, não alcançaram os calcanhares de Ashraf.

O homem que ela pegara não se parecia mesmo com aquele que viera atender a porta havia pouco. Kim sentia todo o corpo dele tremendo só de segurar seu punho magro como um conduíte. Gotas de suor salpicavam a testa do homem, que respirava de modo ofegante.

Kim alcançou o bolso de trás da calça com a mão esquerda, segurando firme o punho direito do homem antes que ele recuperasse suas forças. Não estava disposta a persegui-lo de novo.

— Ashraf Nadir, estou prendendo-o por suspeita de sequestro e aprisionamento de Negib Hussain. Você não precisa dizer nada. Mas comprometerá sua defesa se, ao ser questionado agora, não mencionar alguma coisa que pretenda trazer à tona mais tarde no tribunal. O que disser poderá ser apresentado como prova.

Kim o fez girar no alto do telhado do galpão de modo que encarasse a propriedade visada.

Com seu metro e oitenta de altura, lá estava Bryant, em pé, de braços cruzados e com a cabeça inclinada de lado.

— Quando terminar, chefe, estou à disposição!

Kim levou Ashraf mais para perto da beirada do telhado. Teria de bom grado empurrado o homem para a frente, de cabeça, mas o código de conduta via com maus olhos violências gratuitas contra suspeitos detidos.

Ela empurrou o ombro dele para baixo, forçando-o a sentar-se.

— Já recebeu voz de prisão? — perguntou Bryant, ajudando o homem a descer até o chão.

Kim assentiu. O telhado de um galpão de jardim não era o lugar mais estranho onde ela havia detido uma pessoa, mas é provável que ficasse no top cinco.

Bryant assumiu o controle das algemas de Ashraf e empurrou-o para a frente.

— O que o fez parar de fugir?

— Dois pastores-alemães.

Bryant olhou-a de soslaio.

— É, eu teria tentado minha sorte com os cães.

Kim ignorou o comentário e entrou pela porta dos fundos antes deles.

O segundo alvo e o cliente estavam algemados sob a guarda de Dawson e de dois policiais uniformizados.

Kim, com um olhar interrogativo, fitou Dawson.

— Na sala, chefe.

Ela assentiu e entrou na primeira porta que saía do corredor.

Stacey estava sentada no sofá a meio metro de um garoto de 13 anos, que apenas vestia cueca e camiseta por baixo do paletó de Bryant — o que fazia o menino parecer menor ainda, como se fosse uma criança brincando de se vestir de adulto. De cabeça baixa e com as pernas juntas, ele soluçava baixinho.

Kim, observando que ele retorcia as mãos o tempo todo, cobriu-as com as dela.

— Negib, está tudo bem agora, você está seguro. Entendeu?

A pele do garoto estava fria e grudenta.

Kim segurou cada uma das mãos do menino nas dela para que parasse de tremer.

— Negib, preciso que você agora vá até o hospital e então vamos buscar seu pai...

O garoto ergueu a cabeça de repente e começou a balançá-la em negativa. A vergonha brilhava em seus olhos, e o coração de Kim apertou.

— Negib, seu pai o ama muito. Se ele não tivesse insistido tanto, não estaríamos aqui agora. — Ela respirou fundo e obrigou-o a fitá-la bem nos olhos. — Não é culpa sua. Nada disso é culpa sua, e seu pai sabe disso.

Ela enxergou o grande esforço que o menino fazia para segurar o choro. Apesar da dor, da humilhação e do medo que ele sentia, o garoto não quis perder o controle e desatar a chorar.

Kim lembrou-se de outra pessoa de 13 anos que havia se sentido daquela mesma maneira. Então, avançou e acariciou a bochecha do menino, dizendo-lhe o que ela tanto gostaria de ter ouvido daquela vez.

— Meu anjo, vai ficar tudo bem, eu prometo.

As palavras liberaram uma torrente de lágrimas, acompanhadas por soluços sonoros e espasmos do garoto. Kim inclinou-se e o trouxe para si.

Ela olhou para o vazio por cima da cabeça dele, pensando: *Isso mesmo, meu anjo, ponha tudo pra fora.*

DOIS

JEMIMA LOWE sentiu as mãos de alguém se fechando em volta de seus tornozelos.

Com um movimento brusco, foi puxada da pequena van. Suas costas bateram no chão, e depois a cabeça. A dor irrompeu em seu crânio como uma estrela explodindo na escuridão. Por alguns segundos, pontos brilhantes causados pela dor foram tudo o que ela conseguiu ver.

Por favor, me solte. Apenas pensou, já que não era capaz de mexer a boca.

Seus músculos haviam se desvinculado do cérebro. Os membros não mais a obedeciam. Sua mente gritava mensagens, mas o resto do corpo não ouvia. Ela conseguiria correr meia maratona com facilidade. Nadaria o canal da Mancha ida e volta. Pedalaria uma bicicleta pelo equivalente a uma distância de triatlo, mas, naquele momento, era incapaz de fechar a mão num punho. Xingou o próprio corpo por decepcioná-la, sucumbindo à droga que o entorpecia.

Sentiu que a viravam no chão. O cascalho arranhara a parte de baixo de suas costas no lugar em que o top que vestia havia subido.

Seu corpo estava sendo arrastado, puxado pelos tornozelos. Veio-lhe à mente a repentina imagem de um homem das cavernas arrastando para casa uma carcaça recém-abatida para a família.

Agora, a textura embaixo dela era outra. Parecia grama. Sua cabeça rebatia para cima e para baixo enquanto mãos invisíveis puxavam o seu corpo. O ângulo mudou. Arrastavam-na morro acima. Sua cabeça foi jogada para o lado, a bochecha batendo em uma pequena pedra.

Jemima ordenou às suas mãos que se agarrassem ao chão. Sua única chance era desacelerar o que estava acontecendo. Era a única opção para continuar viva.

O polegar e o indicador quase apanharam um pequeno tufo de grama, mas acabou escapando, pois seus dedos se recusaram a segurá-lo. Tinha ciência de que as drogas haviam se espalhado pelo seu corpo. Lágrimas de frustração arderam seus olhos. Sabia que estava a ponto de morrer, mas que não tinha como impedir isso.

Um suspiro de fadiga de seu capturador perfurou o silêncio, enquanto a inclinação ficava mais íngreme e o ângulo de seu corpo mudava.

Por favor, me solte, suplicou de novo. Os pensamentos dela estavam mais claros, mas os músculos se recusavam a acompanhar.

Seu corpo parou. Agora nivelado, tinha as pernas alinhadas às costas.

– Você quer que eu pare, não é, Jemima?

Estava ali a voz. A única que ela escutara nas últimas 24 horas.

Aquele voz a congelava até os ossos.

– Eu queria que você parasse, Jemima. Mas você não parou.

Ela já tentara explicar, mas não conseguira encontrar as palavras certas. Como poderia explicar o que havia acontecido naquele dia? Na sua mente, a verdade soava muito inadequada e, assim que saiu de sua boca, soara pior ainda.

– Uma de vocês enfiou uma meia na minha boca para que eu não pudesse gritar por ajuda.

Jemima quis se desculpar. Dizer que estava arrependida. Ela passara a maior parte da vida adulta fugindo da memória daquele dia. Mas isso nunca funcionara. A vergonha por seus atos sempre a acompanhara.

Por favor, deixe-me só explicar, a mente de Jemima gritava em meio ao entorpecimento. Se ela ao menos tivesse um minuto para pensar, sabia que diria a coisa certa.

Ela conseguira abrir a boca. Mas, antes que pudesse juntar forças para falar, alguma coisa havia sido enfiada à força entre seus lábios. Sua língua se retraíra em contato com aquela substância grossa e seca.

– Tudo o que eu ouço quando vou dormir é o som da sua risada.

Outro punhado de terra entrou em sua boca. Jemima a sentia descendo, obstruindo a passagem do ar. Um grito armou-se na sua garganta, mas não encontrou uma saída.

– Nunca mais vou ouvir sua risada de novo.

Outro punhado foi enfiado à força, e então uma mão espalmada pressionou seu rosto. Suas bochechas se avolumaram conforme a terra tentava se rearranjar e encontrar espaço ali dentro. A única saída que a terra tinha era descer pela garganta.

Jemima sentia a respiração abandonando o corpo.

Contorceu-se, tentando remover a mão que lhe cobria a boca. Na sua mente, o movimento que fazia era forte e determinado. Mas, na verdade, era um patético saracoteio.

– E então você me segurou, não foi, Jemima?

Foi assim que se sentiu? ela se perguntou, enquanto o corpo lutava para respirar.

Jemima sentia a vida sendo drenada de si. Sua mente protestou aos gritos aquilo que seu corpo era incapaz de expressar.

Por um segundo a mão se moveu, e Jemima teve uma fugaz esperança de que aquilo tivesse terminado.

Algo a atingiu no meio do rosto. Ela ouviu o som de um osso partindo-se um segundo antes de a dor explodir em sua cabeça. Sangue brotou de seu nariz e escorreu pelos lábios.

A agonia viajou até sua boca, levando-a a gritar embora não conseguisse produzir nenhum som. A ação fez com que mais terra descesse pela sua garganta.

A ânsia de vômito tentou expulsar a terra dali, e Jemima começou a engasgar. Esforçou-se para engolir aquele solo árido, mas ele grudava pelos lados da sua garganta como piche recém-derramado.

Lágrimas forçaram caminho dos seus olhos enquanto ela tentava respirar a qualquer custo.

Um segundo golpe aterrissou na sua bochecha. Sua mente gritou de agonia.

Jemima se contorcia no chão. Os gritos de terror presos na terra.

Um terceiro golpe acertou sua boca. Dentes saltaram de suas gengivas.

Cada centímetro seu havia sucumbido à dor quando aquela voz serena alcançou-a uma vez mais.

– Não vou mais ver seu rosto em meus sonhos.

Ela teve um último pensamento antes de ser requisitada pela escuridão.

Por favor, deixe-me morrer.

TRÊS

KIM BATEU À PORTA antes de entrar no escritório do seu superior, o Detetive Inspetor-Chefe Woodward, que ocupava um canto do terceiro andar da Delegacia de Polícia de Halesowen.

Ele falava ao telefone fixo. Um leve ar de chateação moldou suas feições antes que ele terminasse a chamada de modo abrupto.

– Não quis esperar até ouvir o meu "pode entrar"? – resmungou ele.

– Ahn... O senhor pediu para me ver – disse Kim. Ora, ele sabia muito bem que ela chegaria a qualquer momento.

Woodward consultou o relógio.

– Sim, só que isso foi há quase uma hora.

– Caramba, tudo isso?

Ela continuou em pé atrás da cadeira em frente à dele.

O inspetor recostou-se e a observou. Kim interpretou a expressão que ele tinha no rosto como um sorriso, mas não apostaria todas as suas fichas nisso.

– Parabéns pelo resultado positivo de ontem no caso Ashraf Nadir. Se você não tivesse insistido tanto em que havia mais gente envolvida naquela rede de prostituição, nunca teríamos encontrado a segunda casa.

Kim aceitou o elogio. Woody conseguira condensar o obstinado esforço dela numa única frase. Conforme se lembrava, haviam sido necessárias quatro solicitações diferentes para investigar Ashraf Nadir depois que ela o viu em contato com um homem suspeito de envolvimento num muito divulgado caso de Birmingham. Não que ela tivesse acampado do lado de fora do escritório do inspetor, mas esteve a ponto de comprar uma barraca; ah, isso esteve.

Ela deu um passo atrás, fazendo menção de sair.

– Ainda não, Stone. Tenho umas perguntas a fazer.

Ah, teria sido bom demais se ela tivesse sido chamada ao escritório de Woody apenas para receber um tapinha nas costas. Tarde demais, ela notou que o relatório completo de sua equipe a respeito da batida em Nadir estava empilhado em cima da mesa do inspetor.

Ele colocou os óculos de leitura sobre o nariz e ergueu a primeira página do relatório principal, coisa que, na verdade, não precisaria ter feito. Kim sabia que quaisquer questões que o inspetor desejasse lhe fazer já estavam na cabeça dele.

– Gostaria que você me esclarecesse a diferença de horário entre o recebimento do mandado e a entrada na propriedade de Nadir.

– Irrelevante, senhor – respondeu ela honestamente.

– Minutos ou segundos? – perguntou ele.

– Segundos.

– Dois dígitos ou um só? – insistiu, tirando os óculos e fitando-a.

– Um só.

Ele deixou os óculos em cima da mesa.

– Stone, o mandado já havia sido expedido antes de você entrar na propriedade?

– Sim, já havia sido. – Ela não hesitou.

Kim não detalhou que o mandado "acabara de ser expedido". Também achou melhor não dizer que estivera a ponto de entrar com ou sem mandado. Já tendia a se meter em encrencas o bastante por causa de seus julgamentos intempestivos. Incluir as "quase encrencas" seria ir longe demais.

Woody encarou-a com ar de suspeita por alguns segundos e então tamborilou os dedos sobre o relatório.

– Afora isso, tudo certo – disse ele.

Kim assentiu que havia entendido e mais uma vez deu um passo para trás em direção à porta.

– Tanto que acho que você e sua equipe merecem um presentinho.

Ela estreitou os olhos e abriu os ouvidos. Agora era a sua vez de suspeitar de algo.

– Você se lembra do relato que lhes deram sobre aquelas instalações em Wall Heath? – ele perguntou.

– Aquela unidade que desenvolvia pesquisa forense? Sim, lembro bem – ela assentiu.

Todos com nível de detetive inspetor haviam sido colocados a par quando aquele local começou a funcionar. Era chamado de Westerley e seu foco era estudar o corpo humano após a morte.

Kim se perguntou se era aquele calorão de meados de julho que estava afetando seu chefe. Por fora, o calor de vinte e três graus só o havia feito arregaçar as mangas da camisa, mas talvez por dentro ele estivesse derretendo.

Concluir casos não era como boliche, em que você derruba um pino e os outros caem. Havia muitos casos espalhados pelas mesas da sua equipe, e Woody sabia disso.

– Senhor, alguma chance de adiar isso? – ela perguntou. – Minha equipe tem seis novos casos que chegaram esse fim de semana.

De novo, aquele quase sorriso apareceu no rosto dele.

– Não, Stone. Fiquei esperando uma oportunidade nas últimas semanas, apenas adiei porque o caso Nadir estava pendente. Mas quero que você vá lá hoje.

Kim aprendera a se resignar quando sabia que o chefe não mudaria de ideia, e agora escolhia suas batalhas com mais sabedoria. Mesmo assim, decidiu fazer uma última tentativa.

– Há alguma razão especial para isso?

– A delegacia de West Mercia resolveu dois casos antigos no último mês com base na pesquisa feita em Westerley – disse ele, com um olhar que não deixou a Kim nenhuma dúvida de que a discussão estava encerrada.

Ela e sua equipe iriam a Wall Heath.

QUATRO

A EQUIPE DE KIM se espremeu dentro de seu Golf de dez anos atrás, que ela estava dirigindo aquele dia só porque levara Barney ao banho e tosa. Normalmente, sua Kawasaki Ninja já lhe oferecia todo o espaço de que precisava.

Bryant dobrou seu metro e oitenta de altura no banco da frente enquanto Stacey e Dawson amontoaram-se atrás.

— Tudo bem aí atrás, meus jovens? — disse Bryant por cima do ombro.

— Aqui tá um inferno, Kev. Não dá pra você empurrar o banco um pouco mais pra frente?

— Nossa, Stace, vocês têm espaço de sobra!

Kim já estava saindo do estacionamento, e Dawson e Stacey continuavam discutindo.

— Ei, vocês dois… — Bryant disse. Ainda bem que ele decidira pôr alguma ordem antes que ela o tivesse que fazer. — Espero que já tenham ido ao banheiro antes de entrar no carro.

Dawson resmungou e Stacey abafou uma risadinha.

— Ei, Bryant — disse Dawson inclinando-se para a frente. — Você por acaso trouxe algum lanchinho ou…

— Se vocês não pararem com essa bagunça — Kim interrompeu —, vão ter que ir a pé. Isso tá parecendo excursão escolar ao zoológico!

No escritório ela podia pelo menos se refugiar no "Aquário", apelido do minúsculo escritório no canto da sala do esquadrão da DCI, a Divisão Central de Investigações. Mas, naquele carro pequeno, realmente não havia para onde fugir.

O silêncio desceu como uma cortina. Até que Bryant interrompeu a tranquilidade.

— Chefe?

— O que foi?

— Estamos chegando?

— Bryant, eu juro que…

— Desculpa. Na verdade, o que eu queria perguntar é aonde exatamente estamos indo?

— É logo aí, na periferia de Wall Heath.

Wall Heath era uma área residencial entre o aglomerado urbano das West Midlands e Staffordshire a oeste. E eles estavam indo para um lugar que ficava bem na divisa entre as West Midlands e a força policial de Staffordshire.

A região quase tirava Kim de sua zona de segurança. As estradas eram mais estreitas, os semáforos desapareciam e um acidente de trânsito fatal espreitava a cada esquina.

— Essa é a Holbeche House – disse Bryant quando Kim passou por uma construção que parecia uma casa senhorial. – É famosa porque foi aqui que terminou a fuga dos responsáveis pela Conspiração da Pólvora.[*] A mansão é mais ou menos do século XVII, mas agora é um residencial privado para idosos.

— Maravilha – comentou Kim. – Ao que parece estamos procurando um lugar chamado Westerley Farm – disse ela, olhando à sua esquerda.

— Bem, na placa de sinalização não deve constar "lugar de cadáveres em decomposição", não é, chefe? – perguntou Stacey.

— É uma pesquisa financiada? – Dawson perguntou.

Kim ficou aliviada ao perceber que voltavam a lidar com questões de adultos.

— Sim, mas não de todo – respondeu ela. – O programa também é bancado por universidades e forças policiais.

— É bastante improvável que a fazenda apareça naqueles folhetos anuais do tipo "veja onde o governo está investindo o seu dinheiro" – avaliou Stacey.

Kim suspeitava que o local não teria mesmo esse tipo de divulgação. Devia fazer parte daquelas coisas "não destinadas ao conhecimento geral".

— Você acabou de passar por ela à direita – disse Bryant, olhando para trás.

Como estavam numa estrada de uma pista, Kim precisou rodar por mais quase um quilômetro até achar um ponto seguro para fazer o retorno.

A inspetora voltou pela estrada e desacelerou ao ver uma entrada numa cerca viva de dois metros de altura. Uma placa de madeira simples com o

---

[*] A Conspiração da Pólvora, também chamada de Traição da Pólvora, foi uma tentativa de assassinato contra o rei Jaime I da Inglaterra por um grupo provinciano de católicos ingleses, liderados por Robert Catesby. Ficou conhecida como um dos mais memoráveis acontecimentos da história inglesa. (N.T.)

nome pirografado pendia de um portão estreito, que deixava uma folga de apenas trinta centímetros em cada lateral do carro.

Bryant desceu, abriu o portão e fez sinal para Kim passar. Fechou-o assim que ela entrou.

— Nada de cadeado? — Kim perguntou, franzindo as sobrancelhas.

A estradinha cada vez mais foi se estreitando, até virar uma trilha com duas faixas de terra e uma linha de grama e mato no meio. A cerca-viva era mais alta agora e começava a se impor em torno deles. Kim sentiu como se estivesse em um lava-rápido.

A trilha terminava num segundo portão de madeira, que, ao contrário do primeiro, chegava a quase dois metros e meio de altura e era de madeira sólida. No alto do portão havia um remate de espetos de ferro forjado preto. Esse portão, sim, estava trancado. Ela achou que entravam agora na parte comercial da propriedade.

Kim abaixou a janela e identificou-se pelo interfone.

— Detetive Inspetora Stone, Polícia de West Midlands.

Não houve resposta, mas o robusto portão começou a se mover sobre um único trilho. Mais ou menos na metade do percurso, ele deu uns solavancos, mas depois continuou. Kim entrou com o Golf assim que a abertura ficou larga o suficiente. Embora a ideia de conhecer as instalações lhe despertasse algum interesse, a questão era que tinha trabalho de verdade acumulando em sua mesa. A inspetora já pensava em como distribuiria entre sua equipe um assalto a mão armada, duas agressões sexuais e um caso de danos corporais graves.

Ela parou o carro junto a uma edificação de pré-moldados pintada de cinza claro, com o comprimento de dois *motorhomes* para oito pessoas. Duas portas vermelhas pontuavam a fileira de janelas perfeitamente quadradas daquele alojamento.

Vários carros e picapes estavam estacionados num pequeno trecho de cascalho ao lado de um par de banheiros químicos. Kim notou que havia um caminho daquele mesmo cascalho que ia do estacionamento improvisado até os pré-moldados, mas a maioria das pedras parecia ter sido simplesmente jogada no chão.

A inspetora foi obrigada a estacionar o carro na terra, atrás de uma picape vermelha. Bryant olhou aquele veículo e fez uma careta.

— Chique, não? — comentou Stacey, abrindo a porta traseira.

— Merda! Esse meu sapato custou uma nota — disse Dawson, tentando achar um lugar para pisar que não fosse lama.

Uma figura veio caminhando na direção deles com um sorriso e a mão estendida.

Kim avaliou que o homem devia ter uns 50 e poucos anos, com uma cintura avantajada que lhe dava um andar vagaroso enquanto se aproximava. Botas pretas de borracha erguiam-se até a altura dos joelhos sobre a calça de veludo verde. Uma malha estampada completava o look daquele homem, que parecia um fazendeiro que não havia saído da casa da mãe.

– Detetive Inspetora Stone, muito prazer em conhecê-la. Meu nome é Chris Wright. Sou professor de Biologia Humana e encarregado de Westerley.

Sua mão quente e carnuda apertou a da inspetora com entusiasmo. Kim apresentou o resto da equipe e o professor fez questão de cumprimentar cada um.

Ela seguiu-o quando ele os conduziu até a porta vermelha à esquerda, que, com seus dois degraus de madeira, indicava ser a entrada principal. Com a equipe enfileirada atrás de si, Kim imediatamente se lembrou da nave espacial TARDIS do seriado de ficção científica *Doctor Who* da BBC.

A porta dava acesso à seção intermediária daquele alojamento de pré-moldados, que funcionava como um escritório. Junto às paredes de ambos os lados, havia balcões de cor clara imitando faia. A parte frontal deles era lisa, com aberturas apenas para cadeiras ergonomicamente posicionadas, que podiam ser facilmente empurradas e acomodadas embaixo.

Havia três espaços de trabalho no local. O primeiro, em frente à porta, abrigava três monitores de tela plana, o maior teclado que Kim já vira e um mouse descansando ocioso em um *pad*. As telas de ambos os lados da área de trabalho foram viradas de modo a criar privacidade em relação ao espaço de trabalho ao lado.

– Jameel está atrasado – disse o professor Wright, apontando com a cabeça para as telas. – Espero que chegue antes de vocês irem embora. Ele poderá lhes mostrar os sistemas digitais de análise de dados que estamos usando.

Kim jurava que podia ver os olhos de Stacey faiscando de inveja.

O professor apontou para as portas corrediças que levavam ao terço final do alojamento.

– Essa é a nossa área de preparação. A segunda porta leva diretamente para lá. Assim, não precisamos atravessar o escritório com cadáveres. – Ele deu um largo sorriso. – Mas imagino que o que realmente queiram ver sejam nossos residentes.

O que Kim realmente deseja ver era aquele portão de madeira fechando-se atrás dela quando saíssem dali, mas não quis ofender o professor. Compreendia que o trabalho realizado ali era importante, mas não parava de pensar que nesse ínterim testemunhas-chave podiam estar se esquecendo de informações vitais relacionadas aos casos que se acumulavam na mesa de trabalho da inspetora.

Ela deu uma passo para o lado quando o professor virou e se afastou das portas corrediças em direção ao centro do lugar. Os demais a seguiram enfileirados, como uma espécie de cobra desconjuntada.

Wright atravessou o escritório até o lado oposto da sala. À esquerda, havia uma área de cozinha com todos os apetrechos normais. Kim não estava certa se queria mesmo dar uma olhada na geladeira ou no freezer. Um sofá de couro de três lugares e uma mesa redonda de reuniões, com aquele mesmo revestimento claro das mesas de trabalho, completavam o espaço.

Uma mulher em pé diante de um bule fervendo colocava colheradas de café instantâneo numa fileira de canecas. Usava jeans escuros e botas de borracha, traje que parecia ser de uso obrigatório ali. Seu cabelo castanho estava puxado para trás num rabo de cavalo prático, que descansava em um agasalho com brasão de universidade que ela vestia.

— Esta é Catherine Evans, entomologista. É a nossa "dama das larvas" residente.

A mulher virou a cabeça, sorriu e assentiu. O sorriso não foi nem caloroso nem amistoso — foi meramente funcional. Kim achou que parecia o sorriso de uma criança pequena quando você lhe pedia que sorrisse para uma tia chata.

A inspetora não conseguiu evitar de pensar que Catherine Evans talvez já escutara aquela apresentação uma centena de vezes, e por um instante ficou imaginando como a mulher se sentia ao ver sua longa jornada acadêmica e de pesquisa ser reduzida a uma descrição como a de "dama das larvas".

O professor Wright parou, girou e bateu as mãos.

— Dois consultores estão andando pelas instalações — disse ele —, mas neste exato momento devem estar observando Ant e Dec, então não vou atrapalhá-los...

— Não entendi — falou Kim.

— Vou explicar melhor — disse ele, sorrindo e levando-os para fora. Fechou a porta ao sair e passou a andar devagar, no sentido leste.

– Oficialmente, estamos enquadrados na categoria de unidade de pesquisa especializada em antropologia forense e disciplinas afins – disse o professor. – O que costuma ser conhecido como fazenda de corpos.

– Há apenas uma nos Estados Unidos, não é? – Dawson perguntou.

– Na verdade, existem seis nos Estados Unidos. A maior fica na Universidade do Texas e cobre uma área de quase três hectares.

Dawson franziu o cenho e sacudiu a cabeça.

– Ah, sim, não era essa a que...

– Você deve estar pensando na fazenda de corpos original em Knoxville, Tennessee, fundada pelo Doutor William Bass em 1981 e que a escritora Patricia Cornwell tornou famosa. Westerley é menor que essa de três hectares do Texas, mas é utilizada para treinar a aplicação da lei em aptidões e técnicas usadas em cenas de crime. Visitei o lugar há alguns anos e aproveitei várias das ideias e teorias deles ao montar Westerley.

– Qual o tamanho daqui? – Dawson perguntou.

O professor Wright apontou à frente com a cabeça.

– A área que temos vai até onde a vista alcança e um pouco além da divisa sul.

Kim acompanhou o olhar do homem. A área indicada era do tamanho de sete ou oito campos de futebol e, embora o terreno fosse ondulado em alguns pontos, era como uma encosta descendo a partir do alojamento.

– Aquelas árvores marcam a barreira para Staffordshire. – Ele apontou para oeste. – O sul inteiro está bloqueado por cercas-vivas, depois das árvores de carvalho, e a leste há um riacho que nos separa de nossos vizinhos mais próximos.

– E o que eles pensam de ter vizinhos como vocês? – Dawson perguntou.

O professor sorriu.

– Não ficamos anunciando o que fazemos, mas nosso vizinho mais próximo é uma fábrica de embalagem de alimentos. Está a uns oitocentos metros, em qualquer direção, do morador mais próximo.

Dawson pareceu satisfeito com a resposta.

– Quantos corpos vocês têm aqui? – Bryant perguntou.

– Atualmente sete.

– Onde os conseguiram? – questionou Stacey.

– Doações de membros da família, ou um desejo que a própria pessoa tenha expressado em testamento...

– Um momento, professor – Bryant interrompeu. – Está dizendo que há familiares que realmente doam seus entes queridos pra essa pesquisa?

O professor Wright hesitou antes de responder.

– Quando se trata de doações pra pesquisa médica, raramente declaramos a natureza do estudo. Poucos familiares querem conhecer os detalhes, mas eles ficam satisfeitos em saber que a morte de um ente querido pode ser benéfica para a ciência, e sem dúvida é.

– E algumas pessoas expressam o desejo de serem trazidas para cá? – Kim interveio.

– Não necessariamente para este exato local, mas para o benefício da pesquisa. A Texas State recebe doações de uma centena de corpos todos os anos, e mais de 1.300 pessoas já solicitaram que após seu falecimento sejam doadas especificamente para lá.

– Quer dizer que há uma lista de espera? – Kim perguntou incrédula. O professor Wright sorriu e assentiu.

– Os corpos estão em variados estágios de decomposição? – perguntou Stacey.

– Sim, minha cara, e você terá uma boa ideia do que fazemos aqui ao conversar com os dois residentes que vou lhe apresentar já, já.

Kim percebeu Stacey ficando tensa diante do tratamento gentil do homem, mas esta sorriu apesar da irritação.

Todos notaram o momento em que o sol da manhã finalmente rompeu através das nuvens brancas e mudou completamente o aspecto do dia.

Kim acertou o passo com o professor.

– As entidades que financiam vocês devem ser bem peculiares, não? – perguntou.

Wright assentiu.

– Tivemos muita sorte – disse ele –, pois a maioria das instituições que abordamos mostrou interesse na nossa pesquisa, embora nenhuma queira ver seu nome associado a ela. Então compartilhamos nossas descobertas com todas as partes envolvidas e ajudamos no que podemos.

– Nas investigações em andamento também?

– Claro. – Assentiu enquanto caminhava. – Tentamos replicar o maior número de cenários possível, e isso é útil não só para a nossa pesquisa, mas também para auxiliar a polícia, tanto nas investigações atuais como nas passadas.

E aquele projeto já havia ajudado West Mercia a resolver dois casos parados. Droga, Woody. Agora Kim estava de fato interessada. Ela não desprezava nenhum recurso policial adicional, e casos não resolvidos e arquivados frustravam qualquer policial. Ficavam no fundo da sua mente como uma conversa que tivesse terminado sem que você conseguisse dar sua opinião. Entranhavam no seu subconsciente até você pô-los para dormir – o que você só conseguia com sorte.

Às vezes, casos assim sequer se alojam no fundo da sua mente para você maquinar a respeito enquanto continua com seu trabalho atual. Volta e meia eles reaparecem na linha de frente de seus pensamentos, e as dúvidas ficam atazanando e atormentando seu cérebro. *Será que entrevistei as testemunhas certas? Será que perdi uma pista vital? Poderia ter feito mais?* Para a inspetora, casos do tipo eram os responsáveis por boa parte da força policial abusar no consumo de álcool.

– Chegamos – disse o professor Wright, resgatando a atenção dela.

Kim notou dois retângulos perfeitamente desenhados na grama. Ao se aproximar, viu que eram uma espécie de túmulos.

– Apresento-lhes Jack e Vera – disse o professor Wright, apontando para os túmulos como um pai orgulhoso.

– Seus nomes reais? – Stacey perguntou enquanto Dawson revirava os olhos.

– Não. – O professor balançou a cabeça. – Recebemos os corpos apenas com números de referência, que são sua identificação oficial, mas preferimos uma abordagem mais pessoal aqui no campo de estudo.

Kim deu uma olhada no pé de uma árvore ali perto. Dois buquês estavam nos seus últimos momentos de vida. Rosas e lírios.

– Flores? – ela perguntou.

Ele seguiu o olhar da inspetora.

– Sim, apenas uma demonstração do nosso respeito.

Kim gostou daquele pequeno detalhe.

O professor ficou em pé na cabeceira dos túmulos e olhou para baixo. Todos o acompanharam.

Vera estava no túmulo da direita. Seu corpo, que mostrava uma incisão *post-mortem*, estava mergulhado na água. Kim notou que o túmulo estava inclinado na direção deles. Ela olhou para Jack que também estava imerso na água, mas não mostrava nenhuma incisão *post-mortem* e tampouco inclinação no túmulo.

– Queremos saber mais sobre a atividade de insetos na água – explicou o professor Wright. – Vera está mergulhada na água que vem do riacho. Abrimos um canal e inclinamos o túmulo para afastá-lo do riacho.

Kim espantou uma mosca que rondava sua orelha e olhou para o pequeno fio de água deslizando a um metro e meio da extremidade dos túmulos. Agora ela entendia a inclinação. Era para que a água corrente fosse drenada para longe da fonte de água, garantindo que nenhuma contaminação proveniente do corpo fosse para o riacho.

– Sempre que possível, aproveitamos os elementos que temos à nossa volta – ele declarou, e então ergueu uma sobrancelha. – Questionaram as instalações do Rancho Freeman, no Texas, em razão da presença de abutres, mas isso agora é uma nova área de estudos, que foca nos efeitos da ação de aves de rapina na decomposição humana.

Kim assentiu sinalizando compreender. Concordava com a utilização dos recursos disponíveis, mas usar abutres?!

– Jack está imerso em água de chuva, portanto seu líquido não contém insetos, ao contrário do que ocorre com a água de Vera.

– Sai pra lá! – disse Dawson, agitando o ar em volta da sua cabeça.

O professor Wright sorriu para o colega de Kim.

– Nunca reclame ao ver uma mosca varejeira, meu jovem. Elas não voam a menos de onze graus Celsius, portanto são um bom indício de que o tempo está esquentando.

– É que essa aqui está passando dos limites – Dawson se queixou.

Não era a única, Kim percebeu, pois outra já tentava pousar no ombro de Bryant.

Ela olhou para os corpos na água. As moscas não prestavam atenção a eles.

– Bem, é um risco inerente à nossa atividade, sinto dizer – falou o professor. – Ok, vamos para o próximo.

Ao se afastarem de Jack e Vera, caminharam em direção ao lado oeste da propriedade. Kim olhou para trás para ver se as moscas os seguiam. Não, não os seguiam. Haviam se retirado para uma área logo depois do riacho e não estavam sozinhas. Um bando de moscas pairava por ali e então mergulhava e ia adiante, em busca da excitação de uma nova descoberta.

Kim percebeu que o professor os guiava até dois homens que estavam mais à frente. Eles examinavam uma forma sem vida posicionada no chão, dentro de uma proteção de tela de arame.

A inspetora hesitou.

– Professor, talvez fosse melhor a gente voltar...

– Ahn... Chefe, vamos só até onde estão aqueles dois caras ali – Bryant disse, com uma centelha de malícia no olhar.

Kim não tinha ideia do porquê daquele ar divertido de Bryant, mas não se importava muito com isso. Se houvesse um cadáver mais recente que a equipe dela pudesse ver, no qual fosse possível observar o início da ação de insetos, então Kim estava pronta para ir além da visita oficial e aprender algo de útil.

Ela deu meia-volta e foi em direção a Jack e Vera.

– Inspetora, não há mais nada pra ver ali – o professor Wright alertou.

Kim cobriu aquela distância rapidamente, sendo alcançada pelo professor assim que chegou aos dois túmulos.

– Não sei bem o que está procurando...

– Não se preocupe, tenho certeza de que minha equipe é capaz de lidar com qualquer coisa – disse ela, avançando pelo riacho de correnteza lenta. A água batia acima dos seus tornozelos. Não que isso fosse um problema para as suas botas de couro de motociclista, mas a barra de sua calça jeans preta estava ensopada. Kim não se importou. Iria secar.

– Não é isso, inspetora. Eu só não sei bem o que está esperando...

As palavras dele se perderam quando os dois saíram do riacho e, no outro lado, descobriram a fonte da atividade dos insetos.

Uma mulher, toda vestida, com o rosto esmagado, olhava fixo, sem vida, para o azul do céu.

Uma centena de moscas pairava acima do rosto coberto de sangue.

– Poderia nos dizer o que espera aprender com esse corpo aqui, professor? – Kim perguntou enquanto sua equipe por fim os alcançava.

O professor ficara pálido, e seus olhos continuavam fixos no corpo.

Depois de longa pausa, ele finalmente respondeu.

– Sinto muito, inspetora, mas não há nada que eu possa lhe dizer sobre esse corpo. Ele não é um dos nossos.

CINCO

— **KEV, VÁ ARRUMAR** alguma coisa que nos ajude a montar um cordão de isolamento nessa área. Stace, volte ao alojamento e veja se as câmeras captaram algo que possa ser útil.

O professor balançava a cabeça, lentamente, os olhos ainda fixos no corpo.

— O circuito interno de TV não cobre...

— Em um instante veremos isso — Kim disse, acenando com a cabeça para sua equipe. Eles voltaram, subindo a encosta. Para a inspetora, o choque daquela descoberta já havia passado e agora era hora de se ocupar. O professor, porém, ainda parecia abalado.

Os pensamentos que a rondavam sobre os casos em cima de sua mesa sumiram. As vítimas deles, apesar de feridas, ainda respiravam, estavam vivas.

Pelo canto do olho, Kim viu as duas figuras que estavam à distância indo na direção deles.

— Bryant, mantenha-os longe. Não interessa o que queiram saber. Esse cadáver aqui não é para todos verem.

— Certo, chefe.

Ela ainda estava com o celular na mão. Sua primeira chamada havia sido para Keats, que despachou na mesma hora uma equipe forense. Até que essa equipe chegasse, todos teriam que ficar do outro lado do riacho.

— Detetive Inspetora, há algo que eu possa fazer para ajudar? — o professor Wright perguntou do lado oposto da margem. Como ele não tinha treino forense, suas observações deveriam ser feitas fora da área delimitada.

Kim negou com a cabeça, mas notou que a cor aos poucos voltava à tez lívida do homem.

Ela rolou sua lista de contatos até encontrar o número que queria e ligou para ele. Woody atendeu no segundo toque.

— Senhor, temos um corpo aqui — ela declarou sem preâmbulos. Cumprimentos e saudações não costumavam estar no topo de sua lista de prioridades, e num caso como aquele eram totalmente dispensáveis.

Ela identificou o sorriso na voz do chefe quando ouviu a resposta dele:

— Ah, Stone, esse seu senso de humor...

– Quero dizer que o corpo é de alguém que estava vivo.

Na mesma hora, Kim percebeu o paradoxo da sua declaração, mas achou que ele entenderia o que ela havia dito.

– É uma mulher – a inspetora prosseguiu. – Difícil dizer a idade porque o rosto dela foi muito golpeado. Está totalmente vestida e não está aqui há muito tempo.

– Ok, fique aí. Vou comunicar à imprensa. Você ligou para o Keats?

Kim controlou sua irritação. É claro que Keats seria a primeira pessoa para quem ela ligaria.

O patologista estava trazendo uma equipe forense para analisar a cena e fornecer pistas que lhe ajudasse a encontrar a pessoa responsável por aquilo. Woody estava redigindo o comunicado para a imprensa. Prioridades.

– Sim, senhor – ela respondeu. – Foi a primeira ligação que fiz.

Talvez Kim não tenha tido muito sucesso em controlar sua irritação, pois a voz do seu chefe soou rude ao dizer-lhe:

– Passe o relatório completo mais tarde.

E encerrou a ligação.

Kim deu de ombros e colocou o telefone no bolso de trás da calça. Então, virou-se para o professor, que já não estava mais tão pálido assim.

– Tem ideia de há quanto tempo esse corpo está aqui?

Ele tossiu e encontrou o olhar de Kim.

– Quando o tempo está quente, um corpo atrai centenas de varejeiras em questão de minutos. Num dia como o de hoje, levaria apenas algumas horas para o nariz, a boca e os olhos ficarem cobertos de ovos de mosca.

O dia anterior também havia sido quente, mas Kim não via nenhuma evidência dos ovos granulados amarelados, indicando que o corpo fora deixado em algum momento durante a noite.

– Já vimos milhares de moscas prenhas zanzando em volta de um corpo logo depois que ele chega e, como você sabe, uma fêmea pode pôr centenas de ovos por vez. – O professor fez uma pausa antes de continuar: – O interessante é que as moscas estão se concentrando apenas no rosto dela.

– Como assim? – a inspetora perguntou, dando uma olhada em Bryant, que conversava animadamente com os outros visitantes. O colega não parecia ter pressa, e certamente estava avisando-os para ficarem longe.

A atenção de Kim voltou-se para o professor, que continuava falando.

– ...indica que não há outro ferimento. Onde sentem cheiro de sangue, é lá que as moscas se concentram.

Esse homem merece um prêmio, Kim pensou. Agora ela já sabia que o corpo havia sido jogado ali durante a noite e que dificilmente haveria outra ferida nele. Nesse ritmo, logo poderia dar um dia de folga para Keats.

– Caramba, obrigada por se juntar a nós, Bryant – ela disse quando o colega voltou. – Era pra você apenas avisá-los que não se aproximassem, e não convidá-los pra almoçar.

Ele parou de repente antes do riacho e disse ao professor:

– A falta de café a deixa irritada.

Kim o encarou em reprovação.

– A cavalaria chegou – disse Bryant, olhando para o alto da encosta.

Keats, o patologista minúsculo, caminhava com pressa até eles, parando um instante no riacho antes de avançar pela água. Um grupo de investigadores forenses de cenas de crime o acompanhava. A Polícia de West Midlands tinha uma equipe de mais de cem técnicos, dedicados a fotografar, desenhar esboços e coletar todas as provas antes que o patologista removesse o corpo.

De repente, Keats parou bruscamente, colocou a mão acima dos olhos, como se fosse uma viseira, e acenou para alguém a distância. A pausa foi breve e em segundos ele já estava ao lado de Kim. Um sorriso ergueu sua barba pontuda.

– Ah, inspetora, só você mesmo pra encontrar um corpo aqui.

– E que tal se você, Keats, apenas...

– Ela já sabe? – o patologista perguntou a Bryant.

Kim flagrou a rápida negação do colega com a cabeça.

– Saber o quê? – perguntou ela.

– Ah, ótimo – disse ele, sorrindo. – Bem, agora vamos ver a nossa vítima aqui.

A inspetora olhou para o seu colega esperando esclarecimentos.

– Bryant?

– Vou lá providenciar um café. – Ele ergueu as mãos. – Você vai precisar.

Kim estava com a sensação de que contaram alguma piada e ela era única que não havia entendido. Não conseguiu evitar pensar que tinha relação com os dois consultores que agora estavam no meio do campo.

Ela deu de ombros e voltou-se para o professor.

– Preciso pedir que o senhor saia da área.

– Entendo. É uma cena de crime. Vou sair e atender meus outros visitantes.

Kim pegou o calçado de proteção que lhe foi fornecido.

– Então, detetive inspetora…

– Keats, não me venha com historinhas hoje. Essa visita era pra ser uma gratificação – disse ela, colocando luvas azuis.

Os dois costumavam pegar no pé um do outro numa cena de crime. Para ele, era um tipo de brincadeira. Para ela, uma chateação. No ano anterior, Keats perdera a esposa de uma hora para outra, depois de trinta e cinco anos de casados. A perda o afetara muito mais do que ele se permitia demonstrar. Mas Kim percebia isso. Então deixava que ele continuasse com as brincadeiras que sempre fazia.

Os técnicos trabalhavam por ali, e ela ignorou a conversa que rolava ao seu redor. Por um momento, ficou tão quieta quanto aquele corpo. Tudo desapareceu enquanto focava na mulher diante dela. A única coisa que importava eram as pistas que aquele corpo ainda podia revelar.

Tudo o que não tivesse relação com a vítima sumiu da mente de Kim quando seu olhar parou nos pés parcialmente expostos da mulher. Os dedos projetavam-se das suas sandálias tipo gladiador, com duas tiras amarradas em cada tornozelo. No entanto, apenas uma tira de cada sandália estava amarrada.

A saia era comprida e rodada, com padrões verticais que iam até a cintura, ajustada com elástico. Kim observou mais de perto. O comprimento da peça terminava logo acima das sandálias em toda a volta, como se tivesse sido arrumada desse jeito com cuidado. Um top lilás com alças finas indicava que a mulher estava sem sutiã. Sua conformação corporal franzina tampouco exigia um. Uma correntinha simples com uma cruz de ouro pendia abaixo do pescoço, repousando sobre o esterno.

Os braços haviam sido colocados uns cinco centímetros afastados do tronco. Os punhos inchados mal se distinguiam do restante dos braços. Uma tira fina branca no punho esquerdo evidenciava onde ela costumava usar o relógio, mas foi o punho direito que chamou a atenção de Kim.

Uma linha bem desenhada o circundava e uma esfoladura havia removido um pouco da pele da base da mão da vítima. Kim não precisou de mais informações para deduzir que aquilo indicava o uso de algemas.

Seu coração acelerou por alguns poucos segundos enquanto seus olhos se demoraram no machucado. Lembrou-se do aspecto daquele mesmo risco vermelho na sua mão quando ela tinha 6 anos. A memória da inflamação daquela pele arranhada passou fugaz por Kim, levando-a a esfregar a base da própria mão. Às vezes ela precisava lembrar a si mesma de que isso ficara no passado havia muito tempo; embora a ferida estivesse curada, a inspetora seria capaz de desenhá-la em sua pele mesmo vinte o oito anos depois.

Kim sacudiu a cabeça para livrar-se daquelas memórias.

Seu olhar subiu até o que havia sido uma cabeça. O crânio desfigurado se assemelhava a uma maçã mordida, como se alguém tivesse tirado um pedaço dele. Sangue seco cobria cada centímetro da pele, e formara pequenos rios sobre o queixo da mulher, descendo pelo pescoço. Do lado direito, o cabelo estava tingido do vermelho do sangue, e do lado esquerdo era loiro. Talvez ela tivesse virado a cabeça em direção ao chão para tentar evitar os golpes.

O nariz parecia apontar para a esquerda. A carne devia ter afundado imediatamente com o impacto. Ferimentos infligidos após a morte não incham, portanto a vítima ainda estava viva durante o espancamento.

– O que será isso? – Kim se questionou, agachando. Uma linha entre o lábio superior e o inferior atraíram sua atenção. Havia uma substância marrom ali.

– Calma, inspetora – disse Keats, que observava todos os movimentos dela.

– O que será isso? – ela insistiu, inclinando a cabeça para tentar ver melhor.

Keats inclinou-se do outro lado do corpo, respirou fundo e prendeu o ar antes de aproximar seu rosto do da vítima para enxergar melhor. Não queria expirar e soprar algum indício valioso.

– Parece terra – disse, encontrando o olhar de Kim.

– Mas na boca? – ela perguntou.

Keats pressionou um único dedo em alguns pontos do rosto inchado da mulher. Era um mistério para Kim como ele parecia saber o que estava tocando.

– Não dê como certo o que vou falar até que eu examine o corpo melhor, mas acho que a boca da vítima está cheia de terra.

Kim ficou em pé e olhou ao redor.

– Aqui! – Kim apontou para uma área que claramente havia sido mexida. Um técnico marcou onde a inspetora indicara assim que ela saiu do caminho. Se o assassino tivesse raspado o solo para soltar a terra, talvez tivesse deixado alguma pista por ali.

Bryant apareceu ao lado de Kim segurando um copinho de papelão. Ela deu um gole no café e voltou a atenção para Keats.

– Ela está aqui a menos de doze horas e não há nenhum outro ferimento, portanto...

– Ouviram isso, pessoal? A detetive inspetora já está sabendo de tudo, então vamos recolher nossas coisas e amanhã enterramos a mulher.

Por uma fração de segundo, Kim ficou em dúvida se o patologista se referia à vítima ou a ela.

Tanto a inspetora quanto os técnicos ignoraram o comentário dele.

– O professor forneceu informações bastante úteis enquanto esperávamos você chegar – disse Kim.

– Então você não vai me convocar pra uma autópsia precoce? – replicou ele.

– Vai sonhando. E já que tocou no assunto...

– Certo, amanhã às 9 horas, e fim de papo.

– Isso mesmo.

– Bryant, dê uma olhada na testa da sua chefe. Ela não reclamou. Deve estar doente, com algum problema.

Kim deu um breve sorriso ao patologista.

O horário da autópsia estava perfeito para a inspetora. Não havia bolsa por perto ou bolsos na roupa da vítima, portanto identificá-la era prioridade.

Kim deu uma última volta ao redor do corpo, guardando cada detalhe na memória. Parou. Encontrou algo que não percebera antes. Tencionou pegar a mão esquerda da mulher, mas Keats a impediu na mesma hora.

– Nem pense nisso. Precisamos envolver as mãos em sacos.

Kim ergueu uma sobrancelha, afinal aquele não era o primeiro cadáver que via. Ela sabia que as mãos são um dos elementos mais importantes de um corpo numa cena de crime. Sempre poderia haver algo sob as unhas: pele, uma fibra ou uma pista.

A inspetora voltou a observar o corpo até chegar aos pés e encontrou ali a mesma pista. Tocou a unha do dedão suavemente, esfregando a ponta de seu dedo para a frente e para trás.

Sentiu passos se aproximando atrás dela enquanto se ajoelhava e aproximava o rosto dos dedos do pé da vítima.

– Ei... Detetive inspetora, parece que nos encontramos de novo.

Kim arregalou os olhos quando ouviu aquela voz que conhecia bem.

SEIS

— DOUTOR BATE — disse ela, aprumando-se e ficando em pé.

— A essa altura, com certeza já pode me chamar de Daniel — disse ele, estendendo-lhe a mão.

Kim cumprimentou-o brevemente.

Agora ela entendia o olhar divertido de Keats e a cumplicidade de Bryant, que já anteviam o desconforto dela.

Kim e Daniel haviam se conhecido um ano antes durante a investigação Crestwood. Ele atuara como osteoarqueólogo forense, enviado de Dundee. Não se deram bem de início. Haviam compartilhado três covas rasas e um princípio de fascinação. Mas o caso fora encerrado. Ele tinha ido embora. Fim da história.

O cabelo de Daniel estava um pouco mais claro do que ela se lembrava. Talvez desbotado pelo sol. Os olhos tinham o mesmo verde que às vezes parecia clarear quando ele ficava malicioso e, em outros momentos, escurecer por trás dos óculos de armação fina que normalmente usava no trabalho.

Vestia um jeans claro e uma camiseta bege. Os músculos de seus braços, em razão de sua paixão por atividades ao ar livre, continuavam iguais, a não ser por uma cicatriz recente abaixo do cotovelo esquerdo.

De repente, Kim se sentiu como a atração principal de uma partida de boxe. O primeiro soco havia sido dado e agora três pessoas curiosas aguardavam sua reação.

— Que bom vê-lo de novo, Doutor Bate. — Ela sorriu, animada. — Espero que esteja bem.

Keats coçou a barba e Bryant tossiu cobrindo a boca com a mão fechada em punho.

— Estão prontos pra removê-la? — A inspetora olhou para o patologista.

Para Kim, nada era mais importante do que sua vítima. De todos os corpos em Westerley, esse era o que não fazia sentido estar ali. A mulher não era um experimento, não havia sido presenteada nem doada para a pesquisa.

Apesar das questões que tinha com o patologista, Kim sempre ficava aliviada quando as vítimas ficavam sob a alçada de Keats. Ele tratava todos os seus tutelados com respeito.

– Vamos removê-la assim que possível, inspetora.

Kim voltou a olhar para Daniel. Um ar brincalhão iluminava os olhos dele. Mas se estava ali para fazer seus joguinhos, dessa vez, ele jogaria sozinho.

Ela deu meia-volta e avançou pela água antes de se virar.

– Keats, vejo você amanhã às 9 horas – disse ao patologista e, ao olhar à sua direita, completou: – E foi bom revê-lo... Doutor Bate.

Kim subiu apressada a encosta e não desacelerou quando Bryant apareceu ao lado dela.

– Seu Judas! – ela disparou.

Tudo fazia sentido agora. O olhar do colega tão concentrado naquela picape. O sorriso irônico, sua longa conversa com os consultores em visita. Se ela bem se lembrava, Bryant e Daniel haviam se dado superbem.

– Você sabia que ele estava aqui e nem me avisou?

Ele deu de ombros, sem se desculpar.

– Não gosto de me meter nas coisas dos outros. E, além do mais, por que isso a incomoda tanto? Não é como daquela vez quando você...

– Não me incomoda – ela o interrompeu. Certo, havia rolado certa atração entre Daniel e ela, mas estavam ocupados demais para prestar atenção nisso.

– Certo, tem razão. Mas, ahn... sabe, chefe, mais importante que isso é me dizer por que estava olhando com tanto interesse pros pés da moça morta.

Kim levantou a mão e ficou esfregando o indicador na unha do polegar.

– As unhas das mãos e dos pés estavam opacas e ásperas.

– Ainda não entendi. – Ele balançou a cabeça.

– Acetona para remover esmalte de unhas. Tira o brilho das unhas. Ela usou o produto recentemente.

– E você acha que isso indica alguma coisa? – perguntou ele, intrigado.

– Bryant, eu achava que a essa altura você já teria aprendido que tudo quer dizer alguma coisa.

SETE

KIM REPÔS o fone no gancho, saiu do Aquário e entrou no escritório principal.

– Ok, Stace, traga o quadro aqui. Kev, prepare um café e Bryant, abra a janela.

Cheiro de morte impregnava a sala do esquadrão, e independentemente daquele odor ser apenas uma impressão ou ter mesmo vindo das roupas e dos sapatos da equipe, o fato era que o caso agora estava entranhado neles.

Na ponta dos pés, Stacey escreveu no alto do quadro branco. As palavras "MULHER DESCONHECIDA" foram anotadas e sublinhadas com um traço perfeitamente reto.

Kim odiava aquela expressão. Detestava o anonimato em suas vítimas. Na vida, elas haviam tido um nome, uma personalidade, um passado, expressões faciais, amores e ódios, medos e sonhos. Circularam pelo mundo interagindo, marcando os outros. Um sorriso para a moça do caixa. Um breve diálogo com a balconista da lanchonete. Um ato filantrópico. Cada vítima deixara uma pegada em algum lugar.

Precisava descobrir o nome daquela mulher, isso era uma prioridade.

– Ok, primeiro os fatos. Altura por volta de um metro e sessenta. Peso, não mais de cinquenta quilos. Loira natural. Idade: 28 a 32 anos, com base apenas nas roupas. A hora e a causa da morte nós teremos amanhã cedo. Stace, trace uma linha vertical no meio do quadro.

Dawson passou uma caneca de café para Kim. Estava bem quente. A inspetora colocou-a na mesinha ao lado.

– Agora anote: identificação, localização, suspeitos e motivo. – Kim fez uma pausa e deu um gole na bebida enquanto Stacey anotava.

– Totalmente vestida, esmalte removido – Kim ditou.

– Talvez ela mesma tenha feito isso – Bryant propôs. – Não sabemos exatamente quando foi levada pra lá. Pode ter sido ontem à noite depois dela ter comido alguma coisa, algo assim.

Kim assentiu.

– Vestia roupas diurnas – a inspetora ditou e, em seguida, deu de ombros. – Pode não significar nada, mas anote assim mesmo.

Stacey continuou a postos.

— Marcas de algemas nos pulsos — Kim disse, olhando fixo para o quadro e, então, retomou. — Rosto espancado até ficar irreconhecível. — Fez uma pausa. — Será que é pra dificultar a identificação, pra atrasar a gente... ou será que há outra razão? A terra na boca, acidental ou de propósito? Onde estão os pertences dela? A maioria das pessoas anda pelo menos com um celular e um pouco de dinheiro.

Stacey resumia as frases da inspetora em duas ou três palavras no quadro. Kim pousou os olhos nele, satisfeita com as informações que tinham até aquele momento, e esperou Stace voltar a sentar-se.

— Ok, Stace, veja o que consegue lá do pessoal de Westerley. Já que a vítima ainda não foi identificada, vamos tentar arrumar um jeito de avançar no caso. O terreno do outro lado do riacho não é oficialmente propriedade deles e a unidade é secreta, então qual é o sentido do aterro a céu aberto? Outra coisa, quero que verifique o acesso ao local. Como o criminoso entrou ali e como sabia acessar o lugar?

— Entendi, chefe.

— Kev, ligue para o departamento de pessoas desaparecidas para ver se há alguém com características semelhantes às da vítima.

Ele assentiu e pegou o telefone.

— E agora vou lá passar as informações pro chefe. — Kim deu mais um gole de café.

— Divirta-se. — Bryant sorriu com malícia.

— E parece que é pra você vir comigo.

Ele ficou boquiaberto, e Dawson deu uma risadinha sarcástica.

— E aí, Bryant, o que você fez de errado agora? — Kim perguntou enquanto subiam a escada.

— Eu ia lhe fazer a mesma pergunta.

A ordem de Woody havia sido específica. Traga o Bryant. Como superiora dele, Kim precisava estar presente em qualquer bronca que ele tomasse, mas Bryant nunca estivera presente em nenhuma das que ela havia levado.

— Pronto? — Kim perguntou, quando chegaram à porta que ostentava a placa de metal com o nome do detetive inspetor-chefe.

Ela bateu e entrou.

— Sentem, os dois.

E assim o fizeram.

— Me atualize, Stone — disse Woody, examinando-a.

A inspetora repetiu tudo o que acabaram de anotar no quadro no andar de baixo. Quando terminou, ele assentiu e então seu olhar passou dela para Bryant.

– Queria falar com vocês dois. Esse caso tem tudo pra ficar complicado se for divulgado onde o corpo foi encontrado. A unidade ainda é um segredo muito bem guardado, e não quero que a gente seja responsável por algum vazamento do tipo.

Era isso então? Kim especulou. Ela já esperava que fosse algo nessa linha.

– E outra coisa…

Claro que havia mais.

– Quero ter certeza de que vocês não se esqueceram do compromisso do fim de semana.

– Ahn… que compromisso? – ela perguntou, lançando um olhar a Bryant.

Ele não deu nenhuma pista.

– A cerimônia de premiação, Stone.

– Ah, isso. Certo, senhor.

Deus do céu, já chegara a hora? Ela tinha se esquecido. Seria homenageada pelo sua atuação num caso recente de sequestro.

Kim odiava ser mal-agradecida, mas não ligava muito para premiações. Como sempre, aquilo havia sido um esforço de equipe, e correr atrás de glórias não fazia seu estilo.

Se ela pudesse repartir o prêmio em pedaços menores, iria oferecê-los à sua equipe, que trabalhara as mesmas horas que ela sem se queixar. Que deixara, de bom grado, sua vida pessoal de lado momentaneamente em função daquele caso.

Ela ofereceria também alguns pedacinhos do prêmio aos policiais que vigiaram o local por vários dias enquanto os técnicos forenses guardavam as provas depois que ela e sua equipe saíam.

Em seguida, mandaria pedacinhos para a equipe médica que realizara as suturas nas garotas e tratara de seus ferimentos. E depois uma parte também para os psicólogos e conselheiros que ajudaram as meninas a se recuperarem.

– Portanto, até lá não quero ver nenhuma reclamação vindo parar aqui na minha mesa.

– Claro, isso não vai acontecer.

Honestamente, pelo seu tom, até parece que isso é algo frequente, ela pensou.

– Desculpe por não acreditar muito na sua palavra nessa questão, Stone. Então, recomendo que se mantenha alinhada ao Bryant nesse caso.

Kim sentiu os dedos se curvarem dentro das botas. Ainda que parecesse ser algo de praxe, ela se ressentia muito de receber esse tipo de orientação.

– Senhor, se não se importa...

– Não foi um pedido, Stone.

Ela ficou em pé de repente.

– Bem, se isso é tudo...

– Volte a se sentar – ele insistiu. – Não fique emburrada, Stone, não combina com você. Só estou falando isso porque alguns casos requerem uma abordagem diferente. Todos sabem que é boa no que faz, mas às vezes um pouco de tato e diplomacia...

– Com o devido respeito...

– Stone, tente abrir minha mão direita – ele disse, com um suspiro profundo.

– Como assim, senhor? – perguntou ela, erguendo uma sobrancelha e olhando para a mão fechada que ele colocara em cima da mesa.

Woody fitou o rosto de Kim e, então, desceu o olhar até a própria mão fechada.

– É uma instrução simples. Abra minha mão direita.

Ela se inclinou para a frente e com a mão esquerda virou a dele para cima. Acompanhou a extensão dos dedos do chefe na palma. Tentou puxar o polegar que ajudava a manter os dedos fixos no lugar. Não se mexeu.

Decidiu usar a outra mão e tentou levantar o polegar dele com a mão esquerda e afastar os dedos com a direita.

Nada saiu do lugar.

Por fim, desistiu e voltou a se recostar na cadeira, sem saber exatamente o que seu chefe estava tentando provar.

Woody então levou sua mão fechada para perto do colega dela.

– Bryant, abra minha mão.

Kim achou que Bryant fosse se aproximar do chefe, mas ele permaneceu onde estava.

– O senhor se importaria de abrir a mão, por favor? – Bryant pediu.

Magicamente os dedos se soltaram e a mão abriu. Kim soltou um gemido.

– Provei meu ponto de vista, Stone. O mesmo problema, duas abordagens diferentes. Nunca passou pela sua cabeça usar a boca para pedir que eu abrisse a mão.

Bem, havia passado pela cabeça dela, sim, usar a boca, ponderou Kim, só que não do jeito que ele imaginava. Ela havia pensado em morder os dedos do chefe, por exemplo, quando reviu seu desempenho.

Kim se remexeu no assento.

– Será que a gente poderia...?

– Pode ir, Stone – disse ele, agitando a mão na direção da porta.

Ela sentiu o sorriso irônico de Bryant queimando na sua nuca durante todo o caminho de volta à sala do esquadrão, que estava silenciosa quando ela entrou.

Stacey olhava fixo para a tela do computador enquanto Dawson encarava com ar de tristeza uma pilha de papéis que se erguia como uma torre no meio da sua mesa.

– Precisamos excluir as mulheres mais jovens e as mais velhas e...

– Foi o que eu fiz. Isso aqui é o que sobrou.

Quando se tratava de pessoas desaparecidas, o processo era muito mais complicado do que as pessoas imaginavam, e não era apenas uma questão de fornecer algumas informações num boletim simples.

Historicamente, pessoas desaparecidas vinham sendo registradas apenas no papel, mas agora estavam listadas num sistema computadorizado chamado "Compact" e o procedimento era dividido em duas partes.

Quem atendia ao primeiro comunicado de desaparecimento fazia dezesseis perguntas muito importantes, a fim de definir se a pessoa estava de fato desaparecida ou se apenas se ausentara por um tempo. Essas perguntas buscavam informações básicas, como nome completo, data de nascimento, endereço residencial, descrição da pessoa, roupa que estava usando, estado mental e condição física, e a partir disso montava-se um quadro.

Uma vez respondidas, introduziam esses dados num sistema de comando e controle chamado OASIS. Nesse ponto, um inspetor de serviço era informado e decidia se divulgava ou não a notificação de desaparecimento.

O sistema eletrônico era amplo e nem sempre ágil, e por isso eles estavam examinando as cópias em papel dos relatórios arquivados em Halesowen e no sistema eletrônico de outras delegacias.

– Ok, divida essa pilha em quatro e vamos esmiuçar isso.

Nada era mais importante no momento do que identificar o nome da vítima.

Kim sentou-se na mesinha auxiliar, e a sala ficou em silêncio. Ouvia-se apenas o som das páginas sendo viradas.

A inspetora foi por eliminação. As duas descrições mais comuns eram cor do cabelo e dos olhos. Assim, virava para baixo sobre a mesa qualquer relatório que não contivesse cabelo loiro e olhos azuis – a cor do olho que ela conseguiu ver naquele rosto inchado.

– Isso é muito deprimente – disse Bryant, balançando a cabeça.

Ela notou a maneira gentil com que ele deixava de lado cada relatório que não correspondia ao que procuravam. Entendeu o que ele sentia. Era como se o investigador que havia nele quisesse conhecer melhor cada uma daquelas mulheres desaparecidas. E o seu lado pai quisesse trazê-las de volta para casa.

– O quanto você já recuou no tempo, Kev? – ela perguntou.

– Três meses.

Era gente desaparecida demais para um período de tempo tão curto.

– Achei! – Dawson disse, segurando alto um pedaço de papel. Todos, exceto ele, entreolharam-se duvidando. Os olhos de Dawson se moviam sobre os detalhes enquanto ele assentia.

– Achei, chefe. Tem uma foto. Ela está usando aquela cruz. – Então, começou a ler. – Desaparecida desde sábado na hora do almoço. Relatado pelos pais. O nome dela é Jemima Lowe.

Kim sentiu-se um pouco em paz. Sua vítima tinha um nome.

Agora Kim só precisava encontrar o filho da puta que a havia matado.

OITO

— CHUTA. Quanto você acha que custa? – disse Bryant.

Ela sabia o que ele estava perguntando. Eles costumavam especular sobre o valor das casas. A propriedade em questão era a da família Lowe.

Dawson estava trazendo aquela família de volta para casa. Kim odiou que eles tiveram que ir até lá para ver o corpo da filha naquela condição, mas era necessário para a investigação avançar.

Ela sabia que Keats fizera o possível para minimizar o sofrimento daqueles pais, mas era um patologista, não um milagreiro. Não havia como ocultar a verdade e a brutalidade com que o rosto de Jemima fora espancado. Não havia palavras gentis que pudessem dissimular a dor que a filha deles sentira pouco antes de morrer. Essa imagem nunca mais iria abandoná-los.

Eles a identificaram com base nas roupas, joias, numa cicatriz de cirurgia de apêndice e num osso malformado no dedo mindinho da mão direita da vítima.

Definitivamente, era Jemima Lowe, de 31 anos.

Kim estreitou os olhos e avaliou a propriedade. Tinha a frente dupla com uma porta aninhada entre duas janelas salientes e vidraças rejuntadas com chumbo. A garagem para dois carros interrompia uma fileira de três propriedades similares, isolando a casa.

— Trezentas mil libras — Bryant chutou.

Kim negou com a cabeça. Disse que de jeito nenhum valeria mais que duzentas e oitenta mil libras.

— Nada disso! Essa casa deve ter quatro quartos, se não tiver cinco.

— Do outro lado dessas árvores, há uma rua supermovimentada e o shopping de Merry Hill — ela explicou por que discordava dele. — Você precisa avaliar o contexto.

— Certo, mas é que...

— Eles chegaram — ela disse, quando um carro se aproximou devagar.

Quando o veículo parou, Dawson saiu do banco do passageiro da frente e abriu a porta de trás.

O senhor Lowe desceu e ajudou a esposa, que, por sua vez, estendeu a mão para um terceiro ocupante. A outra filha deles.

O pai da vítima cumprimentou Dawson discretamente, que retribuiu com uma reverência respeitosa antes de entrar de novo no carro.

Kim notou, quando a família vinha em sua direção, que eles não se olhavam. O contato visual faria suas defesas ruírem. Ver a própria dor refletida no rosto do outro confirmaria aquilo que seus corações não estavam preparados para aceitar.

Mesmo assim, uma conexão física unia a família. O senhor Lowe estendeu o braço de leve sobre os ombros da esposa, que segurava firme a mão da filha. Sara Lowe tinha o mesmo cabelo loiro da sua irmã mais velha, mas carregava alguns saudáveis quilos a mais.

– Senhor Lowe, senhora Lowe – Bryant disse, dando um passo adiante. – Sou o Sargento Detetive Bryant e esta é a Detetive Inspetora Stone. Podemos entrar?

O homem hesitou antes de assentir sua concordância. Cada centímetro dele implorava para que fossem embora. E Kim sinceramente preferia que não estivessem ali. Intrometer-se no pesar de uma família era como entrar no quarto deles no meio da noite.

Seguiram a família enquanto caminhavam devagar pela entrada.

O senhor Lowe abriu a porta da frente e afastou-se de lado para que a esposa e a filha entrassem. Uma vez dentro da casa, a família parou no corredor da entrada, sem saber como agir. Tudo estava igual, mas parecia estranho agora. A casa parecia diferente porque sua filha nunca mais estaria ali de novo.

Ninguém sabia o que fazer nessas situações. A normalidade havia sido suspensa até que encontrassem uma nova.

– Vou fazer um chá – a senhora Lowe disse, sem se dirigir a ninguém em particular.

Era uma ação, um movimento e uma pequena distração. O oficial de ligação com a família chegaria logo e até mesmo essa pequena tarefa seria compartilhada.

Uma porta à direita levava a uma sala informal, decorada em tons de bege, onde Kim viu uma TV de tela plana no canto. O senhor Lowe guiou-os até lá. Sentou-se numa poltrona, e ela e Bryant acomodaram-se no sofá.

– Sentimos muito pela sua perda – disse a inspetora.

O homem assentiu diante das condolências, como se a aquela trivialidade significasse alguma coisa. Não significava nada. Nem qualquer outra coisa faria sentido, pois de uma hora para outra tudo virara um equívoco para aquele homem tão profundamente machucado. E Kim entendeu. Havia presenciado o que ele acabara de ser obrigado a ver. Para ela, já fora algo terrível; para ele, era um trauma imensurável.

Kim avaliou que o homem devia ter uns 50 e tantos anos. A camisa branca e a calça cinza-escuro evidenciavam o corpo de alguém que se mantivera em boa forma. O cabelo era curto e assumidamente grisalho. O rosto mostrava uma tez de quem vive ao ar livre.

– É possível deixar Sara fora disso? – ele perguntou, olhando para a inspetora e depois para Bryant. A repentina preocupação ganhara lugar em seus olhos em meio ao tormento e ao desgosto.

Kim assentiu. Ela só falaria com a irmã de Jemima em último caso.

A senhora Lowe entrou na sala e colocou sobre a mesa de centro de vidro uma bandeja com bule de chá, açucareiro, jarra de leite, mas sem nenhuma xícara. Ninguém comentou aquilo, e o senhor Lowe ficou em pé, cedendo o lugar na poltrona à esposa.

Era uma mulher de altura igual à do marido, com a ajuda de saltos altos. Presilhas e um elástico mantinham os rebeldes cachos ruivos no lugar. Quando o senhor Lowe ficou em pé atrás da poltrona e colocou uma mão no ombro da esposa, Kim notou o quanto formavam um casal atraente.

– Poderia nos dizer quando Jemima desapareceu? – Kim perguntou.

– Foi no sábado à tarde – a senhora Lowe respondeu. – Ela estava atrasada da volta do trabalho. Nunca se atrasava quando vinha de lá.

Kim ficou imaginando se a moça de 31 anos todo sábado ia à casa dos pais para um chá.

– Jemima era casada? Tinha filhos?

A senhora Lowe negou com a cabeça.

– Eu sentia que ela estava começando a pensar nisso, mas desde que saiu da universidade sua carreira sempre veio em primeiro lugar. Ela é especialista em equinos, mas está trabalhando na cidade e morando aqui em casa até conseguir organizar tudo.

– Organizar o quê? – Kim perguntou.

– Oh, desculpe, ela está... estava...

O senhor Lowe retomou a fala da esposa. A mulher havia se dispersado quando percebeu que usava o tempo presente para se referir à filha.

– Há uns cinco anos, Jemima de repente decidiu se mudar para Dubai. Foi trabalhar para uma família de criadores de cavalos. Ela havia voltado há menos de um mês.

Kim assentiu que havia compreendido.

– Jemima tinha namorado? – ela perguntou.

– Ela estava vendo alguém. Acho que saiu com o rapaz umas duas vezes.

A caneta de Bryant estava a postos no seu caderno de notas.

– O nome dele é Simon Roach, alguém que ela conheceu enquanto fazia compras um dia na rua. Subgerente de uma loja, acredito.

– O senhor o conheceu?

– Nos encontramos umas vez – o senhor Lowe confirmou. – Uma noite ela o trouxe para jantar.

– E? –Bryant perguntou.

– Não gosto de julgar as pessoas me baseando apenas na primeira impressão que tenho delas.

A mensagem foi claríssima.

– Jemima teve algum problema com alguém, que o senhor saiba?

O senhor Lowe franziu o cenho.

– De maneira nenhuma. Jemima é… era… uma alma boa.

A senhora Lowe abafou um soluço ao ouvir a mudança no tempo verbal para o passado. O marido apertou o ombro dela de novo.

– Jemima não era de bater de frente com os outros. Detestava discussões e sempre pulava fora nessas horas.

Kim se levantou. Já fizera perguntas suficientes por ora. Haviam invadido o pesar dessa família por tempo o bastante naquele dia.

Bryant também se levantou e falou antes que a inspetora tivesse chance de fazê-lo.

– Obrigado pelo tempo de vocês e, mais uma vez, sentimos muito pela sua perda.

Kim caminhava pelo corredor quando uma sombra se moveu no alto da escada e, em seguida, ouviu-se uma porta sendo fechada com suavidade.

A inspetora hesitou um segundo antes de sair da casa.

NOVE

KIM LIGOU O IPOD. Ela não costumava ouvir Bach, mas as cordas nos Concertos de Brandenburgo eram a trilha sonora perfeita para que ela subisse em uma moto.

O compositor orquestrara os concertos para vários instrumentos: duas trompas naturais, três oboés, duas flautas, fagote, cravo, primeiros e segundos violinos, violas e violoncelos. A competência musical exigida para reunir todos esses elementos e produzir uma peça musical não diferia muito da tarefa de montar as peças espalhadas no piso da garagem dela. Um dia aquilo tudo viraria uma BSA Goldstar 1954.

Kim marcara uma reunião para o dia útil seguinte ao encontro com os pais de Jemima. Dawson extraía recortes de papel dos relatórios de pessoas desaparecidas. Stacey já mal conseguia abrir os olhos de tanto mantê-los grudados na tela, e Bryant estava na mesma situação desde o início, acompanhando-a. Todos mereciam a oportunidade de ir para casa antes das sete da noite.

A inspetora odiava o início de um caso, quando havia muito espaço ao redor das letras no quadro branco do escritório. Kim sentia como se estivesse tentando empilhar seixos. Sem algum tipo de argamassa, a coisa não ficaria em pé.

Kim arrumara tempo para limpar todas as janelas da casa e passear com Barney de noite, que agora estava deitado entre o corredor da entrada e a cozinha. Na frente dele, tinha um pedaço de chifre bovino. O cachorro se ocuparia com aquela iguaria por um bom tempo. No caso de Barney, ele a roía um pouco e então a deixava de lado. Nesse ritmo, acabaria legando o chifre aos filhos, Kim ponderou.

Barney era completamente adepto da gratificação instantânea.

Ele e Kim se encontraram pela primeira vez num dos primeiros casos dela. Na época, era o cão fiel de um estuprador sentenciado, que morrera na Thorns Road. Depois do incidente, o cão com o pelo todo salpicado de sangue decidira sentar ao lado do dono em vez de ir embora, livre. E, apesar de as marcas do evento já tivessem sumido, Kim ainda o imaginava sentado naquela cena.

Mais claro ainda na mente da inspetora era a imagem do cachorro sendo levado embora da casa de uma senhora incapaz de cuidar dele e indo para um abrigo de cães, indo parar na área reservada àqueles com pouca chance de adoção. Não tinha sequer uma placa com o nome dele, tamanha era a certeza do abrigo de que ele não encontraria um novo lar.

Infelizmente, por algum motivo, o cão não se dava muito bem com pessoas e já havia conhecido mais casas do que uma imobiliária.

Kim fez um último afago em Barney e se levantou, ciente de que tinha mais em comum com um cachorro do que com qualquer outra pessoa.

Inclinou a cabeça e o observou. Bem do jeito que ele fazia com ela.

– Quer uma cenoura?

O cão levantou as orelhas e balançou o rabo, arrastando-o no piso.

– Quer, né? Eu acho que...

Não completou o que dizia, pois o celular próximo do iPod começou a tocar. Boas notícias não costumavam chegar depois da meia-noite.

Ela checou a tela. Não reconheceu o número.

– Stone – atendeu.

– Ah, inspetora, bem que achei que ainda estaria acordada.

De início, não identificou aquela voz preguiçosa e persuasiva, mas quando a ficha caiu Kim grunhiu no fone.

Tracy Frost, repórter local, grande pé no saco e alguém que não deveria ter o número dela.

– Ainda não é meia-noite aí nesse seu mundinho, Frost? – ela perguntou.

– Ah, sabe como é a vida de repórter, não? A gente nunca dorme.

Kim achava que o termo "repórter" transmitia dignidade e profissionalismo demais para merecer ser aplicado a Tracy, mas deixou por isso mesmo. A mulher fora uma pedra no seu sapato durante sua última grande investigação, ameaçando publicar uma história de sequestro mesmo a imprensa tendo sido vetada de vazar informações sobre. Felizmente, a busca deu certo, o que foi decisivo para o bem-estar das meninas. Ainda assim, Tracy Frost havia servido apenas para criar pressão adicional.

– Um pouco como a vida de vocês policiais, não é? Somos muitos parecidas.

Kim afastou um pouco o celular do ouvido e o olhou como se o aparelho tivesse lambido sua orelha. Será que aquela mulher estava sob efeito de medicação?

– Olhe, vou desligar agora então...

– Se eu fosse você, não faria isso. Vai gostar de ouvir o que eu...

– Tracy, você sabe bem que não somos amigas, não é? – Kim esclareceu.

– Claro que sei – disse ela, com uma risadinha.

– E sabe que não suporto você e que nunca vou lhe passar informação privilegiada de qualquer caso em que eu esteja trabalhando?

– Com certeza – Tracy respondeu.

– Então, por que raios você ainda tá do outro lado da linha?

Kim prendeu a respiração, rezando para que a notícia de Westerley ainda não tivesse sido vazada. Não queria ser obrigada a tirar Woody da cama para apagar incêndios àquela hora da noite.

– Bem, estou escrevendo uma matéria sobre West Mercia, que recentemente resolveu alguns casos arquivados. Pra ser honesta, o artigo se concentra mais no fato de a polícia de West Midlands não ter resolvido os casos, e o seu nome é um pouco mencionado, então pensei em lhe dar a chance de comentar.

Kim suspirou com alívio e aversão ao mesmo tempo. Sabia que Tracy Frost focaria o lado negativo. Sabia também que a tal "chance de comentar", na verdade, queria dizer "oportunidade de se defender".

– Frost, vou desligar – disse Kim, afastando o celular do ouvido.

– Fique tranquila, Stone. Já pedi uma declaração ao seu chefe e ele recusou. Então pensei em procurar você, já que seu nome vai aparecer bastante na matéria.

Claro que apareceria. A recusa de Kim de aceitar o jogo daquela mulher muitas vezes colocava a inspetora no centro das atenções quando Tracy mencionava qualquer coisa relacionada à polícia de West Midlands. A ligação de Frost para Woody também explicava a razão de a visita a Westerley ter sido agendada naquele momento.

– Um dos casos arquivados que vou mencionar é o daquele rapaz chamado Bob...

– Que raio de Bob é esse?

– É o rapaz não identificado que foi encontrado no reservatório Fens Pools há dois anos, com os dedos decepados. Eu me refiro a ele como Bob...

Kim torceu o nariz, enojada.

– Você o chama de Bob porque ele foi encontrado na água?[*]

---

[*] Bob em inglês, além de diminutivo de Robert, indica a ação de mergulhar sob a água e exalar devagar uma torrente de bolhas pelo nariz e pela boca – um exercício para familiarizar-se com o controle da respiração ao aprender a nadar. (N.T.)

— Chamei-o de Bob porque me lembrou meu tio Robert. Não fode, Stone. Não sou tão insensível assim.

O júri interno de Kim preferiu não se pronunciar.

A inspetora colocou o celular no viva-voz e deixou-o em cima da bancada. Voltou para a pilha de peças no meio da garagem e ajoelhou-se. Estava mais interessada em encaixar a biela no pistão do que em qualquer outra coisa que aquela pessoinha tivesse a dizer.

Kim não incentivara Tracy a continuar, mas a repórter foi em frente assim mesmo.

— Você se lembra desse caso, né?

— Lembro, mas não era meu — Kim respondeu, pegando o maçarico.

Era do pessoal de Brierley Hill, que ficava bem perto de onde o corpo fora encontrado. Kim não se envolvera.

— Nunca pegaram o assassino.

— E daí? — Kim perguntou. Era o que acontecia às vezes. Nenhum policial gostava, e tampouco jamais conseguia esquecer um caso não resolvido. O assunto o cutucava de vez em quando, como uma coceira que você não conseguisse coçar.

— Vamos lá, Stone. Vai dizer que não ficou intrigada com um cara com os dedos decepados? Isso não despertou sua curiosidade? Um assassino garantiu que não fosse possível identificar a vítima e ainda se saiu bem. Você não toma isso como uma ofensa?

Claro que sim, e a maldita daquela mulher, capaz de enfurecer qualquer um, sabia disso muito bem.

A inspetora notou com um sorriso que Barney dera a volta e agora deitava de costas para o telefone. Sem dúvida, aquele era um cachorro inteligente.

Kim deixou o maçarico de lado e começou a remexer nas coisas que estavam em cima da bancada.

— Que inferno, Stone, o que você tá fazendo? — Tracy gritou.

— Procurando uma ferramenta, portanto se você já terminou essa sua conversa de fim de noite...

— Fala sério, inspetora. Se esse fosse um dos seus casos, sem dúvida ele seria...

— Aaaah, a chave de boca — Kim disse.

— Como assim!? — intrigou-se Tracy.

— Achei — disse, pegando a ferramenta.

– O coitado desse rapaz não tem identidade, não tem nome. Quer dizer, imagine se fosse um membro da sua família, já pensou nisso? Ele não teria sido tratado com essa indiferença...

– Nenhuma vítima é tratada com indiferença – Kim interrompeu-a e percebeu tarde demais que havia dado à repórter exatamente o que ela vinha procurando. Uma reação. – Vou desligar agora, Frost – ela disse, pegando o celular.

– Olha, só pra você saber, comprei um sapato novo para a sua cerimônia de homena...

Kim encerrou a ligação e gostou da repentina paz que sobreveio ao lugar, depois de ter sido invadido como se Tracy em pessoa estivesse ali.

A inspetora buscou o iPod e trouxe Bach de novo àquele seu lugar especial.

Mas, afinal, o que Tracy Frost estava pensando? Agindo como se Kim realmente precisasse assumir casos não resolvidos de outras equipes do distrito! Ela já tinha trabalho de sobra na sua unidade policial.

E, no entanto, enquanto tentava encaixar a biela no pistão, Kim se pegou pensando de novo naquele homem chamado Bob.

DEZ

TRACY FROST entrou na sua casinha alugada no final da rua principal de Quarry Bank. O distrito não estava na parte mais rica de Amblecote, mas mesmo assim usava o CEP da região abastada no seu endereço de correio.

A primeira coisa que Tracy fez ao entrar em casa foi parar em pé junto ao laptop na mesa de jantar e apertar a barra de espaço. O computador zumbiu ao voltar à vida, revelando no centro da tela o Audi TT branco, seu bem mais querido.

Na rua principal de Quarry Bank, um carro como aquele podia atrair más intenções. Às vezes, pessoas a caminho de uma das lojas de batatas fritas no alto da subida paravam para admirar o carro. Crianças que olhavam a vitrine da loja de motos em frente atravessavam a rua para dar uma espiada nele. Vizinhos invejosos esvaziavam um pneu ou dois. Aliás, aquela era uma ocorrência frequente antes de ela instalar uma câmera.

Era quase uma da manhã, e haveria poucas pessoas a essa hora passando pelo carro dela.

Frost deixou a tela aberta enquanto tirava os sapatos de salto alto. Odiava aqueles malditos saltos, mas não saía sem eles por nada deste mundo. Amava seu carro mais que tudo, mas, se tivesse que escolher entre os dois, ficaria com os saltos altos. Sua sanidade dependia disso.

Uma sensação de inquietude a atormentou o dia inteiro. Já fizera tudo o que normalmente aliviava sua ansiedade. Deu uma olhada nas suas contas na internet e não achou nada de importante. Nenhuma mudança brusca nos seu saldo bancário, um pouco abaixo do limite do cheque especial.

Fuçou a agenda, para a frente e para trás, a fim de certificar-se de que não havia deixado passar em branco algum aniversário ou se esquecido de um que estivesse se aproximando.

Já ligara para a mãe e ouvira as miudezas do cotidiano sobre os mesmos assuntos conversados na ligação anterior. Como sempre, Frost fingiu que estava tudo indo muito bem e afirmou que sem falta daria uma passadinha para vê-la algum dia da semana seguinte. Odiava que aquelas duas declarações fossem mentiras e odiava mais ainda ter certeza de que a mãe já sabia disso.

Achou que atormentar um pouco a policial que ela menos apreciava ajudaria a levantar seu astral, mas não funcionou.

Frost nunca admitira a Kim Stone que uma sombra de culpa a acompanhava sempre que pensava em Bob. Dois anos atrás, ao ver o corpo do rapaz sendo colocado na ambulância, jurara que descobriria quem tinha feito aquilo com ele, quem quer que fosse. Estava decidida a propor ao seu editor um artigo com um tom mais humano, focado em descobrir quem era aquele rapaz.

Dois dias depois, ela cobriu a história de um jogador de futebol local cuja dependência em cocaína havia sido vazada por uma de suas namoradas. Tracy não resistira à tentação e escrevera um artigo sobre sexo e drogas, que fez o *Dudley Star* alcançar sua segunda maior circulação, superada apenas por uma edição comemorativa sobre a princesa Diana.

Quando a repórter falou com seu editor sobre Bob na semana seguinte, ele mal se lembrava daquele homem removido do lago e acabou negando aval para o artigo. Apesar de não fazer parte da força policial encarregada de investigar aquele assassinato, ela se sentia um pouco responsável pelo assassino ainda vagar à solta. Isso era uma das coisas que de vez em quando brotavam em sua consciência, como se a estapeassem. A notícia do sucesso de West Mercia em esclarecer alguns casos arquivados trouxera Bob de volta à linha de frente de sua mente.

Ao longo do dia, ela tentara pensar em qualquer outra coisa, mas a sensação não desapareceu.

Talvez só precisasse dormir um pouco mais. Esses sentimentos raramente duravam até o dia seguinte.

Frost subiu ao quarto segurando seu par de *Jimmy Choos* e abriu a porta. Colocou os sapatos atrás dos outros stilettos de bico fino da linha *Anouk*. Já tinha seis pares – todos com um reforço no pé esquerdo.

Sabia que as pessoas riam dela pelas costas quando a viam andando com eles, mas não se incomodava com isso, porque o que elas não sabiam era que os sapatos a ajudavam a esconder seu verdadeiro problema.

Aquele que a atormentara a maior parte de sua vida.

ONZE

AH, MAMÃE, sinto saudade de você todos os dias.

Tenho me arrastado pela lama dos anos desde que você me deixou.

É estranho que eu sempre expresse isso desse modo na minha mente. Você me deixou. Você não me deixou. Você morreu, porra.

Desculpe, mamãe, você não gosta de palavrão, nem eu. É sinal de vocabulário limitado, você dizia.

Eu sempre acabo concordando com você, mamãe.

Lembro de uma vez que não concordei. Assim que acordei, vi uma roupa estendida ao pé da cama. Era um vestido tipo avental, marrom, abotoado na frente. Marrom-escuro. Cor de lama. Era só um retângulo e o comprimento caía em algum lugar entre os joelhos e os tornozelos. Um bloco de terra comprido e sem forma, com duas abas na frente, como falsos bolsos. Não tinha nem bolsos de verdade.

Eu gostava de bolsos.

Odiei aquela roupa. Não queria usá-la e lhe disse isso.

Você perguntou se eu poderia reconsiderar. Eu neguei.

Você deu aquele sorriso triste, e compreendi que tinha cometido um erro. Mas não podia voltar atrás.

E você tampouco cederia.

Sem dizer nada, você saiu do meu quarto. Pegou todas as minhas roupas favoritas e desceu com elas. Pegou a tesoura, aquela bem afiada com a qual você cortava meu cabelo. Eu sabia que era afiada porque uma vez você arranhou meu pescoço sem querer ao aparar meu cabelo.

Você sentou à mesa da cozinha, um sorriso rondando seus lábios, e fiquei feliz por ver alguma expressão.

Cortou. Cortou. Cortou.

Assisti a você cortar todas as roupas em pedacinhos – as tiras de tecido caíam como serpentinas no chão, entrelaçando-se, e formando uma espécie de poço de cobras.

O avental estava dobrado na mesa entre nós.

Você não cortava as roupas pelas costuras. Cortava para que nunca mais pudessem ser reparadas. O dano estava feito.

Uma lição a ser aprendida.

Comecei a tirar minha roupa e a tesoura desacelerou, mas não parou. Olhei para você, mas você nem olhava para mim porque sabia.

Você tinha vencido.

Eu vesti a camiseta amarela e depois enfiei aquela laje marrom. Pendia como um bloco de chocolate impassível.

Você pôs a tesoura em cima da mesa da cozinha, com suavidade, sem dizer nada, e caminhou para junto da pia.

Eu fiquei imóvel em pé no meio da cozinha, olhando fixo para as suas costas. O único som era o das suas mãos agitando a água quente com detergente para fazer bolhas.

Mas você ainda não falava nada. O que mais eu fizera de errado? Tudo o que você pedira eu tinha feito, mas aquele muro de silêncio e aquelas costas curvadas de desgosto continuavam.

– Mamãe...

Você se virou. O rosto impenetrável escondia em algum lugar a promessa de um sorriso.

Esse foi meu momento, minha oportunidade de colocar nosso mundo de novo no devido lugar.

Se pelo menos eu dissesse a coisa certa.

– Mamãe, brinca comigo.

E finalmente você sorriu.

Mas você não está mais aqui para brincar comigo, mamãe, está? Meus outros amigos, porém, estão.

Agora preciso ir.

Meu segundo melhor amigo está me esperando.

DOZE

– CERTO, PESSOAL, VAMOS LÁ. Stace, o que a gente sabe sobre a equipe de Westerley? – Kim perguntou, ansiosa para colocar a investigação para andar no primeiro expediente integral da equipe no caso.

– O professor Christopher Wright nasceu em 1959. Perdeu o pai quando tinha 2 anos e a mãe não se casou de novo. É um solteirão convicto e já passou por várias áreas médicas até se estabelecer em Biologia Humana. De acordo com o que pesquisei até agora, produziu muitos artigos científicos e consta como consultor de sete universidades.

– Camarada inteligente. – Bryant observou.

– Ah, e tem mais – disse Stacey, prosseguindo. – Ele é um especialista qualificado e já testemunhou em pelo menos três investigações de assassinato e duas apelações. Tem a reputação de permanecer tranquilo mesmo sob uma forte acareação. E, além de trabalhar em tempo integral em Westerley, também é muito ativo no circuito de palestras.

– Um de seus alunos apresentou uma queixa contra ele em seus primeiros dias de magistério, mas era infundada e mais tarde foi retirada. Ah, e ele tem um gato chamado Brian.

– Nossa, Stace – Kev disse, malicioso. – O que você fez? Saiu com ele?

– Pra ser sincera, ele está por toda parte na internet. Não foi difícil colher essas informações – Stacey admitiu.

Kim abriu a boca para perguntar algo, mas a detetive policial se antecipou com a resposta.

– Nenhum registro criminal, chefe. Três multas por estacionar em local proibido, todas pagas no prazo.

– O cara é meio que um livro aberto – disse Bryant. Não havia nada ali que fosse digno de nota.

– Em relação a Catherine Evans, a história é bem diferente – disse Stacey, erguendo as sobrancelhas. – Nenhum trabalho científico ou artigo publicado. Encontrei-a no LinkedIn, mas não tem Facebook ou Twitter. Realmente estranho.

Não tão estranho assim, pensou Kim. O LinkedIn, ela sabia, era um tipo de Facebook para profissionais. Kim não estava nele, assim como também não tinha conta no Facebook nem no Twitter. Algumas pessoas simplesmente escolhiam viver longe das mídias sociais.

– O próximo.

– Jameel Mohammed tem 22 anos, era o melhor aluno da turma em análise estatística na Universidade Loughborough. Você pode encontrá-lo no Facebook, Twitter, Snapchat e Pinterest. Tem seis vídeos dele no YouTube tocando guitarra... mal. Mora em Netherton com a mãe e o pai e duas irmãs mais velhas.

Ok, Kim ponderou. Nada ali gritava: "Ei, eu sou um assassino".

– Continue fuçando a Catherine. E acho que precisamos jogar a rede um pouco mais longe. Contate o professor Wright e obtenha uma lista das pessoas envolvidas na criação de Westerley.

– Vou fazer isso, chefe.

– Stace, antes disso – Kim coçou o queixo –, você pode me mostrar a vista aérea do local?

A câmera foi dando zoom e Kim aguardou até ter uma noção da área toda.

– Quero ter uma ideia melhor de como o cara conseguiu colocá-la aí dentro.

O Google continuou fazendo o mundo rodar diante dos olhos da inspetora.

– Pare. Ali está o riacho que demarca o limite do terreno de Westerley, então sabemos que Jemima não foi descartada na propriedade deles.

Kim ponderou se aquela informação seria ou não relevante.

– Abra o zoom de volta... devagar. Tem alguma outra coisa na área?

Tanto ela quanto Stacey olhavam atentas conforme a visão da câmera recuava.

– Isso é uma estrada, Stace?

Stacey ampliou a imagem ainda mais.

– Parece algo do tipo.

Era uma trilha de via única para carroças, e, ao examinarem mais detalhadamente, viram que era de terra. Pouco mais que um rastro de marcas de pneu aberto na grama.

– Acha que um homem sozinho seria capaz de carregá-la subindo essa encosta gramada, chefe?

– De algum jeito ela foi despachada ali, Bryant, e não foi pelo Correio Real. – Kim virou para Stacey. – Recue o zoom de novo. Deus do céu, não tem nada ali em volta.

A escolha do local começava a intrigar bastante a inspetora. Aquele lugar devia significar alguma coisa para o assassino, e ela queria descobrir o quê.

– Ok, Stace, continue o que está fazendo. Kev, quero que você se concentre no acesso ao lugar e no circuito interno de TV. Como esse cara levou a mulher até lá em cima?

Alguma coisa ali não fazia sentido.

TREZE

— CHEFE, poderia me refrescar a memória e dizer o que foi que eu fiz pra merecer o prazer de voltar aqui com você?

— Acho que você simplesmente tem sorte – disse Kim enquanto aguardavam o portão abrir.

— Ah, sei, sei...

— Bryant, você sabe que sou muito justa ao escolher quem vai pegar os trabalhos de merda. São as pessoas que ficam pegando mais no meu pé. Simples.

— Ah, tá, isso explica por que sou sempre o escolhido.

Kim abriu a boca para contra-argumentar, mas logo a fechou, ele tinha razão. E o portão ainda não abrira.

— Aposto que o nosso maldito assassino não teve tanta dificuldade pra entrar aí – Kim resmungou, apertando de novo o botão.

O portão começou a abrir.

A inspetora entrou e atravessou o trecho de cascalho. Deu uma olhada nos carros enfileirados e gemeu de modo contido ao ver a picape vermelha de Daniel Bate.

— Nem um pio – grunhiu para Bryant.

— É, parece que já estou encrencado o suficiente.

Ela estacionou no final da fileira ao lado de um Aston Martin prateado. Um carro que ela não tinha visto estacionado no outro dia.

— Ok, vou pegar a Catherine pra ela me levar a uma espécie de visita guiada e, enquanto isso, você conversa com os outros.

Ao sair do carro, a inspetora se virou para trancar a porta.

— Olá, Kim. Torci pra você voltar – Daniel Bate disse, indo para o carro dele.

— Por que você ainda está por aqui? – ela perguntou.

— Não tenho nada muito urgente lá em Dundee, então pensei em dar uma esticada por aqui. Ficar um tempo atazanando as pessoas.

— Deve ser bom ter essa flexibilidade toda – comentou ela.

— Fiz por merecer – ele declarou com simplicidade.

O jeito como ele dizia aquilo era irritante, mas ela sabia que era verdade. O tempo que os dois haviam passado juntos no caso Crestwood lhe mostrara que Daniel não tinha medo de trabalhar duro.

— Bem, é só você não me atazanar – disse ela com ele já de costas.

— Acredite ou não, eu sequer estou tentando. Por enquanto.

Daniel abriu a porta do passageiro. Lola, sua cadela caolha, saltou para o chão, sacudindo o corpo e abanando o rabo. O animal virou, encarou Kim por um segundo e então correu até ela, que estava atrás da picape. Kim não tinha noção do quanto a visão da cadela estava afetada, mas não parecia atrapalhá-la minimamente.

Kim estendeu a mão para que Lola a cheirasse.

— Não faz muito sentido fazer isso – Daniel disse, andando em direção a ela. Trazia uma guia na mão. – Cachorro tem um olfato tão bom que é capaz de Lola ter sentido seu cheiro antes de você atravessar o portão.

Sim, Kim sabia disso, mas de qualquer modo sua reação natural foi mostrar à cadela que não era uma ameaça.

Lola começou a cheirar alucinadamente as botas de Kim e deu uns dois latidos brincalhões. Daniel balançou a cabeça, achando divertido.

— Gostou de você. Sabe Deus por quê. – Bryant deu uma risada, com ar de sabichão.

— Ela está sentindo o cheiro do Barney. – Kim lançou-lhe um olhar homicida.

— Quem é Barney? – Daniel perguntou, desviando o olhar dela para Bryant.

— É o meu peixinho dourado – ela respondeu.

Daniel olhou para baixo, vendo que a atenção de Lola ainda se concentrava na bota de Kim.

Ele levantou uma sobrancelha.

— O que você fez, esmagou o peixinho com o pé?

— Foi isso mesmo, ele estava me atazanando – disse Kim, indo embora. Ainda ouviu a risada de Daniel atrás dela.

A inspetora abriu a porta do alojamento e deu de cara com um peito vestido em um pulôver azul-marinho de malha grossa. Olhou para cima, mas então nivelou o olhar com o do homem, quando ele desceu o degrau até o caminho de terra.

A primeira coisa que ela percebeu foi que o sol ou desapareceu por trás daquele corpo de lutador, ou da sua cabeça rapada.

— E você é quem? – ela perguntou.

— Darren James, vigia. E estou indo pra casa.

Ele puxou um cordão em volta do pescoço e mostrou um crachá de segurança. Obviamente ele passara a noite ali guardando os corpos e agora queria apenas terminar seu turno e ir embora.

– Bem, você disse duas verdades, não três – Kim avisou. – Você não vai a lugar nenhum sem antes ter uma conversa rápida com o Bryant aqui.

– Não vai dar, meu amor. Minha cama me chama depois de um turno de treze horas. – Ele apontou com a cabeça para a porta aberta. – Meu chefe tá aí dentro. Pode ir lá se entender com ele.

Ela deu uma espiada no crachá dele.

– Em vez de "meu amor" que tal "detetive inspetora"? E não me obrigue a algemá-lo aqui na porta.

Ele olhou para Bryant. E Kim revirou os olhos.

– Eu posso realmente algemar você, Darren, mas, na verdade, a gente precisa que você fique mais um pouco.

O segurança ainda a olhava duvidando. Francamente, será que ninguém mais era capaz de aceitar uma brincadeira?

– Bryant vai falar com você primeiro, e então você estará liberado pra ir logo pra casa, ok?

Ele assentiu.

– Posso fumar um cigarrinho antes?

– Tudo bem – ela disse, passando por ele e entrando no alojamento.

Jameel e seu colega viraram-se. Jameel assentiu brevemente e voltou a olhar para a tela. O homem ao lado dele demorou-se mais um pouco.

Kim encarou aquele olhar. O terno cinza de ótima qualidade indicou-lhe que olhava agora para o proprietário do Aston Martin lá fora. Era um homem que sabia vestir um terno caro. Nem muito justo, nem folgado demais. A camisa era de um branco impecável e a gravata grená era de seda. Tinha o cabelo castanho curto, cortado com estilo e de maneira profissional, e os cílios mais negros que ela já vira em um homem.

Ele se levantou e estendeu a mão. Kim avançou e cumprimentou-o.

– Curtis Grant, diretor administrativo da Elite Sistemas de Segurança.

Kim reconheceu o nome. Estava bordado no pulôver de Darren.

Pelo canto do olho, ela pôde ver a tela dividida em quatro de Jameel.

– Foi você quem instalou o circuito interno de TV aqui? – perguntou.

Ele assentiu e completou:

– Nós montamos um sistema de segurança completo para atender a todas as necessidades.

O homem começou a vasculhar o bolso do paletó e Kim ergueu a mão, dispensando o gesto. Certamente ele tinha o hábito de oferecer um cartão de negócios a todo mundo, mas ela não fazia parte do público-alvo de seus serviços.

Ele avançou mais um passo.

– O professor Wright pediu que viesse. Estamos estudando fazer um *upgrade*.

Bem, deveriam ter feito isso há tempos, ponderou Kim, mas isso não era problema dela.

A inspetora virou-se e avançou pelo interior do alojamento.

– Bom dia, professor – disse ela. E, sem dúvida, estava progredindo. Já aprendera a dizer bom dia para os outros. Se Woody visse, ficaria orgulhoso.

– Por favor, inspetora, pode me chamar de Chris.

Ela concordou com um aceno. Raramente permitia às pessoas envolvidas num caso que a tratassem por algo diferente de seu título. Não incentivava a intimidade de usarem seu primeiro nome. Era bom que se lembrassem de que estavam lidando com oficiais de polícia e não com amigos. Se bem que às vezes abrir mão de ser tratada pelo cargo lhe era útil.

Ele virou as costas para os demais e então baixou o tom de voz para um sussurro.

– Houve algum desdobramento do caso? Qualquer coisa que possa compartilhar conosco?

Kim entendia bem a razão daquela perguntava. Ele era o diretor da unidade e estava presente quando o corpo foi encontrado. Mas, de todo modo, era um civil e ela não podia compartilhar detalhes do caso com ele, como não podia com qualquer outra pessoa.

– Sinto muito, professor, mas realmente não posso comentar sobre as nossas linhas de investigação.

Kim, que não fora capaz de fazer sua boca pronunciar o primeiro nome de Wright, ignorou a surpresa no rosto dele e prosseguiu com o motivo de estar ali.

– Gostaria de dar uma volta com...

– Catherine está prestes a começar a ronda que ela costuma fazer todas as manhãs. Vocês poderiam ir juntas.

Perfeito. Kim assentiu e se aproximou da mulher, que estava concentrada na prancheta que segurava.

– O professor disse que eu poderia...

– Eu ouvi, inspetora. Não sou surda – disse Catherine sem erguer a cabeça.

Claramente não era alguém que funcionasse bem de manhã, Kim deduziu. Mas não se chateou. Ela mesma ainda precisava descobrir qual era a hora do dia em que seu humor ficava melhor.

Só que estava longe de ser alguém paciente. Então tossiu de leve, instigando-a.

Catherine finalmente se virou e olhou para a inspetora. Não sorria nem fazia uma cara feia.

– Foi muito sutil isso – disse a mulher, ficando em pé e ultrapassando a altura de Kim. O jeans folgado e a camiseta preta sem mangas acentuavam sua aparência andrógina. – Bem, agora estou pronta para começar.

Kim guardou o celular no bolso de trás do jeans preto e tirou a jaqueta. Fazia cerca de dezenove graus, e o tempo estava úmido.

Ela seguiu Catherine, saindo pela porta e virando à esquerda. A descoberta do corpo de Jemima havia restringido sua visita guiada, Kim percebeu que o trajeto que percorriam agora era outro.

– Então você é entomologista? – a inspetora perguntou assim que pisaram na grama, deixando o cascalho para trás.

– Sim – Catherine respondeu.

– E você tem trabalhado aqui para...

– Estou pensando agora, inspetora. Eu trabalho enquanto estou caminhando.

E eu também, Kim pensou. *Ou pelo menos tento*.

As falas de Catherine não eram desagradáveis nem rudes, apenas frias e distantes. Não muito diferente da própria Kim, a inspetora reconheceu.

– Quer dizer que sou um dos suspeitos? – ela perguntou, e Kim viu a primeira evidência de uma expressão: a insinuação de um sorriso.

– Todos são suspeitos – Kim respondeu honestamente. – Portanto...

– Eu trabalho em Westerley desde o início, e foi o professor Wright quem me pediu que largasse meu antigo emprego.

– E onde vocês dois se conheceram?

– Na Universidade Aston, fui aluna dele.

– Certo, quer dizer que o que levou você... ah, meu Deus! – Kim exclamou.

– Quero que você conheça o Elvis – Catherine disse.

Havia um corpo colocado meio sentado, meio deitado, contra o tronco de uma árvore. Se Catherine não tivesse mencionado o nome, Kim não teria conseguido determinar o gênero.

A inspetora não havia se assustado por causa do corpo, e sim pelo volume de vespas. Uma delas zumbiu perto do seu ouvido, e Kim afastou-a na mesma hora. Duas vespas pairaram perto do olho direito de Catherine, mas ela não fez nenhum movimento para tirá-las de perto.

Nervos de aço, Kim notou.

– Elvis está nos ajudando a aprender sobre a atividade das vespas no corpo.

– Como assim? – Kim perguntou.

Catherine inclinou-se, aproximando-se do corpo. Kim não. Ela já havia visto muitos cadáveres sendo vasculhados à procura de pistas que a ajudariam a fazer seu trabalho. Mas a visão de cadáveres propositalmente abandonados à comunidade de insetos e da vida silvestre, para que estes se banqueteassem e se alojassem, era uma experiência nova para a inspetora.

– Não é segredo que os tufos de ovos de mosca eclodem em milhares de larvas, em questão de quatro a seis horas. Mas as vespas também aparecem nas primeiras horas. Algumas se alimentam do próprio corpo. Outras capturam moscas em suas asas, levam-nas embora e as decapitam com uma rápida mordida de suas mandíbulas. Outras banqueteiam-se com as massas de ovos de mosca ou com as larvas jovens que eclodem pelas aberturas do corpo.

– E o que vocês esperam aprender a respeito das vespas? – Kim perguntou, recuando um passo. Catherine havia se movimentado em volta do corpo, fazendo com que um monte delas emergisse do olho esquerdo do cadáver.

Catherine não se incomodou.

– Quero analisar o nível de atividade das vespas em relação ao de decomposição. Há o estágio recente, o intumescido, o de putrefação e o estágio seco.

Kim constatou, devido ao aroma único que Elvis exalava, que ele ainda não atingira o estágio seco.

– Alguma razão para vocês terem colocado o Elvis debaixo de uma árvore?

Catherine assentiu enquanto ficava em pé.

– Corpos deixados ao sol tendem a mumificar. A pele fica dura como couro, impermeável a larvas.

Catherine começou a escrever, o que impediu Kim de fazer mais perguntas. A mão da mulher se movia rapidamente pelo papel, mas foram as articulações que chamaram a atenção da inspetora. Os quatro nós dos dedos contrastavam com a pele bronzeada. Eram todos esbranquiçados, pois um tecido de cicatriz havia se formado ali.

– Pode continuar falando – disse Catherine.

A mulher tentou escrever alguma coisa e então balançou a caneta para cima e para baixo.

– Você realmente gosta de seus insetos, não é?

– Fico fascinada com a habilidade que têm de sobreviver. Só espero que nunca aprendam a se comunicar entre si.

– Por quê? – Kim perguntou, estranhando um pouco a declaração.

– Porque os insetos constituem mais da metade de todos os organismos vivos, há mais de um milhão de espécies deles. Portanto, se um dia conseguirem se comunicar entre si, teremos um problema dos grandes.

Kim nunca pensara em algo assim. Mas talvez Catherine já tivesse pensado nisso o suficiente por elas duas.

Catherine sacudiu a caneta de novo e então olhou para Kim.

– Tem uma caneta pra me emprestar?

Kim negou com a cabeça.

Enquanto Catherine rolava a caneta entre as palmas, Kim aproveitou para dar uma olhada naquele lugar onde estivera apenas vinte e quatro horas antes. Não acontecia atividade nenhuma ali.

– Os técnicos já foram embora?

Catherine assentiu.

– Pouco antes de eu chegar hoje cedo.

Kim não fora informada de que eles haviam terminado de coletar provas. Então, pegou o celular e ligou para Woody.

– Stone – ele cumprimentou.

– Os técnicos foram embora, senhor. É uma área bem grande. Não acredito que já tenham vasculhado tudo.

– Estou sabendo disso – ele respondeu. – Foi ordem minha. Eles foram desmobilizados logo cedo.

– Eu poderia saber o porquê?

– Não que eu tenha que explicar minhas decisões a você, Kim, mas é que ontem à tarde foi descoberta uma célula terrorista abandonada em Digbeth.

Certo, ela não precisava de mais explicações. Terrorismo era uma prioridade. Cada centímetro de uma célula abandonada precisava ser analisado. Naquele local, Kim lidava com uma pessoa que já havia sido morta, mas as pistas em Digbeth permitiriam talvez salvar centenas senão milhares de vidas.

Mas entender a situação é diferente de gostar dela.

– Ok, senhor, obrigada por me informar.

Ela encerrou a ligação antes que ele tivesse tempo de reagir à sua pequena alfinetada por não ter sido informada antes.

Catherine olhou para trás em direção ao alojamento, a apenas cem metros delas, erguendo a caneta.

– Eu preciso voltar lá pra pegar outra...

– Pode aproveitar e mandar o Bryant vir aqui? – Kim perguntou. Já não se concentrava mais em Catherine, mas, sim, na cena do crime.

Catherine assentiu e partiu.

Kim afastou-se alguns passos de Elvis e de seus ocupantes e observou Catherine voltando ao escritório.

A inspetora não conseguiu evitar de pensar que apenas um tipo muito especial de pessoa teria tanto prazer em estudar a atividade e os hábitos dos insetos.

CATORZE

— VOCÊ JÁ PODIA ter tirado o paletó, Bryant — disse Kim quando ele se aproximou.

— Estou bem assim, obrigado.

Kim balançou a cabeça. Era muito raro vê-lo sem paletó fora da sala do esquadrão.

— Conseguiu alguma coisa lá dentro? — ela perguntou, andando pelo campo.

— Nesse tempinho de nada? — ele replicou.

— Bem... alguma coisa... qualquer coisa...

— E você descobriu o quê, exatamente? — o colega perguntou.

Kim sorriu.

— Bem, já que você perguntou, descobri que Catherine parece gostar mais de insetos que de pessoas. E que tem umas cicatrizes muito intrigantes na mão direita, e que não é fácil arrancar informações dela.

Bryant soltou um suspiro.

— Descobriu tudo isso sem precisar ameaçar torturá-la simulando um afogamento?

— Isso mesmo. Agora é sua vez.

— Descobri o nome do cara da segurança.

Ela grunhiu.

— Ok, ele mora na rodovia, a menos de um quilômetro daqui, portanto, Westerley, apesar de dar calafrios, fica bem à mão pra ele. Trabalhava antes de porteiro, mas o patrão transferiu-o para cá.

— Algo mais? — ela perguntou.

— Sim, a cada duas horas ele tem que fazer uma ronda, mas na maioria das noites ele não se dá ao trabalho e então apenas coloca um tique na planilha, como se já tivesse feito.

— Fabuloso — disse Kim. — Acredito que agora ele tenha passado a fazer a ronda, se é que ainda quer o emprego.

— E por que eles foram embora antes? — Bryant apontou com a cabeça para o local da cena do crime.

— Uma célula terrorista abandonada em Digbeth.

Bryant entendeu e suspirou.

– Quer dizer que agora vamos ser forenses também?

Como detetives, sabia que eles acabavam virando o que fosse preciso para conseguir realizar o trabalho.

Chegaram ao outro lado do campo. Kim parou depois do riacho e localizou o lugar exato onde Jemima havia sido abandonada. A grama, alta até a altura do tornozelo, estava aplanada ali, pisoteada, como nos círculos de plantações. Havia um caminho encosta abaixo, onde o furgão dos técnicos estacionara enquanto eles trabalhavam.

Kim ficou em pé no alto da encosta. O terreno começava a inclinar a cerca de um metro e meio do caminho, e continuava subindo por uns dez metros, e depois descia em direção ao portão de entrada.

De onde ela estava, o trajeto direto até aquele caminho era mais rápido, só que íngreme demais, por isso os técnicos preferiam se deslocar beirando a elevação até a inclinação ficar mais leve, para evitar riscos.

– É improvável que reste alguma coisa para encontrar, chefe – disse Bryant, enxugando a testa com um lenço. Embora os técnicos tivessem deixado a área, ainda havia uma fita de isolamento estendendo-se por uns cinquenta metros entre duas árvores.

– Mas não vamos desistir – disse a inspetora, passando por ele e continuando a vasculhar o chão descendo a encosta. Não fazia mais sentido procurar por algo na área atrás deles, pois já havia sido examinada e, pior ainda, pisoteada. Além disso, uma busca em linha reta não daria em muita coisa agora que eram apenas os dois.

Mas, no trecho à frente deles, muita coisa havia ocorrido. O assassino estacionara seu veículo, tirara Jemima de dentro, arrastara e carregara o corpo morro acima e colocara a moça no chão para matá-la.

Kim seguiu mais uns passos a leste e então virou.

– Espere aqui – ordenou, e continuou pelo caminho que os técnicos fizeram para descer ao pé do morro. Ela andou por ali até se alinhar à posição de Bryant. Agora estava no trajeto mais curto e direto, mas também mais íngreme, que ia de lá de baixo até o alto.

– Bryant, desce aqui – ela o chamou.

Quando Bryant chegou, Kim já descobrira o que estava procurando.

– Dê uma olhada na grama – disse ela, apontando para um trecho aplanado a trinta centímetros de distância do caminho.

Bryant deu de ombros.

— O que eu deveria ver exatamente? — perguntou, parando do outro lado do trecho.

— Essa é a trilha dele — disse Kim, e começou a subir a encosta pela linha de grama aplanada.

No trajeto, que não era totalmente reto, era possível perceber nos pontos em que se desviava um pouco uma marca circular afundada na grama.

Conforme seguiam a linha, ficava claro que iam em direção ao local exato em que Jemima fora encontrada.

— O que acha que são essas outras marcas, chefe? — Bryant perguntou enquanto desciam de volta a encosta.

Kim parou na metade da descida e abaixou-se. Ao deitar-se na grama, ajustou a posição do seu corpo até se encaixar na forma deixada por Jemima. Gramas mais altas e urtigas erguiam-se de ambos os lados da inspetora.

— Chefe, será que é preciso mesmo fazer isso?

— É a cabeça dela — disse Kim, ignorando-o. — Conforme Jemima era puxada, sua cabeça batia, desgovernada.

Quando Jemima era arrastada em linha reta, sua cabeça não produzia nenhum impacto na grama, que já estava aplanada pelo corpo dela, mas quando seu assassino mudava de direção, mesmo que só um pouco, a cabeça da moça demorava um segundo para se alinhar de novo.

Kim estava a ponto de levantar quando ouviu uma voz familiar. Daniel Bate a chamava ao pé da encosta.

— Ei, inspetora, isso é um piquenique privado ou posso me juntar?

Ela se sentou.

— Daniel, quantas vezes vou ter que repetir que você precisa...

— Cair fora? — ele perguntou. — Não, de jeito nenhum, inspetora, até porque não vim aqui à sua procura. — Ele ergueu a vista e olhou para a encosta. — Acho que vai até pensar que estou tentando evitá-la de propósito.

Bom... então eles finalmente estavam se entendendo.

Ele deu um tapinha na cabeça de Lola, ao lado dele.

— Se bem que foi bom ouvi-la me chamar pelo primeiro nome.

Ok, talvez não estivessem exatamente se entendendo. Além disso, Kim não percebera seu lapso.

— Bryant, tire umas fotos — ela instruiu.

— Fotos do quê? — ele perguntou.

— Uma do exato lugar em que estou agora, e depois uma da linha que sobe a encosta e outra do alto do morro.

Ele pegou o celular e bateu uma foto, tentando esconder seu sorriso irônico. Daniel, nem isso fazia.

– Não tem outro lugar pra ir? – ela perguntou a Daniel, fazendo um movimento para ficar em pé.

Ele deu uma risadinha e balançou a cabeça.

– Na verdade, não, e estou me sentindo bem à vontade aqui.

Kim bufou contrariada ao apoiar as mãos ao lado do corpo para levantar.

– Merda! – gritou quando sua mão direita encontrou alguma coisa na grama. Era a mão que ela havia cortado, quase até o osso, na sua última grande investigação e que ainda lhe causava certo desconforto.

– O que foi? – Bryant perguntou, avançando um passo.

A inspetora se abaixou, com cautela, e recuperou o objeto.

– Que diabos é isso? – Bryant perguntou, quando ela o exibiu na palma da mão.

Parecia um grampo de cabelo. Um plástico branco cobria o arame que lhe dava forma. No centro tinha um motivo decorativo, em metal colorido.

Ela olhou o objeto mais de perto. O motivo era um coração cortado em dois, com os lados da separação denteados. Justo os lados que tiveram contato com a palma da sua mão. Para Kim, parecia com umas gargantilhas que vira vendendo por aí, numa embalagem com duas peças, para que cada pessoa usasse uma das metades do coração na sua gargantilha.

– Minha mulher usa uma presilha parecida – Bryant disse. – Sem o coração, claro. É pra segurar a franja quando ela está alisando o cabelo.

Sim, era exatamente o que Kim estava pensando.

Bryant tirou uma bolsa plástica de provas do bolso do paletó. A inspetora depositou a presilha ali dentro e voltou-se para Daniel.

– Bem, foi muito bom ver você de novo... – e então abaixou-se e acariciou a cadela – ...viu, Lola?

Kim sorriu e deu meia-volta.

Sua mente já voltara a pensar na presilha de cabelo. E em entregá-la a Keats.

Mas a inspetora descobrira muito mais do que mencionara. Não precisava mais aguardar o relatório da toxicologia para saber que Jemima havia sido drogada. Restava era saber com o quê. Além disso, ao compreender que a vítima fora arrastada, talvez pelos tornozelos, até o alto da encosta, em vez de carregada, Kim concluiu que o assassino devia ter agido sozinho.

QUINZE

KIM ACHOU REFRESCANTE aquela esterilidade fria do necrotério. Do lado de fora, fazia um calor de vinte e tantos graus, e o dia prometia de novo ser abafado, úmido.

Não havia parado de pensar na presilha de cabelo guardada no bolso de Bryant. Àquela altura, a inspetora não tinha ideia se o objeto sequer tinha alguma conexão com o caso. Qualquer pessoa podia tê-lo perdido ali.

Uma ligação rápida para a mãe da vítima descartara que fosse de Jemima, que não gostava de usar presilhas, preferia o cabelo solto. Além disso, a mãe afirmou que a filha não era do tipo que usasse coraçõezinhos como enfeite. Só uma tira elástica simples, disse a mãe, com a voz fraquejando, tentando conter o choro.

Keats virou-se assim que os dois entraram.

– Ah, inspetora, fico contente por vê-la de novo. Ontem a nossa despedida...

– Nossa despedida poderia ter acontecido bem antes – ela replicou. – Será que precisa ser sempre assim?

Ele ponderou um segundo antes de responder.

– Acredito que sim, se não as pessoas podem achar que gostamos um do outro e nos respeitamos.

– Fale por você – disse ela, indo em direção à vítima.

O corpo de Jemima estava coberto com um simples lençol branco, um pouco enfiado em volta de seus ombros.

E essa era uma das razões por que Kim dava a Keats espaço para suas brincadeiras. Tinha a ver com esses singelos gestos.

– Podemos começar? – Kim perguntou.

– Já começamos. Adiantei um pouco as coisas, porque estão a caminho dois novos clientes provenientes de um acidente na estrada.

Ele pegou uma prancheta que estava em cima de um balcão de metal.

– Ok, primeira observação. A calcinha dela estava ao contrário. Não sei se isso quer dizer alguma coisa.

Kim olhou para Bryant, que tirou o bloco de notas do bolso.

– Algum indício de agressão sexual? – Kim perguntou.

– Improvável. – Keats negou com a cabeça. – Nenhum arranhão, nem vermelhidões e nenhum sinal de sêmen.

Ela assentiu e ele continuou.

– A causa da morte foi asfixia, provocada por terra bloqueando suas vias aéreas. Recolhi terra suficiente para plantar uma pequena horta de ervas. – Ele apontou para uma bandeja do tamanho de uma embalagem de plástico de delivery de comida. – Isso é o que tiramos.

Kim parou junto à caixa e ergueu-a. Não conseguia imaginar aquele volume todo de terra sendo forçado pela boca de uma pessoa.

– Encaminhamos algumas amostras da terra para ver se descobrimos algo que possa ajudar.

Kim assentiu.

– Mais alguma coisa? – ela perguntou.

– Sim. – Keats franziu o cenho. – Não há feridas defensivas, mas há algumas contusões nos braços e outras mais recentes nos tornozelos.

Keats puxou o lençol em volta dos pés de Jemima, e Kim na mesma hora se lembrou da sua recente experiência no local em que encontraram a vítima. Ela já sabia do que se tratava.

A inspetora andou até o final da mesa e olhou para o cadáver da mulher.

– Ele arrastou a moça morro acima – Kim disse, colocando as mãos em volta dos tornozelos. Os dedos dela coincidiram quase perfeitamente com as marcas das contusões.

– Você disse "ele", inspetora? Supõe que foi um homem, mesmo sem a presença de marcas de agressão sexual?

Kim assentiu lentamente, e ele sacudiu os ombros.

– Sua suspeita talvez explique as marcas de esfoladura na parte baixa das costas dela e os pequenos pedaços de cascalho incrustados em sua pele.

Kim levantou o lençol e examinou as marcas leves nos braços.

– Penso que essas são de quando ela foi pega. – A inspetora fez outra pausa de uns dez segundos. – E meu palpite é que o cara tem um metro e setenta ou um pouco mais.

Keats suspirou.

– Inspetora, não poderia talvez... – As palavras de Keats se perderam no vazio quando Kim tirou sua jaqueta. – Querida, você não planeja ficar aqui muito mais tempo, não é? – ele perguntou.

A inspetora ficou em pé ao lado de Keats, cujo metro e sessenta e cinco ficava uns sete centímetros abaixo dela.

– Me empurre até a porta – ela instruiu.

– Não entendi.

– É muito simples, Keats. Leve-me daqui até a porta – ela repetiu.

Keats olhou para Bryant, que balançou a cabeça.

– Você quer que eu pare desse lado da porta ou que continue empurrando-a para fora?

– Simplesmente faça o que eu pedi – ela enfatizou.

Ele deu de ombros e ficou em pé atrás dela.

– Você está morta? – perguntou.

– Vai sonhando, Keats. Morta, não, mas digamos que estou apenas complacente...

– Bem, agora isso seria...

– Não pense, Keats, apenas faça o que falei.

– Ok – ele disse, colocando as mãos acima da cintura dela, mas abaixo da altura dos seios.

Ele começou a empurrá-la em direção à porta. Como se fosse um pneu esvaziando, ela deixou as pernas um pouco menos rígidas. Cambaleava e oscilava um pouco. As mãos de Keats se mexiam pelas costas e cintura de Kim para tentar mantê-la firme e movendo-se. Até que a inspetora travou os pés pouco antes de chegar à porta.

– Ok, obrigada – disse, voltando ao ponto de partida. Ela deu as costas a Bryant. – Agora faça isso você.

Ele ficou atrás de Kim, que sabia que o alto da sua cabeça batia na altura do nariz dele.

Instintivamente, Bryant agarrou os braços de Kim e a empurrou para a frente. Ela fez o mesmo andar de antes, mas ainda assim se deslocou mais rápido em direção à porta.

– E o que essa pequena dramatização nos diz? – Keats perguntou.

– Tem a ver com a altura – disse a inspetora, apontando para o ponto em seus braços. Ela olhou para Keats. – Você é... hmmm... mais baixo que eu, então precisou me segurar um pouco acima da minha cintura. Já Bryant, por ser mais alto, teve o instinto de agarrar meus braços e me empurrar para a frente.

– O assassino pode ser um homem ou então uma mulher bem alta – Bryant avaliou, ao que Kim concordou.

– Bem, agora que nosso número de dança já terminou, posso avisar que enviei os conteúdos do estômago para análise. Não será fácil identificar o que há ali, é apenas um mingau.

Kim caminhou até a parte superior da mesa de metal. Ao olhar para baixo, notou duas marcas no cabelo loiro fino. A inspetora estendeu a mão na direção de Bryant, que, como se fosse um assistente de cirurgião, soube exatamente o que ela queria.

A bolsa plástica de provas pousou na mão de Kim. Ela segurou-a com a mão estendida e levou-a na direção de Keats.

– Não tenho certeza se isso é relevante para o caso...

– Onde raios você achou isso? – Keats perguntou, olhando para a bolsa plástica. Pegou-a da mão da inspetora e a analisou.

– Perto de onde o corpo de Jemima foi encontrado – ela explicou, surpreendida pela reação dele. – Qual o problema?

Ainda com a bolsa na mão, ele foi em direção à mesa no canto.

– Tenho uma coisa aqui que combina com essa presilha – disse ele, segurando uma bolsa idêntica.

– Ontem eu não vi isso ali! – Kim ficou confusa.

– Nem poderia, inspetora. Eu precisei extrair do rosto da vítima.

Bryant arfou de surpresa com a revelação e, então, o silêncio caiu entre eles. Kim sabia que todos ponderavam sobre a força necessária para enterrar o objeto na pele de Jemima.

A certa altura, Keats quebrou o silêncio, tossindo antes de falar:

– Bem, em relação à hora da morte, eu diria que fica entre uma e três da manhã de ontem.

– Ok, Keats, algo mais que eu precise saber?

– Sim, você precisa saber como falar com as pessoas. Isso já seria um bom começo.

– Me refiro a respeito da vítima, Keats – ela grunhiu.

– Na verdade, tem mais uma coisa interessante, sim.

Ele puxou o lençol com delicadeza, e o olhar de Kim imediatamente pousou na marca da algema que circundava aquele pulso fino.

Devido à intensa iluminação branca do necrotério, era possível ver manchas de depilação e irritação nas pernas de Jemima. Kim teve a impressão de que a mulher havia se preparado para um bom programa noturno.

Keats tocou suavemente o corpo da vítima uns dois dedos acima do umbigo. Uma linha vermelha sutil estendia-se pela sua cintura, com cerca de dois centímetros e meio de largura.

Por um momento, Kim pensou que a moça talvez tivesse sido amarrada, mas a marca nesse caso seria mais larga e não tão reta.

— Essa linha está nas costas também? — Kim perguntou, considerando que o assassino podia ter colocado alguma coisa em volta da vítima.

— Não, só aqui.

Keats virou o corpo um pouco, deitando-o de lado.

A mesma linha estendia-se perfeitamente a meio caminho entre as nádegas e as panturrilhas dela.

Kim olhou para Keats, que deu de ombros.

Tampouco ela havia visto algo parecido.

DEZESSEIS

— NOSSA, desse jeito vou ficar enjoado já, já – disse Bryant sarcasticamente.

O trajeto de Russells Hall a Dudley Wood levara menos de dez minutos. O endereço que procuravam ficava bem em frente ao antigo local da pista de Cradley Heath.

A equipe de motociclismo do Dudley Wood Stadium foi formada em 1947. O clube, um dos mais bem-sucedidos no esporte nas décadas de 1980 e 1990, venceu sete Campeonatos Mundiais de Velocidade. Em 1995, a equipe foi despejada do local por seus novos proprietários, que adquiriram a área para empreendimentos imobiliários.

Kim não conseguia passar por ali sem sentir um aperto no coração. Dos 10 aos 13 anos, ela passara a maioria das noites de sábado com Keith e Erica, assistindo às motos correndo por aquele circuito.

Lembrava-se bem do som dos pneus na pista de cascalho vermelho encobrindo a multidão. Um barulho insuportável para os residentes da área, mas do qual sentiram falta depois que parou. Nunca mais se esqueceria daquela combinação do cheiro de metanol, o combustível das motos, com o aroma dos hot dogs baratos vendidos ali.

No começo, Kim não entendia direito seu fascínio por corridas de moto, por que gostava de ficar vendo motos dando voltas e voltas na pista até que uma vencesse. Eram apenas motos. Nunca torcera por nenhuma equipe em sua vida, qualquer que fosse a modalidade.

Mas o enorme entusiasmo de seus pais adotivos pela equipe local era contagiante. Então ela incentivava os corredores, não porque sentisse algum tipo de orgulho por eles, mas porque Keith e Erica sentiam. E o jantar com peixe e fritas na volta para casa era de lei, quer a equipe ganhasse ou perdesse.

Independentemente de Kim compreender seu gosto pelas corridas de moto, o fato era que aquelas noites haviam sido mágicas.

Atrás das amplas mansões que se alinhavam pela Dudley Wood Road, um pequeno conjunto habitacional recém-construído se escondia. Era uma combinação de casas térreas e apartamentos que ser erguiam em torno de um pequeno pátio pavimentado.

A velha BMW de Simon Roach estava no estacionamento comunitário. Ele morava em um apartamento no térreo, cuja porta havia sido retocada com uma tinta um tom de azul diferente da pintura original.

Bryant apertou a campainha, mas não se ouviu nenhum som no interior. Kim bateu à porta. Três batidas fortes. Nada.

Bryant tentou de novo. Kim deu alguns passos para trás e olhou em volta. Nenhuma atividade.

Olhou para o colega de modo sugestivo. Aquele rapaz não estava no trabalho. O carro dele estava ali estacionado e sua namorada havia sido morta há menos de quarenta e oito horas. Bryant captou a mensagem.

– É – ele assentiu –, acho que dessa vez vou concordar com você.

Bryant empurrou a porta de leve, a fim de localizar onde estava exatamente a trava da fechadura.

Kim posicionou-se ao lado do colega. Ela chutaria abaixo da fechadura enquanto Bryant projetaria o peso do próprio corpo acima da fechadura. Não era um golpe bonito, parecia uma variação em pé daquele jogo Twister. Mas não seria a primeira vez que fariam isso e já havia dado certo outras vezes.

– No três, ok? – disse Bryant. A inspetora ergueu a perna, pronta. – Um... dois... três...

Com a força do golpe combinado, tanto acima quanto abaixo da fechadura, a porta foi arrombada, o impulso fazendo a porta rebater na parede interna.

– Polícia – Kim gritou, ao entrar no corredor estreito e escuro. As várias portas fechadas impediam que houvesse qualquer luz naquele espaço apertado.

A segunda porta abriu. Um facho de luz apareceu desenhando a forma de um homem totalmente nu.

– Que porra é essa?

– Simon Roach? – Kim perguntou.

– Sou eu, caralho. E quem é você?

Bryant apresentou o mandato ao homem, que não fazia nenhum esforço para cobrir qualquer parte de sua anatomia. Kim foi obrigada a concluir que a autoconfiança dele era um pouco descabida.

– Mas que raios é isso?

– Simon, o que está acontecendo?

– Nada, Raquel – ele respondeu sem se virar.

O homem avançou, perto demais do limite do espaço pessoal de Kim, que deu um passo para o lado. Ele fechou a porta do quarto e abriu a do cômodo seguinte.

Kim seguiu-o e entrou também na sala, mantendo o olhar na parte de trás da cabeça dele. O cabelo de Roach era comprido, escuro e desgrenhado.

Havia dois sofás, um em frente ao outro, e no meio uma mesinha de café de madeira. Ele se afastou da porta, sentando-se no lugar mais distante, o pé esquerdo apoiado no joelho direito. Kim se sentou diante dele, impassível.

– Estamos aqui por causa da morte da sua namorada – esclareceu ela. Kim sabia que o fato de ele continuar nu demonstrava falta de respeito, além de ser uma tentativa de desestabilizá-la. Mas não funcionou.

– Jemima? – ele perguntou, o que levou Kim a pensar quantas namoradas mortas ele deveria ter para fazer essa pergunta.

Kim assentiu.

– Namorada talvez seja um pouco formal demais – ele disse com um sorriso preguiçoso estampado no rosto.

E foi então que ela percebeu. Aquele seu carisma fanfarrão e despudorado. O breve tempo de Kim com aquele homem já fora suficiente para ela se perguntar que diabos Jemima havia visto nele.

O sorriso preguiçoso transformara o rosto dele. O humor de sua boca viajara até os olhos, fazendo-os brilhar com um toque de desafio e perigo. Ele encaixou o olhar no dela.

Kim não se impressionou. Homens realmente perigosos não ostentavam isso. Mas a inspetora aceitou o jogo.

– E a Raquel? Ela é sua namorada? – Kim perguntou. Ele negou com a cabeça, lentamente.

– Ah, sei, amigos com alguns benefícios – disse Bryant.

– Algo nessa linha – disse ele, sem desviar os olhos dos de Kim.

Simon inclinou-se para pegar um maço de cigarros de cima da mesa à frente. O cheiro de enxofre preencheu o ar quando ele acendeu um fósforo. Continuou segurando o palito enquanto a chama o queimava, manteve o olhar fixo na inspetora até a chama encontrar a ponta de seus dedos e apagar.

Kim teve que se segurar para não rir. Aquela sexualidade descarada nunca fizera seu gênero. Se ele tivesse apagado o fósforo enfiando-o no próprio rabo, isso, sim, teria sido um truque digno de se assistir.

O homem jogou o palito no cinzeiro em cima da mesa.

– Sabe que Jemima foi assassinada? – Kim quis esclarecer. Diante da reação dele, era difícil ter certeza.

– Não sou estúpido, sargenta – falou bem devagar, mostrando um brilho de irritação no olhar, que alguém de fora poderia ver como ardendo em fogo lento.

– Eu não disse que era, senhor Roach. E não sou sargenta, sou inspetora. Perguntei apenas porque parece que o senhor lidou com o seu luto muito bem.

A irritação desapareceu e voltou o tom irônico.

– Não vamos ficar nos enganando, inspetora. Não ligo para exclusividade, ok? Não sou do seu tipo, monogâmico. Tem muita mulher bonita no mundo.

O olhar dele desceu para os seios de Kim.

– E Jemima sabia disso? – Kim perguntou.

Ele deu de ombros antes de bater a cinza do cigarro.

– Não tenho certeza se mencionei isso especificamente, mas se ela não sabia, deveria saber. Quer dizer, olhe só pra mim – ele disse, descendo o olhar até a própria genitália. Kim não acompanhou aquele olhar. – Não seria justo limitar isso tudo a uma única pessoa.

– Então você nunca contou a ela que também estava dormindo com outras mulheres? – Kim perguntou, na expectativa de ver algum tipo de remorso.

Ele balançou a cabeça.

– Essa informação seria ótima para usar em um rompimento, mas a gente ainda não havia chegado a esse ponto.

– E quanto à Raquel, ela sabe que não é a única receptora de seus encantos?

Uma risadinha escapou dos lábios dele.

– Gostei disso, inspetora. E, não, ainda não conversamos sobre isso.

Kim imaginou a ponta de sua bota de motoqueira esmagando os testículos daquele homem como quem pisa numa bituca de cigarro. Ela não conseguiu evitar pensar em como seriam os encontros românticos com esse sedutor. Certamente não haveria velas, música, nem flores.

– Como você e Jemima se conheceram? – Kim perguntou.

– Ah, sei lá, por aí.

– Por aí onde? – Kim pressionou.

A expressão de Simon entregava que ele não tinha qualquer interesse em tentar se lembrar.

– Sinceramente, não saberia lhe dizer, inspetora.

Kim percebeu que não valeria a pena insistir. Não é que ele estivesse querendo dificultar. Simplesmente não se importava nem um pouco.

– Quando foi a última vez que viu Jemima? – ela perguntou.

– Sexta à noite. Ela estava me irritando. Quieta, emburrada. Disse que achava que alguém a estava seguindo. Eu encerrei a noitada e fui encontrar meus amigos pra jogar sinuca. Era óbvio que eu não ia conseguir nada dela aquele dia.

– Você a levou pra casa? – Bryant perguntou.

Kim já sabia a resposta antes que Simon a dissesse.

O homem negou com a cabeça.

– Não, só disse pra ela que não estava me sentindo muito bem e que ia voltar pra casa.

Kim ignorou a careta infantiloide de Simon e focou na única coisa de interessante que ele havia dito.

– Ela comentou mais alguma coisa? Deu alguma dica sobre quem a estaria seguindo?

– Desculpe, inspetora, mas naquela hora eu já estava pensando em fazer um último pedido e fechar a conta.

Kim viu pela expressão do homem que ele não tinha mais nada pra falar sobre isso.

– Onde você estava no sábado? – ela perguntou.

– Olha, inspetora – Ele inclinou a cabeça –, não fique achando que eu tive algo a ver com isso. Honestamente, eu nem me importei muito. – De novo, ele olhou para a própria genitália. – Sou apenas o que você chamaria de um homem comum.

Kim não mostrou reação.

– Então você estava...?

– Aqui, na cama.

– Raquel poderia confirmar isso? – ela perguntou.

– Não. – Ele sorriu. – Não é algo que costume acontecer, mas eu estava sozinho. Foi um dos raros...

– Obrigada, senhor Roach – a inspetora disse, levantando-se de repente. – Se eu precisar de algo mais, entrarei em contato.

Na verdade, Kim não aguentava ficar nem mais um segundo na companhia daquele homem.

– É bom você arrumar alguém para vir aqui consertar a porta – ele se queixou indo atrás dela.

Ah, sim, com certeza isso pularia para o topo da sua lista de prioridades, pensou Kim quando pôs o pé fora do apartamento e respirou com avidez o ar puro e fresco da rua.

Bryant passou por ela, caminhando em direção ao carro. Kim decidiu voltar. Viu Simon junto ao batente da porta em toda a sua gloriosa nudez. Andou devagar até aquele cara esquisito e repulsivo, sua pele se arrepiando a cada passo que dava na direção dele.

Ela falou alto, confiando que sua voz seria ouvida lá dentro.

– A propósito, considerando sua atividade sexual, eu recomendaria fortemente que fizesse um teste de doenças sexualmente transmissíveis. Estamos aguardando esses resultados da sua última parceira.

O silêncio dele, chocado com a atitude da inspetora, durou tempo suficiente para que Kim ouvisse o som de algum movimento vindo do quarto.

Funcionou.

Simon Roach abriu a boca para dizer algo, mas Kim foi mais rápida.

– E só para deixar registrado, quem quer que diga que você é um homem comum... – ela olhou mais para baixo – ...estará sendo simplesmente gentil.

Então, lhe deu um sorriso de pena e virou as costas.

– Francamente, o nome desse cara devia ser mané, por uma série de razões – disse Kim, entrando no carro.

Bryant ficou um segundo pensando.

– Manuel?! Ah, tá. Entendi. Mané, babaca, trouxa, é isso, né?

– Xiii, Bryant, tá demorando pra ficha cair, não?

Seu instinto lhe dizia para esquecer Simon Roach. Se ela estivesse procurando o bocó mais otário desse lado de River Severn, ele sem dúvida seria algemado e levado à delegacia, mas ela procurava um assassino, alguém que tivesse de fato o impulso de espancar o rosto de Jemima até virar papa. Será que o Senhor Personalidade era capaz disso? Ela não tinha ideia.

– Para onde vamos, chefe? – Bryant perguntou e então o celular dela tocou.

– Stace – Kim atendeu, checando o relógio. Eram quase 6 horas da tarde e ela não se surpreendeu ao ver que a detetive ainda estava no trabalho.

Kim ouviu a colega explicar por que ligara. A inspetora vestia uma expressão tensa ao encerrar a chamada.

– Mudança de planos, Bryant – disse ela, respirando fundo. – Vamos voltar à casa dos Lowe. Tem uma coisa que essa família não contou.

DEZESSETE

A PORTA DA CASA dos Lowe abriu assim que Bryant estacionou o carro.

Uma mulher de 60 e poucos anos saiu e virou-se para abraçar a senhora Lowe. Não carregava nenhuma bolsa, o que a inspetora viu como uma indício de que se tratava de uma vizinha que viera oferecer condolências à família pela perda.

Kim notou que a senhora Lowe deu uns tapinhas nas costas da mulher quando se abraçaram. Um gesto de quem deseja reconfortar o outro, um "vai ficar tudo bem" físico, como se a vizinha tivesse sofrido uma perda.

Ela não se surpreendeu ao ver a mulher atravessar a entrada de carro que separava a casa de Lowe da residência ao lado.

Qualquer irritação que Kim sentira com a omissão da família desapareceu quando a senhora Lowe cumprimentou-os de modo cansado, a exaustão e o pesar brilhando nos olhos daquela mãe.

– Desculpe incomodar de novo – disse Kim, com sinceridade. – Mas há uma coisa que precisamos esclarecer.

– Claro, entrem – convidou a mulher, afastando-se de lado.

Kim caminhou até a sala onde haviam estado no dia anterior. Ela percebeu um movimento no alto da escada. Era Sara. A garota estava com os olhos vermelhos e inchados, e segurava um lenço de papel na mão direita.

A inspetora acenou com um gesto na direção dela, que retribuiu. Dessa vez, Sara não se escondeu; agachou-se, sentando-se no último degrau.

– Como estão lidando com tudo? – Kim perguntou assim que os três se acomodaram.

A mulher ponderou por um momento antes de responder.

– As pessoas vêm visitar e dar apoio. Demostram seu pesar, e eu não preciso muito mais que isso. Um pouco do que trazem com elas permanece comigo depois que vão embora. É um jeito também de perceber o que a perda da minha filha significa para os outros.

Kim compreendeu o tom de amargura que identificou naquela fala. Nadar ao lado de alguém no mar de infelicidade não era algo que ajudasse uma pessoa enlutada. Não oferecia nada, nenhum alívio aos sentimentos de vazio e perda. Melhor compartilhar uma situação engraçada, algum exemplo da falta de jeito, inocência, humor e ingenuidade de quem partiu. Oferecer aos enlutados uma memória a ser acrescentada ao próprio portfólio, agora impossibilitado de crescer.

– Senhora Lowe, precisamos perguntar a respeito de algo que aconteceu com Jemima antes que ela fosse para Dubai.

A expressão de incredulidade quando a mulher olhou da inspetora para Bryant era genuína. Não estava fingindo. Acontecera mesmo alguma coisa, algo do qual ela acabara se esquecendo nos anos subsequentes.

– Poucas semanas antes de partir, Jemima prestou queixa de um incidente. Uma tentativa de invasão ao apartamento dela.

A mão da mulher voou até a própria boca. Seus olhos se arregalaram de horror.

– Tem certeza? Está me dizendo que algum maluco tentou entrar na casa dela?

– Ela não lhe contou?

A senhora Lowe negou com a cabeça enquanto esfregava freneticamente o queixo. Suas sobrancelhas se ergueram quando uma memória pareceu emergir na sua mente.

– O que foi? – Kim perguntou. A mulher parecia ter lembrado algo.

A senhora Lowe assentiu devagar.

– Ela veio passar uns dias aqui, antes de partir para Dubai. Falou que o proprietário do apartamento queria fazer uns reparos de emergência. – A mulher ficou imóvel enquanto o restante da memória chegava à sua consciência. – E também tirou uns dias de folga no trabalho. Disse que aquele emprego estava deixando-a deprimida e que precisava de alguma coisa nova. Ela soube do emprego em Dubai por uma antiga colega de faculdade. Conversou com a família por Skype por umas duas horas e se deu bem com eles logo de cara...

– Quer dizer que ela se mudou para cá e raramente saía de casa? – Kim quis esclarecer.

– Sim, foi isso, agora que parei para pensar. – A mulher assentiu de novo. – Ela sequer nos acompanhou em um aniversário da família. Nunca me passou pela cabeça que uma coisa como essa...

– Ela nunca comentou isso? – Kim perguntou incrédula. Afinal, Jemima ficara assustada a ponto de prestar queixa na polícia. Mudara para a casa da família e saíra do país em grande parte por isso... mas não contara nada aos pais?

— Juro que ela nunca...

— Ela contou pra mim, inspetora – disse Sara, baixinho, em pé junto à porta.

A cabeça da senhora Lowe disparou atarantada para a filha, que avançava dois passos pela sala.

— O que você está... quando foi que ela... por que...?

Sara ergueu as mãos num gesto defensivo.

— Desculpe, mãe, mas ela me fez jurar que eu manteria segredo. Ela não quis preocupar você. Ligou pra mim na noite que aconteceu. Fui eu que sugeri que ela viesse pra cá.

Kim viu a mágoa que se instalara no rosto da senhora Lowe. As filhas terem mantido isso em segredo era coisa demais para suportar, ainda mais sob o peso de todo o resto. Kim não podia se envolver com isso naquele momento. Jemima conversara com Sara na noite da tentativa de invasão, talvez lhe tivesse dito algo que não constava na sua queixa formal.

Kim voltou-se para a irmã mais nova.

— Sara, ela comentou com você o que havia acontecido?

A menina assentiu.

— Só naquela noite, por telefone. Depois que veio pra cá, me fez jurar que não contaria nada e então tentou fingir que isso nunca tinha acontecido. Nunca mais tocou no assunto.

A frustração crescia no estômago de Kim, mas precisava pressionar a garota.

— Sua irmã disse alguma coisa naquela noite a respeito do incidente que poderia nos ajudar agora?

Bem devagar, Sara começou a afirmar que sim com a cabeça.

— Vá em frente – Kim incentivou.

Sara respirou fundo.

— Ela disse que talvez fosse alguém que ela conhecia.

DEZOITO

KIM TENTOU DEIXAR as questões do trabalho do lado de fora de casa, no capacho da entrada, enquanto girava a chave na fechadura.

A caminho de casa, passara antes na delegacia de Brierley Hill. A visita havia sido breve, mas frutífera.

Um leve sorriso brotou em seus lábios quando ouviu aquele tap, tap, tap familiar sobre o piso.

Ela odiava trazer negatividade para casa. Seu melhor amigo já lidara com uma boa cota disso em seus primeiros anos.

— E aí, garoto, como está? — disse ela, inclinando-se para afagar sua cabeça. Barney pulou, tentando aproximar ainda mais a cabeça da sua mão. Kim tirou a jaqueta e agachou.

— Venha cá, seu bandidinho. — Ela ria enquanto o cachorro pulava nas pernas dela.

Como sempre, Barney seguiu a dona quando esta se afastou. O border collie ficou rondando-a enquanto Kim ia até o armário onde guardava a ração. Então, ele se sentou e aguardou, ansioso.

A inspetora, ao olhar para baixo, viu o rabo dele balançando de um lado para o outro e sorriu. Abriu o armário, pegando um petisco para a limpeza dos dentes do cão e pediu que desse a patinha. Ele deu a esquerda, depois a direita e, então, a esquerda de novo, fazendo uma pequena dança que nunca deixava de provocar um sorriso nos lábios de Kim.

Barney pegou o petisco e trotou todo feliz até o tapete da sala, o lugar para onde sempre levava seus tesouros.

Enquanto reabastecia o bebedouro dele com água, Kim teve certeza de que nunca abandonaria aquele cachorro.

Mas nem as boas-vindas animadas de Barney conseguiram dissipar a nuvem carregada por mais que alguns minutos.

Kim tentou convencer a si mesma de que o problema era o caso atual.

Ela odiava o início de uma nova investigação. Essa etapa de conhecer melhor a vítima, tentar entrar na mente do assassino era a mais frustrante.

Algumas pistas surgiam em decorrência da vida levada pela vítima, outras de como fora sua morte. Até o momento, exceto por aquele namorado completamente idiota e pela tentativa de invasão da sua casa, não tinha muita coisa da vida de Jemima a ser considerada. Ela voltara ao país havia bem pouco tempo e era improvável que tivesse feito novos inimigos nesse período. Improvável, mas não impossível.

Ficar aguardando pistas após a morte da vítima era como empacar no meio de uma estrada na hora do *rush*. Você pensa em rotas alternativas, mas, na verdade, não consegue sair do lugar.

Kim tentou sobrepor a foto de Jemima que vira na casa dos Lowe àquela imagem de uma maçaroca sangrenta em que fora deixada.

Havia muito de cunho pessoal nesse assassinato. O instinto da inspetora lhe dizia que Jemima não fora escolhida aleatoriamente por alguém, havia sido algo premeditado e bem estudado pelo assassino. Ele a escolhera por alguma razão.

Kim aplicou sua costumeira lógica de pensar em acontecimentos do passado, presente ou futuro. Jemima não parecia ser uma ameaça a quem quer que fosse. Não estava envolvida em nenhum projeto que causasse dano ou ameaçasse alguém. Seu presente era igualmente convencional. Para a inspetora, era tentadora a ideia de responsabilizar Roach pelo crime e encerrar o caso. A espécie humana, particularmente as mulheres, não estaria perdendo nada. Mas quanto mais levava em conta a perversidade e a violência do ataque à Jemima, mais certeza tinha de que não era ele quem procuravam.

Com isso, restava apenas o passado de Jemima. E era por aí que começariam no dia seguinte.

Mas Kim sabia que não era somente isso que a incomodava.

No cerne da sua tristeza, estava a maldita homenagem – e por várias razões.

A inspetora não apreciava esse reconhecimento público, uma vez que ela estava apenas fazendo o seu trabalho. Tudo bem, havia sido um caso difícil e desafiador, e, de fato, era como se tivesse comido, respirado e dormido aquela investigação. Mas era para isso que topara pegar aquele caso, e receber um pedaço de papel diante de algumas centenas de pessoas não era o que a havia motivado a entrar na força policial.

A menção honrosa significava pouco para Kim, mas teria significado tudo para Keith e Erica. Ironicamente, a cerimônia fora marcada para o dia do aniversário da morte deles.

Essa época do ano lhe trazia à memória muitos bons momentos de quando ela estivera sob os cuidados deles, mas também a fazia se lembrar de um dia que tinha o poder de colocá-la de joelhos.

Kim, como de costume, sempre que lembranças do passado ameaçavam subjugá-la, voltou ao trabalho e abriu o arquivo de um homem chamado Bob.

DEZENOVE

AH, MAMÃE, eu me lembrei de uma garotinha chamada Lindsay. Ela morava perto, na rua de casa, com os pais dela.

Eu achava estranho que ela tivesse dois pais e eu nenhum. Os nomes deles eram Maxwell e Clint. Você mostrou minha certidão de nascimento quando eu pedi. E o nome do meu pai era "desconhecido". Você me convenceu de que eu não precisava de pai; que as famílias eram compostas pelos mais diferentes tipos de pessoas, que algumas famílias não tinham uma mãe e outras não tinham um pai. E, como tudo mais, eu aceitei.

Um dos pais de Lindsay deixou a menina um dia em casa. Era uma menininha muito linda. Tinha o cabelo loiro e enrolado, com cachinhos naturais que caíam no rosto dela a toda hora.

Ela fazia um pequeno movimento de cabeça adorável, para afastar os cachinhos rebeldes dos olhos. Lembro-me também dos seus cílios. Longos e pretos, emoldurando aqueles olhos dela, azuis como um céu de verão. Suas bochechas eram rosadas e arredondadas, e ela tinha sempre um alegre sorriso nos lábios. É assim que me recordo dela, mamãe, com um sorriso alegre, porque mesmo quando ela fazia uma cara feia seus lábios ainda pareciam estar se divertindo.

Eu gostava dela, mamãe, e você também.

Eu me animei quando soube que ela viria tomar chá aquela tarde. Era a primeira vez, e eu não via a hora de encontrá-la. Ela veio com um vestidinho amarelo claro que refletia seu cabelo dourado. Usava meias de um branco cintilante que faziam suas pernas parecerem dois troncos de árvore gordinhos. Seus sapatinhos brancos de fivela tinham um detalhe com lacinhos de bolinhas, que combinavam com aquele que estava no cabelo dela.

Ela estava empolgada, e eu também.

No início, brincamos muito bem. Um joguinho que você escolheu. Dávamos risadinhas e você sorria para nós. Ah, mamãe, como eu adorava ver aquele seu sorriso.

Você saiu do quarto para preparar nosso lanche. Era salsicha, com ovos e feijão – o meu favorito.

Lindsay me empurrou e eu caí. Ri e empurrei-a de volta. Em minutos, rolávamos pelo chão. A gente ria e brincava, e, assim, nossas melhores roupas *acabaram amassados e rasgados, mas a gente não ligou. Rir nos ocupava demais para percebermos isso.*

Você voltou ao quarto, a expressão do seu rosto havia mudado. Senti que eu fizera algo de errado.

Você chamou o pai de Lindsay para vir buscá-la, e ela nunca mais voltou.

Você sempre fazia meus amigos irem embora, mamãe, e agora eu tenho que fazer o mesmo.

VINTE

KIM TINHA LIDO o arquivo inteiro antes de levar Barney para o seu passeio noturno.

Desistira de ir até Clent Hills, a noite estava muito úmida. Mesmo com todas as janelas abertas, seu pequeno carro parecia uma fornalha acesa o tempo inteiro.

Ela não estava certa se o lugar em que iam passear fazia tanta diferença assim para Barney. Um campo era um campo, e seu focinho ficava a mil por hora captando novos cheiros onde quer que estivessem. Avaliou que era uma projeção dela, como dona do animal, que a fizera pensar que Barney preferia um passeio de carro em vez de ir a um lugar bonito perto de casa.

Na volta, o cão desabara no tapete no meio da sala enquanto ela voltava à bagunça de papéis sobre a mesa do jantar. O passeio no parque estimulou bastante a sua mente.

Sim, Bob parecia ser um mistério, mas com certeza não era um do tipo insondável. Muitas questões pipocavam na cabeça da inspetora.

Por que aquele reservatório em particular? Teria algum motivo especial? Bob era pescador? O pessoal do local o conhecia? Por que haviam ocultado sua identidade? Tinha alguma relevância o que foi encontrado em seu estômago? E quanto aos itens achados no bolso dele... como algumas moedas e um bilhete de rifa poderiam ajudá-la a resolver o mistério?

Não havia nada de extraordinário a respeito de Bob. Era um homem de meia-idade, acima do peso, encontrado num canto de um reservatório. Um sujeito comum, de quem ninguém parecia sentir falta, mas devia representar alguma coisa para alguma pessoa, e era isso o que a incomodava. No mínimo, havia sido filho de alguém.

— Vamos lá, Bob — disse ela, pegando o arquivo do caso. Ela já sentia que a história daquele homem achara um jeito de se insinuar por baixo da sua pele. Tracy Frost talvez não soubesse que apertara os botões que impulsionavam Kim à ação, mas, de qualquer modo, eles já haviam sido pressionados.

Não era apenas o mistério das mãos ausentes daquele homem que despertava o interesse da inspetora; mas, sim, o fato de ninguém ter lutado para defender aquele sujeito mediano. Casos arquivados eram reavaliados de tempos em tempos, mas Bob dificilmente seria aquele que se destacaria dos demais para tanto. Era um pobre-diabo, e ninguém estava interessado em chegar a um desfecho para o caso, portanto outros casos sempre ganhavam prioridade. Bob continuaria sendo propriedade do legista, com uma etiqueta de "homem não identificado".

Não se eu puder ajudar, viu, seu grandalhão, Kim pensou.

O relatório resumido que ela buscara em Brierley Hill lhe dava uma visão geral dos aspectos básicos, mas sem detalhar a investigação – o que levantou mais questões na mente da inspetora. Quanto esforço fora empregado de fato para tentar descobrir quem esse homem havia sido? Ele era pai de alguém? Avô? Tinha ideia de que seu assassino estava atrás dele?

Kim estava tão compenetrada nas várias linhas de investigação que o som do celular tocando assustou-a.

No mesmo instante, ficou tensa. Se fosse de novo aquela Tracy "Pentelha" Frost, iria prendê-la por assédio.

– Stone – disse ao atender.

– In-inspetora, é... é você?

A voz trêmula masculina a fez descartar Frost.

– Sim – respondeu, franzindo o cenho.

– Aqui é o professor Wright de Wes-Westerley.

Ela se aprumou, e sua mente agora focava apenas na voz do outro lado da linha.

– Professor?

– Tem um... tem outro corpo aqui, inspetora.

Kim se levantou na mesma hora e já se apressava em pegar a jaqueta.

– Professor, não deixe ninguém encostar a mão...

– Por favor, venha logo, detetive inspetora. Essa pobre mulher ainda está viva.

VINTE E UM

KIM AGUARDAVA O PORTÃO abrir quando o Astra de Bryant apareceu atrás dela. Mal o portão começara a deslizar, abrindo apenas meio metro, e ela já acelerava. E, enquanto Bryant ainda estacionava o carro, a inspetora já descera da moto e entrava no escritório. Encontrou Darren, o vigia da noite, sentado junto à mesinha redonda. As mãos do homem tremiam em volta de uma caneca com alguma bebida dentro.

O vigia ainda estava pálido.

– Você encostou a mão nela? – perguntou em tom urgente.

Ele negou com a cabeça.

– Então como soube que ela ainda estava...

– Ela gemeu – disse ele, a voz entrecortada. – Ah, meu Deus, o som...

Darren balançou a cabeça e voltou a olhar fixo para a caneca.

– O professor está lá com ela agora?

Ele assentiu, ainda sem olhá-la.

– Fique com ele – Kim instruiu Bryant, voltando sua atenção para o colega – e abra o portão quando a ambulância chegar.

Ele assentiu.

Kim saiu do escritório e sacou a lanterna do bolso.

A luz que vinha do alojamento ajudou-a somente até o final do estacionamento. A lua oferecia-lhe a promessa de orientá-la, mas Kim tinha apenas uma vaga ideia de para onde estava indo. Caminhava num lençol de escuridão e cada passo confundia ainda mais seus sentidos. Bastou dar alguns para não ter mais certeza se andava na direção correta.

Bryant ficara no alojamento para questionar Darren, a fim de saber detalhes das patrulhas do vigia. Kim imaginou que deviam ser mais precisas agora. Ele quase perdera o emprego. E, depois dessa descoberta que acabara de fazer, Kim suspeitava que talvez o que ele desejasse fosse mesmo perder o emprego.

– Professor – ela chamou na escuridão.

De repente, um facho de luz elevou-se do chão e iluminou a figura isolada junto a um carvalho.

Felizmente, ela seguia na direção certa.

Kim apertou o passo para se aproximar de Wright; a grama alta chicoteava seus tornozelos enquanto seguia rápido. Então, desviou-se um pouco para a esquerda, lembrando-se de Jack e Vera nos túmulos afundados, que ficavam não muito longe dali.

Quando alcançou o professor, ele baixou a lanterna, mas ela ainda pôde ver seu rosto pálido. Ao se abaixar, a inspetora sentiu seus joelhos se afundarem na lama – havia chovido forte por volta do pôr do sol.

Ouviu-se um gemido leve, e Kim enxergou o vermelho sangue espalhando-se pela grama. Ela sabia que precisava analisar a cena em busca de pistas, mas a prioridade era a mulher, que ainda estava viva. A inspetora tocou-lhe suavemente no braço nu.

– Fique tranquila, estamos aqui com você e a ambulância está a caminho.

Kim já fizera uma segunda chamada à central para explicar a localização exata de Westerley. Era difícil para o pessoal da ambulância encontrar um lugar que, afinal, fazia de tudo para ficar oculto.

Não houve nenhum outro gemido ou qualquer indício de que a mulher tivesse ouvido Kim.

– Professor – a inspetora olhou para ele –, pode abaixar e pôr a mão onde está a minha agora, para ela saber que não está sozinha?

Ele se abaixou ao lado de Kim e tocou-lhe a mão, colocando a sua no lugar.

Lanternas brilhavam do alojamento, que agora era iluminado pelos faróis de uma viatura e da ambulância, mas, e que Deus a ajudasse, precisava procurar pistas.

– Ilumine aqui com a lanterna – disse ela, apontando para a cabeça da vítima.

O cabelo era castanho, curto e emaranhado com sangue e terra. Kim não conseguiu ver o rosto, e não ousou tocá-lo com receio de agravar algum ferimento. O facho de luz desceu até o esterno da mulher. Manchas marrons, como se fossem sardas, salpicavam a região abaixo do queixo.

– Merda – disse ao se inclinar e inspecionar os lábios da vítima. Manchas marrons espalhavam-se por ali. Caramba! A boca da mulher estava cheia de terra!

A inspetora viu que não tinha escolha. Segurou o queixo da vítima e, bem devagar, puxou o maxilar para baixo. Aquilo que deveria ser uma via para respirar estava entupido de terra. Kim introduziu o indicador com muito cuidado e tentou removê-la. Precisava agir com muita delicadeza para não desprender rápido demais a terra compactada, que poderia descer garganta abaixo pelas vias áreas. Depois de remover um pouco, Kim inclinou-se mais e aproximou o rosto o mais perto possível da boca da mulher, sem encostar.

Conseguiu ouvir o leve chiado de algum ar sendo inspirado e expirado. Por ela, simplesmente enfiaria o dedo e tiraria toda a terra de uma vez, mas, em vez disso, fez outra varredura e removeu apenas mais uma pequena porção.

– Só estou tentando facilitar sua respiração – disse Kim calmamente. A mulher ainda conseguia respirar pelo nariz, mas o esforço de usar apenas as narinas fazia seu peito subir e descer rapidamente.

Outra pequena varrida e Kim já conseguira retirar a quantidade de terra que considerava prudente naquelas circunstâncias.

– Os paramédicos chegaram – avisou o professor; o alívio evidente em sua voz.

Não passou despercebida a Kim a ironia de ela ter uma maior autonomia para lidar com os mortos. Nada agradável, mas era a verdade. Se bem que um corpo morto não seria capaz de dar uma descrição, ponderou.

Pelo que conseguia ver, Kim supôs que o seu assassino começara o ritual de encher a boca da vítima de terra e espancar o rosto dela até desfigurá-lo, mas havia agora uma pequena diferença. As pancadas dessa vez atingiram a lateral da cabeça e não o meio do rosto da mulher, indicando que ela fora capaz de mover a cabeça a fim de se esquivar dos golpes.

O peso corporal dessa vítima era maior, o que talvez indicasse que a quantidade de droga injetada no seu sistema não tenha atingido o mesmo efeito debilitante que tivera na compleição leve de Jemima Lowe.

O fato de haver menos terra na boca da vítima atual, indicava que o assassino agira com pressa. Possivelmente tinha visto a lanterna de Darren à distância, mas mesmo assim insistira em concluir seu ritual. Para Kim, as manchas de terra no peito da mulher confirmavam que ele enchera a boca da vítima usando a terra em volta deles. Se tivesse feito isso previamente, essas manchas não estariam mais ali depois de ele ter arrastado a mulher morro acima. Ou seja, mesmo sob pressão, o ritual era importante para aquele assassino. Mas talvez tivesse desistido dele de vez quando Darren se aproximara.

– Tudo bem – Kim procurou acalmar a mulher enquanto analisava a cena. – Os médicos já estão aqui e vão cuidar de você.

Quando o facho da lanterna desceu pelo corpo da mulher, Kim viu que ela usava um vestido de algodão com estampa de flores, sem mangas, decote *halterneck*, e notou que a pele da mulher exalava um aroma de sabonete. O vestido batia na altura dos joelhos e Kim não viu nenhum indício de trauma na mulher. Exceto na parte de trás da cabeça, que estava afundada.

As lanternas e as vozes se aproximavam. O facho de luz pousou nos pés descalços da vítima.

– Ilumine em volta – Kim instruiu o professor, que mergulhou o corpo da vítima na escuridão e iluminou a área ao redor.

Nem sinal do calçado dela.

Kim já conseguia ouvir Bryant falando com os paramédicos e o som da grama sendo pisada. Voltou a inclinar-se sobre a mulher ao ouvi-la gemer de novo.

A inspetora segurou a mão da vítima com suavidade e esfregou o polegar pela unha dela. Como no caso de Jemima, estava áspera ao toque. As duas mulheres haviam escolhido tirar o esmalte das unhas antes de sair. Era uma coincidência que Kim não engolia muito bem.

– Afaste-se um pouco, por favor – disse o primeiro paramédico a se aproximar, e ajoelhou-se junto à cabeça da vítima. – Nome? – ele perguntou, olhando para Kim. Ela negou com a cabeça. O vestido não tinha bolsos e não havia bolsa por perto.

– Desconhecida – Kim respondeu. – Tem terra dentro da boca e provavelmente foi drogada.

Os ferimentos na cabeça eles mesmos podiam ver.

– Tudo bem, querida – ele disse à vítima enquanto procurava algo na bolsa dele. O segundo paramédico assumiu o lugar do professor.

Kim recuou alguns passos, parando ao lado de Bryant.

O trabalho dos paramédicos era mais importante que o dela. Pelo menos, naquele momento.

– Darren está um pouco abalado – disse Bryant. – Mas o registro dele está em ordem. Jura pela vida da filha dele que fez a patrulha às onze e a seguinte, à meia-noite. Encontrou a vítima por volta de meia-noite e quinze.

Kim assentiu e voltou sua atenção para os paramédicos.

O primeiro pegou um curativo da bolsa dele enquanto o segundo erguia a cabeça da mulher um pouco.

– O pior sangramento já estancou, mas vamos fazer o curativo assim mesmo, Jeff – disse o primeiro paramédico.

A vítima soltou outro gemido leve.

– Está tudo bem, querida, você vai ficar bem agora – disse Jeff sem tirar os olhos da bandagem que era colocada em volta da cabeça dela.

Quando a tarefa foi concluída, o primeiro paramédico voltou a falar:
– Ok, Jeff, traga a maca.

Kim avançou um passo.

– Como ela está?

Jeff deu de ombros.

– Preciso interná-la. Ela está respirando, então o melhor é levá-la já para o hospital por causa do trauma na cabeça.

Os dois paramédicos contaram até três para erguê-la, colocando-a com todo o cuidado na maca. O professor prontificou-se a carregar o restante do equipamento e seguiu pelo campo atrás deles.

A lanterna de Bryant iluminou as figuras de três técnicos de cena de crime vindo na direção da inspetora e dele.

– O que você acha que o assassino usou? – Bryant perguntou.

Kim pegou a lanterna da mão do colega e iluminou a área ao redor de onde a mulher fora encontrada. Não acharam nenhuma arma na cena do crime de Jemima, e a inspetora suspeitava que dessa vez não seria diferente.

– Bem, o tal do Darren deve estar se sentindo um merda neste exato momento, mas ele precisa saber que salvou a vida dessa mulher.

Kim não tinha dúvida de que a luz da lanterna de Darren enquanto ele patrulhava o terreno havia assustado o assassino antes que ele pudesse concluir a tarefa. Graças a Darren, a segunda vítima deles ainda tinha pulso e um rosto.

– A questão não é só a morte – disse ela. – É também o que ele faz com as vítimas antes.

– Não tinha evidência de agressão sexual em Jemima – Bryant lembrou-a.

Os técnicos chegaram e assumiram o controle da cena.

Kim se afastou e ficou ao lado do colega, balançando a cabeça de leve. Havia uma coisa que a intrigava desde a descoberta de Jemima e agora a perturbava mais ainda.

– Bryant, por que raios ele decide deixá-las aqui?

VINTE E DOIS

KIM TOMOU UM GOLE de café e então colocou a caneca atrás de si, na mesinha auxiliar.

Aquela caneca aparecera na sua mesa no seu último aniversário, uma data que ela nunca celebrava. Originalmente a legenda acima da imagem dizia "Melhor Motorista do Mundo", mas alguma mente brilhante havia inserido a expressão "Workaholic" na frase, com tinta permanente. Ninguém da equipe teve coragem de assumir a autoria, mas a inspetora tinha suas suspeitas.

– Ok, vocês todos já sabem da nossa segunda vítima, que continua sem identificação e viva. Nesse momento, a prioridade em relação a essa mulher é mantê-la viva e, assim, que for possível, falaremos com ela. Portanto, por enquanto nosso foco continua em Jemima. Bryant, já tem o relatório da toxicologia?

– Já mostrei ao pessoal, chefe.

Todos assentiram.

– Então, qual a conclusão? – ela perguntou.

– Obviamente drogada – Dawson propôs.

Havia flunitrazepam o suficiente na corrente sanguínea de Jemima para apagar um cavalo de porte médio. A droga era usada como hipnótico, sedativo e relaxante muscular. Costumava ser chamada de "boa noite, Cinderela" ou "droga do estupro", devido à sua alta potência e capacidade de causar amnésia.

– Por quê? – ela perguntou. – Por que usar isso se não havia intenção de agredi-la sexualmente?!

– Para ser mais fácil de dominá-la? – Dawson arriscou.

– Ei, Dawson, eu já tinha levantado a mão pra responder isso – Bryant queixou-se.

Dawson sorriu, de modo irônico.

– Cê fica dormindo, queria o quê...

– Os dois vão ganhar um pontapé na bunda se não pararem com isso.

Kim continuou falando, depois que seu olhar severo produziu o efeito desejado.

– Quer dizer, então, que o fato de ele precisar deixá-la sem forças para resistir poderia indicar alguma coisa... Alguma sugestão do que, Stace?

– Talvez ele soubesse exatamente onde iria descartá-la?

– Bingo – disse Kim.

– Eu também ia dizer isso – Bryant murmurou.

Kim ignorou-o.

– É o que eu acho. Há lugares muito mais fáceis para abandonar um corpo. Para chegar lá, ele precisou dirigir por estradinhas estreitas, atravessar dois campos e depois arrastar a vítima morro acima. Por quê?

Ninguém respondeu. Eles sabiam quando as perguntas da inspetora eram retóricas.

– Stace, quero que descubra tudo o que puder sobre as terras em volta de Westerley. Quero entender por que ele deixa as vítimas ali, e também preciso de mais informações a respeito de Catherine.

Stacey assentiu.

– Outra coisa, o último documento anexado no e-mail do Keats é uma foto das presilhas. Pesquise um pouco e descubra o quanto esses enfeites são comuns.

– Certo, chefe – disse ela, anotando.

Kim rolou a tela do celular até encontrar o segundo relatório enviado por Keats.

– O anexo seguinte tem a ver com o que foi encontrado no estômago de Jemima. Havia uma mistura de salsicha, feijão, massa folhada e pudim.

– Alimentos fáceis de se encontrar? – Stacey sugeriu.

– E que mais? – Kim pressionou.

– Fáceis de se preparar? – disse Dawson.

– E o que mais? – insistiu ela, um pouco mais inquisidora.

– Ele deu uma sobremesa para a vítima – Bryant respondeu.

Isso. O homem que raptara, espancara e matara Jemima também lhe havia dado uma sobremesa.

– Um pouco esquisito, não? – Dawson observou.

Kim concordou.

– Portanto – disse –, nosso sequestrador subjugou a moça, levou-a embora, manteve-a presa, tirou-lhe a roupa, alimentou-a e depois arrebentou o rosto dela.

– Como eu disse, bem esquisito – Dawson reiterou.

– Um esquisitão ou dois? – Bryant disse, como se estivesse perguntando quantos cubinhos de açúcar alguém queria no café.

Kim pensou por um momento pensando.

– Ainda acho que é um só – ela ponderou. – Jemima foi escolhida por alguma razão. Não é uma vítima aleatória, que o cara encontrou por acaso. O assassino deve ser alguém com quem ela teve contato em algum momento.

A inspetora continuou:

– Kev, quero você nisso. Vá até o antigo endereço dela e cheque se alguém se lembra do incidente que ocorreu antes de ela ir para Dubai. Não sabemos se está ligado ao assassinato porque aconteceu há muito tempo, mas segundo o que Sara revelou, Jemima achava que já conhecia a pessoa envolvida. Precisamos averiguar isso.

O celular de Kim tocou. Ela fez uma careta quando viu o nome do patologista no alto da tela.

– Keats? – atendeu. Ele raramente entrava em contato com ela à toa.

– Inspetora, já temos o resultado da análise da terra que foi forçada boca adentro de Jemima Lowe.

– E qual é?

– Bem, definitivamente bate com o solo do local – ele disse.

Kim já havia chegado a essa mesma conclusão.

– O que mais? – perguntou.

– Há vestígios de sangue. Quer dizer, mais do que vestígios, pra ser preciso.

Kim imaginou o assassino forçando terra contra a linha macia das gengivas da mulher. Ele poderia facilmente ter causado algum pequeno ferimento.

– A parte interna da boca de Jemima poderia ter sido...

– Tem sangue demais pra isso, inspetora – disse ele, interrompendo-a.

Kim ficou em pé.

– Está me dizendo que poderia ser do nosso assassino?

– Não, a não ser que ele tivesse cortado um dedo enquanto a matava...

Kim parou de ouvir e seu coração começou a martelar dentro do peito. Sabia o que ele iria dizer: o sangue na boca de Jemima não era dela e tampouco do assassino. E isso só podia significar uma coisa.

Alguém mais havia sido morto naquele local.

VINTE E TRÊS

— SENHOR, precisamos providenciar uma equipe para Westerley.

Woody nem a repreendeu por ela não ter batido à porta, apenas ergueu as sobrancelhas.

— Do que você está falando? O pessoal da polícia forense acabou de sair de lá. Passaram a noite inteira e não encontraram nada.

Woody achou que a inspetora solicitava uma equipe de técnicos forenses. Pelo jeito, ele teria que espremer ainda mais seu orçamento anual para conseguir acatar aquele pedido.

Ela negou com a cabeça.

— Não, senhor, eu preciso de equipamento de detecção, provavelmente de extração e preciso de uma equipe inteira de forenses...

— Calma aí, Stone. O que está acontecendo? — ele perguntou com serenidade

Às vezes, Kim apenas queria que o chefe agisse logo, sem lhe fazer vinte perguntas antes. Era semelhante a quando precisava chamar uma ambulância numa emergência. Nessas horas, você tem vontade de gritar: "Simplesmente mandem uma ambulância agora! Depois eu dou os detalhes que vocês quiserem!".

— Tem a ver com a amostra de terra extraída da boca de Jemima. Foi recolhida na cena e enfiada na boca da vítima. E a terra contém vestígios de um sangue que não é o de Jemima.

— É do assassino, então? — ele perguntou.

Kim podia jurar que acabara de ter essa mesma conversa.

— Improvável. É muito sangue e já fazia tempo que estava ali.

— Tem certeza?

Ela assentiu.

— Keats testou o solo com luminol e, segundo as próprias palavras dele, "brilhou como se fosse um farol", senhor.

— Alguma indicação do quanto esse sangue é velho?

— Não. Keats está fazendo testes adicionais, mas disse que talvez o sangue já tenha anos, pelo menos seis a oito — disse ela, compartilhando com o chefe a informação que ela não sabia antes da ligação do patologista.

Woody recostou-se na cadeira e suspirou. Kim acabara de ganhar um tempo extra para pensar em como vender sua ideia e conseguir o que precisava. E, então, de repente ela teve um momento *Dragons' Den.**

– Senhor, é provável que haja outro corpo enterrado no local – ela esclareceu, caso não estivesse se fazendo entender direito ainda.

Kim sabia que Woody estava avaliando o custo da operação em relação à probabilidade de algum achado. A inspetora sentia-se eternamente grata pelo planejamento financeiro estar a cargo dele e não dela. E grata também pelo chefe não se guiar apenas por restrições orçamentárias. Como ocorria com Kim, a prioridade dele era sempre chegar à verdade. A única diferença era que, na descrição do cargo de Woody, constava que ele teria que responder mais perguntas se estivesse terrivelmente errado.

– Alguma novidade com a segunda vítima? – ele perguntou.

Ela compreendeu a lógica dele. Se houvesse alguma chance de identificarem a segunda vítima em um futuro próximo, era improvável que a despesa fosse aprovada a não ser que houvesse outras justificativas.

– A primeira coisa que fiz foi ligar pro hospital. Os médicos ainda estão tentando estabilizá-la, depois da cirurgia na cabeça. Vão avisar se e quando poderemos falar com ela.

Ele parou e ficou acariciando o queixo, pensativo.

– Me disseram que Daniel Bate está em Westerley.

Kim franziu o cenho.

– Ele estava, não sei se está ainda…

– Pode ser uma boa ideia tentar mantê-lo por perto. Vou arrumar uma autorização para ele.

– Ele não é o único osteoarqueologista em…

– Ele é o único que está no local nesse momento. Se você quer que as coisas andem tão rápido quanto normalmente gosta que andem, não sei por que ainda não fez a ligação.

A inspetora o fitou por um momento, sem conseguir encontrar as palavras certas para contra-argumentar. Ela já comprovara no passado a expertise de Daniel em determinar sexo, idade e condição de saúde de vestígios humanos.

---

* *Dragons' Den* é um reality-show da TV inglesa, no qual vários empreendedores apresentam propostas de negócios a um painel de capitalistas, da maneira mais atraente possível, visando obter seu financiamento. (N.T.)

Woody sustentou o olhar da inspetora e então franziu o cenho.

– É melhor ir andando, Stone. Daniel Bate é uma oportunidade que você não pode perder.

– Senhor, eu...

– Vai demorar horas, se não dias, para arrumar outro cientista com a expertise dele. Se eu fosse você, torceria pra ele não ter ido embora já.

Kim virou as costas e saiu do escritório, chateada por ser obrigada a conversar com Daniel Bate. Seu chefe não poderia ter sido mais claro. *Use os recursos disponíveis e a coisa vai andar.*

Ok, Woody ganhara dessa vez. Se Daniel Bate ainda estivesse em Westerley, ela falaria com ele.

E, se isso ajudasse a encontrar logo o assassino, ela até lhe pediria que ficasse.

VINTE E QUATRO

KIM SE DEPAROU uma com grande movimentação ao entrar no alojamento. Achava que o fato de terem sido encontrados um cadáver e uma mulher espancada com poucos dias de diferença fosse motivo suficiente para acabar com o ânimo em Westerley. Mas todos ali ainda iam trabalhar normalmente – o que demonstrava o quão profissionais eram.

E agora aquelas pessoas estavam prestes a serem informadas de que as coisas provavelmente piorariam.

– Ainda por aqui? – disse Kim a Curtis Grant.

Ele sorriu.

– Já passei em casa. O terno é diferente – disse ele, dando um tapinha no paletó.

A inspetora assentiu com a resposta.

– O senhor já está quase terminando, senhor Grant?

Ele lançou um olhar a Jameel, que confirmou.

– Vou voltar mais tarde esta semana pra acrescentar duas novas câmeras e atualizar o software.

Kim aquiesceu e avançou pelo espaço; Bryant e Dawson pararam a alguns passos dela.

Catherine, que estava sentada à mesa de reuniões, deu uma rápida olhada e percebeu a presença deles. Professor Wright e Daniel Bate, por sua vez, estavam em pé no ponto mais afastado da porta.

– Bom dia a todos – disse Kim. – Precisamos compartilhar algumas informações que obtivemos com os resultados de alguns testes.

– E acho que essa é a minha deixa pra tomar meu rumo – disse Daniel, apertando a mão do professor.

Ele passou por Kim a caminho da saída e lhe acenou um cumprimento.

Bryant tossiu de leve. A inspetora olhou feio para ele antes de passar por Dawson e caminhar até a porta, atrás de Daniel. Quando ele estava a dois passos da sua picape, virou-se.

– Perdão, por acaso está perdida?

Ela revirou os olhos.

– Precisamos conversar.

Daniel apoiou o braço na lateral do veículo e estreitou os olhos, curioso.

– A respeito do quê?

– Desse caso – ela esclareceu.

Daniel se afastou um passo e abriu a porta do passageiro. Lola tentou pular do assento, mas ele a impediu e desceu a janela antes de fechar a porta de novo.

Kim pôde ver a bolsa de pernoite dele no chão do carro.

– Não acredito que eu possa lhe ser útil nesse caso – disse ele, dando a volta na picape até a porta do motorista. As chaves balançavam na sua mão.

– Acho que há outro corpo enterrado aqui – ela disse.

Ele estancou.

– Não me peça que repita, e Bryant está explicando tudo isso lá dentro agora, mas meu chefe me falou para pedir a sua ajuda.

Daniel, ainda parado na porta, virou-se, apoiando o corpo na lateral da picape. Colocou as chaves no bolso e fitou o céu antes de voltar a cabeça para a inspetora.

– Bem, me deixa esclarecer uma coisa: o seu superior, o Detetive Inspetor-Chefe Woodward, lhe pediu que solicitasse minha ajuda caso você encontrasse um corpo enterrado?

Kim assentiu.

Daniel deu um largo sorriso.

– E você está simplesmente odiando cada minuto disso, né?

A inspetora enfiou as mãos nos bolsos sem dizer nada. Já Daniel colocou os braços sobre a beirada da caçamba, apoiando o queixo neles, e observou Kim.

– O que você está fazendo? – ela perguntou. Aquele olhar desafiador a incomodava tanto quanto a demora dele em dar-lhe uma resposta.

– Ah, eu estou curtindo cada segundo desse seu desconforto.

– E isso não é nem um pouco infantil da sua parte, certo? – ela lhe perguntou.

– Provavelmente é – disse ele. – Portanto, se você me pedir com jeitinho, posso reconsiderar.

Ela sentiu as bochechas arderem.

– Daniel, isso já perdeu a graça.

– Eu discordo, e ouvir meu nome de seus lábios é quase o bastante para me convencer a ficar.

– Está disposto a ajudar no caso ou não? Eu preciso ligar para o meu...

– Você não consegue fazer isso, não é mesmo? Você realmente não consegue me pedir que fique – ele disse, ainda se divertindo com a situação.

Kim encarou-o bem de frente.

– Daniel, eu estou pedindo sua ajuda, mas se você prefere que o filho da puta desse assassino...

– Uma condição – ele interrompeu. – Vou ficar apenas se você me fizer um pequeno favor.

Kim franziu o cenho. Não concordaria com nada antes de saber do que se tratava.

– Para com essa história de doutor pra cá e doutor pra lá e continue me chamando de Daniel. Só isso.

A inspetora refletiu por um momento e então assentiu. Pelo menos isso ela podia fazer.

Atrás de si, Kim ouviu a porta da picape abrir e quatro patas pousarem no cascalho.

– Vamos, garota. Parece que está na hora de dar um bom passeio.

Kim escondeu seu sorriso de satisfação.

VINTE E CINCO

— ELE ESTÁ SEMPRE FELIZ, que nem pintinho no lixo – disse Bryant enquanto saíam de Westerley.

Kim sabia que seu colega se referia a Dawson, que aceitara de bom grado permanecer em Westerley como contato principal tanto para a equipe quanto para os técnicos especialistas à medida que chegavam.

Durante a investigação Crestwood, dezoito meses antes, Dawson ficara estacionado no local e realizara um trabalho excepcional. Kim não achava necessário mudar aquilo que estava dando certo.

Bryant falava ao dirigir. A inspetora já lhe dissera para onde deveriam ir.

— Quer dizer então que o doutor vai nos ajudar?

— Que horror! Você não deixa passar nada, não é? – ela disse.

— Você se refere, por exemplo, ao sorriso que você tentava esconder quando voltou ao alojamento? – observou ele.

— Eu sorri porque eu ganhei – ela admitiu.

— Ganhou o quê? Não sabia que havia um prêmio em jogo.

— Deixa isso pra lá.

— Você sabe bem que ele gosta de você – Bryant declarou.

— E você sabe bem que a gente não está no colégio, então não tem por que ficar passando recadinhos uns pros outros.

Bryant olhou de relance para a chefe e acrescentou:

— E eu sinto que você também gosta dele um pouquinho.

Kim ignorou-o. Não era bem assim. Dizer que ela gostava de Daniel era um pouco de exagero. Apenas antipatizava menos com ele do que com um monte de outras pessoas.

— Caramba! – a inspetora exclamou ao entrarem no hospital Russells Hall. O estacionamento estava prestes a explodir.

Aquele super-hospital formou-se a partir de uma fusão de três hospitais locais, que haviam sido ou completamente fechados, ou tido seu pronto-socorro desativado. Infelizmente, a ampliação do estacionamento não foi proporcional à expansão.

Bryant localizou uma vaga no ponto mais distante do hospital e correu para estacionar.

– Espere aqui, não vou demorar. Só quero ver como a moça está.

Bryant chiou.

Ela o ignorou e se dirigiu à entrada da maternidade. Então, subiu a escada e cruzou a Unidade Cirúrgica de Alta Dependência. Nessa ala, assim como na UTI, eram ministrados os cuidados mais críticos no hospital. A de Alta Dependência normalmente acolhia pacientes de cirurgias de emergência e, para cada dois pacientes, havia um membro da equipe médica. Na UTI, a taxa era de um médico por paciente.

Ela falou pelo interfone para obter acesso à área.

Assim que empurrou a porta daquela ala, sentiu de novo o impacto do silêncio, da ausência de conversas e de ruídos cotidianos. Nada de televisão ligada bem baixinho. Não se ouvia o tilintar do carrinho de chá fazendo suas rondas. Nada de conversas entre uma cama e outra para preencher as horas entre as visitas, e tampouco ouviam-se os ocasionais gemidos de desconforto e de dor.

Nada disso estava presente nessa parte do hospital que era a área reservada às pessoas mais doentes.

Kim sorriu ao mostrar seu distintivo para a enfermeira chefe, chamada Jo. Tinha uns 30 e poucos anos, e cabelo loiro reluzente, que caía em volta do rosto arredondado.

Jo deu uma boa olhada na identificação da inspetora e assentiu.

– Estou procurando uma mulher que foi internada ontem à noite.

– Trauma na cabeça? – Jo perguntou, virando-se para olhar o quadro branco atrás dela.

Kim confirmou com um gesto de cabeça.

– Como ainda não foi identificada, por enquanto a chamamos de Jane.

Muitos hospitais passaram a adotar o procedimento americano de se referir a vítimas não identificadas como John ou Jane.

– Ela está na baia dois, cama três – disse Jo.

– E ela está...?

– Consciente? – Jo perguntou e negou com a cabeça. – Coma induzido. O cérebro sofreu muitos danos com o espancamento.

A enfermeira chefe inclinou o corpo sobre a mesa, olhando de uma lado para o outro do corredor.

– O Doutor Singh ainda está fazendo suas rondas. Vou pedir que ele venha ter uma palavrinha com você.

Kim assentiu agradecendo e foi até a baia dois. Jane estava deitada no canto mais afastado à esquerda, o mais próximo da janela.

A inspetora notou que o farto cabelo castanho emaranhado com sangue e terra tinha sido removido, e agora a cabeça da moça estava rapada por baixo dos curativos.

No dedo indicador da mão esquerda de Jane, havia um oxímetro de pulso de plástico branco, medindo a saturação de oxigênio na corrente sanguínea e seu batimento cardíaco. Aqueles valores, junto com os da sua pressão arterial, eram transmitidos à tela à esquerda da moça.

A mão direita estava coberta com esparadrapo branco que prendia uma cânula intravenosa. Havia vazado sangue no esparadrapo, indicando que fora difícil acessar a veia.

Os olhos de Kim moveram-se até o punho esquerdo da mulher e à marca que o circundava, e que a inspetora conhecia muito bem. Imaginou se Jane também iria esfregar a região anos após a marca ter desaparecido. Será que, de vez em quando, ela a sentiria por uma fração de segundo como se estivesse ainda ali? A mente podia ser cruel desse jeito.

A mão de Kim desceu e tocou a listra vermelha. Aquela mulher tinha movido seu punho consideravelmente para tentar se soltar. Ostentava marcas entre o punho e os nós dos dedos, características de quando se força a mão a se soltar. Igual às de Jemima. E às da própria Kim, muitos anos antes.

A memória de sua própria mão aos 6 anos, esfolada até ficar em carne viva devido às numerosas tentativas de se libertar, chegou de modo súbito e doloroso. Kim afastou tal lembrança e esfregou suavemente a pele daquela garota apelidada de Jane como se tentasse apagar as marcas da carne da moça.

O polegar da inspetora passou sobre uma área um pouco mais elevada da pele. Esfregou aquele dedo para frente e para trás algumas vezes, franzindo o cenho.

Virou o punho com suavidade e viu algo que não conseguira enxergar na noite anterior. Quatro linhas muito nítidas de tecido cicatrizado corriam ao longo do punho. A garota tentara suicídio, e sua vida não vinha sendo fácil.

– Policial?

Kim virou-se e viu um homem atraente de pele escura, que ela logo supôs que fosse o Doutor Singh. Seu avental branco estava desabotoado, revelando por baixo uma roupa básica – calça preta e camisa branca. Havia um sorriso bondoso nos seus olhos.

A inspetora se perguntou quanto tempo o sistema nacional de saúde levaria para tirar-lhe aquela expressão afável do rosto.

Ele parou ao pé da cama e pegou o prontuário de Jane.

– Nossa paciente aqui sofreu uma fratura craniana com depressão e ficou em cirurgia até 6 horas da manhã.

Kim identificou um leve sotaque indiano na fala do médico, mas apenas em certas palavras. A voz era afetuosa e calorosa, e ela gostou dele na mesma hora.

A inspetora sabia que fratura com depressão significava que a contusão havia produzido um afundamento no crânio, fazendo com que ele adentrasse a cavidade cerebral.

– Há vários tipos de fratura, mas apenas uma única causa – o médico explicou.

A única causa possível era um golpe na cabeça forte o bastante para romper o osso – Kim também sabia disso.

– O cirurgião liberou a pressão sobre o cérebro, mas ela teve pontuação seis na Escala de Coma de Glasgow.

Kim franziu o cenho. Não era algo que já tivesse escutado antes.

– É uma escala usada para avaliar contusões na cabeça a partir de uma pontuação que vai de três a quinze. Três é o mais grave, mas qualquer pontuação entre três e oito indica que o paciente está num estado comatoso.

– O que é isso? – disse Kim, apontando para um fio que saía da parte de trás da cabeça de Jane.

– Monitor de pressão intracraniana. Verifica o espaço entre o crânio e o cérebro. Alerta você de quaisquer alterações na pressão interna do crânio.

– Ela vai sobreviver? – Kim perguntou, ajustando sua voz para se harmonizar com o tom suave e gentil do médico.

Ele se afastou alguns passos antes de responder.

– Não sabemos. Na realidade, não era nem pra ela sobreviver à lesão, mas de algum modo conseguiu resistir. Temos que esperar que continue sendo forte.

– Ela é capaz de ouvir? – Kim perguntou, percebendo que ele havia se afastado para falar.

Ele deu de ombros.

– Prefiro ser cauteloso, especialmente quando discuto as chances de sobrevivência de alguém.

Kim compreendeu.

– Tem ideia de quanto tempo...?

Ela mal completou a pergunta e o médico já negava com a cabeça.

– Não tenho como saber. O cérebro é mais complexo do que qualquer um de nós é capaz de compreender. Pessoas que achamos que vão sobreviver muitas vezes não conseguem, enquanto outras...

Suas palavras ficaram em suspenso, e Kim entendeu o que ele quis dizer.

– E ela vai acordar?

– Inspetora, está me fazendo exatamente as perguntas que eu não tenho como responder. – A voz ainda soava afetuosa, mas com um toque divertido.

Kim sorriu diante daquela sua atitude acolhedora. Era um pouco como as conversas dela com Keats, o patologista, só que esse médico era uma pessoa amável.

– Bem, obrigada por sua ajuda... Ah, na verdade tem mais uma coisa – ela disse.

– Claro.

– Há algo que eu precisaria checar no corpo dela, mas eu não queria...

Ele assentiu sua compreensão. Ela nunca iria abordar o corpo de Jane sem pedir permissão.

O médico voltou até a cama e puxou a cortina em volta dele.

– Onde? – perguntou.

– Na parte de trás das pernas.

Ele levantou o lençol e delicadamente moveu a mulher um pouco de lado.

– Posso? – Kim perguntou.

O médico assentiu, e então Kim levantou com cuidado a parte de baixo da bata hospitalar.

As marcas estavam ali.

As duas listras vermelhas de dois centímetros e meio, atrás das coxas, na parte de baixo.

Kim pegou o celular e bateu algumas fotos.

– Preciso verificar a área do abdômen dela.

O Doutor Singh colocou Jane de costas e puxou o lençol até a altura do diafragma antes de levantar a bata.

A linha estendia-se logo acima do umbigo da vítima. Kim bateu mais duas fotos.

Ela cobriu Jane de novo com o lençol e então fez uma pausa. Um pequeno corte vermelho na pele, na parte de baixo de perna, chamou sua atenção. Ela rodeou a cama e tirou mais fotos das pernas da mulher, do joelho para baixo.

– Algo relevante? – o Doutor Singh perguntou.

– Agora é a minha vez de dizer que não sei. – Kim sorriu.

Ele assentiu e perguntou:

– Isso é tudo?

– Posso ter só mais um minuto?

– Claro – respondeu, antes de se afastar.

O médico correu a cortina de volta e ficou em pé, do lado oposto à paciente.

Kim enfiou o celular de novo no bolso e colocou sua mão mais uma vez sobre o punho de Jane.

– Me desculpe por ter precisado fazer isso, mas é que eu quero pegar a pessoa que machucou você.

Mais uma vez, Kim sentiu o tecido cicatrizado sob seu toque.

Aquela mulher havia sofrido no passado, e agora estava sofrendo de novo.

– Prometo que você não continuará sendo Jane por muito tempo.

VINTE E SEIS

JANE SENTIU uma leve pressão na sua mão. Não tinha certeza se estava em alguma espécie de sonho.

Às vezes escutava vozes, outras vezes não. Às vezes ouvia o som suave de um bip, que só desaparecia quando a escuridão voltava.

No seu estômago, havia medo. Começava no umbigo e se espalhava.

A escuridão em volta dela sempre se movia, rearranjando-se e depois arrebatando-a e roubando seus pensamentos.

Dor ecoava por todo o seu corpo. Não sabia a origem dela, mas o breu a levava embora. A escuridão consumia a dor junto com ela e então a cuspia de volta.

Às vezes ela e a escuridão eram a mesma coisa.

Ficava imaginando se aquilo era a morte e, se acaso fosse, como ela teria chegado ali. Era possível sentir dor na morte? E, se estivesse morta, seria esse seu estado eterno?

Quaisquer pensamentos ou percepções adicionais eram afastados pelo escuro.

Ela queria abrir os olhos, mas o breu a levava embora antes que pudesse fazê-lo.

Se estivesse viva, sabia que estava num hospital. Sabia que alguém segurava sua mão.

Tentou abrir os olhos.

Tinha algo a dizer.

O pânico brotou em sua garganta antes que a escuridão tomasse conta de novo.

VINTE E SETE

EM VEZ DE VOLTAR direto para o carro de Bryant, Kim passou no necrotério antes.

Keats estava sentado à sua mesa, de cabeça baixa, muito concentrado.

– Aham... – Ela tentou chamar a atenção para si.

– Sei que está aí, inspetora. Eu reconheceria seu passo em qualquer lugar, mas tenho fé que se eu ignorá-la, irá embora – falou meio murmurando, sem erguer a cabeça.

– Sim, você e a maioria das pessoas que já conheci, mas preciso da sua ajuda.

Keats a fitou, os olhos estreitos em desconfiança.

– Está querendo conseguir alguma coisa de mim, inspetora?

Ela abafou o sorriso que rondava seus lábios. O patologista a conhecia bem demais.

Tentar lisonjeá-lo era perda de tempo. Ela sabia pela experiência de outras pessoas que isso não funcionava. Keats só ajudava se assim o quisesse.

– Há três anos, um homem foi encontrado em Fens Pools – ela disse.

– Vai ter que ser um pouco mais específica.

– Haviam decepado seus dedos.

– Aaah, sim, me lembro disso. Não fui eu que fiz a autópsia, mas me lembro do caso. Ainda não identificaram o homem?

Kim confirmou ao se sentar.

– Eu li os relatórios, mas para avançar na investigação preciso de um especialista que me ajude a traduzir as coisas.

Ele inclinou a cabeça e ironizou.

– Só se você parar de ser tão amável comigo. É um pouquinho assustador quando o Bryant não está por perto para me proteger.

Dessa vez, a inspetora deixou o sorriso escapulir.

– Ok.

Keats olhou para algum ponto acima da cabeça dela e então começou a digitar no teclado para puxar os registros.

– Tenho cinco minutos até meu próximo cliente chegar, portanto, vamos logo.

Kim falou sobre o tal relatório da autópsia que ela havia estudado em casa e como havia se lembrado de algo que despertara sua curiosidade.

– O único ferimento visível era uma marca de faca acima do peito esquerdo, com cinco, talvez seis centímetros de extensão. Será que ele foi esfaqueado?

O patologista voltou a olhar para a tela.

– Bem, se o ferimento era de faca, não foi profundo. A causa da morte definitivamente foi afogamento.

– Os dedos foram decepados após a morte dele, é isso? – ela perguntou.

Keats assentiu e continuou lendo.

O assassino não havia infligido dor ou tortura para prolongar a agonia da vítima. A remoção dos dedos havia sido algo puramente funcional.

– O que você poderia me dizer a respeito dele, Keats? – ela perguntou.

– Psiu, espere um pouco – ele disse e continuou lendo por uns dois minutos. – Em termos leigos, a idade dele foi estimada em 50 e tantos anos, quase 60. Não bebia demais, mas com certeza fumava em excesso. Comia muita comida gordurosa e não praticava exercício físico o suficiente. À primeira vista, não tinha ossos quebrados, tatuagens ou outros sinais característicos.

Um sujeito bem convencional, Kim pensou. A não ser pelo fato de que todos os dedos da mão foram cortados. Não havia como escapar desse fato particular.

A inspetora suspirou. Não conseguira nenhuma nova informação relevante.

– Obrigada mesmo assim, Keats. – Ela se levantou. – Eu vou...

– Sem tanta pressa, inspetora. Dê uma rápida olhada nisso.

Ela deu a volta, ficando do mesmo lado da mesa que ele. A imagem da tela havia sido ampliada, e ela não sabia ao certo para o que estava olhando.

Kim inclinou a cabeça de lado.

– Isso é a ferida no peito?

Keats assentiu.

– E tem uma coisa ali que parece um pouco estranha.

As orelhas dela ficaram alerta. Algo estranho era um bom sinal.

Ao observar melhor, Kim viu do que se tratava. Já comparecera a um número suficiente de cenas de crime para saber como era o aspecto habitual dos ferimentos a faca sobre a pele. Qualquer que fosse o tipo de faca usado, o corte era consistente e "limpo". Visto de perto, esse parecia desajeitado e irregular, como se a faca tivesse sido esfregada sobre a pele.

— Parece mais um corte do que uma facada — Kim observou.

Keats assentiu.

— E acho que eu sei por quê. — Ele ampliou ainda mais a imagem. — O assassino estava cortando tecido cicatrizado.

— Acha que ele estava abrindo uma velha ferida? — Kim perguntou, vários pensamentos já começando a se formar em sua mente.

— Ou tirando alguma coisa de dentro...

Entreolharam-se, enquanto um entendimento chegava a ambos.

— Marca-passo! — disseram ao mesmo tempo.

VINTE E OITO

— COMO ESTÁ ELA? — Bryant perguntou assim que Kim entrou no carro.

— Inconsciente no momento, e os médicos por enquanto não se comprometem a dizer nada quanto à sua recuperação. — Kim fez uma pausa. — Vamos até Brierley Hill — disse, depois de processar todas as informações que recolhera na última hora.

— Ela tem as mesmas marcas nas costas e coxas que Jemima — a detetive prosseguiu.

Bryant balançou a cabeça enquanto dirigia.

— Nunca vi nada como isso. Não faz sentido.

Kim concordou. Eles já sabiam que o assassino as havia contido com uma algema no punho, então que raios eram aquelas linhas retas?

— Tem mais uma coisa — ela disse enquanto Bryant passava por uma sequência de semáforos. — As pernas dela estão repletas de pequenos arranhões e cortes.

— Bem, isso faz sentido. Ela foi arrastada por um caminho de cascalho e depois morro acima até o local em que foi abandonada.

— Deve ter sido arrastada com as costas no chão, como Jemima. Mas essas outras marcas estão na parte da frente das pernas, a mesma coisa com Jemima. É como uma esfoladura de depilação com gilete.

Bryant esfregou o queixo.

— É, às vezes acontece comigo também...

Kim ponderou.

— E por que só às vezes?

— Se eu quero um barbeado mais rente, eu passo a contrapelo. Fica com uma aparência mais limpa, apesar de irritar um pouco mais a pele.

Portanto, agora ela tinha duas garotas que tiravam o esmalte das unhas e depilavam as pernas bem rente à pele. Com quem diabos elas achavam que iam se encontrar?

— Espere um pouco, vire à direita aqui... — Kim dava as instruções enquanto atravessavam Brierley Hill.

Ela continuou dando as coordenadas até que chegaram a um posto de guarda-florestal no cruzamento da Pensnett Road com a Bryce Road.

– Hmmm... chefe... – Bryant disse.
– Está tendo um orgasmo? – brincou ela.
Passaram pelo posto e seguiram para Fens Pools.
A área era uma reserva natural e antes fizera parte de Pensnett Chase, um recinto de caça medieval dos barões de Dudley. Como a maior parte do restante de Chase, acabara aos poucos virando uma região de indústrias, mineração de carvão, extração de argila e olarias.
Parte da ferrovia privada do Conde de Dudley cruzava a área. As minas de carvão e os poços de barro haviam sido desativados no início do século XX, mas as olarias e a ferrovia só fecharam na década de 1960.
Alguns dos lagos haviam se formado a partir dos antigos poços de barro, mas os três reservatórios maiores, Grove Pool, Middle Pool e Fens Pool, na parte nordeste da reserva, foram construídos pela Companhia de Canais Stourbridge em 1776 e eram as maiores áreas de água a céu aberto de Dudley. Uma quarta lagoa chamada Foot's Hole ficava mais a sudoeste, separada das outras pelo Dell Sports Stadium.
Kim sabia que era um local popular para pesca, e que a área de trinta e sete hectares havia sido designada como local de interesse científico especial.
Ela olhou além da primeira lagoa, para uma elevação gramada que havia entre a água e o canal.
– O corpo foi encontrado lá – disse ela, apontando.
Em algumas áreas dali, você se sentia a quilômetros de distância da área industrial contígua, e em outros pontos os vastos conjuntos residenciais e as unidades comerciais eram claramente visíveis.
– O corpo de quem? – Bryant perguntou.
– De um homem não identificado, que foi achado com os dedos decepados há alguns anos.
– O pessoal de Brierley Hill não resolveu o caso?
Kim negou com a cabeça.
– Não, Bob ainda é hóspede do médico-legista, numa gaveta, fria e escura.
– Bob? – ele perguntou, estreitando os olhos.
– Não fui eu que dei o apelido, mas serve até a gente descobrir o nome verdadeiro dele.
E Kim não tinha muita certeza de como faria isso. Suas únicas potenciais pistas haviam sido removidas. Tudo o que restara eram suas roupas, as moedas nos seus bolsos e um velho bilhete de rifa. Registros dentários

eram uma boa forma de identificação, mas você precisava saber por onde começar.

Não havia membros da família pressionando a polícia para que fornecesse informações sobre o andamento da investigação do assassinato de seu pai, irmão ou tio. Logo que acharam o corpo, deviam ter verificado os registros de pessoas desaparecidas e nada encontrado, portanto, ninguém se importara com Bob sequer para registrar um boletim de ocorrência.

Parecia que ninguém dera pela falta dele, e isso por si só já era suficiente para incomodá-la.

– Ah, um alcaravão – disse Bryant.

– Um o quê?! – ela perguntou.

Ele balançou a cabeça.

– Um alcaravão, um pássaro. Lá em frente, junto àquela grama alta.

– Não sabia que você curtia observar pássaros – ela disse, virando-se.

Ele deu um suspiro profundo.

– Hmmm... Me fala uma coisa. Por que mesmo a gente se deu ao trabalho de vir até aqui?

Kim estava prestes a dizer "Porque ninguém mais se importou com isso", mas seu pensamento foi interrompido pelo toque de seu celular.

Era um número bloqueado.

– Stone – ela atendeu.

– Inspetora, é a Jo. Você esteve aqui há pouco...

– A Jane está bem? – ela perguntou ansiosa. Havia deixado um cartão com a enfermeira responsável pela ala pedindo que lhe informasse qualquer tipo de evolução do quadro da vítima.

– Sim, está ótima. Nenhuma alteração. Exceto que o nome dela não é Jane. É Isobel.

– Como você sabe?

– O namorado dela nos contou. Ele ligou e está vindo pra cá.

VINTE E NOVE

STACEY OLHAVA INTRIGADA para o computador. Algo não batia nos registros de Catherine Evans.

A certidão de nascimento dela constava nos registros, mas qualquer documento recentemente emitido deixava um rastro, por mais que tenha sido inserido no sistema com habilidade. E o rastro que essa certidão deixou tinha a ver com uma mudança de software que ocorreu no passado.

Até o final dos anos 1980, usava-se um tipo de arquivamento diferente, portanto se a certidão de nascimento de Catherine tivesse sido expedida naquela época, estaria no sistema antigo – o compatível com a atualização de 1999, às vésperas do disseminado pânico do bug do milênio. As companhias de software haviam assustado todo mundo e especialmente os governos, prefeituras locais e autoridades de saúde, dando a entender que sistemas mais antigos não seriam capazes de manter a funcionalidade de data e hora quando o relógio entrasse num novo século, e menos ainda no novo milênio.

Ao redor do mundo, empresas privadas procuravam confirmação e garantias dos fornecedores de que os sistemas não iriam falhar. Prepararam inúmeras soluções alternativas, planos para continuidade dos negócios e manuais para recuperação de desastres, a fim de fazer frente àquele instante em que haveria a mudança.

A coisa toda acabou se revelando um blefe, como um rojão úmido que não acende, já que o caos previsto não se concretizou.

A certidão de nascimento de Catherine era de 15 de junho de 1983, mas só havia sido introduzida no sistema em 2001, quando Catherine tinha 18 anos.

Quinze minutos depois, Stacey rastreara a emissão de um cartão de convênio médico registrado em nome de Catherine Evans. Também constava a data de junho de 1983, mas só fora introduzido no sistema no final da década de 1990.

Stacey recostou-se na cadeira. A palma da mão descansava sobre o mouse, mas os dedos tamborilavam sem que ela percebesse.

Por que esse atraso de dezoito anos para inserir o documento no sistema?

As palavras "nova identidade" gritavam na sua cabeça. Documentos que eram introduzidos em data posterior, tentando passar a impressão de serem registros autênticos, eram indício de uma identidade inventada. Não se tratava de uma mudança de nome solicitada por requerimento legal pela própria mulher. Era um nível de expertise que apontava apenas numa direção. O Estado.

Por que raios Catherine Evans teria recebido uma nova identidade?

Stacey sentiu a empolgação crescer em seu estômago. Chegava perto de algo importante, e ela sabia disso.

Voltou à data de inserção da certidão de nascimento no sistema e começou a trabalhar a partir daí.

O que quer que descobrisse, causaria grande impacto.

TRINTA

KIM ENTROU NA MESMA ALA do hospital pela segunda vez naquele dia. Jo sorriu ao vê-la aproximando-se de sua mesa.

– O rapaz chegou minutos depois que eu desliguei.

– Posso? – ela perguntou, já se afastando um passo da mesa. Jo assentiu.

Um rapaz de cabelo escuro sentava-se junto à cama com as costas curvadas e a cabeça abaixada. Vestia uma camiseta preta e jeans, e segurava firme a mão direita de Isobel.

– Com licença...

A cabeça dele ergueu-se meio no susto, e ela viu um rosto bonito devastado por medo e preocupação. A pele do rapaz tinha um bronzeado agradável, como se ele trabalhasse ao ar livre ou acabasse de voltar de férias. Uma rápida avaliação de sua altura deu-lhe um palpite de algo similar à dela, um metro e setenta e cinco. Calçava botas de trilha, o que reforçava sua tese de que ele trabalhava ao ar livre. Os músculos de seu braço não eram excessivamente desenvolvidos, mas sem dúvida eram usados. Uma barba incipiente espreitava de sua mandíbula.

– Detetive Inspetora Stone – disse ela. – E quem é você?

Ele deu-lhe um sorriso tímido.

– Duncan... Meu nome é Duncan Adams e sou o namorado da Isobel.

Kim olhou em volta.

– Como ficou sabendo que ela estava aqui?

O rosto dele ficou um pouco vermelho.

– Ela não respondeu minha mensagem de texto na segunda à noite. Eu sempre envio uma mensagem de boa-noite e então ela manda outra de volta, quando pode. Mandei uma e ela não respondeu. Não me preocupei com isso, porque de qualquer jeito a gente iria se ver na terça. Quando ela não apareceu, imaginei que havia algum problema.

– Você tentou ligar? – Kim perguntou.

Ele assentiu.

– A noite toda, e quando vi que ela não atendia, liguei pra polícia pra saber se tinha acontecido algum, sei lá... incidente. Eles registraram minha ligação e sugeriram que eu verificasse nos hospitais locais. Falei com a internação e disseram que não havia ninguém com o nome Isobel, mas que uma mulher não identificada dera entrada na unidade de alta dependência. – Apontou com um gesto de cabeça o balcão das enfermeiras. – Puseram-me em contato com a Jo que me fez algumas perguntas e então vim pra cá o mais rápido possível.

– Como você confirmou que a mulher era Isobel? – Kim perguntou.

Ele apontou para o punho da namorada. Claro, as cicatrizes, a inspetora concluiu.

– Há quanto tempo vocês estão juntos? – ela perguntou.

– Há uns dois meses – disse ele.

– Você sabe o sobrenome de Isobel?

– Jones. Seu último sobrenome é Jones – respondeu ele enfaticamente. Excelente, Kim pensou.

– Como vocês se conheceram? – Kim perguntou, torcendo para que tivessem se conhecido no trabalho.

Um sorriso se irradiou pelo rosto dele, iluminando o afeto em seus olhos.

– Acredite ou não, eu a desequilibrei totalmente, ou melhor, acabei derrubando-a no chão. Eu saía disparado da loja de telefones e ela saía da Cafeteria Costa. Trombamos e infelizmente ela levou a pior. O café dela derramou no chão, e eu insisti em comprar outro. Era o mínimo que podia fazer. Começamos a conversar e então apenas aconteceu. Foi como se...

– Você sabe onde Isobel trabalha? – Kim perguntou. Ela não queria interrompê-lo tão bruscamente, mas já percebera que não havia absolutamente nada no encontro dos dois que pudesse ajudá-la.

– Eu costumava ir buscá-la no Plaza 157, em Erdington, mas nunca entrei lá.

Kim fez uma anotação mental. No mínimo era um ponto de partida.

– Tem o endereço dela?

Duncan corou mais ainda e Kim percebeu que o fato de o rapaz não ser de muita ajuda era desconcertante tanto para ele quanto para ela. Notou que ele fez como quem ia morder o lábio inferior, mas se controlou no último instante.

Ele estava lhe escondendo alguma coisa. Ela, então, retomou a conversa anterior e lembrou-se de algo que ele havia dito.

– Você falou que Isobel respondia suas mensagens quando podia. Como assim? – perguntou ela.

Ele olhou para Isobel um pouco constrangido e abaixou o tom de voz.

– Ela é casada, inspetora, por isso insistia em manter segredo, e eu respeitei isso. – Ele apertou a mão de Isobel. – Por favor, não a julgue. Isobel me contou isso logo de cara, e decidi continuar me encontrando com ela. Isobel disse que ela e o marido já vinham pensando em se separar de vez. Fazia tempo que não era feliz com ele. Haviam se separado há uma semana, e Isobel planejava conversar com ele a respeito de divórcio.

– Ele abusava dela? – Kim perguntou, pensando nas cicatrizes dos pulsos.

Duncan hesitou, como se não gostasse de expor os segredos mais íntimos da namorada a alguém.

– Acho que ele tem agredido a Isobel fisicamente, dando empurrões e tapas...

– Foi por isso você ligou para a polícia e para o hospital? – Kim quis esclarecer.

Ele respirou fundo.

– É, foi por isso. Fiquei preocupado, achando que ela havia conversado com o marido sobre o divórcio e que ele então tivesse batido nela.

Kim não era a favor ou contra segredos e enganos. As pessoas teciam as próprias redes, e ela não podia se enredar nelas.

Os olhos de Duncan desviaram-se para cima e para a esquerda, como quem lembra de algo.

– Ela disse alguma coisa, sim, sobre ir a Wolverhampton para fazer compras, então...

Kim sorriu, demonstrando compreender e fez outra anotação mental.

A mão dele não se soltara da de Isobel. Seu polegar dava batidinhas suaves na pele dela.

– Sabe como ela ganhou essas cicatrizes no punho? – Kim perguntou.

Ele negou com a cabeça.

– Eu percebi as cicatrizes no nosso segundo encontro, mas ela foi logo cobrindo. Depois acabou confessando que era coisa muito antiga, mas não fiquei pressionando. Sabia que ela me contaria quando quisesse.

Ele respirou fundo de novo.

– Inspetora, sinto não poder ajudar mais. – Ele voltou a olhar Isobel e seu rosto se suavizou. – Mas vou estar aqui se precisar me perguntar mais alguma coisa. – Deu um aperto suave na mão de Isobel. – Se ela estiver me ouvindo, quero que saiba que estou aqui ao lado dela e que não vou a lugar nenhum.

Ele se virou para encarar Kim de frente.

– Sei que são só poucos meses, mas a gente se dava superbem. Eu tinha muitas expectativas para nós... quer dizer, ainda tenho.

A inspetora não teve como não pensar no marido problemático com o qual teriam que lidar primeiro. Se Isobel acordasse, precisaria de muita ajuda. Não seria uma recuperação rápida.

– Posso anotar o número do telefone dela? – Kim perguntou, ao pegar o próprio celular.

Ele passou o número, e Kim o digitou no aparelho.

– Você acha que ela vai conseguir sair dessa? – ele perguntou sussurrando, havia um tremor em sua voz.

– Eu conversei com o médico, e ele...

– Sim, ele disse que não podia se comprometer e coisa e tal – disse Duncan, sacudindo a cabeça.

Obviamente ele tivera a mesma conversa com o Doutor Singh.

Kim tirou um cartão do bolso e o entregou ao rapaz.

– Se você pensar em alguma coisa que possa ajudar, por mais que ache irrelevante, ligue pra mim.

Duncan enfiou o cartão no bolso, e ela concedeu-lhe um sorriso antes de virar e ir embora.

Kim esperava muito que ele contribuísse com alguma nova informação, porque, naquele momento, ela sentia como se não tivesse pista alguma.

TRINTA E UM

AO SAIR DO HOSPITAL, Kim se deparou com um calor de vinte e quatro graus. As nuvens haviam se dissipado e o sol brilhava majestoso no céu.

Bryant estava estacionado na faixa amarela dupla da rua, com cara de pouquíssimos amigos. Ela parou em pé, aguardando-o dirigir até a entrada.

Quando entrou no carro, ele enxugava o suor da testa com um lenço de papel.

— Não tem ar-condicionado nessa coisa? — ela perguntou, colocando o cinto.

Ele abaixou o vidro da janela do passageiro.

— Taí o seu ar-condicionado.

— Que bicho te mordeu? — ela perguntou.

— É esse calor da porra — ele disse, saindo da área do hospital. Mas não era o calor que o incomodava, e sim aquela manhã de inatividade. Ele era um investigador com um cérebro afiado e o dom de resolver quebra-cabeças, não um motorista.

— Bem, o nome da nossa garota é Isobel Jones, e isso é tudo o que temos.

Ele olhou de relance para a inspetora enquanto se aproximavam daquela rotatória pela segunda vez no mesmo dia.

— Tem certeza?

— Sim, tenho. O cara lá dentro é namorado dela há alguns meses e ficou preocupado quando ela lhe deu um cano.

— Portanto, ele não sabe muita coisa a respeito da moça, é isso?

— Isso, mas consegui o celular dela. — Kim rolou a tela do seu que começou a chamar. — Stace, eu ia mesmo ligar pra você. Pode anotar um número?

A inspetora passou o número que registrara no celular.

— Esse é o telefone da nossa vítima. O nome dela é Isobel Jones. Atualize o quadro e comece verificando o edifício Plaza 157, em Erdington. Ela pode ter trabalhado ali. Verifique também a lista de eleitores da área de Wolverhampton, deve encontrar o nome do marido de Isobel nela. Além disso, cheque os registros do telefone que te passei e veja se ontem de manhã teve uma chamada de um tal de Duncan Adams. Eu sei como isso tudo soa, mas é o que temos.

– Nossa, chefe...

– Eu sei, Stace, já disse. É muita coisa pra você dar conta, portanto se precisar que eu chame Dawson de volta...

– Chefe, tudo bem, sou perfeitamente capaz de fazer o trabalho, mas liguei porque tem algo que você precisa saber.

Um bipe soou no seu ouvido. Ela afastou o telefone e checou a tela.

– Aguarde um segundo, Stace, o Kev está tentando falar comigo.

Ela transferiu para a ligação de Dawson. Seja lá o que ele tivesse a dizer, era prioridade. Ele estava no local.

– O que foi, Kev? – Kim perguntou ao telefone. – Estamos voltando para West...

– Certo, chefe. Mas talvez queira fazer um desvio – ele disse.

– Por quê? – perguntou ela, colocando o celular no viva-voz.

– As coisas por aqui estão um pouco estranhas. Está rolando um certo caos nesse momento. Tem um monte de máquinas chegando. As identificações estão sendo checadas. Parece que o Woody torrou um mês inteiro do orçamento nessa...

– Kev... Alô?

– Desculpa, chefe. O telefone está dando pau de vez em quando. A imprensa descobriu essa unidade aqui e, como diz a expressão popular, jogaram a merda no ventilador.

Kim franziu o cenho e encarou Bryant, que a fitava. Uma aporrinhação, mas não era totalmente inesperado. Só um tonto acharia que aquele lugar ficaria secreto por muito tempo.

– Estava acontecendo tanta coisa por aqui que a princípio eu sequer percebi...

– Percebeu o quê? – Kim perguntou. Seja que lá o que ele não tivesse percebido parecia ser importante.

– Ela recebeu uma chamada, eu estava bem do lado dela quando gritou "Nada a declarar!" e bateu o telefone. Quando olhei de novo, não estava mais aqui.

– Kev, será que você não está fazendo um auê...

– É a Catherine Evans, chefe. Ela parece ter simplesmente evaporado.

TRINTA E DOIS

O DESCONFORTO que Kim sentia no estômago não diminuía à medida que se aproximavam da casa de Catherine. Havia começado quando Dawson lhe informou que a entomologista fugira do local de trabalho e só crescia desde que retomou a conversa com Stacey.

Catherine Evans havia assumido uma falsa identidade, e a mente de Kim imaginou uma dezena de cenários diferentes para esse fato. O que quer que tivesse acontecido devia ser bem sério. Além disso, por que estaria relacionado a uma ligação da imprensa?

Tudo o que a inspetora sabia no momento era que precisava encontrar Catherine e obter respostas para algumas das suas questões.

Bryant guiou pelas curvas daquele vistoso bairro residencial tão controverso, localizado junto ao cinturão verde perto de West Hagley. A estratégia de marketing prometera preço acessível para as casas daquele conjunto habitacional enorme, que exigiu varrer do mapa três campos e uma pequena área de bosque.

Até o momento, Bryant havia feito os dois circularem pela área mais afastada, de casas isoladas, espaçosas, com duas vagas na garagem e falsas colunas. Em seguida, as propriedades avaliadas em trezentas mil libras davam lugar a residências com apenas uma vaga na garagem, em ruas mais estreitas, que por sua vez desembocavam nas casas mais populares, situadas no centro do conjunto.

Essas casas eram todas muito parecidas entre si. Nenhuma fachada as distinguia das vizinhas ou mesmo das casas da rua toda.

Pararam em frente a uma cujo sobrado era geminado, a frente de tijolo, de uma cor vermelha pouco natural.

— Compacta e elegante — Bryant observou, enquanto saíam do carro.

Na única vaga, bem estreita, estava estacionado o Ford Focus de Catherine Evans. Kim deu a volta nele e parou na divisa entre duas casas.

— Toque a campainha. Vou dar uma olhada na parte de trás da casa — disse ela, deixando Bryant na porta da frente.

Não havia cerca na lateral da propriedade, então foi fácil para a inspetora acessar os fundos da casa.

Assim que virou a esquina, entendeu a razão disso. Uma câmera de circuito interno de TV estava afixada no canto da propriedade, cobrindo a calçada e a lateral da casa.

Bem, Catherine certamente já sabia que eles estavam ali.

Havia outra câmera na parede dos fundos, apontada para a porta de trás da casa. Era uma residência pequena, parecia um caixote, mas estava coberta por duas câmeras de circuito interno, de alto custo. Por quê?

Kim de início pensou que talvez as câmeras estivessem ali devido a algum problema entre vizinhos, mas a localização delas indicava outra coisa. Estavam ali para controlar os acessos à propriedade.

Catherine vigiava as pessoas que chegavam.

Nos fundos, havia um pequeno jardim gramado, mas sem canteiros ou plantas. Uma cerca de um metro e meio separava-o da casa vizinha e da de trás.

O caminho de Kim estava desimpedido, sem apetrechos de jardim. Nessa época do ano, qualquer incursão por um jardim deparava normalmente com obstáculos, como churrasqueiras, espreguiçadeiras e guarda-sóis. Mas ali não se via nada disso.

Junto à cerca havia uma caixa de armazenagem externa com cerca de um metro e meio de comprimento por sessenta centímetros de altura. Ao lado dela, havia um cortador de grama Flymo.

Pela porta do pátio dos fundos, a inspetora viu o interior da casa.

Tendo aprendido isso com Bryant no passado, ela controlou seu instinto natural de encontrar algo pesado para quebrar o vidro.

– Ninguém atendeu até agora, chefe. Mas ela deve estar aqui – Bryant disse, aparecendo ao lado da inspetora.

– Não necessariamente. Pode ter estacionado o carro e ido embora.

Assim que as palavras deixaram a sua boca, Kim percebeu o quanto aquilo era improvável.

Ela não sabia ao certo o que esperava encontrar, mas precisava entender por que uma ligação que Catherine recebera da imprensa fizera a entomologista fugir como um gato escaldado. Catherine não avisara a ninguém que estava saindo de Westerley e não atendia o celular.

O que será que ela sabia a respeito desse caso e o que a fizera ir embora assustada?

Kim encostou a mão na maçaneta da porta, que acabou abrindo.

A inspetora franziu o cenho. Como uma mulher que tinha cada centímetro do espaço externo coberto por câmeras deixaria a porta de trás destrancada?

– Que merda, chefe – disse Bryant, chegando à mesma conclusão. – Você não está achando que o nosso cara...?

– Não sei, Bryant, mas agora temos uma razão pra entrar – disse ela, avançando.

A sala era pequena e escura. Kim supôs que a cozinha estaria na parte da frente, banhada pelo sol da manhã.

O mobiliário de cor malva produzia certa luminosidade no ambiente, mas o ambiente era um pouco claustrofóbico.

A inspetora parou, bem quieta, e apurou o ouvido. Nenhum som ecoava na casa. Havia apenas o barulho de algum carro passando de vez em quando na frente da propriedade. Nada de som de TV, rádio ou de outra coisa que perturbasse o silêncio – o que deixava o espaço ainda mais sombrio.

Kim foi até a cozinha, que, para ela, sempre foi o aposento que fornecia o quadro mais preciso das atividades da casa.

Toda a luz da casa parecia estar concentrada nesse único pequeno canto. Os gabinetes e aparelhos eram de um branco cintilante, e tudo refletia o sol da tarde que irrompia pela janela.

O espaço estava limpo e arrumado. Ela sentiu algumas crostas de pão sob os pés e viu um único prato e uma caneca virada para cima no escorredor da pia.

Não precisou de muita habilidade investigativa para deduzir que Catherine tomara café com torradas antes de sair para Westerley naquela manhã. Portanto, não tivera tempo de desarrumar mais nada desde que voltara para casa. Kim foi até o fogão e pôs a mão na chaleira. Fria como pedra.

A maioria das pessoas costumava ligar a chaleira assim que entrava em casa, para tomar logo um chá. Mesmo que em seguida se distraísse descarregando as compras ou arrumando outras coisas, a chaleira normalmente era ligada.

– Isso está começando a me parecer um pouco suspeito – disse Kim, saindo da cozinha.

Bryant permanecera na sala, já que na cozinha só havia espaço para uma pessoa. Ele seguiu Kim quando ela subiu a escada, de dois em dois degraus.

No andar de cima, havia um corredor apertado com três portas – todas fechadas.

A primeira à esquerda era um banheiro pequeno, mas funcional. A segunda era o quarto de hóspedes, só que não tinha nenhuma cama nele, apenas duas peças de mobília descombinadas, algumas caixas e um guarda-roupa.

Portanto, a casa tinha circuito interno de TV, mas Catherine ainda não havia desencaixotado todas as suas coisas.

O desconforto de Kim no estômago aumentava cada vez mais – algo que não aliviou quando ela abriu a porta do dormitório principal.

Em cima da cama, havia uma mala vazia aberta. A primeira gaveta da cômoda também estava aberta. A inspetora olhou dentro. Roupa íntima – normalmente a primeira coisa que alguém pega quando faz a mala às pressas, focando mais nos itens de necessidade.

Mulheres tendem a fazer a mala de dentro para fora, ou seja, pegam primeiro o que é essencial. Homens costumam fazer o oposto. As regras diferem quando se trata de fazer mala para as férias. Nesse caso, você tem tempo para pensar primeiro na roupa, mas na correria a prioridade é sempre a roupa de baixo.

– Onde diabos se enfiou essa mulher, Bryant? – ela perguntou, vasculhando o quarto.

Como a casa era pequena, eles haviam coberto cada centímetro quadrado em poucos minutos. Catherine não estava ali, mas havia estado.

Uma mulher tão preocupada com segurança deixara a porta dos fundos destrancada. Por alguma razão, saíra em disparada do local de trabalho e viera para casa. Não havia parado para nada antes de começar a fazer a mala. O carro dela estava ali ainda, ela não. E, no entanto, não havia nenhuma evidência de luta.

– Acho que o nosso cara a pegou – Bryant disse, coçando a cabeça.

Nenhum cenário em que a inspetora havia pensado fazia sentido, mas estava a ponto de concordar com Bryant quando seu telefone interrompeu o silêncio.

– Stace – ela disse.

Kim ouviu a voz excitada e turbinada de Stacey. A inspetora não interrompeu sua colega nenhuma vez.

Porque o que Stacey tinha a dizer mudou tudo.

TRINTA E TRÊS

KIM ENCERROU A CHAMADA. Fechou os olhos por um segundo, absorvendo tudo o que escutara. As peças começavam a se encaixar.

Então, exalou a respiração que vinha prendendo.

— Ah, Bryant — foi tudo o que conseguiu dizer.

— O que está acontecendo? — seu colega perguntou.

A inspetora parou um momento para repassar tudo o que tinham visto desde que chegaram à casa de Catherine. Agora ela sabia onde procurar.

— Venha comigo — Kim disse, saindo do quarto e descendo a escada.

Ela saiu em largas passadas pela porta dos fundos e parou no único lugar que fazia sentido.

Abaixou-se e sentou no chão, de pernas cruzadas, diante da caixa de armazenagem do jardim.

— Catherine, é a Kim Stone, e eu sei que você está aí dentro.

Porque o cortador de grama estava fora da caixa.

Não houve nenhum som, e Kim considerou a possibilidade de que estivesse ali sentada no chão falando com uma caixa de plástico vazia. Mas suspeitava que não.

A inspetora se aproximou mais da caixa e baixou a voz ainda mais. Colocou uma das mãos sobre a tampa como se oferecesse à mulher algum tipo de conforto.

— Catherine, eu sei quem você é, e sei por que está assustada.

Ouviu-se o mais leve dos soluços.

Kim também escutou uma inspiração súbita de Bryant, que estava em pé atrás dela. A inspetora olhou em volta e o viu balançando a cabeça, surpreso. Ela se voltou de novo para a caixa.

— Está tudo bem, Catherine. Já sei que você é a criança da caixa laranja.

Kim ouviu outro soluço, o que lhe confirmou que Stacey estava certa.

— Sei também que seu nome era Janet Wilson e que você foi raptada enquanto estava no jardim da frente da sua casa em Walsall. Você ficou fechada numa caixa de armazenar laranjas por dezessete dias antes de conseguir escapar.

Kim agora compreendia as cicatrizes na mão dela. Eram de sua tentativa de fuga.

Os soluços ficaram ainda mais altos. Bryant continuava em pé atrás dela, sem emitir nenhum som.

– Sei por que você está assustada, Catherine. Por favor, você poderia sair e conversar comigo?

O choro havia parado e Kim sabia que poderia abrir a tampa e tirar de lá uma Catherine totalmente adulta. Era apenas a Janet de 9 anos que estava escondida naquela caixa.

Stacey havia lido para Kim tudo o que fora capaz de pesquisar.

– Os médicos não conseguiam entender como você havia sobrevivido, não foi? – Kim perguntou.

Mas a inspetora sabia. A menina de 9 anos sobrevivera comendo insetos. Era por isso passara a demonstrar enorme respeito por eles, que a haviam mantido viva.

– Catherine, eu falo sério, pode confiar em mim. Por favor, saia da caixa.

A tampa começou a abrir e um corpo todo contorcido se desenrolou aos poucos. Kim segurou a tampa aberta enquanto Catherine recuperava sua forma normal.

Bryant ofereceu a mão para ajudar a doutora a sair da caixa. Seu rosto estava pálido, com lágrimas, e ela parecia bem mais jovem do que seus 32 anos.

– Podemos conversar na sua casa? – Kim perguntou.

Catherine assentiu e entrou pela porta dos fundos. Kim seguiu-a e Bryant parou junto à porta.

Ao sentar-se no sofá, Catherine fitou as próprias mãos. Essa não era a mulher autoconfiante, arredia, que Kim conhecera em Westerley.

A inspetora sentou ao lado dela.

– Catherine, eu sei que você ainda está se escondendo. Os homens que a levaram nunca foram capturados, certo?

Não importava quantos anos tivessem passado, o medo de que pudessem estar atrás dela de novo sempre existiria.

Durante anos, Kim teve pesadelos em que a mãe a encontrava e a algemava de novo. Sua mãe estava internada na instituição psiquiátrica Grantley Care há mais de vinte e cinco anos. E, mesmo assim, de vez em quando a inspetora tinha esses pesadelos.

— Confie em mim, Catherine. Eu entendo bem isso — Kim disse, encontrando o olhar da entomologista. Kim entristecia-se com o medo que enxergava ali.

— Não posso voltar — ela sussurrou.

— Para Westerley? — Kim quis esclarecer.

Catherine assentiu e abaixou a cabeça.

— Vou ter que me mudar de novo. Assim que os jornais começarem a publicar a história, meu nome vai aparecer e alguém poderá ligar uma coisa à outra. Não vai demorar a acontecer. Ele vai me encontrar. Sei que vai me encontrar.

Kim entendia as razões de Catherine, embora nem todo mundo tivesse uma Stacey como carta na manga.

Medo não é algo racional. Catherine era uma mulher adulta com outro nome e outra vida, mas a menina de 9 anos que sabia que seus torturadores ainda estavam à solta sentia medo. Ela conseguira passar em segurança os anos de sua formação educacional, embora tivesse mudado duas vezes de universidade, e arrumara um emprego na área de que gostava num lugar onde dificilmente seria localizada. Enfim, conseguira se sentir segura.

Mas Catherine estava certa. Westerley seria completamente vistoriada, inclusive os membros da equipe.

— Eu estava muito bem ali — Catherine comentou. — Não me sentia tão segura desde que saíra de Bromley...

Kim sentiu um calafrio com a mera menção a esse nome. Ela sabia bem o que era Bromley, lugar do qual toda criança no sistema de assistência social já tinha escutado falar. Vinte anos atrás, Bromley fora uma unidade psiquiátrica reclusa para jovens, envolvida por mistério e medo. Havia sido a ameaça que vivia nos lábios de todo assistente social que não conseguia lidar bem com uma criança rebelde ou agressiva.

Catherine percebeu a expressão no rosto de Kim.

— Você sabe do que se trata?

A inspetora assentiu.

— Quando criança, fiquei sob os cuidados da assistência social, Catherine. Aquele lugar costumava ser usado como ameaça para manter-nos na linha. Ele despertava terror em nós — ela confessou.

— Sério? — Catherine pareceu surpresa. — Eu fui feliz em Bromley. Não sabia como lidar com tudo o que havia acontecido comigo. Voltei para a casa da minha família, mas não era a mesma coisa. Meus pais tentaram me fazer sentir segura, a polícia até providenciou a instalação de alarmes de pânico pela casa toda, mas minha mente sempre arrumava um jeito de contornar isso. Eu achava que quem me raptou poderia desligar os alarmes, cortar a força, me levar de novo enquanto eu dormia. O medo me consumia. Eu não conseguia comer nem dormir, e não me sentia segura em nenhum lugar. Chorava todos os dias. A princípio, tentaram me ajudar com medicação, mas nada funcionou até eu ser levada a Bromley. Lá eles cuidaram de mim. Eles me protegeram.

– Você ficou muito tempo ali? – Kim perguntou com delicadeza.

Catherine negou com a cabeça.

– Minha primeira estada foi de duas semanas – explicou. – Assim que ouvi aquelas portas se fecharem e trancarem atrás de mim, senti-me segura. Aliviada. No meio de toda aquela loucura, finalmente me senti sã.

A inspetora compreendeu que havia odiado o lugar pelas mesmas razões que tinham feito Catherine gostar dele.

– Assim que voltei para casa, os velhos sentimentos ressurgiram. Dois dias depois, eu estava de volta a Bromley. As idas para casa diminuíram, o que me ajudou bastante. Meus pais me visitavam sempre que podiam, e meu pai consultou um procurador, que entrou com uma ação para eu conseguir uma nova identidade.

A expressão de Catherine ficou mais triste quando mencionou o pai.

– Quando saí de Bromley de vez, já não tinha mais conexão com meus pais. Eles apenas me faziam lembrar o que havia acontecido, e então me afastei deles.

Kim concluiu a partir dos dados que Stacey lhe passara que Catherine vivera em Bromley até os 18 anos. Não admira que o mundo aqui fora fosse difícil para ela.

– Eu imaginava estar segura em Westerley – Catherine prosseguiu, olhando em volta da pequena sala. – Mas agora preciso ir embora. Não tenho como voltar lá.

– Reflita mais sobre isso, Catherine – Kim aconselhou. – Não se precipite. Talvez ainda seja cedo para decidir.

– Não entendo. Você tem todas essas informações, então deveria compreender que não posso voltar lá. Se a questão é a investigação, gostaria que soubesse que...

– Não tem nada a ver com a investigação. Só estou pedindo que você tenha calma. Espere pelo menos até amanhã. Faria isso por mim?

Por enquanto, Catherine poderia sentir-se segura ali. O artigo não seria publicado tão rápido, e ela contava com um circuito interno de TV.

Kim entregou-lhe um cartão.

– Se tiver algum problema, algum visitante indesejado ou mesmo se escutar barulhos estranhos, ligue pra mim. Certo?

Catherine assentiu, ainda ansiosa. A inspetora dera-lhe opções. A mente lógica da mulher adulta nela sabia que seus captores não voltariam, mas seu medo de menininha não ia embora.

Com o dedo indicador, a doutora traçou uma linha em volta da borda do cartão. Ainda tremia de leve e seu maxilar estava um pouco travado de tensão.

– O que foi? – Kim perguntou, percebendo que Catherine continuava com medo.

– Você precisa mesmo contar essas coisas a eles, quer dizer, ao pessoal de Westerley? – Ela mordia o lábio inferior por dentro. – Eu só não quero ser tratada de modo diferente, e eles com certeza fariam perguntas que me levariam de volta àquela ocasião. Não acho que consiga suportar isso.

Kim entendia isso melhor que ninguém. Não via razão para divulgar o que sabia aos colegas de trabalho da cientista. Esta construíra a sua vida como Catherine Evans e apenas ela deveria decidir com quem compartilhar seu passado.

– Não vou dizer nada – Kim balançou a cabeça –, mas é bom você começar a pensar numa justificativa para a sua repentina saída do trabalho hoje.

Catherine engoliu seco e inclinou a cabeça. Seu rosto perdera um pouco daquela cor pálida.

– Inspetora, você não é bem a pessoa que pensei que fosse.

Kim ofereceu-lhe um meio sorriso.

– E nem você, Catherine Evans.

– Ligo pra você amanhã, está bem? – Kim se levantou.

– Obrigada – disse Catherine.

Bryant seguiu em silêncio até o carro.

– Sabe, chefe, odeio ter que dizer isso, mas nada do que eu ouvi aí dentro faz com que Catherine deixe de ser uma suspeita.

Kim sabia que ele estava certo, mas, apesar das dúvidas de sua equipe, ainda sentia que estavam atrás de um homem.

Ela abriu a porta do passageiro e jogou as chaves para Bryant, em uma clara indicação de que precisava pensar.

– Bryant, me deixe em casa e volte para Westerley. Encontro você lá mais tarde.

– Que raios você vai tentar fazer por ela? – Ele franziu o cenho.

Kim não disse nada, mas ficou olhando fixo pela janela. Não podia contar a Bryant o que estava pensando fazer.

Porque significava fazer um pacto com o diabo.

TRINTA E QUATRO

ISOBEL RASTEJAVA pela escuridão de sua própria mente.

Não havia nenhuma luz. O escuro tentava consumi-la.

A sensação quente na sua mão desaparecera. Será que de fato existira?

Ela não tinha certeza para onde o corpo dela tinha ido. Sentia como se fosse apenas uma cabeça. Uma imagem de partes do corpo desconectadas veio à sua mente.

Por um momento, essa visão iluminou a escuridão, mas, no instante seguinte, o breu voltou a engoli-la.

No entanto, não havia exatamente desaparecido. O breu não era mais tão escuro. Havia algum ponto cinza à distância. Aquela visão deixara atrás de si uma trilha de luz. Uma corda para Isobel alcançar. Um guia para sair do escuro.

Mas ela não sabia como alcançá-la. Seu coração começou a bater mais forte no peito quando vislumbrou aquela linha de vida desparecendo completamente e devolvendo-a ao escuro infinito.

Por favor, não vá embora, ela gritou para aquele ponto cinza, que a atormentava e atraía ao mesmo tempo. *Me leve com você. Não me abandone.*

De repente, ficou aterrorizada com o total vácuo da escuridão. Começava a ter uma ideia do que estava acontecendo.

O som do bip aumentou e sentiu mãos tocando-a. Talvez a estivessem conectando de novo.

O coração de Isobel voltou à pulsação normal e aquele ponto cinza reapareceu.

Ela não se sentia tão sozinha quando o ponto cinza estava ali.

Em meio à escuridão, ouviu uma voz, palavras que surgiam daquela indefinição: *Um pra mim, e um pra você*. Mas não entendeu o que aquilo queria dizer.

TRINTA E CINCO

KIM DEU UMA OLHADA NO RELÓGIO. A pessoa que ela aguardava já estava dez minutos atrasada.

A inspetora afastou o café ralo que lhe permitira sentar ali. Não havia escolhido aquele lugar por causa do seu cardápio. Ela não costumava marcar de encontrar alguém em um galpão cheirando a fritura num distrito comercial de Brierley Hill. Mas aquele *Joe's Diner* ficava um pouco afastado do centro e ninguém iria vê-la ali.

Já estava doida para ir embora, mas, dane-se, queria esse encontro mais do que quem ela convidara a vir.

Observou uma abelha entrando por uma janela aberta e pousando ao lado do açucareiro na mesa ao lado. Na mesma hora, lembrou-se de Elvis e, consequentemente, de Catherine, a sua razão de estar ali.

O sino acima da porta soou quando alguém a abriu.

Tracy Frost não se esforçou nem um pouco para esconder o desdém em seus olhos enquanto procuravam a inspetora, até que a encontraram.

Seu cabelo loiro comprido esvoaçou solto e os saltos sete e meio cambalearam em direção ao lugar em que Kim havia sentado. Uma calça preta justa cobria as pernas da repórter e, na metade de cima do corpo, ela vestia uma camiseta em tom pastel, com as mangas arregaçadas. Trazia um bolerinho grená dobrado por cima de uma bolsa que parecia ser cara.

Frost acomodou-se na cadeira diante de Kim e colocou a bolsa no colo. A inspetora não a culpou. Ela tampouco aceitaria que seus pertences pessoais tocassem aquele piso ou mesmo a mesa. O braço da própria Kim quase grudara nas gotas de gordura impregnadas quando acidentalmente deslizara sobre o tampo da mesa.

Kim olhou para a xícara daquele líquido que havia amornado.

– Quer um?

Tracy olhou para ela como se a inspetora estivesse louca.

– Só se vier com uma vacina antitetânica junto.

A mulher da mesa ao lado ouviu aquele comentário e olhou feio para Tracy.

E as pessoas ainda falavam da falta de traquejo social dela! Kim dirigiu à mulher um sorriso de desculpas e recebeu de volta um olhar mais glacial ainda.

Tracy sequer percebeu, e se tivesse percebido não teria dado a mínima. Era mais casca-grossa que uma castanha.

— E, então, que raios está acontecendo, inspetora? Você me liga e pede que te encontre num lugar que é mais difícil de chegar do que achar uma virgem em Dudley. Sendo que normalmente tudo o que consigo de você é um "Foda-se, Frost".

A mulher da mesa ao lado balançou a cabeça com aversão. Talvez ela fosse de Dudley, Kim considerou. Se ficassem sentadas muito tempo, a inspetora tinha certeza de que Tracy conseguiria ofender todos que ali estavam.

Kim resistiu a vontade de sorrir diante daquela observação. A verdade era que desprezava a repórter e como desempenhava seu trabalho, mas naquele momento Tracy poderia revelar-se útil.

— Quero falar com você sobre o meu caso atual — Kim disse.

— Bem, agora eu tenho certeza que você pirou mesmo, Stone.

Kim sentou-se mais para a frente.

— Olha aqui, o caso está a ponto de ficar feio. O público vai exigir respostas, aos gritos, a respeito do segredo com que o local foi preservado. Quanto mais eu tentar manter isso só pra mim, pior vai ser, e a última coisa que eu preciso agora é de gente protestando com bandanas na testa, carregando faixas, causando a maior confusão.

— Então você quer fazer uma declaração à imprensa, é isso? — Tracy perguntou incrédula.

— Como fonte anônima — Kim disse.

Tracy pensou um segundo.

— Ok, mas eu acho que você está tramando alguma coisa.

Agora é o momento de inserir um pouco de autenticidade no meu discurso.

— Tracy, você sabe que não posso vê-la nem pintada de ouro. Na verdade, nunca escondi isso, e se houvesse outra repórter policial na cidade você não estaria sentada aqui agora.

Tracy ficara boquiaberta. Claro que Kim sabia que essa não era uma boa maneira de conseguir um favor de alguém, mas estava lidando com Tracy Frost. A inspetora curtiu a expressão de espanto por uns bons dois segundos antes de prosseguir:

— Estou usando você, Tracy. A história precisa surgiu a partir de um jornal local e você é a única pessoa disponível.

— Stone, eu não confio em você...

– Esqueça, então – disse Kim, empurrando a cadeira para trás, como se fosse levantar-se. – Vou falar com...

– Não... não... – disse Tracy, segurando o punho da outra.

Kim se soltou.

– Não tenho tempo pra ficar me explicando pra você. Ou você pega seu bloco de notas agora ou eu caio fora daqui.

Tracy procurou algo na bolsa e acabou tirando de lá um bloco de notas com uma caneta enfiada na espiral. Com a mão esquerda, limpou a mesa antes de apoiar a bolsa ali.

Kim acomodou-se na cadeira.

– Westerley é uma unidade de pesquisa que estuda os efeitos que a atividade de insetos e as condições climáticas têm sobre o corpo humano. Fica pelo menos a um quilômetro e meio das residências mais próximas. Há um total de sete cadáveres ali, espalhados numa área de oito mil metros quadrados. Os corpos foram todos doados por meios legítimos. A unidade é dirigida pelo professor Christopher Wright e ele é assistido por Jameel Mohammed. Ambos têm qualificações irretocáveis e...

– Eu falei com uma mulher lá – Tracy interveio.

– Não, você não falou – disse Kim.

– Falei, sim.

– Falou nada – Kim repetiu enfática, tentando antever qual seria o desfecho daquele engodo.

Primeiro confusão e, em seguida, compreensão passaram pelos olhos de Tracy segundos antes do que Kim esperava.

– Caramba, Stone, eu deveria ter imaginado.

Sim, ela deveria ter imaginado.

– Você está recebendo informação em primeira mão, mas o trato é que irá mencionar apenas os membros da equipe que citei aqui.

Tracy recostou-se na cadeira, ponderando se seria mais vantagem conseguir aquele primeiro relato ou tentar obter todos os detalhes.

– Kim, se alguém descobrir alguma coisa a mais, eu vou ficar com a maior cara de tacho.

A inspetora sabia que era verdade.

– Sim, você vai.

– Eu não sei, Stone, não estou convencida...

Agora o argumento definitivo, Kim pensou. Então, torcendo nariz, falou com uma careta.

– Hoje mais cedo encontrei com Keats, o patologista. Conversamos bastante sobre o Bob.

Tracy suspirou forte.

– Jesus do céu, isso não é justo.

Kim deu de ombros.

As duas se fitaram por um longo minuto.

– Ok, chega de preliminares – disse Tracy, virando a página.

A inspetora ficou feliz em continuar.

– Um corpo identificado. A segunda vítima, que não tem nome ainda, continua viva, mas em estado comatoso.

– Foto? – Tracy perguntou.

– Nem sonhando – Kim respondeu.

– Continua – Tracy incentivou-a.

– No momento, estamos explorando todas as linhas de investigação. Não achamos que o propósito dessa unidade tenha alguma conexão com os crimes. Todo o pessoal de lá foi excluído da nossa investigação.

Tracy fez uma careta.

– Então por que o lugar está sendo usado para descartar os corpos?

Kim havia parado de falar um pouco antes de chegar ao limite do quanto decidira revelar. Precisava deixar que Tracy sentisse que era merecedora dessas informações.

Kim hesitou.

– Na verdade, a exata localização do corpo não está dentro da propriedade Westerley. – Ela ergueu as mãos. – Isso é tudo o que eu...

– Há alguma conexão entre as vítimas? – Tracy perguntou.

Kim balançou a cabeça negando.

– Ainda não se sabe.

Kim ficou surpresa por não ter sido questionada a respeito da atividade do local. Tinha esperança de que essa informação, por enquanto, não fosse à público. Se Tracy soubesse a respeito disso, essa sem dúvida teria sido sua primeira pergunta.

– Será que há...?

– Chega, Tracy – disse ela, empurrando a cadeira para trás pela última vez. – Eu já lhe dei mais informação do que devia.

– Eu sei – disse Tracy, erguendo uma sobrancelha. – E é isso o que me preocupa.

O celular de Kim começou a vibrar no bolso. Tracy captou o ruído sutil.

– Seu telefone está tocando – ela disse.

– É, eu sei – Kim respondeu.

– Não vai atender?

– Na sua frente? Aham, vou... – Kim colocou as mãos no bolso e deu de ombros. – Bem, publicar a história ou não é uma decisão sua, mas não vou conversar com mais ninguém.

Tracy passou a língua nos lábios. Um especialista em linguagem corporal definiria isso como um "indício revelador" de que estava empolgada.

O artigo teria no mínimo meia página. Tracy seria capaz de transformar o que Kim havia dito em alguns centímetros de coluna de assunto sério.

– Preciso de um nome – disse Tracy, com sua caneta pairando acima do bloco de notas. – Já que a primeira vítima foi identificada e os parentes mais próximos foram informados, você pode me dar isso.

Danada essa mulher. Kim esperava manter a família de Jemima fora disso ainda por mais um tempo, porém soaria mais suspeito se ela continuasse a ocultar a identidade.

– Ok, Frost, o nome dela era Jemima. Jemima Lowe.

A caneta caiu da mão de Tracy quando Kim ficou em pé. A inspetora se abaixou para apanhá-la. Tracy pegou-a de volta sem dizer nada, mas Kim notou a mão da repórter tremendo de leve – algo que não havia visto antes.

Já do lado de fora, o telefone da inspetora parou de chamar. E voltou a tocar antes que tivesse a chance de tirá-lo do bolso.

Ela viu que era Bryant, que agora estava de volta a Westerley.

Ele não esperou ouvir a voz de Kim para falar:

– Chefe, precisamos de você aqui agora. Parece que temos outro corpo.

TRINTA E SEIS

TRACY PERMANECEU SENTADA quieta por um minuto e permitiu que seu rosto vestisse uma expressão genuína. De confusão.

Droga. Jemima Lowe não era um nome que ela quisesse ouvir. Nunca mais.

Tentou convencer a si mesma de que a exaustão causara o vago tremor que sentia em suas pernas. Precisava só de algum tempo para descansar. Tivera um dia difícil. Havia andado o dia inteiro pelos lados de Black Country atrás de uma história sobre um brutal assalto a uma senhora idosa em Bilston.

Sua vontade, naquele momento, era chutar para bem longe os sapatos de salto alto e voltar correndo para a segurança do carro descalça, mas claro que não podia fazer isso. Seus pés estavam aprisionados em stilettos de doze centímetros desde que ela crescera o suficiente para arrumar um emprego aos sábados e comprar um par deles bem barato na loja da esquina. No minuto em que conseguiu, sua vida havia mudado.

Sim, as pessoas ainda lhe apontavam na rua e riam, achando que escolhera saltos altos demais para conseguir andar direito. Ela não se importava. Pelo menos não a chamavam mais de defeituosa.

A simples lembrança do termo lhe enrubescia o rosto e causava ondas de ansiedade no estômago.

Não importava o quanto tentasse superar o passado, algumas memórias se recusavam a ir embora. E com essas memórias vinha uma enxurrada de emoções, como se aquilo tivesse acontecido ontem.

De repente, a respiração de Tracy parecia entalada na garganta. O cômodo começava a rodar. A náusea crescia na barriga. Agora não, suplicava em silêncio. Por favor, não faça isso comigo agora.

Tracy tentou controlar o pânico e respirar de modo cadenciado. Procurou lembrar-se das instruções. Primeiro, precisava recuperar o controle da respiração, mas as palpitações vibravam dentro do seu peito. Fechou os olhos para evitar que a tontura se instalasse.

— Não, por favor... não... — sussurrou pelos lábios secos.

O primeiro episódio ocorrera aos 7 anos. A mãe achou que ela estivesse enfartando e chamou uma ambulância. O diagnóstico de *ataque de pânico* não fazia jus à severidade dos sintomas.

Nos anos subsequentes ao primeiro episódio, havia lido que aqueles sintomas surgiram porque o seu corpo tentara proteger-se após uma descarga de adrenalina em seu sistema, mas Tracy obviamente não sentia como se o corpo estivesse do seu lado naquele momento.

Vai passar, vai passar, dizia a si mesma. Os sintomas teriam um pico de apenas alguns minutos. Mas quando uma nova onda de transpiração irrompeu na sua testa e a náusea percorreu seu estômago, se questionou se esses dez minutos passariam mesmo.

As mãos se enroscaram na alça da bolsa. As pontas dos dedos ficaram brancas, mas ela não conseguia abri-los.

– Você está bem, meu anjo? – perguntou a mulher que antes olhara para ela com aversão.

Tracy tentou sorrir e assentiu afirmativamente, mas sabia que o seu rosto se contorcera em uma careta.

A repórter percebeu que a mulher se sentou na cadeira ao lado, mas as estrelas que Tracy via brilhando diante dos olhos ameaçavam consumi-la.

– Estou aqui, meu anjo – disse a mulher, soltando as mãos de Tracy da alça da bolsa. – Segure as minhas mãos e as aperte o mais forte que puder.

Tracy fez como ela mandou, já que não tinha a menor condição de discutir.

Apertou as palmas em volta dos dedos da mulher e ficou repetindo a si mesma que não iria morrer. Que continuaria respirando e que o seu coração não explodiria.

– Isso mesmo, meu anjo – disse a mulher. – Pode apertar bem.

A repórter deu outro bom aperto e já conseguia sentir a tensão em seus dedos começando a aliviar. O tremor incontrolável nas pernas diminuiu. As estrelas recuaram para a parte de trás da cabeça. Seu corpo estava exausto.

– Tudo bem agora, meu anjo? – a mulher perguntou.

Tracy assentiu agradecida. Algumas pessoas as observavam, mas não era nada com que ela não fosse capaz de lidar.

– Muito obrigada – disse Tracy, dando um último aperto na mão da mulher.

A mulher ficou em pé e pegou sua sacola de compras.

– Não há de quê, e agora cuide-se, hein?

A repórter assentiu e agradeceu de novo.

Só quando a mulher foi embora é que Tracy deixou as lágrimas encherem seus olhos. Um episódio era sempre seguido de fadiga e emoção.

Ela provavelmente tinha ainda uns vinte minutos para chegar em casa antes que a exaustão a tomasse por inteiro.

A condição da sua doença nunca deixara de ser humilhante. Se Tracy se virasse agora, sabia que veria o grupo de garotas e garotos que mexiam com ela toda vez que passava perto deles.

Em seus dias de escola, havia sido chamada de muitas outras coisas, mas defeituosa era o termo preferido deles.

Era mais comum falar em dismetria dos membros inferiores, ou síndrome de perna curta. Nomes muito adequados, mas que crianças não usariam ao apontar para alguém na rua e rir.

A diferença de comprimento das suas pernas se devia ao fêmur da perna esquerda ser mais curto que o da direita. A frequente dor nas costas era fruto de uma pélvis agora desnivelada.

Tracy tentara usar palmilhas no calcanhar de sua perna mais curta e também uns sapatos horrorosos feitos sob medida, mas nada disso funcionara. Só faziam com que se sentisse ainda mais desajeitada e feia. Era por isso que passara a usar aqueles sapatos de salto alto.

A repórter respirou fundo e pegou a bolsa. As pernas vacilaram um pouco quando ficou em pé, mas bastaram mais duas respirações e ela já estava pronta para andar.

A fadiga pesando as pálpebras indicava que a exaustão já a alcançava aos poucos, mas ela teria que aguentar esse desconforto por mais um tempo. Precisava pôr em ordem seus pensamentos bagunçados. Afinal, não foi a sua condição médica que fora responsável pelo ataque de pânico.

O gatilho havia sido a menção a Jemima Lowe.

TRINTA E SETE

AO PARAR NO PORTÃO que separava Westerley da civilização, Kim se questionou quanto tempo demoraria para aquela entrada ser tomada por repórteres e pessoas com faixas e cartazes.

A imprensa apenas sabia que um corpo fora encontrado em "uma fazenda perto de Wall Heath", mas por enquanto os detalhes não vieram à público. Com a chegada de equipamento e de especialistas, em poucas horas o segredo acabaria sendo revelado.

O portão iniciou sua lenta jornada. A câmera do circuito interno de TV dera o alerta da sua chegada.

No estacionamento de cascalho, havia três veículos que Kim não reconheceu.

Bryant apareceu em pé junto ao alojamento enquanto ela estacionava.

A inspetora sentiu toda a força do sol da tarde ao descer da moto e desligá-la. Enquanto pilotava, o vento a refrescara, mas quando viu que a temperatura fizera Bryant retirar o paletó e arregaçar as mangas até o cotovelo soube que devia estar uns vinte e tantos graus, quase trinta.

– Checaram duas vezes – disse ele enquanto Kim tirava o capacete. – Mas vou deixar que os caras expliquem quando você chegar lá.

– Onde estão? – perguntou Kim.

– No ponto mais afastado, oposto àquele onde Jemima foi encontrada – disse ele, acompanhando o passo da inspetora conforme ela descia a encosta.

– Ligou para o Keats? – Kim perguntou. Bryant assentiu.

E ela ligara para Woody, portanto, por meio dos dois, o pessoal-chave já estava a caminho.

Ela olhou para a direção que Bryant indicara e ficou desolada com o que viu.

– Meu Deus, isso já virou um circo?

Embora a comoção estivesse à distância, Kim conseguiu contar nove ou dez pessoas naquela área, entre elas o professor Wright e Daniel Bate.

– Cuidado com a Cher – Bryant disse, levando-a um pouco mais para a esquerda.

Na pressa, ela quase esquecera do buraco na grama e da grade de metal estendida sobre o túmulo. Kim deu uma rápida olhada ao passar. A similaridade com a Cher real era apenas o longo cabelo preto. A versão dali estava inchada, com aspecto ceroso e coberta de vermes.

– Putz... que lugar...

Ela sacudiu a cabeça e caminhou direto até o meio do grupo.

– Ok, gente, o que temos aí? – a inspetora perguntou, indo em direção ao equipamento. Ela notou o desconforto de Bryant, mas não havia muito espaço para apresentações formais. Quem quer que tivesse a informação iria fornecê-la.

Um homem vestindo avental azul-escuro deu um passo à frente, com a mão estendida.

– Harry Atkins, arqueólogo da Universidade Aston.

– Prazer em conhecê-lo, Harry – disse Kim, dando um sorriso rápido. – O que você tem pra mim?

Se o sujeito ficou surpreso com o jeito brusco da inspetora, não demonstrou.

– Se você olhar aqui – disse ele, voltando para perto da máquina. Kim já tinha visto antes um georradar, mas esse parecia um cortador de grama. – O que essa máquina faz é...

– Harry, dispenso a explicação.

Percebendo o quanto a afirmação soara indelicada, e com a advertência de Woody reverberando em seus ouvidos, ela deu um sorriso.

– Mas, de qualquer modo, obrigada.

Kim sabia que o equipamento utilizava ondas de rádio para emitir um sinal eletromagnético em direção ao solo e então registrar os ecos.

O que Harry queria mostrar-lhe era uma imagem construída a partir desses ecos.

– O ápice das hiperbólicas indica que há uma massa bem ali – disse ele, apontando para os pés do professor Wright. – E está localizada de sessenta centímetros a um metro e vinte abaixo do solo.

Kim teve o impulso de pedir que o professor saísse de onde estava, mas controlou-se. Se houvesse alguém ali embaixo, eles não estariam causando-lhe nenhum dano agora.

A inspetora esperava mais, mas Harry deu de ombros e encerrou. Ela pedira uma versão condensada, e era isso o que obtivera.

Kim deu dois passos em direção ao professor.

– Daqui a pouco vão chegar os repórteres e as equipes do noticiário. Vamos estender um cordão de isolamento no final da alameda para manter as vans e os carros afastados da entrada, mas essa caminhada de quatrocentos metros não irá detê-los.

Ela fez uma rápida avaliação das pessoas que zanzavam por ali e franziu o cenho.

– O consultor de segurança ainda está por aqui? – perguntou ela.

– Ele precisa atualizar sua avaliação de riscos para Darren. Um corpo e um corpo quase morto tendem a mudar as coisas para os membros de sua equipe – disse Bryant.

– Ok, mas ele não precisa estar aqui. Na realidade... – Ela afastou-se uns dois passos. – Pessoal, posso ter a atenção de vocês um minuto? – gritou. – Precisamos desimpedir essa área e restringi-la apenas ao nosso pessoal. Em outras palavras, agentes de polícia... e Harry. Você poderia continuar aqui com o equipamento?

Ele assentiu.

– Todos os demais, por favor, podem voltar ao escritório...

– Precisa de mim aqui, inspetora? – Daniel Bate perguntou.

Ela pensou um momento.

– Eu diria que sim. Pelo menos enquanto houver a probabilidade de que vamos precisar de você... Daniel – respondeu ela. – Kev, vá e arrume alguma coisa para colocar em volta de Cher. Não quero que ninguém caia naquele buraco.

– Entendi, chefe – ele respondeu, deixando o local.

Bryant soltou uma risada baixinho, à esquerda dela.

– Bem, chefe, é bom mesmo mandar o pessoal embora porque esse campo não vai dar pra acomodar tanta gente.

A inspetora se virou, seguindo a direção do olhar do colega.

Ah, sim, agora ela entendia bem o que ele queria dizer.

TRINTA E OITO

O PRIMEIRO GRUPO era liderado por uma mulher cujo metro e sessenta de altura não diminuía em nada sua autoridade. Os quatro homens mais altos que vinham atrás mal conseguiam acompanhar o passo dela, que praticamente voava em direção a Kim.

— Ah, meu Deus, não! — disse Bryant atrás da inspetora.

— Ah, meu Deus, sim — Kim retrucou, caminhando em direção à arqueóloga forense.

A mulher vestia jeans cinza, uma camiseta preta lisa e botas Doc Martens.

— Doutora A, que bom vê-la — disse Kim. Todo mundo se referia à mulher como Doutora A. Originária da Macedônia, seu primeiro nome era comprido e complicado demais. Ela mesma cunhara o apelido.

— *Dobra vecher*, inspetora.

Aquele assentimento abrupto e o breve sorriso sugeriram à inspetora que se tratava de algum tipo de cumprimento.

— O que temos aqui? — perguntou ela, olhando ao redor para o grupo.

Harry adiantou-se para explicar suas descobertas, enquanto a Doutora A tirava do bolso um elástico e amarrava o cabelo *ombré* num rabo de cavalo bem apertado.

— Chefe, peço permissão pra passar pra outro caso — sussurrou Bryant ao lado dela. — Poucos de nós mortais são capazes de lidar com você e essa mulher juntas.

— Permissão negada — respondeu Kim.

Muitas pessoas tinham problemas com a abordagem direta daquela especialista forense. Kim não. Ela já encontrara a Doutora A uma vez fora de uma cena de crime. Achava-a charmosa e efervescente, com um senso de humor incrível.

A Doutora A assentia positivamente enquanto Harry lhe mostrava informações na tela.

O segundo grupo chegou, chefiado por Keats. Kim reconheceu dois dos técnicos, que haviam sido removidos do local naquela semana e transferidos para Digbeth. Ouvira dizer que o que descobriram levou à detenção de dois suspeitos e que ainda colheram informações sobre um terceiro.

Os dois grupos trocaram cumprimentos e palavras de agradecimento e, em poucos minutos, Kim não sabia mais quem era de qual grupo. Só identificava os da equipe dela.

Dawson havia encontrado algumas placas amarelas de sinalização de "piso molhado" e as colocara em volta de Cher, e Bryant e Daniel Bate faziam piada disso.

– Não, não é assim que se faz! – gritou a Doutora A quando um membro da equipe dela começou a passar spray de tinta branca sobre a grama. Ela foi até ele. – Vou lhe mostrar o jeito certo.

Ela falou com ele baixinho e começou a passar spray de modo suave, para a frente e para trás, aumentando a linha a cada passada. Devolveu a lata. Ele seguiu o exemplo dela.

– Perfeito – disse a doutora, dando-lhe um tapinha nas costas.

O homem claramente vibrou com o elogio.

– Doutora A, é um prazer vê-la de novo – disse Keats, estendendo a mão.

Ela cumprimentou-o e sorriu.

– O prazer é meu, Keatings – disse ela, antes de se virar e instruir uma segunda assistente a respeito do equipamento que deveria usar.

Kim reparou no músculo do rosto que se movia junto ao maxilar da patologista.

A Doutora A olhou em volta para sua plateia e pegou uma pá.

– Afastem-se da área, por favor – disse ela.

Keats avançou.

– Doutora A, vai anoitecer em duas horas. Não terá tempo de recuperar a...

– Obrigada, Keatings, por me lembrar de que, para surpresa de todos, uma hora vai acabar escurecendo.

Keats balançou a cabeça e se afastou.

Kim inclinou-se e cochichou:

– Doutora A, o nome dele é Keats.

A doutora virou-se para encará-la. Um sorriso escapou dos lábios da mulher.

– Sim, é claro, eu sei disso.

A inspetora tossiu e se afastou.

– Doutora A – Keats insistiu. – Não vai conseguir completar isso à luz do dia.

Ela inclinou a cabeça e assentiu.

– Então me arrume geradores para prover a iluminação. Vamos, vamos! Se tem uma senhora aí embaixo, ela vai sair do chão esta noite.

E era por isso que Kim gostava dela.

TRINTA E NOVE

KIM INCLINOU O CORPO em direção ao banco de trás do carro para soltar o cinto de segurança de Barney. Ele continuou sentado enquanto ela prendia a guia na sua coleira. Só quando a inspetora disse "vamos" é que o cachorro saltou e passou pelas pernas dela. Em seguida virou, sentou-se e a aguardou fechar a porta do carro.

Bryant perguntara se Keats e a Doutora A poderiam ser deixados ali sozinhos. Mas Kim tinha total confiança no profissionalismo dos dois. E, se algo desse errado, Dawson estava no local e logo a informaria se alguma coisa começasse a sair dos eixos.

No presente momento, o que ela precisava era de um pouco de espaço para pensar, uma oportunidade de desanuviar a mente. Pouquíssima coisa no caso Westerley estava fazendo sentido. Era impossível não ficar dividida entre o desejo de que a equipe forense descobrisse algo, ou alguém – e isso lhe ajudasse resolver o caso – e o de que ninguém mais sofresse o destino de Jemima Lowe. Se recebesse a informação de que havia um corpo enterrado em Westerley, voltaria para lá na mesma hora e só sairia após a remoção dele.

Além disso, havia o Bob. Ao fazer um pacto com o diabo, ela se privara de sua liberdade de escolha, a fim de investigar o homicídio dele. Esses dois mistérios rondavam sua mente.

Clent Hills era o lugar perfeito para clarear suas ideias. Citadas como Klinter no Domesday Book,* as montanhas erguiam-se a mais de trezentos metros e ofereciam vistas de 360 graus.

O passeio noturno dos dois acontecia um pouco mais cedo que o habitual. Eles costumavam caminhar depois que escurecia, mas o sol começava a se pôr agora.

Barney não era muito amistoso com outras pessoas e certamente não com outros cães.

---

* O Domesday Book foi um grande levantamento concluído em 1086 na Inglaterra por Guilherme I, espécie de censo para descobrir o que ou quanto cada proprietário possuía de terra e gado, e quanto isso valia. (N.T.)

Kim muitas vezes ficava conjecturando o que teria acontecido no início da vida daquele seu cão para que tivesse se tornado tão peculiar. E ele provavelmente fazia o mesmo em relação a ela.

Recentemente, a inspetora descobrira uma pequena área de bosque na base sul daquela montanha. A maioria das pessoas que passeava com cachorro por ali subia até o topo, para ver o pôr do sol mergulhando Black Country numa noite quente e úmida.

Kim andou em direção a uma trilha coberta de vegetação, usada antes para caminhadas, mas que fora interditada. Haviam colocado uma nova cerca, a fim de impedir o acesso a uma área mais arriscada – o lugar perfeito para os dois.

– Veja só... Quem diria que eu encontraria você por aqui? – perguntou uma voz profunda e levemente divertida atrás dela.

Kim grunhiu internamente quando, ao se virar, se deparou com Daniel Bate sorrindo para ela.

– O que você está fazendo aqui? – a inspetora perguntou.

– Construindo um castelo de areia – respondeu ele sarcasticamente enquanto observava Lola.

Barney tensionara os ombros e olhava fixo para Lola. A breve disputa de poder terminou com Lola desviando o olhar.

Instintivamente, Kim estendeu a mão para a cadela, que a fuçou com o nariz e abanou o rabo.

Daniel se aproximou de Barney.

– Não! – ela avisou. – Ele não gosta.

Barney odiava ser abordado por estranhos e expressava sua aversão com um rosnado. Normalmente.

Apesar de não ter cheirado a mão de Daniel como Lola havia feito com Kim, Barney tolerou a mão dele na sua cabeça. Kim poderia jurar, se a iluminação fosse melhor, que o rabo de seu cão havia se movido de leve.

– Hmmm... Parece que temos aqui um caso de projeção do dono, não é, Kim?

Ali, ela não tinha como manter aquela barreira de "detetive inspetora" entre os dois, e se ressentia disso, mas era que não tinha jurisdição sobre ele fora de uma cena de crime. E mesmo assim era uma linha tênue, quando muito.

– Quer dizer que você arrumou um cachorro desde a última vez que nos vimos? – ele perguntou.

Kim devia ter previsto que a historinha do peixinho dourado não resistiria muito tempo.

– Pois é. Dizem que cães ajudam as pessoas a se socializarem – disse ela, erguendo uma sobrancelha.

Ele riu alto e seus olhos verdes cintilaram.

– E posso ver que isso está funcionando pra você também – disse ele.

A inspetora lembrou que Daniel era uma das raras pessoas que conseguiam perceber quando ela estava brincando.

Um silêncio instalou-se entre os dois. Bem denso, e Kim não teve escolha a não ser quebrá-lo.

– O que você faz por aqui, Daniel? – ela perguntou.

– Passeando com a Lola – ele disse, encontrando o olhar da inspetora. Ao contrário da sua cadela, ele não desviava o olhar.

– E por que veio passear aqui?

Ele olhou ao redor.

– É um lugar bonito. Achei que Lola iria gostar.

– Projeção do dono? – ela rebateu.

Ele deu de ombros e começou a andar. Kim não estava a fim de deixá-lo escapar do anzol tão facilmente.

– Mas por que escolheu passear nesse lugar e a essa hora?

– Simples coincidência – disse ele com um sorriso irônico.

Sim, e o nome dessa coincidência era Bryant. Ela permitira que o colega a acompanhasse num dos seus passeios noturnos, mas não faria isso de novo, ah, não mesmo.

– A vista do alto é realmente muito bonita – ela disse, apontando com um gesto de cabeça para um caminho trilhado pela maioria das pessoas.

Ele viu um homem com dois Dobermans indo naquela direção.

– Parece que por ali tem gente demais. Acho que vou ficar por aqui mesmo.

Ou seja, restaria a Kim, então, enfiar Barney de novo no carro e levá-lo para casa ou para o parque local.

Mas, espere um pouco, por que diabos deveria sequer considerar essa ideia? Ela estava passeando com o seu cachorro, isso não tinha nada a ver com Daniel. Aliás, ele morava em Dundee e não podia ameaçar desse jeito o bem-estar dela.

Kim deu um puxão suave na guia de Barney e passou rapidamente por aqueles dois indecisos.

– E como vai indo o caso? – ele perguntou, acertando o passo com ela.
– Devagar – respondeu Kim.
– Alguns suspeitos? – ele perguntou.
– Talvez.
– Ah, vamos lá, Kim. Tenho certeza de que a gente pode falar sobre nosso trabalho sem entrar em atrito. Pergunte alguma coisa sobre o meu.
– Quando você vai embora? – ela brincou.
Ele riu.
– Previsível, mesmo se tratando de você. Mas para responder à sua pergunta, a ideia é voltar no fim de semana. Tenho duas palestras marcadas para o começo da semana.
– Então, o que o trouxe aqui dessa vez? – ela perguntou. Tinha a impressão de que ficaria mesmo empacada com ele, portanto conversar sobre trabalho era o mais seguro.
– O professor Wright escreveu ao nosso departamento pedindo conselhos a respeito dos tempos de degradação de ossos e solo arenoso.
– E você não poderia ter respondido por e-mail?
Ele deu de ombros.
– A viagem até aqui valia a pena. De algum modo, Black Country me atrai. Tem alguma coisa obscura e sombria aqui que me faz voltar.
– Sim, chama-se neblina com poluição e sujeira – retrucou ela.
– Você percebe como sempre reage de maneira compensatória comigo, não? – ele perguntou, agachando-se sob uma nuvem de mosquitos.
– Como assim? – ela quis saber, afastando Barney para impedir que fosse picado.
– Como se você precisasse negar o fato de me achar atraente.
– Vai sonhando! – ela disse e então fez uma careta divertida. – Então você acha que todo mundo que antipatiza com você está querendo no fundo levá-lo pra cama?
Ele levantou uma sobrancelha. Kim continuou:
– Bem, eu preciso lhe dizer uma coisa. O Dawson também não vai muito com a sua cara.
– Droga! – Daniel estalou os dedos. – E eu que tinha grandes esperanças em relação a ele também.
Kim sorriu do humor dele, semelhante ao seu.
– Você é que nem o valentão do quarteirão – ele disse.
– Epa, peraí um pouco...

– Calma. É só um exemplo. É como se você se esforçasse demais para mostrar às pessoas que me despreza, mas, na verdade, age assim apenas para provar algo a si mesma.

– Ah, até parece... – disse ela, revirando os olhos. – Sinto muito se você acha que estou de implicância com você ou fazendo algum joguinho, mas não poderia estar mais enganado.

– Sério?

– Sério. E é realmente tão inconcebível assim eu não achar você atraente? Na realidade, acho você chato e arrogante.

Daniel surpreendeu a inspetora ao jogar a cabeça para traz e soltar uma gargalhada.

– Arrogante? Você ousa me chamar de arrogante?

Kim parou de andar e ele também. Era hora de colocá-lo no devido lugar de uma vez por todas.

– Daniel, respeito você como colega. Sei que você é um cara dedicado e tem paixão pelo que faz...

– Obrigado, mas eu já conheço meu curriculum vitae. O que eu quero é que você finalmente perceba e admita que rola uma química entre a gente.

Kim olhou-o bem de frente.

– Não rola química nenhuma, Doutor Bate.

Daniel deu um passo em direção a ela, os olhos dançando com o desafio.

– Quer testar a teoria e ver o que acontece na prática?

Ah, mas que droga! Ela não queria testar teoria nenhuma.

– Se você der mais um passo, Daniel...

Suas palavras foram interrompidas quando os celulares de ambos tocaram ao mesmo tempo.

QUARENTA

KIM JÁ ESTAVA DE VOLTA a Westerley dez minutos depois de receber a chamada.

Estacionou o Golf no alto do local e certificou-se de que o carro estava bem ventilado para Barney.

Ela se perdera de Daniel uns cinco quilômetros atrás.

Os quatro holofotes no fundo do local a guiavam, embora Cher ainda estivesse em algum lugar ali no meio. As placas de "piso molhado" estrategicamente posicionadas não brilhavam no escuro.

Dawson encontrou-a na metade do caminho.

– Eles começaram a desenterrar o que sobrou do corpo agora – disse, sem qualquer cumprimento.

Por telefone, ele informara que haviam descoberto alguns restos de roupa a menos de um metro.

– O que a Doutora A diz? – ela perguntou.

– Não sei, metade do que ela fala é um mistério pra mim. Acho que ela fica xingando em várias línguas.

A inspetora se aproximou daquilo que agora ela sabia tratar-se de um túmulo. A arqueóloga forense estava ajoelhada uns sessenta centímetros dentro da escavação, com um pincel macio na mão. Um dos seus assistentes usava uma pequena espátula para retirar amostras do solo. À direita, dois outros assistentes peneiravam solo já removido.

Keats observava com atenção, junto a dois de seus auxiliares. Harry parecia ter deixado a cena, mas Kim sabia que ele voltaria. Ainda era preciso checar o restante do local.

– Doutora – disse Kim, como cumprimento. – O que temos?

– Inspetora, chegou bem na hora – disse a doutora sem olhar.

Kim sentiu o calor dos quatro holofotes em cima dela.

Enquanto se inclinava para a frente, ouviu o som de passos e a voz de Daniel falando com Dawson.

– Homem ou mulher? – ele perguntou.

Dawson negou, estalando a língua duas vezes.

– Não sei ainda, pergunte para a Rosetta Stone ali.

Olhando para a escavação, Kim enxergou o que parecia ser um pedaço de tecido quadrado de material azul-claro que havia sido exposto. Imaginou que poderia ser uma camiseta, algo assim.

– Essa é a perna esquerda – a Doutora A apontou com a outra ponta do pincel.

Kim franziu o cenho e deu uma espiada mais de perto. Achava que estivesse vendo apenas terra.

– Há pele ainda? – Kim perguntou.

A Doutora A assentiu.

– Peter está trabalhando na cabeça, e eu estou tentando achar um jeito de descobrir o sexo – disse ela. – Nas mulheres, o útero é a última coisa que se decompõe.

A inspetora já ouvira falar disso antes em algum lugar. Ela sabia que, quando enterrado a dois metros em solo comum, um corpo não embalsamado podia levar de oito a doze anos para se decompor e ficar só o esqueleto, enquanto um corpo exposto viraria esqueleto em questão de dias.

– Já dá pra ter uma ideia da extensão? – Kim perguntou.

A Doutora A se virou e olhou para a inspetora. Kim viu umas duas marcas de terra no seu rosto.

– Eu diria um metro e sessenta e cinco – respondeu.

Kim percebeu que deveria ter sido mais específica com a doutora.

– Desculpe, eu quis dizer a extensão de tempo...

– Eu sei, inspetora – disse ela, dando um sorrisinho irônico. Cada um tinha os próprios métodos de avançar pelos horrores de uma cena de crime, fosse ela recente ou histórica. Ela continuou: – Como você sabe, há muitos fatores que retardam a decomposição: temperatura mais baixa, ausência de ar, ausência de vida animal, umidade. E tantas outras coisas. Sabia que na Índia um corpo fora do caixão vira esqueleto em apenas um ano?

Kim negou com a cabeça enquanto a Doutora A virava-se de novo para o corpo.

O olhar da inspetora encontrou o de Keats, e ela soube que estavam pensando a mesma coisa. Haviam estado aqui antes, durante a investigação Crestwood, e olhado um para a cara do outro com várias covas rasas ao redor deles. Mas, afinal, era a carreira que haviam escolhido. Kim sustentou o olhar Keats por um tempo. Entendeu. Ele assentiu e desviou o olhar.

– Arrá! – a Doutora A e Peter disseram juntos, o que levou Kim a imaginar há quanto tempo aqueles dois trabalhavam lado a lado.

A dupla exclamação levou todos para a beira da escavação.

– É uma mulher mesmo – disse a Doutora A.

Kim viu um tecido de algodão com estampado florido em volta da metade de baixo do corpo, mas pensava não havia sido isso que levara a doutora àquela conclusão.

O olhar da inspetora subiu pela escavação até o ponto mais alto onde Peter continuava a remover terra.

Havia uma coisa que Kim não precisava esperar que lhe dissessem, porque já estava muito clara.

O rosto da mulher havia sido completamente esmagado.

QUARENTA E UM

VOCÊ LEMBRA, mamãe, quando eu não queria tomar minha medicação? Eu não entendia por que tinha que tomar aqueles comprimidos, mas você insistia todo dia. Mesmo quando eu não estava me sentindo mal.

Um dia eu disse que não queria mais tomar, pois eles me faziam sentir esquisita. Falei que não queria beber a água então você levou o copo embora.

Você enfiou um comprimido na minha boca seca, mas eu não conseguia engolir. Então inclinou minha cabeça para trás e deu umas batidas na minha garganta até o comprimido fazer sua lenta e árida jornada, como uma bola de futebol tentando descer por um canudinho.

Você secou minhas lágrimas, limpou meu nariz e me deu o copo d'água de volta.

Nunca mais reclamei.

E tomava os comprimidos todo dia.

QUARENTA E DOIS

– OK, VOU COMEÇAR – disse Kim depois que todos se sentaram. – Como sabemos, um segundo corpo foi encontrado nos terrenos de Westerley nas primeiras horas de hoje, sendo removido às duas da madrugada. Trata-se de uma mulher.

A visão daquele corpo ainda estava na mente da inspetora, e não sairia dali por um bom tempo. Kim mandou Bryant e Dawson para casa por volta da uma da manhã e ficou junto ao túmulo até a remoção da vítima, o que aconteceu com muito cuidado e esforço. Nunca vira um corpo com tantos estágios de decomposição simultâneos. Ossos limpos, brancos, projetavam-se em alguns pontos, enquanto outros ainda preservavam uma farta cobertura de carne. Para Kim, lembrava carcaças de animais não totalmente devoradas por predadores.

Um silêncio denso se instalara na área enquanto a Doutora A e dois de seus colegas colocavam cuidadosamente o corpo no saco preparado para tal.

– *Spijam dobro dragi moi* – a arqueóloga sussurrou antes de se afastar um passo e assentir para Keats.

Kim não tinha certeza do que a mulher havia dito, mas pareciam palavras carinhosas ou de despedida, proferidas antes de prosseguir com seu trabalho.

– Bem, agora ficamos com ela – Keats dissera em seguida, depois de engolir em seco umas duas vezes. E a entrega estava concluída.

Todos aguardaram até o saco ser fechado com zíper e colocado na maca, e então se dispersaram da cena. Não era um funeral; não era um memorial. Mas juntos, sob os holofotes, rodeados pela escuridão da noite, agiram com respeito. Era o mínimo que poderiam fazer.

Kim respirou fundo e prosseguiu.

– É o que sabemos por hora; além de que o rosto da vítima obviamente foi espancado, assim como o das outras.

Não restava nenhuma dúvida de que o assassino era o mesmo.

– Bem, e de que maneira isso ajuda nosso cronograma? Ao que parece, essa mulher foi a primeira...

– Isso é o que esperamos – disse Bryant, e ela teve que concordar.

Harry e sua equipe voltariam a Westerley naquela manhã para vasculhar a área toda de novo. Kim rezava para que não encontrassem mais corpos.

– Não sabemos exatamente há quanto tempo ela estava enterrada ali, mas estamos claramente falando de alguns anos. Então por que o assassino esperou tanto tempo para agir de novo e de repente voltou com tudo essa semana?

Todos ficaram em silêncio por um minuto.

– Vamos lá, pessoal, pensem – disse Kim.

– Alguma coisa deve ter funcionado como um gatilho para ele... – Dawson sugeriu.

Kim pensou por um minuto.

– Não acho que seja isso – disse ela. – Ele é organizado demais para agir por impulso. Nas duas ocasiões dessa semana, ele teve a presença de espírito de remover seja lá o que tenha usado para bater nelas, provavelmente uma pedra.

– Por alguma razão, ficou incapacitado de continuar agindo – disse Bryant.

– É possível – Kim avaliou –, mas também não penso que seja o caso.

A sala ficou em silêncio enquanto três pares de olhos olhavam fixo para o quadro branco, procurando pistas.

– Vamos lá, gente, o cara é organizado, metódico, gosta de um ritual – Kim incentivou, sentindo-se como se fosse um pai ou uma mãe tirando do filho uma resposta da lição de casa. – O que é que ele precisa ter?

– Ordem – disse Stacey, passando os olhos por sua mesa meticulosamente organizada.

Kim assentiu.

– E que mais? – estimulou.

– Ele não poderia ter ido atrás de Isobel antes de Jemima. Será que não há uma ordem particular no processo? – Stacey perguntou.

– Bingo! – disse Kim. – Stacey ganhou o prêmio. Nossa primeira vítima foi morta há anos, mas a segunda, Jemima, só voltou ao país há algumas semanas, ela estava trabalhando com cavalos em Dubai. Então, depois que a matou, ele foi atrás de Isobel. É como se estivesse esperando Jemima para voltar a agir.

Kim viu que todos prestavam atenção nela.

– Isso nos diz que há uma razão para ele fazer essas mulheres de alvo. Tem alguma coisa conectando isso tudo. Vai ser muito difícil ligar Isobel às outras vítimas, então é nestas que precisamos focar.

E, graças à sua lógica de passado, presente ou futuro, ela sabia exatamente por onde eles deveriam começar.

– Jemima e nossa última vítima não se encontraram recentemente, então podemos descartar o presente. Jemima não estava planejando nada inapropriado, que a gente saiba, portanto isso nos deixa apenas uma direção.

– Vou começar a cavucar o passado distante de Jemima e trabalhar a partir daí – disse Stacey. – Ainda não consegui nada sobre o local de trabalho ou o endereço de Isobel, mas vou continuar procurando.

Kim assentiu, sinalizando concordância. O marido de Isobel certamente era alguém com quem ela queria conversar.

A inspetora virou-se para Dawson, que adivinhou a instrução que receberia.

– Vou pesquisar as pessoas desaparecidas de novo, é isso? – disse ele, como quem já soubesse.

– Sim, mas só por uma ou duas horas. Depois, volte para Westerley. Os forenses a essa altura já estarão lá de novo procurando pistas, e quero que você esteja presente se encontrarem algo. – Fez uma pausa. – Ah, e você Kev, desencave o máximo de coisas que puder. Quero ter certeza de que sabemos tudo sobre os caras que estão ali.

– Entendi, chefe – disse ele, animado.

– Bryant e eu vamos daqui a pouco falar com o Keats. Se conseguirmos alguma informação relevante, avisamos vocês.

Dawson assentiu, afastando do pescoço o colarinho da camisa. Ela havia aberto a persiana às 6h30 quando chegou, mas nenhuma brisa entrara ainda. Para piorar as coisas, o único aquecedor embaixo da janela ainda estava ligado. Num dia como aquele, que prometia chegar perto dos trinta graus, era algo completamente dispensável. O botão de controle de temperatura estava quebrado, e não era possível desligar o equipamento de vez, já que os escritórios do lado norte do edifício eram frios como a seção de congelados do supermercado, em qualquer estação do ano.

Havia um ventilador de pedestal no canto, mas a única coisa que ele fazia era levantar os papéis da mesa de Dawson de vez em quando.

– Stace, alguma novidade sobre o celular de Isobel?

Stacey negou com a cabeça.

– É um celular pré-pago comprado em dinheiro vivo nos supermercados Asda em Brierley Hill. Não tem registro, então o número fornecido pelo namorado não teve muita utilidade para nós. Já mandei um e-mail para as operadoras, mas vocês devem se lembrar como foi da última vez.

Ah, sim, Kim se lembrava muito bem. Duas garotinhas haviam sido sequestradas e a única pista que eles tinham era um lote de números de celulares pré-pagos. As operadoras riram na cara deles.

– Chefe, devemos mesmo abandonar a hipótese de uma mulher ser a responsável por esses assassinatos? – Dawson perguntou.

– Concordo com ele, chefe – Bryant falou antes que ela tivesse tempo de responder e prosseguiu. – Não houve agressão sexual, as drogas foram usadas para deixar a vítima complacente. Uma mulher forte pode ter feito isso.

Kim abriu a boca para argumentar, mas decidiu deixar para lá. Seu instinto lhe dizia que não havia sido uma mulher que cometera aqueles crimes, mas levando em consideração as evidências que tinham, não podia descartar a hipótese.

– Ok, pessoal, tem mais uma coisa. Outro caso que nós estamos examinando.

– Como se a gente não tivesse coisa suficiente pra investigar – Dawson resmungou.

– Pode ficar fora disso, então, se preferir, Kev – a inspetora disparou de volta, sabendo que nada poderia humilhá-lo mais.

– Tudo bem, eu gosto de ficar bastante ocupado – ele disse, com um sorriso de desculpas.

Kim não sorriu de volta.

– Devem se lembrar do cara que foi encontrado em Fens Pools há alguns anos, certo?

– O pianista? – Dawson perguntou.

Kim ficou imaginando quantos apelidos aquele homem já devia ter recebido.

– Uggghhhh, Kev – Stacey repreendeu-o, fazendo uma careta de desaprovação.

– Ele mesmo – a inspetora confirmou. – Vamos voltar a esse caso e antes que você diga mais alguma coisa, Kev, sim, esse era um caso da delegacia de Brierley Hill, mas continua em aberto.

– Eu não ia dizer mais nada, chefe – ele esclareceu, sacudindo a cabeça.

– Vocês sabem, acreditamos que as mãos dele tenham sido removidas pra impedir a identificação. Só que ontem descobri que o marca-passo dele também foi retirado.

– Marca-passo tem número de série – Dawson observou, estreitando os olhos. Agora o caso passava a interessá-lo.

– São aqueles pacientes que precisam tomar anticoagulantes e ser monitorados de seis e seis meses, não é? – Bryant perguntou.

– Isso! O segundo prêmio do dia vai então para este homem aqui à minha direita – disse ela referindo-se à Bryant, e então olhou para Stacey que já sabia o que fazer.

– Vou começar checando com as clínicas se alguém andou faltando consultas de retorno nos últimos três anos.

– Obrigada, Stace. E Kev, enquanto isso você pesquisa as pessoas desaparecidas...

– Entendi, chefe. Mas tem mais uma coisa.

– O quê? – ela disse, levantando da mesa.

– Fui o único que não ganhou prêmio nenhum.

A inspetora o fitou com um olhar cheio de sentido.

– Pois é, Kev, e isso deveria lhe dizer alguma coisa...

QUARENTA E TRÊS

AH, MAMÃE, você se lembra daquele dia do mesmo jeito que eu?

Você estava um ano atrasada para me colocar na escola. Até então, nada de pré-escola ou jardim da infância para mim. Nenhuma oportunidade para uma mente jovem ter contato com outras mentes jovens.

Bastou uma simples mentira a respeito da minha data de nascimento e eu continuei toda sua por mais um ano.

Mas você não imaginava que eu fosse descobrir, não é?

Naquela manhã, você chorou como se o seu coração estivesse sendo partido em dois. Eu não sabia o que havia de errado, mas chorei também.

Você soluçava e escovava meu cabelo. Seus dedos tremiam enquanto você fazia duas marias-chiquinhas, uma de cada lado da minha cabeça. Você estava brava, como se fosse culpa minha.

Você me deu o café da manhã e minhas vitaminas, mas não eram vitaminas coisa nenhuma.

Me lembro das meias que eu estava usando. Eram do tipo soquete, com borboletas cor-de-rosa numa faixa em volta do punho da meia. Não gostava dessas meias, mas não podia dizer isso porque eu sempre me lembrava do vestido-avental.

Enquanto andávamos as duas, de mãos dadas, fiquei imaginando se eu conseguiria achar um jeito de me livrar das meias ao longo do dia, e então eu poria a culpa em alguém.

Havia lágrimas na sala de aula, nós duas chorando. Eu chorava porque você chorava e então você chorava ainda mais. Não consigo recordar quem parou primeiro quando a professora nos separou.

As outras crianças olhavam, rindo e apontando maldosamente para mim. Sentei num canto sozinha, esperando que alguém fosse falar comigo e ao mesmo tempo rezando para que ninguém fosse.

Eu estava convicta de que quando lhe dissesse o quanto havia odiado a escola, você não me faria voltar.

Designaram Louise como minha acompanhante. Ela era muito linda. No intervalo, a tarefa dessa menina de 6 anos era me mostrar a escola. Ela me levou até o pequeno banheiro das meninas. Eu não queria fazer xixi na frente dela, mas o leite do cereal do café da manhã pesava muito na minha bexiga.

As portas não eram inteiriças. Se você agachasse podia ver por baixo, e se desse um pulinho podia ver por cima.

Fiz xixi o mais rápido possível, ouvindo Louise falar animadamente sobre as opções de almoço.

Fiquei em pé e levantei a calcinha, sem perceber que a conversa havia parado e que Louise espiava por cima da porta.

Ela ficou em silêncio, e seus olhos estavam arregalados. Senti um calor no meu rosto e não sabia por quê.

Mas descobriria mais tarde naquele dia.

QUARENTA E QUATRO

ISOBEL CONTINUAVA apegada àquela forma cinza que ficava em volta do preto, como uma mancha se espalhando. Sabia que o cinza tentava tomá-la, mas ela não sabia se ele era vida ou morte.

E tampouco se importava mais.

Qualquer coisa diferente daquela escuridão implacável que a sufocava seria um alívio bem-vindo.

A escuridão levara tudo embora. Roubara seus pensamentos. Não havia absolutamente nada a ser experienciado naquela desolação.

Mande-lhe o cinza, ofereça-lhe o branco, mostre-lhe o túnel que a levará embora.

Às vezes, a onda de cinza desacelerava e se tornava um rastejar agonizante, deixando-a na dúvida se aquela invasão furtiva não era apenas coisa da sua imaginação.

Os contornos também ficavam difusos, como se a sua consciência estivesse se esgarçando.

O breu não era tão profundo, mas quanto mais Isobel tentava apreendê-lo, mais aumentava o pânico nas partes fragmentadas. Então, ela passou a esperar pacientemente o que quer que estivesse para acontecer.

QUARENTA E CINCO

— CONTOU PRA ELE, NÃO FOI? — Kim disparou assim que os dois ficaram a sós no carro. — Você não controla essa sua língua solta e contou ao Daniel onde eu estaria.

Bryant deu de ombros.

— Ah, *talvez* eu tenha comentado que você leva o Barney para passear em Clent Hills às quartas-feiras por volta das 9 horas da noite e que deixa o carro no estacionamento de baixo. Mas assim, falei por alto, entende?

Ela fez uma curva brusca à esquerda, fazendo o colega bater contra a porta do passageiro.

— Bryant, você sabe o quanto odeio a sua mania de se intrometer na minha vida pessoal.

— Então você acha que me meti na sua vida? — ele perguntou, endireitando o corpo.

— E não se meteu?

— Não fiz nada disso. Sempre que a gente trabalha num caso importante você fica toda virada do avesso. Sei que você não gosta do Daniel Bate, então pensei que seria a oportunidade ideal pra você pôr pra fora um pouco da sua tensão. Basicamente, se você grita com ele, acaba gritando menos com a gente.

Para Kim, ele havia ido longe demais ao inventar aquela resposta.

— E se você fez questão de dirigir só pra me punir, saiba que está funcionando e que não vou mais fazer isso — disse ele, se segurando no painel.

A intenção da inspetora não havia sido essa, mas guardou essa informação para uma próxima ocasião.

— Alguma novidade sobre a Isobel? — Bryant perguntou quando Kim reduziu a velocidade ao chegar à rotatória do Russells Hall.

Ele sabia que ela já deveria ter checado isso.

— Nada significativo, mas ainda há atividade cerebral.

— Ugh...

— O que foi? — ela perguntou.

— Você já pensou nisso alguma vez?

Em vez de responder, ela apenas aguardou a inevitável continuação.

– Acho que é semelhante a ser enterrado vivo, não? Quer dizer, seu cérebro ainda funciona, só que está preso numa escuridão, porque seu corpo não se mexe e seus sentidos estão entorpecidos. É como se você fosse só a cabeça. Entende o que quero dizer?

Infelizmente a inspetora entendia. Ela já havia sido obrigada a ponderar sobre isso num de seus casos anteriores, quando conheceu uma jovem chamada Lucy. A moça não ficara em coma, mas seu corpo fora devastado por uma distrofia muscular, que só lhe permitia usar alguns dedos. O cérebro de Lucy funcionava perfeitamente.

– É como se toda a sua existência fosse apenas uma cabeça – o colega continuou e em seguida suspirou.

– Ok, Bryant – disse ela. Já tinha ouvido o suficiente. – Se você quer algo pra pensar, fique tentando descobrir por que Bob tinha moedinhas e um tíquete de rifa no bolso. Isso é algo que não consigo entender – ela admitiu, estacionando o carro.

– Certo, vou dar prioridade a isso – resmungou ele.

Ela já perdera a conta de quantas vezes os dois tinham visitado o hospital nos últimos dias, mas agora não estavam indo para nenhuma ala.

– Por que onze moedas de uma libra? – ela matutou em voz alta, enquanto seguiam pelo corredor até o necrotério.

– Questão difícil, hein, chefe? – Bryant comentou.

– Por que não uma nota de dez ou algumas de cinco? Por que moedas?

– Realmente não faço ideia – ele replicou.

Kim achava estranho como a mente das pessoas focava em coisas diferentes. Bryant não dera a menor atenção àquele detalhe, mas ela havia encasquetado com daquilo. Com tão poucas evidências para dissecar, tudo tinha que ter algum significado.

– Hmmm... – ela murmurou, apertando o botão que dava acesso ao necrotério.

Ela deu de cara com homens em aventais brancos.

– Keats... Daniel – ela disse. – Alguma novidade?

O patologista balançou a cabeça.

– Inspetora, se você gastasse menos tempo com conversa fiada, iria poupar... Bem, na realidade não iria poupar tempo nenhum.

Kim sentiu-se grata ao ver aquele lençol de um branco impecável cobrindo a vítima até os ombros.

Ela sabia pela foto, que permanecera em sua memória a noite toda, que o rosto da mulher estava se decompondo lentamente. As agressões que havia sofrido eram ainda visíveis.

– Quantos golpes no rosto? – ela perguntou, sem se dirigir a alguém em específico.

– Contei sete até agora, todos do lado esquerdo – declarou Keats.

Kim sabia que o que o patologista queria dizer era que o criminoso provavelmente era destro. Com um pé de cada lado da vítima, ele devia tê-la golpeado de cima.

– E quanto à boca? – Kim perguntou.

– Cheia de terra – Keats disse. – Essa é a causa mais provável da morte, mas como não terminamos, não posso me comprometer ainda. Em todo o caso, vá lá dar uma olhada na minha mesa.

Kim caminhou até a escrivaninha no final da sala. Havia uma bolsa de provas no canto. A inspetora a pegou. Era uma presilha de cabelo. Não havia coração partido, mas ela pôde ver uma lacuna no plástico branco de onde algo havia se soltado.

– Igual à da Jemima – ela sussurrou.

– Muita coincidência, não, inspetora? – Keats sugeriu.

Ela assentiu concordando e colocou a bolsa de volta na escrivaninha. Era algo curioso, mas não ajudava muito. Eram presilhas produzidas em massa e disponíveis em redes de farmácias e em inúmeros supermercados.

Ela voltou à mesa.

– Tem alguma ideia de há quanto tempo ela estava enterrada? – Kim pressionou.

Qualquer que fosse o estágio do processo, ela precisava de respostas. Alguma coisa que a ajudasse a identificar aquela mulher.

– Levando em conta as variações das estações e do clima, a quantidade de água e a acidez do solo, eu estimaria de quatro a cinco anos.

– Ela parece estar num estágio bem avançado de decomposição levando em consideração esse tempo tão curto – observou Bryant.

– Corpos se decompõem mais rápido quanto mais perto da superfície estão enterrados – Keats replicou.

A vítima estava a menos de um metro de profundidade.

– Descobriu alguma coisa que possa me ajudar a identificar a vítima? – Kim perguntou. Era sua prioridade tanto em nível profissional quanto pessoal.

Daniel deu um passo adiante. Seus óculos no estilo Clark Kent eram como um uniforme e o transformavam num cientista sério, estudioso. Nada a ver com a expressão brincalhona e provocadora que ela vira no dia anterior.

— Ao longo da vida, o esqueleto humano passa por mudanças cronológicas sequenciais, que normalmente são categorizadas como feto, bebê, criança, adolescente, jovem adulto e assim por diante. Até os 21 anos, os dentes são o indicador mais preciso de idade. Pelo que posso dizer até o momento, nossa vítima entra na categoria de jovem adulto, que tipicamente vai dos 20 aos 35 anos.

— Poderia ser um pouco mais específico? — perguntou ela. Gostaria de dar a Dawson algo mais concreto para sua busca de pessoas desaparecidas. Era uma faixa de idade muito ampla a ser coberta ao longo dos últimos quatro ou cinco anos. Isso se a mulher tivesse sido reportada como desaparecida.

— Eu diria que a vítima tem mais de 25 anos. A clavícula, o que a gente chama de saboneteira, é o último osso a concluir seu crescimento, e está totalmente desenvolvida.

Kim não disse nada e aguardou. Esperava obter um pouco mais que isso, para não ter que admitir que estava seriamente equivocada ao se humilhar e pedir que ele ficasse.

— Ao longo da vida — Daniel prosseguiu —, o osso produz novos ósteons, que são pequenos cilindros contendo vasos sanguíneos. Adultos jovens têm menos ósteons, e eles são maiores, mas com a idade diminuem, à medida que novos vão se formando e tomando o lugar dos antigos.

Kim agradecia a informação, mas não tinha certeza se a usaria em outra ocasião. Se aquela mulher não podia ser identificada pelos ósteons dela, tal informação não seria de muita ajuda.

— E finalmente o crânio. Os ossos ao redor do cérebro crescem todos juntos durante a infância, ao longo de linhas chamadas suturas cranianas. Na fase adulta, a remodelação dos ossos vai aos poucos apagando essas linhas.

— Quer dizer que em termos de idade estamos falando de 30 e poucos anos, como no caso de Jemima Lowe? — ela perguntou, determinada conseguir uma resposta mais precisa.

— Exceto por uma diferença crucial — disse Daniel. — Essa vítima já teve um filho.

Ela trocou olhares com Bryant.

Agora o serviço oferecido estava valendo o preço que ela havia pago. Mas a expressão dele dizia que ainda havia mais a ser dito.

– A gravidez não modifica os ossos da mulher, com uma exceção. Durante o parto, os ossos púbicos se afastam para permitir a passagem do bebê pelo canal vaginal. Os ligamentos que conectam os ossos púbicos precisam se estender. Podem se rasgar e causar sangramento no local em que se ligam ao osso. Remodelação posterior dos ossos nesses locais pode deixar pequenos sulcos circulares ou lineares na superfície interna dos ossos púbicos, chamados fossas do parto...
– Doutor... Daniel, o que você está tentando me dizer? – perguntou ela.
– Suspeito que ela deu à luz quando era adolescente.
E essa afirmação encerrou o assunto.

QUARENTA E SEIS

ISOBEL OLHOU EM VOLTA NA ESCURIDÃO. Seu coração bateu mais forte quando percebeu que não estava mais tudo preto, e sim algo próximo de um cinza manchado.

O preto ia se desbotando, e não mais estava apenas nos cantos. Além disso, se movia.

Havia algo além da escuridão, e uma sombra também.

Havia vozes. Ela apurou o ouvido para ver se era coisa da sua mente. Não tinha certeza, mas suspeitava que estavam fora da sua mente e não dentro.

Voltara à familiaridade de um sentimento afetuoso na sua mão.

Era tranquilizador, reconfortante.

Por favor, alguém, me ajude, ela gritou. *Estou aqui dentro. Por favor, deixem-me sair. Não sei como sair daqui.*

O esforço de tentar se comunicar através de sua mente provocou uma repentina exaustão. Mas havia sensações. Havia uma comichão em seu pé. Algo frio sendo colocado no seu peito. *Estou aqui,* ela queria gritar, mas seu corpo não ouvia.

Por um momento, ela achou que as partes de seu corpo tivessem sido espalhadas em volta da sua cabeça, mas as sensações lhe diziam que estavam conectadas.

Seu corpo ainda estava íntegro e ela talvez estivesse viva, e não empacada nesse inferno silencioso, eterno.

Mas se ela se permitisse ter esperança, então devia se preparar também para o desespero, pois não sabia se seria capaz de suportar a decepção de estar equivocada.

Seu coração chorava com lágrimas não vertidas, e ela rezava para que o pesadelo terminasse.

Estar morta fazia muito mais sentido e era por isso que ela aceitara a morte tão prontamente. Viver era muito mais complicado, cansativo.

Se estivesse morta, não teria mais perguntas.

Se estivesse viva, teria perguntas demais.

QUARENTA E SETE

– AINDA NÃO ENTENDI por que você está tão, ahn... vamos dizer... animada – disse Bryant, quando os dois saíam do hospital.

Kim ligou o celular para ver se havia perdido alguma chamada de Stacey. A única pessoa com quem queria falar naquele momento.

Enquanto retornava a ligação, jogou a chave do carro para Bryant. Ele já sofrera o bastante com ela no volante.

– O que você tem de novo pra mim, Stace? – ela perguntou.

– Algo que acho que você vai gostar.

– Diga.

– Consegui o endereço do antigo diretor da escola secundária da Jemima. E também uma lista da equipe que trabalhava lá na época em que ela frequentou o lugar.

– Bom trabalho, Stace. Mande o endereço por mensagem de texto para o Bryant. Agora descubra com os pais dela qual colegial ela cursou e tente achar alguma informação sobre uma adolescente grávida mais ou menos na mesma época de Jemima – disse Kim quando entravam no carro.

– Certo, chefe, e tem mais uma coisa. Falei com as sete clínicas da região que aplicam anticoagulantes e consegui uma lista de onze homens que pararam de comparecer por volta da época em que Bob foi encontrado.

– Caramba, Stace. Você está a mil por hora! – Kim elogiou enquanto Bryant saía do estacionamento. – Me passe apenas os primeiros nomes desses homens.

– Por ordem alfabética, são: Alan, Charlie, Edward, Geoffrey, Ivor, Jack, Lester, Malcolm, Norman, Philip e Walter.

Kim foi repetindo em voz alta enquanto Stacey ia dizendo.

– Chefe, você reparou que estou dirigindo e que não posso anotar nada, não é?

– Use a memória – ela disse, afastando a boca do telefone.

Bryant sacudiu a cabeça e continuou dirigindo. Parou nos semáforos da rua principal de Brierley Hill.

– A gente se fala melhor mais tarde – Kim disse e encerrou a ligação.

A inspetora olhou para a sua esquerda quando viu Bryant obrigado a frear bruscamente por causa de um grupo de garotos adolescentes que ameaçavam atravessar a rua a dois metros de uma faixa de pedestres.

— Meu Deus, às vezes...

— Encoste o carro, Bryant — disse ela, os olhos fixos na fachada de uma das lojas.

Ele foi esperto e pegou a vaga de um furgão branco de entregas que acabava de sair.

— Chefe... o que foi que...?

Bryant ficou sem palavras quando viu onde haviam parado.

Toda rua principal tinha um fliperama. Não importava o quanto a área fosse desfavorecida ou com alta taxa de desemprego. Sempre havia mercado para lojas do tipo.

— Espere aqui, Bryant — Kim disse, saindo do carro.

Ela empurrou a porta da loja e entrou. Saindo da claridade do dia, seus olhos levaram alguns segundos para se acostumar com aquele falso ambiente noturno.

Três máquinas de caça-níqueis adiante, um homem de jeans e camisa branca limpava um mostruário de vidro.

— Com licença — disse a inspetora, a porta se fechando atrás de si.

O rosto do homem era magro e pálido, mas ele a recebeu com um largo sorriso.

— E aí, querida?

Kim não achou que era o caso de se alongar explicando quem era. Sua questão era bem simples.

— Você usa tíquetes de rifa aqui? — ela perguntou, olhando em volta. — Para bingo, ou para...

Ela parou de falar porque o homem já balançava a cabeça em negativa. Dera um tiro no escuro, mas, mesmo assim, que merda.

— Não, querida...

— Certo, obrigado pela...

— A gente parou de usar já faz uns cinco anos ou mais — completou ele. Ou seja, uma notícia boa e outra má na mesma frase curta.

— E vocês usavam para quê? — Kim perguntou.

— Prêmios. Havia uma rifa semanal, mas paramos de fazer quando o movimento do negócio caiu.

Kim assentiu e começou a sair daquele espaço claustrofóbico.

– Obrigada pela atenção...

– Você pode tentar a loja da Merry Hill. Acho que eles ainda fazem rifas.

Ela ofereceu-lhe um sorriso sincero e espiou o nome dele no crachá.

– Melvyn, você ajudou muito, obrigada – disse a inspetora, e então dirigiu-se à saída.

– Você está sorrindo – Bryant observou quando ela entrou de novo no carro.

– Vamos para Merry Hill – ela instruiu, colocando o cinto. Ainda era um tiro no escuro, mas pela primeira vez Kim sentiu como se tivesse pelo menos espaço para jogar.

O trajeto de carro de Brierley Hill pela Level Street até o complexo era curto. Bryant se manteve no volante e estacionou quando, por sorte, uma vaga apareceu bem à frente dele. Então, desceram do carro e atravessaram o terminal de ônibus até o fliperama.

As luzes frenéticas das máquinas iluminavam o espaço escuro, com a promessa tentadora de prêmios acumulados.

Duas senhoras idosas olhavam ao redor muito atentas toda vez que escutavam o som de moedas caindo numa das baias. Kim podia ouvir também números de bingo sendo chamados no fundo da loja.

– Com licença – disse a inspetora ao se aproximar de uma mulher vestindo um avental azul-claro. Uma pochete de couro contendo moedas estava presa à cintura dela.

As mãos da mulher foram automaticamente parar na bolsa, e Kim constatou que talvez aquela funcionária precisasse de um curso rápido de identificação de clientes. Não que um "apostador típico" poderia ser reconhecido apenas pela sua aparência, mas nem ela nem Bryant vestiam roupas que indicassem que estavam ali por lazer.

Kim mostrou seu distintivo. A mulher forçou a vista no escuro, as rugas em volta de seus olhos ficando mais marcadas. Ela aceitou a identificação e imediatamente assumiu um ar preocupado.

– Há quanto tempo você trabalha aqui, Jean? – Kim perguntou, depois de ler o nome da mulher no crachá.

– Oito anos – respondeu a funcionária, como se ela mesma não pudesse acreditar nisso. Mas, para a inspetora, emprego era emprego, e qualquer pessoa que tivesse a determinação de permanecer nele em vez de procurar opções mais fáceis tinha seu apoio. – Vocês usam tíquetes de rifa aqui?

A mulher assentiu lentamente, como se estivesse fazendo alguma admissão de culpa.

– E posso saber o que vocês rifavam? – Kim perguntou, rezando para que isso trouxesse alguma pista.

– Muitas coisas. – Jean deu de ombros. – Cestas de alimentos, cortes de carne, vales de compras, jogos de bingo grátis.

A cada item citado, a excitação no estômago da inspetora diminuía.

Bryant deu um passo à frente.

– Esses itens eram sorteados toda semana? – ele perguntou.

Jean assentiu.

– E como a pessoa sabia a que item correspondia cada tíquete de rifa?

– Pela cor – ela disse com naturalidade. Kim lançou a Bryant um olhar de agradecimento.

– E a cor azul correspondia ao quê?

– Azul era para a garrafa de uísque Bell's. – Jean sorriu.

A esperança voltava a brotar em Kim.

– Sempre foi assim?

– Que eu lembre, sim.

O que significava dizer que durante oito anos o sistema de rifa se mantivera assim. Era muito simples, mas tinha funcionado.

– Vocês mantêm registros disso? – Kim perguntou esperançosa. Costumava-se identificar um tíquete de rifa com um endereço ou número de telefone. Bem, se tivessem feito uma rifa por semana durante os últimos três anos, isso daria um total que não ultrapassava duas centenas e compensava o trabalho de dar um nome a Bob.

Jean negou com a cabeça.

– Registramos durante uns poucos meses. E os prêmios não reclamados doávamos para a casa de repouso Mary Stevens, mas avisávamos sobre isso pras pessoas quando elas compravam os tíquetes – acrescentou defensivamente.

– Queremos saber a respeito de um homem que talvez tenha sido cliente de vocês há alguns anos. Acho que ele tinha um dos tíquetes de rifa de uísque daqui.

Assim que as palavras saíram da sua boca, a inspetora já sabia que sua tentativa seria em vão. E a expressão da mulher apenas confirmou isso. Jean devia ver centenas de rostos por dia. Multiplique esse número por dois ou três anos e Kim estaria procurando um rosto entre mais de cem mil. Mas as moedas de libra deviam significar alguma coisa.

– Querida, eu não estou brincando, mas...

Kim deixou passar o "querida" e continuou:

– Ele devia ter uns 50 e poucos anos, cabelo escuro, meio gordo.

Jean negou com a cabeça e, então, entregou um punhado de moedas de libra sem dizer nada a um garoto grandalhão que apareceu à direita dela. Ela colocou a nota de dinheiro num bolso com zíper da sua pochete.

Bryant interveio.

– Talvez o nome dele fosse Alan, Charlie, Edward, Geoffrey, Ivor, Jack, Lester...

Kim lançou um olhar ao colega quando a mulher franziu o cenho.

– Espere um pouco – ela pediu. – Você disse Ivor?

Bryant assentiu. Não era um nome comum por aquelas bandas.

– Um cara chamado Ivor vinha bastante aqui. Costumava jogar por horas nas máquinas OxO. Qualquer valor que ganhasse ele usava pra jogar de novo na mesma hora. – Os olhos de Jean se arregalaram em surpresa. – Comprava um tíquete de rifa pra uísque toda semana. Sempre pra garrafa de Bell's. E ganhou um bom número de vezes – ela completou, assentindo. – Mas faz anos que não aparece por aqui. A gente achou que ele tinha levado uma boa surra ou algo do tipo.

– E por que acharam isso? – Kim perguntou, franzindo o cenho. Estava convencida de que essa não seria a conclusão imediata para todo cliente que eles perdiam.

– Ah, nenhuma razão especial – Jean disse, corando, mas a inspetora não acreditou nela.

– Você não está dizendo a verdade – Kim retrucou. – Por favor, Jean, qualquer coisa que puder nos contar será muito importante. Precisamos muito de mais informações sobre esse homem.

Jean hesitou e então suspirou.

– Espere aí, volto num instante – disse ela e se afastou.

– Meu Deus, chefe, bem que o Woody disse que você sempre consegue arrancar alguma informação do nada – Bryant disse, depois que Jean já estava longe e não podia mais ouvi-los.

– E você também mandou bem – ela observou. – Não acreditei quando vi que você tinha memorizado todos aqueles nomes.

– É, eu acho que não são meus belos olhos que fazem você me ter por perto. Se bem que...

– Essa é a Rita – disse Jean, já de volta, apresentando uma mulher de porte similar ao dela, mas com uma vasta cabeleira ruiva. Ela também usava um avental azul e uma pochete para o dinheiro.

– Lembra aquele sujeito com quem você teve umas encrencas, o Ivor, o cara do uísque?

Rita assentiu e olhou desconfiada para Kim e Bryant.

– Tranquila, pode contar pra eles, são da polícia – Jean foi logo dizendo.

Rita parecia em dúvida, mas Jean a incentivou falar.

– Pode falar, deve ter alguma coisa a ver.

O interesse de Kim redobrou.

– Ele era um cara grande, quer dizer, com sobrepeso – Rita disse. – Não era alto. Meio esquisitão, mas aqui você se acostuma com isso. Não me entenda mal, tem uns caras ótimos que vêm aqui e…

– Sim, mas o Ivor… – disse Kim, trazendo-a de volta ao assunto.

– Bem, de vez em quando entram menores de idade aqui – ela continuou, olhando para Jean. – A gente faz de tudo pra não deixar, mas eles ignoram os cartazes na porta, e a gente põe esses garotos pra fora assim que percebe, não é, Jean?

Kim não estava interessada na transgressão de alguns menores jogando fliperama.

– Entendo, deve ser difícil mesmo – disse Kim. – Bem, mas e quanto ao Ivor?

– Um tempo atrás, deve fazer uns dois anos agora, entrou um grupo de garotinhas aqui e eu não tinha notado, até que uma delas me procurou e disse que o Ivor havia bolinado uma coleguinha dela.

– E o que você fez?

– Bem, eu não podia chamar a polícia… A menina não quis dar queixa e também, pra início de conversa, ela nem devia ter entrado aqui.

Portanto, nem a menina nem Rita quiseram confusão para o lado delas.

– E quanto ao Ivor?

– Falei pra ele ir embora e não voltar mais – disse Rita, assentindo, convencida de ter feito o certo.

– E ele voltou? – Kim perguntou.

Ela negou com a cabeça.

– Não. Nem ele, nem o colega dele.

O coração de Kim acelerou. Se Ivor e Bob eram a mesma pessoa, então o amigo dele poderia ser a primeira pista que ela e a equipe tinham.

QUARENTA E OITO

— OK, STACE, descubra tudo o que puder sobre esse cara da lista chamado Ivor. Não é nada certo, mas há uma chance de ele ser o Bob.

— Vou checar, chefe — Stacey prometeu.

— Não se esqueça de que ele tinha um colega chamado Larry-alguma-coisa, que não sei se também está na lista de alguma daquelas clínicas. Vai ver que se conheceram ali, e se o encontrarmos, talvez ele possa ajudar.

— Entendi — disse Stacey antes de Kim encerrar a chamada.

— O que você achou da história da Rita? — Bryant perguntou enquanto dirigia para Stourbridge. Mais adiante, era Stourton, onde ficava a casa do ex-diretor de Jemima Lowe.

— Sei lá — Kim deu de ombros —, talvez tenha sido um mal-entendido sem importância e acabei colocando a Stacey pra seguir uma pista falsa, como um cachorro latindo debaixo de uma árvore errada... Mas por enquanto é a única que temos. Além disso, se pensarmos que não há nada que identifique o cara, acho que cada movimento que fizermos vai exigir um salto de fé.

— Pra ser sincero, ainda não entendi por que essa árvore em particular acabou fazendo parte da nossa floresta — disse Bryant.

O toque do celular de Kim a poupou de respondê-lo. Bryant não precisava saber que havia escutado aquela alegoria de Tracy.

— Stone — a inspetora disse ao atender a ligação.

— Inspetora, aqui é o Doutor Singh, do Russells Hall. Nós nos falamos...

— Sim, é claro, Doutor Singh — Kim se lembrava dele.

— Estou ligando a respeito de Isobel...

Kim já se preparava para receber a notícia que vinha temendo.

— Ela acordou.

Assim que a inspetora encerrou a chamada, falou para Bryant fazer o retorno. Finalmente tinham uma testemunha.

QUARENTA E NOVE

DAWSON NÃO SE DEU AO TRABALHO de tirar o paletó do carro. Considerando o calor do meio da manhã e a ausência de sua chefe, aquele paletó não daria o ar da graça hoje nas suas costas.

Ele estacionou no trecho de cascalho entre a van Ford Transit da equipe de cena do crime e o semirreboque de Harry, usado para transportar o georradar. Ele suspeitava que Harry terminaria o trabalho hoje se não encontrasse mais surpresas desagradáveis. Ainda assim, os técnicos ficariam ali pelo menos mais alguns dias.

Dawson bateu antes de entrar, embora tivessem deixado a porta aberta. Andou até Jameel, que se virou e cumprimentou-o. Dawson podia ouvir The Shadows tocando baixinho ao fundo.

Aquele cara era estranho.

— E aí? — disse o rapaz, e depois voltou-se para a tela do computador. Dawson passou por trás dele e parou ao ver Catherine na mesa de reuniões, com um monte de gráficos e tabelas espalhados diante dela.

— Você por aqui? — comentou ele, tolamente.

— É, parece que sim. — Ela quase sorriu.

— Mas como você entrou? — ele perguntou.

Dawson fora obrigado a esperar uns bons minutos enquanto os policiais no cordão de isolamento afastavam a imprensa para deixá-lo passar. A chegada dos forenses tendia a provocar essa confusão. Assim que os técnicos apareceram, a mídia soube que havia algo a apurar e, por isso, não parava de chegar gente da imprensa desde a tarde anterior.

A chefe já havia informado à equipe sobre a história de Catherine, portanto Dawson não esperava ver a cientista de volta ao trabalho.

Dessa vez Catherine sorriu.

— Vim debaixo de um cobertor de piquenique, no banco de trás do carro do professor.

— Contou pra ele? — Dawson perguntou. A chefe também havia deixado claro que eles não deveriam dizer uma palavra a respeito da história da entomologista.

Ela assentiu.

– Muito do que a Detetive Inspetora Stone me disse fez sentido. Realmente não devo parar de vir trabalhar – disse ela.

Dawson entendia a atitude de Catherine. Havia pouco tempo, ele fora violentamente espancado quando investigava a morte de um membro de uma quadrilha, mas no dia seguinte já estava de volta à sua mesa.

– A sua chefe é uma pessoa estranha, não é? – Catherine perguntou, surpreendendo-o. Era a primeira vez que se dirigia a ele sem que fosse para responder a uma pergunta direta.

– Como assim? – Ele se sentiu pressionado.

– É como se tivesse camadas que a gente não consegue ver logo de cara. Ela não é das pessoas mais simpáticas...

– Pode ser, mas você não a conhece de verdade – disse Dawson, cruzando os braços.

– Me refiro à primeira impressão que ela passa, mas tem muito mais por baixo dessa camada superficial. Não estava falando mal dela. Ela me ajudou muito ontem – disse Catherine, recolhendo seus papéis. – Jameel, vou descer e checar o Elvis – ela disse de maneira brusca, passando por Dawson e saindo porta afora.

O rapaz não se virou nem respondeu à entomologista, apenas murmurou algo depois que a porta se fechou.

– O que você disse? – Dawson perguntou, indo em direção ao escritório do alojamento.

– Nada, foi apenas um pigarro – disse Jameel e então ele tossiu para disfarçar.

Dawson não se deixou enganar.

– Vocês não se dão bem, né? – ele perguntou. Depois de ver como Catherine falara com o jovem, era a única coisa que Dawson podia concluir.

– Cara, eu não me dou bem com mulher muito instável. A espécie já é suficientemente difícil de entender do jeito que é, cê não acha?

Dawson sorriu. Ah, sim, ele concordava com aquilo.

– Instável como? – ele perguntou, enquanto pegava um copo d'água.

– Quando ela quer alguma coisa, ela lhe dá toda a atenção, elogia você e tudo mais, e aí quando já conseguiu o que queria fica fria que nem barriga de pinguim.

Dawson deu uma pequena risada.

– Amigo, você vai descobrir que todas as mulheres são assim, não apenas ela. – Ele deu uma boa olhada ao redor. – Curtis Grant não veio hoje?

– Não veio. E ainda bem. Aquela loção pós-barba dele estava começando a me arder na garganta.

Dawson sorriu. O cheiro também tivera o mesmo efeito nele.

– Ele costuma passar bastante tempo aqui, não é? Ainda falta resolver muita coisa no sistema?

Jameel negou com a cabeça.

– Acho que não, mas ele queria checar se não tinha nenhum bug na atualização do software.

– Ele parece entender bastante do assunto – observou Dawson.

– É, acho que sim. A empresa dele é a sua vida. Fala dela como se fosse um filho.

Dawson concordou com o rapaz.

– Foi ele quem planejou todo o sistema de segurança daqui? A localização das câmeras e tudo o mais?

– Acho que sim. Isso foi antes de eu começar a trabalhar aqui, mas o professor Wright o contratou e parece confiar nele.

Dawson terminou de tomar a água e foi em direção à porta.

De repente, Jameel virou-se.

– Você tem um minuto? Quero te perguntar uma coisa.

Dawson ficou um pouco surpreso. Jameel se mostrara totalmente desinteressado em relação às atividades do local. Não fizera nenhuma pergunta, simplesmente ficara ali de cabeça baixa realizando o seu trabalho.

– Claro – disse Dawson.

Jameel pôs as mãos sobre as coxas e abriu bem os olhos. Passou a língua rápido pelos lábios antes de perguntar.

– Morro de vontade de perguntar, Sargento. Mas você já matou alguém?

– O quê?! – Dawson reagiu, incrédulo. – Cara, você já se tocou que aqui é Black Country e não South Los Angeles?[*]

Jameel inclinou-se para a frente.

– Sim, mas e aí? Você já matou alguém ou não?

Dawson tentou não revirar os olhos ao perceber como o seu dia seria.

---

[*] South Los Angeles (ou South L.A.) é uma das áreas mais perigosas de Los Angeles, Califórnia, devido ao alto índice de violência de gangues e tráfico de drogas. (N.T.)

CINQUENTA

BRYANT ENTROU no estacionamento do hospital e então, como quem não quer nada, seguiu uma pessoa que ia até o carro, para poder pegar a vaga que ela liberaria.

Kim saltou do carro e correu para o hospital, indo direto à Unidade de Alta Dependência.

Tocou a campainha do interfone e empurrou a porta ao ouvir o clique já familiar.

O Doutor Singh estava no balcão da enfermaria, preenchendo uma papelada. A mesma enfermeira chefe do dia anterior sorriu na direção da inspetora e então se afastou segurando uma comadre de papelão.

Depois de concluir o que escrevia, o médico voltou-se para Kim.

– Veio bem rápido, inspetora – observou ele.

Kim havia adiado a visita ao diretor do colégio de Jemima, preferindo entrevistar a testemunha viva que tivera realmente contato com o assassino.

– Você disse que ela está acordada – Kim comentou, passando por ele.

Ele deteve-a gentilmente, colocando a mão em seu braço. A inspetora desvencilhou-se e encarou-o com o cenho franzido.

– Doutor, eu preciso falar com ela agora mesmo. Ela é fundamental para o nosso...

– Entendo perfeitamente. E por isso chamei você assim que ela recuperou a consciência.

– Qual o problema, então?

– Ocorreram alguns, ahn... desdobramentos desde que nos falamos. Houve complicações.

Apesar dos modos gentis do médico, a irritação de Kim só fez aumentar. A seis metros dela estava alguém com as respostas que ela tanto precisava. Isobel poderia ter a chave para resolver esse caso antes que outra pessoa se machucasse.

– Veja, se há algum tipo de formulário que eu precise assinar...

– Não é essa a questão, inspetora. Isobel está acordada, mas não tem nenhuma memória de eventos recentes. Na realidade, não sabe sequer quem ela é.

CINQUENTA E UM

KIM RECUOU, encostando-se no balcão da enfermaria.

— Por isso eu quis falar com você antes que fosse vê-la. Isobel está sofrendo de amnésia retrógrada. Às vezes, a pessoa perde a memória do que ocorreu segundos ou minutos antes do evento desencadeador, outras vezes perde a memória de anos, e com menor frequência, perde toda memória.

Kim expirou o ar que vinha prendendo.

— As memórias podem voltar?

Ele deu de ombros.

— Não posso afirmar isso ainda, inspetora. Em muitos casos que atendi, as memórias ficam indo e vindo aleatoriamente. Isobel poderá se lembrar de algo que aconteceu na semana anterior e dez minutos depois se lembrar de algo de quando tinha 7 anos. Há muitas outras questões a considerar nos próximos dias. É preciso avaliar a real extensão do dano.

— E isso já não está claro? — Kim estava confusa. A mulher não tinha mais memória. O que mais era preciso saber?

— Ah, é que existe uma diferença entre produzir memória e armazenar memória — explicou ele, e fez uma pausa. — Imagine que houve um incêndio numa olaria e todas as peças foram destruídas. Você não tem mais estoque, aquilo que foi produzido não existe mais. Mas e quanto à roda de oleiro? Será que o equipamento ainda funciona ou foi perdido também?

— Entendi. Ela não ficou consciente tempo suficiente para que você pudesse avaliar isso.

— Exato. — O médico sorriu. — A memória de curto prazo pode ser checada depois de uns trinta minutos. A memória de longo prazo é a que exige que a pessoa se lembre de algo depois de um dia, dois dias, uma semana ou mais.

Kim sacudiu a cabeça, várias vezes. Já vislumbrava a batalha que Isobel ainda teria que travar.

— Agradeço pelo tempo que dedicou, Doutor Singh — disse ela.

— Não há de quê, e agora você pode ir vê-la.

Kim hesitou antes de entrar na ala. Andava com cuidado para evitar que os saltos de sua bota de motoqueira anunciassem sua chegada.

Respirou fundo e entrou na baia. A primeira coisa que notou foi que a cama próxima de Isobel estava agora vazia – nesta ala, você não perguntava o porquê disso. A segunda foi Duncan, gentilmente ajudando Isobel a se alimentar.

Kim aproximou-se da cama com um sorriso e tocou o ombro de Duncan suavemente antes de falar.

– Olá, Isobel, sou a Detetive Inspetora Stone. Gostaria de trocar uma palavrinha com você, se não for incomodar. Pode ser?

Depois da conversa com o médico, Kim não sabia ao certo quanto de informação conseguiria.

– Ela prefere que a chamem de "Izzy" – Duncan sugeriu com um sorriso.

Isobel olhou de um para o outro, sem dizer nada. Seu rosto estava pálido e com olheiras. As pálpebras pareciam pesar de fadiga. Kim só podia imaginar a força que a moça reunira para lutar e sair de onde quer que estivesse quando em coma.

A inspetora ficou do outro lado de Isobel. Duncan estava sentado na cama, então ela trouxe a poltrona mais para perto, tendo o cuidado de levantá-la em vez de arrastá-la.

– Quer que eu saia por um momento? – Duncan perguntou.

Kim negou com a cabeça. Ele estava ajudando Isobel a levar a própria mão direita até a boca, pegando uma colherada de sopa rala em uma tigela da mesinha de hospital.

Isobel tentou erguer a mão esquerda para dar um aceno. Kim tocou a mão dela e a fez descansar de volta. A inspetora inclinou o corpo para a frente, descansando os braços nos próprios joelhos.

– Izzy, eu entendo que você não está conseguindo se lembrar de nada, mas preciso perguntar, ok?

Ela assentiu enquanto Duncan guiava sua mão de novo até a boca. Deglutir o líquido turvo parecia exigir grande esforço.

– Se você se sentir muito cansada, por favor, me fale.

– Eu não quero fechar os olhos – disse Isobel.

A voz da mulher era fraca, pouco mais que um sussurro. Se Kim estivesse um pouco mais longe, não conseguiria ouvir nada do que dissera.

A inspetora entendia a relutância da moça em fechar os olhos. Talvez tivesse medo de voltar ao seu estado comatoso ou mesmo de não acordar de novo.

Duncan segurou a mão de Isobel e pegou outra colherada de sopa para guiá-la até a boca da moça. De novo ela engoliu com esforço e ergueu a mão esquerda para sinalizar que não queria mais. Ele colocou a colher de volta no prato, mas continuou segurando a mão dela.

– Isobel, sei que pode ser difícil para você aceitar isso, mas seus ferimentos não foram causados por nenhum tipo de acidente.

Ela engoliu e assentiu. No curto tempo em que estava acordada, provavelmente já havia percebido isso.

– Temos bastante convicção de que você foi raptada e mantida presa contra a sua vontade. O ferimento na sua cabeça poderia ter matado você.

Um grito soou da garganta da vítima. Kim tocou o braço de Isobel, de modo a tranquilizá-la.

– Não se preocupe, você está segura. Ele não terá acesso a você aqui. Mas precisamos pegar esse homem antes que ele volte a agir.

Kim não queria assustá-la revelando que outras duas mulheres não tiveram a mesma sorte de saírem vivas.

A expressão de horror de Isobel transformou-se em frustração.

– Eu não...

– Poupe sua garganta – Kim aconselhou. – Eu só quero ver se a gente consegue trazer à tona alguma coisa que esteja escondida aí dentro de você.

Isobel assentiu, mas seu rosto continuou contraído. A inspetora viu que a moça olhava para Duncan querendo ser reconfortada. Ele sorriu e apertou a mão dela.

– Você está indo muito bem, Izzy – disse.

– Há marcas na parte de trás das suas pernas e na barriga – Kim explicou. – Tem alguma ideia de como isso aconteceu?

Isobel negou com a cabeça.

– Lembra-se de alguma coisa de quando foi levada? Algum cheiro, um som, qualquer coisa?

Isobel continuou negando.

– Tem alguma lembrança de onde estava quando foi pega?

Ela negou de novo com um aceno de cabeça e então olhou para Duncan, que também lamentava não ser capaz de fornecer uma resposta.

– Há alguma coisa na sua mente que tenha a ver com o lugar onde você foi pega, qualquer coisa? – Kim perguntou.

Os olhos de Isobel encheram-se de lágrimas e Kim entendeu.

Sem ter memória de nada, a mulher procurava num espaço vazio. Não sabia nada a respeito de si. Sua mente era um lugar estranho, sem nada familiar, nada que ela conhecesse. Nenhuma memória dela ou das pessoas que importavam em sua vida.

Duncan deu tapinhas no braço dela.

– Tudo bem, meu anjo. Uma hora você vai lembrar.

Kim esperava que ele estivesse certo, não só por ela e pelo que poderia descobrir para a investigação, mas por Isobel também.

Se não recobrasse a memória, a mulher teria que recomeçar completamente. Precisaria construir uma pessoa totalmente nova. Suas memórias haviam começado há cerca de meia hora, se é que o "equipamento" – a roda de oleiro – ainda funcionava. Mas isso era preocupação para outro dia.

Quando Kim abriu de novo a boca para falar, viu o doutor na entrada da baia. Ele lhe pedira que não se estendesse muito e agora a lembrava disso. Ela não devia cansar a paciente demais.

A inspetora estava tentada a continuar fazendo perguntas para o caso de o cérebro ter retido um tiquinho de informação antes que o ferimento varresse tudo embora. Uma simples lembrança teimosa pendurada num pensamento.

Mas seria injusto e provavelmente infrutífero. Então Kim se levantou e recolocou a poltrona no lugar.

– Isobel, você está se recuperando muito bem, portanto não force demais para tentar lembrar. Quanto mais esforço fizer, mais suas lembranças se afastarão.

– Vou deixar meu cartão aqui. Se lembrar de alguma coisa, peça ao Duncan que me ligue.

Isobel assentiu e esboçou um leve sorriso. Duncan, que parecia cansado e triste, assentiu também.

– Tudo bem com você? – Kim não conseguiu evitar de perguntar.

– Estou ótimo – disse ele, o rosto animando um pouco.

– Você precisa descansar também – Kim aconselhou. Hospitais acabam com a energia de qualquer um, e a preocupação estava estampada no rosto do rapaz.

– Estou bem. Vou buscar umas coisas da Izzy pra quando ela sair. – Ele se virou para a namorada. – Pijama cor-de-rosa. Você sempre usa cor-de-rosa.

Kim curtiu aquela expressão de afeto que se espalhou pelo rosto de Isobel. Fatos, informações, qualquer pequeno gesto seria recebido com gratidão e, quem sabe, guardado na memória.

A inspetora ficou imaginando quantas vezes os mínimos detalhes dos poucos encontros dos dois seriam recontados a Isobel nos próximos dias. E a cada vez a moça aprenderia algo novo a respeito da pessoa que havia sido.

Kim despediu-se e dirigiu-se ao médico.

– Desculpe se me excedi no tempo.

– Não, não, inspetora. Não é isso. É que tem uma coisa que acho que precisa saber.

Ele afastou-se da entrada da baia em direção à ala. Kim seguiu-o.

– Os exames de sangue que pediu já chegaram. Havia, sim, um vestígio de flunitrazepam no sangue de Isobel, mas tem mais uma coisa.

– O quê? – Kim instigou.

O médico consultou a prancheta e examinou as anotações de novo.

– Nossa paciente tem hepatite C.

Kim recuou um passo e olhou para dentro da baia. Duncan ajudava a namorada a tomar um gole de água do copo de plástico.

A inspetora especulou se os dois sabiam disso.

CINQUENTA E DOIS

BRYANT CONVERSAVA com um homem grandão de muletas na entrada da cantina do hospital. Quando Kim viu a cena, ficou admirada. O colega era do tipo que sempre encontrava alguém conhecido, aonde quer que fosse.

Ele apertou a mão do homem assim que viu a inspetora saindo do edifício e, então, seguiu-a.

— Conseguiu alguma coisa? — perguntou.

— Ela não tem mais memória nenhuma. De quem ela é, onde trabalha, infância, nada. Vazio total. O cara fez um belo serviço na cabeça de Isobel. Ela tem sorte de estar viva.

— Será que ela vai recuperar alguma lembrança? — ele questionou ao se aproximarem do carro.

— Não tem como saber. Lesões na cabeça são complicadas. Vamos ter que esperar pra ver. — Kim respirou fundo antes de prosseguir. — Mas o médico disse que ela também tem hepatite C.

Ele parou de andar.

— Jura?

Hepatite C era uma doença infecciosa, que afetava o fígado. Em geral, cinquenta a oitenta por cento das pessoas tratadas eram curadas. O mais interessante, porém, era que essa doença era causada por um vírus transmitido principalmente por contato com sangue contaminado, normalmente associada ao uso de drogas intravenosas, a equipamento médico mal esterilizado e a transfusões de sangue.

— Não sei bem como essa informação pode nos ser útil, chefe — disse Bryant, abrindo a porta do motorista.

— Nem eu, mas vamos primeiro tentar escapar desse maldito hospital pelo menos por mais umas duas horas, pode ser?

Bryant assentiu.

— Vamos tentar de novo ir até Stourton, ok? — disse ela. Talvez o diretor do colégio de Jemima pudesse lhes dar alguma informação.

— Ahn... ainda não, chefe — disse Bryant. — Recebi ordens estritas de Woody para voltarmos agora para a delegacia. Deseja vê-la imediatamente, e não vou mentir... Ele não parecia querer apenas tomar um chá da tarde com você.

Kim assentiu sua compreensão ao se acomodar no banco dianteiro do carro.

– Ah, e Stace quer que você retorne a ligação.

A inspetora pegou o celular e ligou para a colega.

– Acho que consegui achá-la, chefe – disse Stacey sem sequer cumprimentar. A equipe de Kim sabia quando priorizar a brevidade.

– A nossa garota? – a inspetora perguntou esperançosa.

– Sim, falei com a mãe da Jemima. Jemima era superamiga de uma garota chamada Louise Hickman, que teve um filho aos 15 anos. Conferi na secretaria do colégio e consegui o último endereço conhecido de Louise. É dos dias de estudante dela, mas...

– Leia em voz alta, Stace – disse Kim. Era um ponto de partida.

Kim ouviu o endereço, que ficava a poucos quilômetros dali, em Wordsley.

– Bom trabalho, Stace.

A inspetora encerrou a ligação. Bryant já estava ansioso para saber do que se tratava.

– Chefe, como eu disse, tenho ordens para levá-la...

– E eu tenho ordens estritas de garantir que ninguém mais acabe como Louise e Jemima, portanto pegue o próximo retorno, Bryant.

Ela já sabia por que Woody queria vê-la e não tinha pressa nenhuma de encarar essa conversa.

CINQUENTA E TRÊS

DAWSON ANDOU por toda a extensão do campo mais uma vez. Os técnicos desenterraram apenas duas peças de tecido que poderiam ou não ter alguma conexão com a vítima. Como a área fora um campo aberto antes da criação de Westerley, era bastante improvável que tivessem. De qualquer modo, as peças haviam sido registradas e guardadas.

O que ele realmente esperava encontrar era a pedra usada para arrebentar a cabeça da vítima. Ainda tinha esperança de achar alguma evidência crucial que permitisse esclarecer o caso, e por isso andava para cima e para baixo daqueles campos. Sabia que essa tarefa fazia parte do procedimento forense, mas se havia aprendido algo com sua chefe era que nunca devemos dar nada como certo.

Quando voltou ao local da cova da vítima mais recente, notou a presença do professor. Dawson suspirou e apertou o passo. Em duas ocasiões, ele já precisara avisara ao professor que deixasse os técnicos trabalharem.

— Professor Wright, posso ajudá-lo? — Dawson perguntou enquanto se aproximava.

Bobby, o técnico de serviço, virou-se para o sargento e revirou os olhos. Já o professor sorriu e balançou a cabeça.

— Estou só checando se está tudo correndo bem — disse Wright.

Dawson entendia que o homem era responsável pelo local, mas suas constantes interrupções só retardavam ainda mais o progresso das buscas. O sargento colocou a mão no cotovelo do professor e começou a trazê-lo de volta.

— Apesar de serem meio esquisitos e não muitos sociáveis, eles são ótimos profissionais, professor — disse ele. Não havia necessidade de ser rude com o homem.

— Ah, eu entendo — assentiu Wright. — Nós cientistas tendemos mesmo ser assim.

— Verdade — Dawson concordou, retirando a mão do cotovelo do homem. Agora já havia um espaço de uns bons cinquenta metros entre eles e os técnicos.

— Talvez gostasse de me acompanhar para ver uma das nossas mais recentes aquisições, sargento? Um estudo muito interessante.

Dawson hesitou um instante antes de assentir e seguir o professor. Qualquer coisa servia para mantê-lo afastado um tempo dali.

O professor caminhou em linha reta, até o limite do local.

– Quero que conheça Quentin – disse o professor, todo orgulhoso.

– Que diabos?! – Dawson exclamou, parando instantaneamente.

O corpo estava totalmente queimado. Cada centímetro dele estava preto, como uma torrada queimada. Se fosse tocado, com certeza cairiam pedaços de pele chamuscada, Dawson pensou.

O que o surpreendeu, porém, foi o corpo não estar deitado. Haviam-no posicionado como se engatinhasse, com as duas mãos espalmadas no chão e um dos joelhos à frente do outro.

Parecia uma posição mais encenada e ainda mais macabra que a dos demais corpos.

– Como pode ver, nosso amigo aqui não tem flores. A alma dele não as merece.

Dawson fixou a atenção nos olhos do cadáver, voltados para a frente como se fosse continuar engatinhando a qualquer momento.

– E por que não? – perguntou, sem conseguir desviar o olhar.

– Porque esse homem estava tentando montar uma armadilha para a esposa e seu filho de 3 anos. Ela se recusara a aceitá-lo de volta depois de ele ter tido um caso amoroso, então ele decidiu colocar um explosivo caseiro na porta de entrada da casa.

– Meu Deus, e o que aconteceu? – Dawson perguntou, de repente sentindo-se aliviado pelo próprio homem ter sido a vítima. Ver uma criança de 3 anos nessa mesma condição iria assombrá-lo pelo resto da vida.

– O homem tentava ajustar o explosivo quando o motor de um carro que passava pela rua soltou um estouro e ele pulou de susto. A bomba explodiu em sua mão.

– E ele foi achado desse jeito? – Dawson perguntou incrédulo.

O professor Wright assentiu enquanto se curvava.

– Sim, ele não morreu na hora e tentou fugir.

Dawson finalmente conseguiu desviar o olhar.

O professor Wright sorriu.

– Noto que isso o impressionou, sargento. Peço desculpas. É curioso como coisas diferentes nos afetam.

– E o que vocês estão aprendendo com esse corpo? – Dawson perguntou, ansioso para mudar de assunto.

– Quentin faz parte de uma pesquisa conjunta, minha e de Catherine. Não há muitos estudos profundos sobre a taxa e o padrão da decomposição em vestígios carbonizados. Regiões do corpo com uma carbonização significativa parecem decompor-se mais depressa. Áreas com níveis muito leves de carbonização decompõem-se em ritmo mais lento.

– Mas ele está totalmente queimado. Como vocês conseguem comparar isso?

O professor virou Quentin delicadamente de lado. A postura engatinhada do cadáver se manteve. Dawson imediatamente viu que entre as coxas havia carne não carbonizada.

– E onde Catherine entra nesse estudo?

– Como eu disse, na prática forense, os corpos queimados estão entre as áreas mais negligenciadas da pesquisa entomológica. Catherine está analisando a atividade das moscas num corpo queimado em comparação com o que ocorre num cadáver não carbonizado.

O sargento detetive acalmou os pensamentos e decidiu não olhar mais para o corpo, que deitado de lado parecia mais macabro ainda.

– Precisa ser uma pessoa bem peculiar pra patrulhar esse lugar à noite, não?

– Nossos hóspedes são incapazes de machucar alguém, sargento. – Não foi uma resposta muito clara.

– Mas com certeza precisa ter nervos de aço pra rondar a área sozinho à noite. Você pode acabar caindo nas covas que têm por aqui.

– Não se você souber onde elas estão. Há algo muito reconfortante em trabalhar entre os mortos. Mas não é para qualquer um, é claro.

– Bem, Darren parece gostar. Há quanto tempo ele trabalha aqui?

O professor Wright pensou um instante.

– Eu diria que já faz uns dois anos. Antes dele, havia um cara mais velho, em fim de carreira, digamos, mas então o Curtis trouxe o Darren pra cá e nos avisou que ele era o novo vigia. Não sei ao certo o que aconteceu com o velho Gregory. Foi tudo muito de repente, mas o Darren se adaptou bem.

A antena de Dawson ficou ligada.

Tudo o que é repentino acontece por alguma razão.

CINQUENTA E QUATRO

APENAS UM CARRO ocupava a garagem para três vagas da espaçosa residência semi-isolada, logo atrás do antigo hospital Wordsley. O Vauxhall Carlton estava estacionado bem na vaga do meio e parecia não esperar outra companhia.

Enquanto se aproximavam da ampla varanda fechada, Kim pensou que não sabia com o que se deparariam. A inspetora tocou a campainha, cujo som agudo ecoou atrás da porta de entrada, parecendo durar alguns segundos a mais que o normal.

Uma mulher surgiu. Ela parecia ter recebido bem os seus 50 e tantos anos; com seu corpo esguio e o cabelo completamente branco. O rosto, levemente bronzeado, adotou uma expressão de recusa educada quando entrou na varanda e abriu a porta.

– Senhora Hickman? – Kim perguntou, esperançosa.

A mulher fitou os detetives antes de franzir o cenho. Kim se perguntou se estariam olhando para a mãe de Louise. A mulher assentiu devagar na direção da inspetora quando esta e Bryant mostraram sua identificação.

– Sou a Detetive Inspetora Stone e este é o Sargento Detetive Bryant. Podemos entrar? – Kim perguntou em um tom tranquilo. A mulher estava prestes a receber uma notícia nada agradável.

A senhora Hickman afastou-se de lado para que entrassem.

Da cozinha, um facho de luz alcançava o corredor. Kim seguiu a iluminação e chegou a uma cozinha que, embora desarrumada, estava impregnada com uma mistura de cheiros deliciosos e convidativos.

A porta da cozinha que dava para a área externa estava aberta e levava até um jardim de inverno espaçoso, envidraçado.

– Por favor, desculpem a bagunça, tenho uma festa amanhã e estou preparando as coisas – disse a senhora Hickman, enxugando as mãos numa tolha de chá.

A inspetora percebeu que os ombros da mulher já estavam tensos.

– Estamos aqui pra falar de Louise – disse Bryant gentilmente.

– Sim, já imaginava. – A senhora Hickman assentiu.

A mulher recostou-se no balcão e enfiou as mãos nos bolsos da sua calça pantacourt de algodão. Parecia resignada a ouvir algo negativo.

— Senhora Hickman, poderia nos dizer quando viu sua filha pela última vez?

— Foi no dia 25 de dezembro de 2005 — disse ela prontamente.

Onze anos atrás. A vítima fora assassinada bem depois disso.

— A senhora tem certeza dessa data? — Kim perguntou.

— Sim, inspetora, tenho. Bem, em que posso ajudá-los?

— Poderia, por favor, confirmar se Louise deu à luz uma criança quando era adolescente?

A senhora Hickman assentiu.

— Três dias antes do aniversário de 16 anos dela — disse, cruzando os braços. — Agora, por favor, me digam por que estão aqui.

A mulher parecia ansiosa para saber as más notícias que pressentira. Kim teve a impressão de que a senhora Hickman já aguardava tal notícia havia anos.

— Por favor, sente-se, senhora Hickman — Bryant propôs.

— Estou muito bem assim, obrigada.

Kim deu um passo adiante.

— Desenterramos o corpo de uma mulher, e temos razões pra acreditar que seja de Louise.

Um pequeno grito escapou de seus lábios. Talvez porque já esperasse aquilo, mas, ainda assim, a notícia foi impactante. A mulher rodeou a mesa da cozinha e puxou uma cadeira. Bryant estendeu uma mão para ampará-la, mas ela a afastou.

O detetive deu um passo para trás enquanto Kim tomava o assento em frente à senhora Hickman, que abaixara a cabeça e segurava-a entre as mãos.

Demorou um longo tempo até que se movesse, balançando a cabeça suavemente e levantando-a. Embora os olhos da mulher estivessem vermelhos, a inspetora se surpreendeu ao ver que não havia lágrimas neles.

— Era só uma questão de tempo — ela sussurrou, o olhar fixo na mesa.

— Por que diz isso? — Kim quis saber.

— Como foi que aconteceu? — a senhora Hickman retrucou, finalmente olhando para a inspetora. Kim identificou uma profunda tristeza naquele olhar, mas sentia que aquela mulher já havia lamentado a perda da filha.

— Não há uma maneira leve de lhe contar como sua filha foi assassinada, senhora Hickman — disse Kim, tentando achar um bom jeito de conduzir aquela situação.

— Teve alguma relação com drogas? — a mulher perguntou.

Kim negou com a cabeça. A senhora Hickman obviamente achava que a morte havia ocorrido há pouco tempo e, no entanto, já fazia onze anos desde que ela e a filha tiveram contato.

A inspetora queria entender melhor o relacionamento das duas antes de revelar à mulher que Louise estava morta há muito tempo.

— A senhora passou vários anos sem ver Louise, não foi? Importa-se de me dizer por quê?

Ela assentiu e pousou o olhar num ponto acima da cabeça de Kim.

— Não vou entrar em muitos detalhes, mas, por mais que me doa admitir isso, minha filha não foi uma criança fácil. Meu falecido marido e eu provavelmente a mimamos demais por ela ser filha única, mas quando percebemos que o comportamento dela estava bem além de precoce, já era tarde. A cada nova fase, achávamos que ela iria se acertar. Procuramos controlá-la, mas ela não media as consequências. Tentamos de tudo, e nada melhorava seu mau comportamento. É difícil disciplinar uma criança que simplesmente não está nem aí pra nada. De qualquer modo, quando ela nos disse que estava grávida e que queria levar adiante a gravidez, acreditamos que talvez ela entrasse nos eixos. Mas ela curtiu a gravidez mais que o filho.

— Como assim? — Kim franziu o cenho.

— Ela se tornou o centro das atenções, inspetora. A única garota que ia com uma barrigona pra escola. Curtia a atenção de ser diferente das demais colegas. Foi assim até a criança nascer. Claro que demos todo o apoio. Ela morou aqui com o Marcus e fizemos tudo ao nosso alcance pra ajudar, mas quando os amigos pararam de vê-la, ela perdeu totalmente o interesse pelo filho. Um dia ela foi saiu de casa sem nos avisar. Eu só me dei conta da ausência quando escutei o choro do bebê no andar de cima. Ele estava molhado e com fome, e ela simplesmente o abandonara. Já havíamos discutido a respeito da recusa dela em cuidar do bebê, mas, como sempre, ela não deu a mínima para as consequências de suas ações.

Kim não tinha percebido que Bryant se sentara à mesa.

— Quer dizer que a senhora acabou cuidando da criança? — a inspetora perguntou.

— Claro. O tempo que ela passava fora de casa foi aumentando cada vez mais. Primeiro eram alguns dias, depois semanas e por fim meses. Isso continuou até o dia de Natal onze anos atrás, quando Marcus tinha 5 anos. — Ela respirou fundo e continuou. — Louise apareceu aqui em casa na manhã de Natal depois de quase quatro meses sumida. Estava bêbada e tentou levar o Marcus embora. O menino entrou em pânico. Ele mal a conhecia. Ela só queria levá-lo porque soube que tinha uma boa chance de conseguir um apartamento da Prefeitura se tivesse um filho. Meu marido a expulsou de casa e lhe disse que não voltasse até estar arrependida. Nunca mais a vimos, mas tomamos algumas precauções caso isso ocorresse de novo.

Kim supôs que eles haviam solicitado a guarda do menino pensando na segurança dele.

A senhora Hickman olhou em volta para os ingredientes culinários e sorriu.

– Ele insistiu que queria um bolo caseiro, normal, só que desta vez não quis que eu chamasse seus coleguinhas. É um garoto saudável e feliz, mas isso não quer dizer que eu não pense em Louise todo dia – ela falou e a primeira lágrima rolou de seus olhos. – Eu sempre tive a esperança de que ela pudesse dar uma guinada na vida, mas...

Kim entendeu. A esperança terminava agora.

Silenciosamente, a inspetora empurrou a cadeira para trás. Não havia muito o que perguntar. Aquela mulher sequer conhecia direito a filha e não tivera contato com ela por vários anos antes que fosse assassinada.

– Obrigada por ter sido tão receptiva e honesta, senhora Hickman – disse Kim, estendendo a mão.

A senhora Hickman cumprimentou-a e fez menção de levantar. Kim indicou com um aceno que continuasse sentada.

– Pode deixar, sabemos por onde sair – disse ela.

Uma identificação formal ainda teria que ser feita, mas Kim já sabia que tinham achado a garota.

A inspetora parou junto à porta que levava à varanda. Uma garotinha com cabelo castanho-claro e vestido de xadrez vermelho sorria numa foto de escola ampliada.

– Eu tenho em casa uma foto minha, desse tipo, bem parecida – Bryant olhou com um sorriso triste. – O pesadelo de um fotógrafo, mas uma linda garotinha.

Kim observou a foto por um momento e, então, ela viu algo que a surpreendeu.

– O que mais você está vendo ali, Bryant? – ela perguntou.

– Xiii... merda – ele sussurrou quando seus olhos enxergaram o mesmo que os dela.

Uma presilha de cabelo enfeitada com metade de um coração.

CINQUENTA E CINCO

TRACY FROST terminou de ler a matéria e colocou-a no banco do passageiro.

Estava muito bem escrita. Seu editor havia amado. Ela decidira não revelar a ele que estava sendo usada – algo que ainda a corroía por dentro como um furão faminto.

Seu instinto natural era cavoucar exatamente aquilo que a inspetora Stone queria manter oculto, então, a repórter ainda não se sentia satisfeita. Descobrira o nome da mulher que trabalhava ali como entomologista, mas isso apenas aumentara a sua curiosidade a respeito do que Kim Stone queria tanto esconder sobre aquela Catherine Evans.

Os dedos de Tracy já estavam a postos para começar a busca quando ela se deu conta do que estava fazendo. Dera a sua palavra para a inspetora, e isso precisava significar alguma coisa. As duas haviam combinado de coçar as costas uma da outra, e Tracy sabia que não podia parar de coçar só por ter achado uma comichão mais gostosa. Era isso o que havia mantido Bob anônimo esse tempo todo. E então ela tirou os dedos do teclado e rasgou a página com o nome, para que ninguém mais pudesse encontrar. Um acordo era um acordo.

Tracy já estacionara, sabia que em algum momento teria que sair do carro, mas isso exigiria respirar fundo mais umas duas vezes antes mesmo que ela fosse capaz de pensar no assunto.

Ela voltou o olhar para a janela saliente do andar de cima. Talvez ele conseguisse ver que ela estava ali. A cadeira dele ficava à esquerda da primeira vidraça, um lugar que ele definira como seu quando se casara com a mãe dela há vinte anos.

Raiva percorreu o corpo de Tracy quando ela girou a chave de ignição, dando partida no carro.

Ainda não conseguia se obrigar a entrar naquele lugar.

CINQUENTA E SEIS

– QUERIA FALAR COMIGO? – perguntou Kim, entrando e fechando a porta em seguida.

Ela não se surpreendeu ao ver um exemplar do Dudley Star na mesa de Woody.

– Stone, houve vazamento de informações.

A inspetora se aproximou da mesa dele.

– Posso ver?

– Leia – ele disse, empurrando o jornal na direção dela.

Kim girou o jornal. A manchete gritava "CHOCANTE: UMA FAZENDA DE CORPOS", e isso já bastou para que ela rugisse internamente. Tracy tivera tempo suficiente para produzir uma manchete decente e ainda assim escrevera aquela.

A primeira página começava a narrar a história, que depois ocupava a maior parte das páginas dois e três do jornal. A inspetora leu com atenção e viu que Tracy não havia feito um mau trabalho, apesar da manchete horrorosa.

– Está tudo aí, Stone. Me lembro muito bem de ter dito a você que conduzisse esse caso com a maior discrição. Esqueceu de repassar essa instrução à sua equipe?

– Transmiti, senhor – disse ela, empurrando o jornal de volta para ele.

– Tem ideia do que isso vai gerar? Da quantidade de cartas, reclamações e petições que vão chover?

Felizmente não iriam chover em cima dela.

– Não estou nem um pouco feliz com isso, Stone. A localização da unidade foi comprometida porque sua equipe vazou informações. Tem alguém nela que não é confiável, que é incapaz de seguir uma instrução simples ou de manter a boca fechada. – Woody bateu a mão no jornal. – Está na cara que essa repórter falou com alguém envolvido na investigação, e eu quero o nome dessa pessoa...

– Fui eu, senhor – disse ela com tranquilidade. – Eu falei com Tracy Frost.

Não era frequente Kim ter o privilégio de ver seu chefe mudo de pasmo, mas isso não durou muito tempo. Logo a incredulidade transformou-se num cenho franzido.

– Não, Stone, não vou cair nessa, você está acobertando um dos membros da sua equipe. Quero saber quem foi.

– Fui eu, de verdade. Falei diretamente com a Tracy Frost. Algumas informações ela mesmo cavoucou, mas não muita coisa. A maioria veio de mim. Eu sou a fonte anônima.

Woody recostou-se na cadeira, balançando a cabeça. Ele olhou para a inspetora com uma expressão que pedia respostas.

Mesmo diante da raiva do chefe, Kim não lamentava o que fez. Havia desafiado uma ordem direta, mas não estava arrependida. Até porque muito dificilmente outras publicações dariam espaço à história, já que apenas conseguiriam repetir os mesmos fatos apresentados por Tracy. Somente Tracy havia falado com Catherine, e a entomologista não iria atender mais ligações da mídia.

– Que raios você pensou que estava fazendo?

Kim respirou fundo.

– Senhor, meu trabalho é servir e proteger, e às vezes o senhor deveria confiar que estou fazendo meu trabalho direito.

– É isso, Stone? Isso é tudo o que você tem pra me dizer?

Ela ficou em silêncio.

– E você espera que eu leve essa explicação pra sede da polícia na Lloyd House? Porque é pra lá que estou indo agora de manhã.

Kim sabia que colocara o chefe numa posição muito difícil. Então se lembrou de Catherine escondida dentro da caixa do cortador de grama.

– Sim, senhor.

– A vontade que eu tenho é de levar você com…

Woody não completou, pois o telefone da inspetora começou a tocar. A expressão no rosto dele desafiou-a a atender.

– Então amanhã de manhã você já pode…

Essa frase não estava mesmo destinada a ser concluída, pois o telefone dele também tocou no exato momento em que o dela fez o "plim" avisando a chegada de uma nova mensagem de voz.

Ele pegou o telefone sem tirar os olhos de Kim.

– Sim – disparou. Sequer atendeu dizendo o próprio nome. O telefone do detetive inspetor-chefe não tocava à toa.

O olhar dele passou do rosto da inspetora para um ponto acima da cabeça dela, sinalizando sua mudança de foco. Ele ouviu por cinco segundos antes de recolocar o fone no aparelho.

– Nossa conversa ainda não terminou, Stone, mas agora você tem que responder à mensagem que recebeu. É um pedido que ligue urgente para o Keats. Deve ser a respeito da última vítima.

Kim pegou o celular. A mensagem de voz que recebera – curta, pedindo que retornasse a ligação – era do próprio patologista.

– Senhor, estou indo...

– Vá embora, Stone – ele disse, com um aceno. – Mas pode acreditar que não terminamos nosso papo.

Assim que ela fechou a porta, ligou para Keats.

– Já era hora, inspetora – ele disse como cumprimento. Parecia estar com pressa.

Nossa, ela não tinha demorado nem trinta segundos para retornar!

– Estou a caminho do Reservatório Netherton, e acho que vai gostar de vir também.

Será que ele achava mesmo que ela já não tinha trabalho suficiente?

– Keats, estou um pouco ocupada...

– Bem, então trate de se desocupar. Estou a caminho de recolher outro cliente, e uma fonte segura me informou que esse também não tem mãos.

CINQUENTA E SETE

KIM ESTACIONOU perto da sede do clube, à beira do Reservatório Netherton. Era mais conhecido como Reservatório Lodge Farm e usado para esportes aquáticos e fornecer água ao sistema de canais.

— Caramba, que dia tranquilo para Brierley Hill, hein? — Bryant comentou quando rodearam o prédio. Ela contou seis viaturas e dois veículos particulares.

Kim enxergava os coletes refletivos espalhados pelo perímetro do lago enquanto os policiais isolavam a área. Um grupo de uma das equipes estava cinquenta metros à direita dela. A inspetora foi nessa direção.

— Ei, Stone, está perdida?

Ela reconheceu o grito exaltado do Detetive Inspetor Dunn. Kim prontamente estendeu-lhe a mão. Ele cumprimentou-a e sorriu afetuosamente.

A inspetora trabalhara com Dunn quando ele era sargento e ela agente. Lidavam com as situações de maneira diferentes.

Kim relembrou um caso em que ele convencera uma mulher com dois filhos a apresentar queixa do marido após ter um braço quebrado, um maxilar deslocado e tantas escoriações que a equipe médica mal conseguia contar.

O homem havia sido detido e acusado, mas depois solto, com uma ordem de restrição para permanecer distante da esposa. Não havia espaço no abrigo para a mulher e seus filhos, e nenhum membro da família quis acolhê-la, por medo de como o marido dela reagiria a isso.

Como não conseguiu obter recursos policiais autorizados para protegê-la, Dunn terminava seu turno toda noite e estacionava do lado de fora da casa da mulher.

Na terceira noite, um Roy Bradley bêbado e enfurecido invadiu aos tropeções o jardim da frente da casa, e quando chegava à porta de entrada foi derrubado por Dunn. O homem foi algemado e colocado atrás das grades sem que Laura Bradley tivesse sequer um vislumbre do que havia acontecido.

Durante sua convivência com Dunn, Kim aprendera muita coisa.

Ele estava a uns dezoito meses de se aposentar e ir para uma pequena propriedade na Espanha. E merecia isso.

Ela espelhou o sorriso dele.

– Pois é, rapaz, sabe como é, eu estava meio desocupada. Pensei em dar um pulo aqui e conferir o que vocês estavam aprontando.

– Sim, entendo – disse ele, concordando. – Nada a ver com você vasculhando um arquivo de um dos nossos casos não resolvidos, então?

Ela deu de ombros.

– Achei que poderia ter ligação com algo em que estou trabalhando – ela disse honestamente. Ela fez um gesto em direção a Bryant. – Esse é o meu colega Sargento Detetive Bryant.

Dunn estendeu a mão.

– Muito prazer, sargento – disse ele, erguendo uma sobrancelha.

Até Kim deu um sorriso.

– Pois é, belo trabalho de vocês no caso Ashraf Nadir. Como está o garoto?

– Tudo certo com ele – Kim disse.

A inspetora já havia falado umas duas vezes com o pai de Negib desde a batida. Na noite anterior, ele relatara a ela que as irmãs mais velhas de Negib não tiravam o olho do menino. Não seria fácil para aquela família voltar à normalidade, mas ela era muito unida. O garoto contava com muito amor e apoio para ajudá-lo a superar o trauma.

– Sua chefe já lhe contou que não conseguiu ser promovida a sargento da primeira vez que solicitou isso? – Dunn disse, olhando para Bryant.

– Não vamos desencavar…

Kim resmungava, mas Bryant adiantou-se:

– Não, não contou.

Dunn assentiu.

– Pois é, ela estava na fila para ser promovida, já era quase certo, só que…

– O que aconteceu? – Bryant perguntou enquanto Kim enfiava as mãos nos bolsos.

– Houve uma batida num apartamento em Hollytree. As gangues estavam muito ativas naquele tempo, e era cada um por si. A perseguição de carro continuou com o pessoal subindo três lances de escada em Holden Court.

– Um daqueles blocos de apartamentos de dois andares? – Bryant perguntou.

Dunn assentiu.

– Sua chefe aqui e um garoto chamado Lampitt, perseguiam os caras. Quando chegaram lá, havia a informação de que o jovem estava muito doido de heroína e armado com uma faca. Receberam a ordem para não entrar até que chegasse o reforço.

– E aí? – Bryant perguntou.

– Eles forçaram a entrada, e o garoto pulou da janela. O tranqueira, coitado, não morreu, mas ficou meio mal por um bom tempo, e foi a sua chefe aqui quem falou para invadir, segundo o relatório. A promoção dela foi pro espaço – disse ele, erguendo as mãos como se jogasse alguma coisa para o alto.

– Ok, agora chega de ficar relembrando os bons velhos tempos – disse Kim, posicionando-se entre Bryant e Dunn.

Dunn olhou para Kim.

– Coitado do velho Lampitt, já estava de volta ao trabalho um dia depois da mulher dele ter sofrido um aborto espontâneo, e sempre achei muito estranho o fato de ele ter machucado o ombro e não a sua chefe.

– Sou difícil de acertar – disse Kim, estreitando os olhos para Dunn.

– É, foi o que você disse. – O inspetor olhou de volta para Bryant. – Ela teve que esperar mais uns nove meses, mas acabou conseguindo a promoção que merecia.

– Mike... – ela advertiu.

Ele deu de ombros.

– Só pensei que o cara aqui gostaria de saber com que tipo de chefe está lidando.

Bryant assentiu com a cabeça.

– Obrigado por me contar essa história, mas eu já sei muito bem com quem tô lidando.

– Ei, inspetora, fico feliz que tenha conseguido vir – Keats chamou de onde estava agachado no chão, olhando para a inspetora.

Kim ignorou-o, pois seus olhos já estavam sobre o corpo que acabara de ver. Aquele homem fora jogado perto das árvores, há uns seis metros da água. Havia uma camisinha usada a um palmo da cabeça dele, deixando Kim com poucas dúvidas a respeito de certas atividades realizadas naquele bosque.

Essa vítima era o oposto do homem encontrado em Fens Pool. A inspetora constatou pelo cabelo grisalho que os dois tinham idade similar, mas esse de agora era alto e desengonçado. A constituição magra o deixava com aspecto de malnutrido.

Nos pés, calçava tênis sem aquela aparência de sujeira acumulada. A calça jeans era de uma marca vendida em supermercado e estava cheia de manchas de óleo, daquelas que não saem nunca. Kim sabia bem como era isso.

A vítima usava uma camiseta lisa que já havia sido branca um dia. A inspetora ficou imaginando se teria sido lavada junto com o jeans manchado de óleo.

Conforme seu olhar vasculhava o corpo, deparou com os tocos ensanguentados que terminavam nos punhos. As moscas revoavam e pousavam na carne exposta, sem se importar com a presença da polícia. Kim na mesma hora se lembrou de Westerley.

A cena parecia ter saído de um filme de horror de quinta categoria, só que não havia qualquer efeito especial ali. Por mais terrível que fosse aquela imagem, a incisão nos tocos havia sido precisa e limpa, o que era incomum.

— Cortaram as mãos depois de morto? — Kim perguntou a Keats acenando para os punhos com a cabeça.

Keats assentiu.

— O volume de sangue indica que o coração não estava mais bombeando.

— Qual foi a causa da morte? — ela perguntou enquanto seus olhos continuavam sua jornada à procura de pistas.

— Aham... — Pigarreou Dunn atrás dela.

Droga, ela havia esquecido que a cena de crime não era dela. Estava ali apenas para obter informações.

— Perdão — disse Kim, e continuou andando em volta do corpo.

— Bem, qualquer que seja o detetive inspetor a quem possa interessar, o corpo ainda não foi identificado. Estimo que ele esteja aqui por cerca de catorze a dezoito horas. Não posso declarar a causa da morte no momento, embora haja um ferimento na região acima do pescoço.

Kim sabia que Keats estava fornecendo toda informação que pudesse ajudá-la sem que ela precisasse perguntar e acabar se intrometendo na cena de crime dos outros. Ele também estava ciente de que ela não poderia comparecer à autópsia.

— Já está bom de informação pra você? — Dunn perguntou.

Ela assentiu e afastou-se do corpo. Já conseguira tudo o que precisava saber. Os dois assassinatos estavam ligados. E Bob tinha alguma ligação com essa vítima.

Mas os bons modos e a ética ditavam que, por se tratar agora de um caso em andamento, mais uma vez a inspetora não deveria atrapalhar ou interferir na investigação dos colegas.

– Quer dizer que esse outro cara da Fens Pool...? – Dunn perguntou.
Ela ergueu ambas as mãos.
– Agora o caso é claramente seu. Eu caio fora e deixo por sua conta.
Kim se surpreendeu quando ele jogou a cabeça para trás e riu alto.
– Ah, não vai deixar, não. Quer dizer, a menos que você não tenha aprendido nada comigo – disse ele com um sorriso irônico antes de ir embora.

A inspetora caminhou na direção de Bryant, que estava encostado na parede de um vestiário. Afinal, teria sido um exagero se ambos tivessem ficado olhando o corpo de um caso que não era deles.

– Quer apostar que o nome dele é Larry? – Kim perguntou.

Era impossível não ver a similaridade daquele local com onde Bob fora encontrado em Fens Pool.

– Sei o que você está pensando – disse Bryant, olhando fixo para aqueles 1.800 metros quadrados de água.

– E o que é que estou pensando?

– O assassino atrai as suas vítimas – disse Bryant e imediatamente a inspetora soube que ele estava certo. Ambos os locais eram de fácil acesso, mas com áreas arborizadas. O lugar perfeito para uma atividade ilícita.

Com um peso no estômago, Kim pegou o celular. Stacey atendeu no segundo toque.

– Chefe, já ia ligar pra você. Descrevi o Bob para uma funcionária de uma das clínicas de anticoagulantes, e estou certa de que o nome real dele é Ivor.

– Certo, Stace, também acho, mas largue o que estiver fazendo. Preciso que você cheque se ele está na "lista".

Stacey sabia que a inspetora se referia ao registro de agressores sexuais.

As palavras que acabara de ouvir de Dunn soaram no ouvido da inspetora. Claro que ela não conseguiria deixar o caso por conta dele.

Houve uma pausa antes que Stacey falasse e Kim soube por quê. Procurar no registro de agressores sexuais era um triste lembrete de quanta maldade havia no mundo.

– Entendi, chefe.

Kim olhou em volta, não havia mais nada ali para descobrir. Era hora de ir embora e visitar o diretor da escola de Jemima.

A resposta para aquele caso estava no passado.

CINQUENTA E OITO

TRACY CONTORNAVA as pedras do calçamento que circundavam a entrada do café. Pisos irregulares eram uma maldição em sua vida – isso incluía rampas, buracos, cascalho e tábuas com espaço muito grande entre eles.

O horário de pico do fim de tarde já havia passado e agora começava a calmaria do início da noite. A repórter parou junto ao balcão; o calor adicional dos aparelhos era soprado na sua direção por um ventilador que não refrescava ninguém.

Pediu um café, mas não tinha intenção de tomá-lo.

Não era tão ruim quanto o daquele lugar em que encontrara a detetive inspetora no outro dia, mas não estava muito longe. No estabelecimento em que estava agora, as paredes eram de tijolo aparente e havia toalhas nas mesas. Tudo bem que eram de plástico, com um xadrez branco e vermelho que havia vinte anos não era trocado, mas não deixavam de ser toalhas de mesa.

No entanto, não estava ali em busca de um café excelente ou de uma culinária *gourmet*. Estava ali porque aquele era o único lugar de sua infância que não havia mudado nada. Sua mãe a trazia a Old Hill nas manhãs de sábado para perambular pelos mercados e fazer as compras da semana. A mãe nunca acreditara na praticidade de comprar tudo num só lugar. Gostava de comprar em locais diferentes. Cheias de sacolas plásticas com alimentos, elas sempre paravam nesse café para comer um sanduíche de pernil e tomar uma xícara de chá.

Os mercados já não existiam mais, mas o café continuava o mesmo, e Tracy ainda visitava o lugar com frequência.

A repórter não sabia bem o que despertara aqueles pensamentos piegas que a atormentaram naquela semana. Talvez tivesse sido a notícia de que uma de suas colegas de escola fora assassinada. Isso a levara de volta a uma época da sua vida da qual não se orgulhava muito. Uma época que, se pudesse, ela apagaria de seu passado, não importando quanto custasse.

Na verdade, aos 7 anos, Tracy já sentia certo alívio, porque as meninas que implicavam com ela haviam voltado a atenção para outra colega.

A repórter agia como se não ligasse para o que as pessoas pensavam dela. Mas, infelizmente, um dos efeitos secundários do bullying é que quem o sofre se importa, sim, com a opinião dos outros. E se importa muito. Demais. Há sempre a cisma de que toda pessoa que você vê tendo uma conversa privada esteja falando de você. De que cada risadinha que chega aos seus ouvidos é porque estão rindo de você. E o pior de tudo é saber que você não tem como provar que está errada.

E mesmo depois de todo aquele esforço para ser reconhecida e aceita pelos seus colegas ao longo da vida escolar, você continua agindo assim o resto da vida. Autoestima não é algo que você compra na loja da esquina após completar 16 anos e cair fora do ensino secundário.

Claro que Tracy sabia que ela projetava uma persona, fazia isso intencionalmente. Era a única maneira de se defender. Precisava mostrar às pessoas que não ligava a mínima para a opinião alheia antes que rissem dela e lhe apontassem na rua.

Ela não nascera com essa armadura. Havia crescido por cima da sua pele, como um escudo, ao longo de anos, centímetro por centímetro, até o ponto em que ela não sabia mais como se livrar daquilo.

Dentre as pessoas que ela sinceramente invejava, estava a Detetive Inspetora Stone. Tracy não conseguiu evitar o sorriso que escapou de seus lábios. Ali estava uma mulher que realmente não se importava com o que os outros pensavam. Sim, as pessoas falavam da inspetora, e, sim, chamavam-na disso e daquilo, mas Kim Stone não se preocupava com elas. Como a inspetora conseguia? Era o que Tracy se perguntava.

A repórter só não tinha certeza se a imagem que ela havia moldado e aprimorado para si mesma se encaixava na Tracy de hoje. Havia dias em que queria baixar a guarda e parar de representar, mesmo que apenas por um pouco. Bem que ela gostaria de conseguir se importar menos com o que as pessoas pensam dela, mas a verdade é que não sabia como fazer isso.

Precisava pensar melhor sobre esse assunto, concluiu Tracy ao levantar-se, não estava no lugar certo para conseguir as respostas de que precisava.

Enquanto se concentrava de novo nas pedras do calçamento, compreendeu que apenas uma pessoa poderia ajudá-la. Seguindo rumo ao estacionamento do subsolo, decidiu que no dia seguinte visitaria a mãe.

CINQUENTA E NOVE

A CASA FICAVA PERTO da rua principal que atravessava Stourton e terminava de repente no semáforo Stewponey, assim chamado por causa do pub.

Stewponey Inn existia desde 1744, quando era chamado de "casa de Benjamin Hallen". A pousada dera nome às comportas e à ponte sobre o canal de Staffordshire e Worcestershire, e também à casinha octogonal do pedágio.

O pub havia sido demolido em 2001 para a construção de casas.

A residência do antigo diretor de escola era de frente dupla e, como decoração, tinha apenas um vaso dependurado cujos gerânios apontavam apáticos para o chão.

– Provavelmente vale uma bela grana – Bryant observou. Propriedades em Stourton não eram baratas.

– Não tanto quanto você imagina – Kim disse. Pelo visto, o pequeno jardim dos fundos dava para um bom número de novas construções.

– Qual a idade desse cara? – Bryant perguntou enquanto seguiam pela entrada da garagem.

– Ele se aposentou da escola secundária de Cornheath há uns quinze anos, portanto... – disse ela, apertando a campainha. Como não escutou som nenhum, deu uma batidinha no vidro.

Uma mulher de 40 e tantos anos, de cabelo curto e vestindo um macacão azul-marinho, abriu a porta. Usava brincos de bijuteria coloridos.

– Obrigada, mas não temos interesse... – A porta começou a fechar.

– É da polícia – Kim explicou, entendendo que a mulher imaginara que fossem vendedores ou gente angariando donativos.

A porta parou.

– Podem mostrar a identificação? – perguntou a mulher, franzindo o cenho enquanto os observava.

Tanto a inspetora quanto Bryant mostraram suas identidades. Kim teve a impressão de que se não o fizessem, não conseguiriam entrar. O nome Vera estava bordado no macacão da mulher.

Ainda assim, a porta ainda não se moveu para trás, abrindo-se por completo.

– O que vocês querem? O senhor Jackson se cansa com facilidade e...

– Precisamos falar com o senhor Jackson a respeito de uma investigação. E o assunto só pode ser discutido diretamente com ele – disse a inspetora, empurrando com firmeza a porta.

A mulher entendeu a mensagem e começou a recuar.

– É logo à esquerda – disse, fechando a porta assim que entraram. – Ele acabou de jantar. Costuma ficar com sono logo depois...

– É você quem cuida dele? – Kim perguntou, parando.

Ela assentiu.

– O filho do senhor Jackson passa por aqui toda manhã antes de ir pro trabalho, e eu venho aqui duas vezes por dia.

Kim começou a desanimar. Ao que tudo indicava, esse homem precisava de uma série de cuidados.

– Ele tem Alzheimer – Vera esclareceu.

A inspetora sabia o suficiente sobre a doença para entender por que era chamada de "o longo adeus". A causa não era muito bem compreendida, e uma vez ela lera que tinha algo a ver com placas e emaranhados no cérebro. Sabia também que não havia tratamento para deter ou reverter a progressão da enfermidade.

– Em que pé ele está em termos de se lembrar das coisas? – Kim perguntou.

– Aos poucos ele vai ficando mais no passado do que no presente. Às vezes acha que uma memória é de algo que aconteceu, quando na verdade não aconteceu. Outras vezes acha que uma memória antiga é de alguma coisa mais recente. Quando o filho dele vem aqui, o senhor Jackson tende a misturar lembranças que não têm nada a ver uma com a outra. E às vezes confunde as pessoas, então... – A mulher deu de ombros.

– Entendi, obrigada – disse Kim com um sorriso.

A inspetora entrou num quarto à esquerda, arrumado pensando no conforto, não estilo. Móveis escuros que haviam se acumulado ao longo dos anos agora disputavam espaço no cômodo. Enfeites e pequenos objetos ocupavam toda a superfície deles.

O senhor Jackson sentava numa poltrona reclinável. De olhos fechados, mantinha a boca entreaberta. Seu rosto parecia tranquilo sob uma farta cabeleira branca. Bryant tossiu de leve.

Os olhos do homem tremularam ao abrir e, em seguida, foram na direção dos dois. Por um segundo, havia confusão naqueles olhos bem abertos e iluminados. Não poderia ser por causa da inspetora. Ninguém nunca ficava tão satisfeito assim ao vê-la.

O olhar do senhor Jackson dirigiu-se então para Bryant.

– Meu garoto, chegue mais. Como tem passado?

Bryant olhou na direção de Vera quando ela entrou, trazendo uma caneca com alguma bebida quente. Ela parou ao lado de Kim.

– Ele acha que o seu colega é o senhor Simmons, um professor de inglês que ele orientou na Cornheath. Para ele, qualquer homem com menos de 50 anos é o senhor Simmons, que na verdade morreu há cinco anos. Mas a gente simplesmente parou de corrigi-lo.

Com destreza, a cuidadora deixou a caneca no único espaço disponível na mesa apinhada de coisas.

– Será que deveríamos corrigi-lo?

– De qualquer modo, ele não vai acreditar – Vera replicou de maneira realista.

O senhor Jackson acenou de novo, e Bryant foi se aproximando com cautela.

Kim adiantou-se.

– Senhor Jackson, estamos aqui...

– Ah, e essa deve ser sua linda esposa. Que bom vê-lo, meu querido – disse ele, animado.

Bryant estava se divertindo com a situação, Kim podia ver pela expressão dele. Com certeza iria repreendê-lo mais tarde.

– Sim, ela é muito bonita, não? – disse Bryant, afastando-se da inspetora. – Outro dia mesmo eu estava falando com a minha... ahn... esposa sobre aqueles anos em que convivemos na Cornheath, senhor Jackson.

O rosto do homem iluminou-se.

– Foram os melhores anos da minha vida, meu filho. Tivemos bons momentos, não é?

– Sem dúvida, senhor Jackson – disse Bryant, acomodando-se no assento mais próximo. – Na verdade, eu estava tentando lembrar os detalhes daquele triste incidente ocorrido com a Jemima Lowe. Lembra-se disso?

Kim prendeu a respiração. Normalmente era ela quem atirava no escuro. Mas dessa vez Bryant lançara a rede.

O rosto do homem se entristeceu.

– Ah, sim, eu me lembro. Uma coisa terrível. As crianças às vezes são muito cruéis.

Bryant voltou o olhar para a inspetora, como se dissesse "Fique fora disso, encontrei uma brecha", e de fato ele achara.

Kim recuou até a porta. Aquela tática não era das mais adequadas. Por outro lado, a inspetora se perguntou se haveria algum outro jeito de eles acessarem aquela informação.

Vera apareceu na porta, e Kim fez um olhar de interrogação. A mulher assentiu e ficou encostada no batente.

— Minha memória já não é mais a mesma, senhor Jackson. Já não consigo mais me lembrar direito do que aconteceu.

— Ah, é a idade, meu filho. É assim com todos nós. Foram aquelas meninas, você deve lembrar. Um grupo pequeno. Deitaram aquela criança na sala de educação física e levantaram o vestido dela. Deixaram-na ali para que todas vissem suas partes íntimas. Uma coisa horrível.

— Não lembro quantas garotas eram, senhor Jackson — Bryant disse gentilmente.

— Acho que eram umas quatro ou cinco no começo. Uma garotinha veio correndo até a sala dos professores para avisar. Uma menina muito engraçadinha, sem dúvida.

— Sim, é claro, estou lembrando agora. — Bryant prosseguiu. — A pequena Louise estava lá também, não era ela?

O senhor Jackson começou a assentir, mas ao fazer isso sua expressão foi mudando. Seu rosto contraiu-se num ar de confusão. Ele olhou para Bryant e para Kim e depois para além deles, para a porta de entrada.

— Vera?

A cuidadora apareceu no mesmo instante com um sorriso afetuoso e tranquilizador.

— Está tudo bem, senhor Jackson. Essas boas pessoas vieram só para verificar se o senhor queria que instalassem vidro duplo, mas já estão indo embora.

Ela virou-se para Kim enquanto Bryant recuava e olhou em direção à porta. Não foi um gesto rude, mas claramente era hora de eles irem.

Kim assentiu agradecendo e virou-se para partirem, entristecida.

— Ele vai ficar bem — disse Vera, aparecendo ao lado dela. — Já, já vou passar a série preferida dele, Coronation Street.

A inspetora engoliu a emoção que lhe subiu à garganta e continuou andando até a porta.

— Espere um minuto — o senhor Jackson chamou. — Estou lembrando agora. Aquela garotinha engraçada que veio nos avisar. Ela mancava. Mancava até bastante. E eu acho... acho que o nome dela era Tracy.

SESSENTA

— CHEFE... você não está achando que...?

— Bryant, estou disposta a apostar sua casa nisso – disse ela quando acabavam de passar pela garagem da casa. Kim balançou a cabeça, algumas coisas começavam a fazer sentido. – Aquele maldito e estúpido salto alto dela. Ligue para a Stacey e consiga o endereço dela – disse a inspetora ao rolar sua lista de chamadas recebidas. Encontrou a que havia recebido dias antes por volta da meia-noite. Apertou o botão de retornar a chamada.

O telefone tocou e tocou, até que finalmente entrou uma breve mensagem de Tracy Frost. Kim ouvia Bryant falando com Stacey enquanto ligava mais uma vez.

De novo, a mesma coisa. Tocou e tocou até entrar a mensagem.

Ela tentou novamente. Dessa vez foi direto para a caixa de recados sem tocar.

Droga. O telefone havia sido desligado, e ela não tinha como saber por quem.

Bryant encerrou sua chamada e caminhou até a inspetora.

— Pedi a Stacey que checasse se a Tracy Frost frequentou a Cornheath na mesma época que Jemima.

Kim assentiu. Sabia que eram quase 7h30 da noite e que sua equipe estava trabalhando o dia inteiro no caso. Sabia também que se tentasse mandar qualquer um deles para casa se recusariam a ir. Pistas nem sempre apareciam às 9 horas da manhã.

— Conseguiu o endereço de Tracy? – ela perguntou.

Bryant assentiu enquanto destravava a porta do motorista. Ele hesitou.

— Você sabe que podemos estar totalmente equivocados, né?

Kim não mostrou essa hesitação ao desabar no assento do passageiro.

— Sim, mas e se estivermos totalmente certos?

SESSENTA E UM

— ELE NÃO TEM a menor ideia de onde ela possa estar — Kim disse, encerrando a chamada. O editor de Tracy não voltara a vê-la depois da reunião de pauta da manhã.

— Sabe, há certas pessoas piores que...

— Termine essa frase, Bryant, e nós vamos ter um problema.

Para Kim, ninguém era melhor ou pior, ou mais merecedor ou menos que o outro. No trabalho dela, isso não podia existir. Tracy Frost era um pé no saco, sem dúvida, e nos últimos anos, em várias oportunidades, a inspetora mesma teria levado para longe aquela mulher se tivesse certeza de que não seria punida por isso, mas havia bem mais coisas sobre a hostil repórter do que ela acreditava a princípio. Se Kim achasse que Bryant de fato pensava que Tracy merecia um destino como aquele, ele já teria sido dispensado.

Bryant reduziu a velocidade quando passaram pela QB Motorcycles.

— É aqui?

— Parece que sim — disse Kim, checando o número da casa.

Ele guiou o carro até o pé do morro e deu a volta no estacionamento de um pub.

Kim notou que o Audi branco não estava à vista. Bryant estacionou bem diante da casa.

— Não era o que eu esperava — ele comentou.

A inspetora teve que concordar com o colega. A casa era um sobradinho espremido entre outros dois. Juntos, os três dariam uma propriedade de tamanho decente. As marcas de grife de Tracy não combinavam com uma casinha como aquela.

A inspetora bateu à porta com força. Talvez Tracy tivesse deixado o carro em outro estacionamento.

Kim se abaixou e ergueu a tampa da caixa de correspondência. A porta de entrada dava num pequeno hall de recepção. No canto mais afastado, havia uma televisão. Estava desligada e não se ouvia nenhum outro som.

— Nossa, chefe, acho que não tem como entrar dando a volta pelos fundos — Bryant comentou, recuando um passo e olhando ao redor.

Ele tinha razão. A casa de Tracy ficava bem no meio.

Um movimento à direita chamou a atenção da inspetora. O canto da cortina de crochê que cobria a janela do vizinho foi abaixado de volta.

Kim deu dois passos e bateu na casa ao lado. Talvez eles pudessem chegar aos fundos da propriedade de Tracy pelo jardim do vizinho.

A porta foi aberta por um adolescente magro. Pernas branquelas e desengonçadas projetavam-se de sua bermuda multicolorida, com estampa de aves tropicais. O tórax do moleque, envergado, estava descoberto.

– E aí? – disse ele, com a atitude previsível.

– Você conhece a vizinha? – Kim perguntou, aliviada por não precisar sequer perder tempo com amabilidades.

O garoto olhou para fora e observou a propriedade como se não soubesse a quem a inspetora se referia e precisasse ser lembrado que havia uma casa vizinha à dele.

– É, eu conheço a moça. Loira, salto alto, um belo par de...

– Ela guarda o carro em outro lugar? – Bryant foi logo perguntando.

– É, de vez em quando ela para com ele na frente da minha casa – disse o garoto, com um sorrisão.

Kim olhou séria para ele, que balançou a cabeça.

– Não, quando ela está em casa, o carro também fica aí.

– Será que dá pra gente entrar na casa dela pelo seu quintal dos fundos? – Kim perguntou.

– Xiii... sem chance. A gente tem um muro de três metros, cheio de espetos no alto por causa do inferno dos gatos.

Droga. Eles teriam que tentar a casa do outro lado, que parecia tão vazia quanto a que eles pretendiam acessar.

– Minha mãe tem uma chave extra – ele disse, esticando o braço para atrás da porta.

O alívio inicial da inspetora foi substituído por um desconforto.

– Você sequer sabe quem a gente é! – Bryant disse por ela. Que facilidade era aquela com a qual ele oferecia a chave a dois estranhos? Ele parecia muito seguro do que fazia.

O garoto olhou para os dois de cima a baixo e então riu alto enquanto passava a chave a Bryant.

– É, essa foi boa... oficial – ele disse, fechando a porta.

Kim balançava a cabeça enquanto Bryant enfiava a chave na fechadura.

A inspetora entrou numa sala que parecia maior quando ela olhou pela caixa de correspondência. Um sofá de dois lugares ocupava toda a extensão de uma das paredes do lado oposto a uma antiga lareira a gás. Havia uma única poltrona diagonal à televisão, e um tapete listrado cobria a passagem desgastada do carpete.

Duas velas pilares, não usadas, estavam dispostas em extremidades opostas da moldura da lareira. No meio, havia uma foto. Kim olhou de perto e viu que era uma Tracy novinha, talvez com 7 ou 8 anos, sentada ao lado de uma mulher numa praia. Estavam com *sombreros* combinados, daqueles feitos de espuma. O sorriso no rosto da criança a envolveu. A inspetora não sabia que Tracy era capaz de sorrir.

Ao andar pela sala, Kim esbarrou a perna numa pilha de cupons que estavam quase caindo do braço da poltrona.

A única porta para sair da sala dava numa espécie de corredor, que passava por debaixo da escada e ia até a cozinha.

Uma persiana romana estava abaixada até metade de uma janela que ficava acima de uma pia de inox, em cujo interior havia um copo de suco não lavado.

Uma embalagem de feijão enlatado espiava para fora da lata de lixo com pedal.

Bryant abriu a porta de um gabinete, o que revelou outros itens alimentícios, de marcas melhores.

Na porta da geladeira, havia uma única folha de papel, presa por um ímã de *cupcake*.

– Hora marcada no dentista – Bryant disse, depois de uma rápida olhada.

Havia pouco a descobrir, Kim concluiu enquanto observava o local, porque havia pouca coisa ali. Ponto-final.

– Vou lá em cima – ela disse, duvidando que fossem encontrar quaisquer pistas.

Bryant seguiu-a. Estava muito quieto para os padrões dele.

A inspetora entrou na porta à sua esquerda, que dava para o dormitório principal, na frente da casa. Cortinas marrons lisas estavam corridas pela metade na pequena janela.

Um leitor digital e uma luminária ocupavam a única mesa de cabeceira.

Kim contornou a cama e abriu o guarda-roupa. Dependurados à direita, havia três terninhos de grife, um azul-marinho, outro preto e outro creme. À esquerda ficavam prateleiras com calças e agasalhos de moletom e tops. Kim percebeu que nunca vira Tracy de saia.

Bryant se agachou.

– Veja, chefe – ele disse, pegando um sapato de salto alto. Dentro havia uma palmilha de plástico. Quando o olhar a inspetora passou pela fileira de sapatos idênticos alinhados, ficou claro que cada par tinha um dos pés com uma palmilha.

Kim sentou na beirada da cama e balançou a cabeça. A tristeza que via naquela casa encontrara um caminho para algum lugar dentro dela.

– Eu sei que às vezes reclamo da minha mulher e coisa e tal, e, putz, a gente não dá valor ao que tem.

Kim concordou silenciosamente. A própria casa dela não tinha uma série de toques pessoais, comuns em outras casas, mas isso era mais do que compensado por aquele rabo abanando que a recebia.

Era evidente que Tracy gastava todo seu dinheiro em coisas que os outros pudessem ver; isto é, com a Tracy Frost que ela mostrava ao mundo. A "Frost doméstica" era o oposto do que ela apresentava. Por alguma razão inexplicável, isso realmente incomodava Kim.

– E eu retiro o que disse lá fora – Bryant completou, fechando a porta do guarda-roupa.

O sargento não precisou dar maiores explicações. Kim soube exatamente o que quis dizer.

Eles precisavam trazê-la de volta.

SESSENTA E DOIS

ISOBEL SE SENTIA como se estivesse correndo em círculos. Estava exausta de afugentar o sono. O dia fora cansativo e, embora ela tivesse conseguido escapar da densa escuridão, até mesmo a luz se mostrava coberta por uma forte névoa.

Tudo no hospital tentava fazê-la dormir, mas ela não queria fechar os olhos. O breu continuava à sua espera. Só que Isobel não desejava se render a ele.

As luzes diminuíram e o pessoal do turno da noite caminhava com passos mais leves. O som rítmico de uma máquina e um ronco suave vinham da cama em frente.

Tudo parecia querer conduzi-la de volta à escuridão.

Mesmo Isobel estando acordada, o seu estômago continuava agitado. A ansiedade girava como um tornado dentro dela, tomando conta também do coração e dos pulmões. De vez em quando, ela precisava respirar fundo para estabilizar aquele tumulto interno. Vez por outra, as estranhas palpitações no peito deixavam sua cabeça zonza. Ela aprendia a traçar uma tática para vencer o medo. A enxergar através dele. Deixando-o que passasse, fosse embora, em vez de reagir a ele.

O pior era não saber do que tinha medo. Bem, na verdade, sentia medo de tudo.

Assustada, achava que talvez nunca voltasse a saber quem era.

Somente Duncan conseguia fazê-la sentir-se segura. Seu sorriso reconfortante e o aperto suave de sua mão diziam a Isobel que não estava sozinha.

Duncan relatara todos os momentos que tiveram. Ela o ouviu com atenção quando detalhou o encontrão que os dois haviam dado na saída da cafeteria, e tentava reconhecer-se na foto, ansiosa por encontrar qualquer pista.

Isobel sentia as pálpebras pesadas, querendo fechar, mas sacudia a cabeça para manter-se acordada.

Tentara entender o sentido da frase *um pra mim, e um pra você*. Qual seria o seu significado? E por que não saía da sua cabeça? Visualizava as palavras, como se estivessem escritas num cartaz fixado em sua mente.

Apertava o "botão de atualizar" da sua mente, mas ele não estava funcionando e, assim, não aparecia nenhuma outra mensagem.

– Ei, não está conseguindo dormir? – perguntou Marion do outro lado da cama. A acompanhante noturna havia iniciado seu turno às 7 horas.

Isobel negou com a cabeça e então abriu bem os olhos. Marion sorriu, entendendo.

– Não consegue ou não quer?

Isobel sentiu lágrimas querendo saltar dos olhos. Sabia que não conseguiria resistir muito mais tempo. Seu corpo pedia sono, e ela estava perdendo a batalha.

– Você não vai voltar pra lá – disse Marion. – Seu cérebro agora já está desperto.

Isobel queria acreditar naquela enfermeira bondosa, mas seu cérebro já estivera desperto antes, aprisionado e totalmente funcional dentro de um corpo inútil, desafiador.

Ela negou com a cabeça.

– Eu não consigo...

Marion suspirou.

– Ok, e que tal se você apenas se permitir descansar por... digamos... – ela consultou o relógio – ... meia hora? Eu acordo você às 11h30 e então a gente vê como fica.

Isobel ponderou. A ideia de sucumbir ao cansaço e permitir que seu corpo descansasse enquanto alguém velava por seu sono era tentadora demais para recusar.

De repente, sentiu-se como uma criança de 3 anos no corpo de um adulto. Uma menininha com medo do escuro.

– Tem certeza de que você vai...?

– Onze e meia em ponto. Prometo.

Isobel permitiu que sua cabeça, com curativo, descansasse de volta na cama, na maciez do travesseiro. Seu pescoço dolorido só faltou suspirar quando os músculos começaram a relaxar. Ela duvidou que já tivesse sentido algo mais delicioso.

Suas pálpebras desabaram e, por uma fração de segundo, Isobel entrou em pânico na escuridão, mas estava tudo bem, disse a si mesma. Marion viria resgatá-la.

Quando Isobel deixou a tensão ir embora, sua carne parecia desprender dos ossos, do mesmo modo que acontecia com um frango bem cozido.

No túnel escuro da sua mente, porém, havia uma voz. Nenhum rosto, nenhuma forma, apenas um sussurro que ecoava.

Era como tentar ouvir uma conversa no quarto ao lado.

Atentou-se aos seus ouvidos embora a voz viesse de dentro. Manteve os olhos bem fechados, mas a voz se afastou. *Volte*, Isobel chamou-a em silêncio. Só que o som havia desaparecido.

A tensão insinuava querer voltar ao seu corpo, então Isobel rapidamente a afastou. A voz aparecera quando ela finalmente havia se permitido relaxar.

Ela afugentou a tensão e relaxou os sentidos.

O aconchego provocado por aquele total relaxamento se espalhou por sua carne, chegando até os ossos. À distância, ouviu a voz pronunciando uma única palavra. Ordenou que seu corpo não reagisse, que não afastasse a voz de novo.

Imóvel como uma estátua, Isobel forçou sua mente a se concentrar além da voz e adentrar o abismo. O volume da voz aumentou, mas ela não conseguia entender qual palavra dizia. Isobel queria desesperadamente ir atrás da voz, mas manteve-se relaxada.

A voz se aproximou um pouco mais, mas Isobel manteve o corpo e a mente quietos.

Chegou mais perto.

Eram duas sílabas.

Mais perto.

A palavra soava como "ande".

Mais perto.

Não, a palavra parecia ser "mande".

Mais perto.

Pela primeira vez, Isobel ouviu a palavra claramente.

A voz estava chamando "Mandy".

SESSENTA E TRÊS

ONDE QUER que Kim olhasse, ela via Tracy.

Cada porta de armário que abria ou gaveta que fechava lembrava-a da ausência de vida na casa daquela mulher complexa.

Nunca gostara da repórter. Em algumas situações, Tracy demonstrara uma clara ausência de empatia pela vítima ou pela família dela, preferindo ceder ao impulso de querer contar uma história.

No entanto, em outros momentos, Kim foi obrigada a questionar a própria opinião em relação àquela mulher.

Fosse obra do destino ou do acaso, Tracy salvara a vida de Dawson numa investigação solo que ele conduzira. Quando o detetive enfrentou um grupo de jovens do conjunto habitacional Hollytree que começaram a espancá-lo brandindo uma faca, Tracy aparecera do nada para intervir.

Mais cedo naquela mesma semana, quando lhe foi solicitado que mantivesse um assunto em sigilo, a repórter respeitara o pedido.

Essas coisas contradiziam a opinião que a inspetora tinha a respeito de Tracy: de pessoa ambiciosa, cruel, capaz de vender um rim para conseguir uma boa história e provavelmente os dois rins por algo exclusivo.

E agora a repórter havia desaparecido... Talvez estivesse nas mãos de um assassino que já matara pelo menos duas mulheres e tentara acabar com uma terceira.

Kim sabia que havia feito tudo ao seu alcance. Por enquanto, aquilo era apenas uma suspeita, e conseguir recursos para procurar uma mulher adulta que ninguém reportara o desaparecimento seria bem difícil, uma luta árdua mesmo para a inspetora.

Desde que chegara em casa, Kim ligava para o número de Tracy quase de hora em hora, mas continuava caindo na caixa postal.

Como se tivesse seu desejo atendido, do seu celular veio o som de mensagem recebida. Nunca antes a inspetora pegara o telefone torcendo para que fosse Tracy Frost.

Mas não era. Era uma mensagem de texto de Daniel.

Ela arfou de surpresa ao ler as palavras na tela: "Tem um minuto? Tô aqui fora".

Que raios estaria Daniel Bate fazendo na porta da sua casa? A própria Kim não sabia ao certo como era aquele jogo sutil que rolava entre eles, mas sabia que aparecer na sua casa quebrava algum tipo de regra.

Ela fitou Barney como se o cachorro pudesse saber. Ele lambeu a própria pata em resposta.

Kim considerou ignorar a mensagem, mas avaliou que talvez fosse algo relacionado ao caso. Em seguida, porém, concluiu que Daniel não comunicaria algo do tipo por mensagem de texto.

Enquanto ia em direção à porta, a inspetora tentava entender por que ele estava ali, os pensamentos correndo solto em sua mente.

Daniel, em pé e encostado na porta do motorista do seu carro, encarava a inspetora de braços cruzados. Sob a iluminação noturna, Kim podia ver o desafio nos olhos dele.

— Fiquei aqui matutando se você iria sair ou não — ele disse.

Ela ficou junto à parede do seu lado da calçada.

— O que veio fazer aqui? — perguntou, enfiando as mãos nos bolsos da frente da calça.

— Errei o caminho.

Ela sorriu. Sim, havia errado mesmo. E esperou.

— Não tenho outra justificativa pra dar — Daniel disse e fez uma pausa, suficientemente longa para que ela pudesse imaginar o que ele queria dizer com aquilo. — Keats já está com tudo em ordem. A vítima foi identificada, portanto, não há de fato nenhuma razão pra eu continuar por aqui.

Ela assentiu que entendia.

Os dois se encararam por um tempo, cada um envolvido nos próprios pensamentos.

— Você na verdade sabe disso, não é? — ele comentou.

Ela deu de ombros. Não fazia nenhuma diferença ela saber ou não. Importava apenas o que ela iria ou poderia fazer.

— Você é muito contraditória, Kim — ele disse, balançando a cabeça.

A inspetora não respondeu.

— Não tenho certeza nem se você chega a admitir pra si mesma o que poderia existir entre nós.

Embora ele não estivesse lhe perguntando algo, ela sabia que o que Daniel dissera se tratava disso. Uma grande interrogação.

Mesmo assim, não respondeu.

Por fim, a inspetora encontrou o olhar de Daniel, mas nenhum dos dois se moveu um centímetro.

– Você não está pronta, está?

Essa era a verdade.

Daniel abriu a boca para falar, mas ela negou com a cabeça, gentilmente. Ele suspirou, com uma expressão de resignação, e então estendeu a mão.

– Detetive Inspetora Stone, foi um prazer encontrá-la de novo.

Ela engoliu seco e aceitou o cumprimento, frouxamente.

– Foi um prazer também, Doutor Bate.

– Espero que possamos nos ver de novo – ele disse, soltando a mão dela.

Kim não duvidava de que se veriam outra vez. Mas seria diferente. A decisão já havia sido tomada.

Sim, o momento existira.

E havia passado.

Ela virou as costas e voltou para casa.

Uma vez dentro, encostou-se à porta, de olhos fechados. Ouviu o motor da picape dando a partida e o veículo se afastando aos poucos. As palavras que haviam se alojado em sua garganta, aquelas que desejava que ele tivesse escutado, agora já haviam se perdido. Queria que ele soubesse que, se ela estivesse pronta para fazer aquele tipo de aposta, teria escolhido fazer com ele.

Dizer adeus a Daniel havia sido difícil. Mas deixá-lo ficar teria sido pior.

A questão se resumia a ter esperança. E Kim simplesmente não conseguia ter.

Tentara uma vez, e isso quase a matara.

Subiu para o quarto e sentou-se na cama. Barney deitou junto à porta, parecendo confuso. Já era hora de dormir? Deveria saltar na cama e ficar ao lado dela?

Kim abriu a gaveta de cima da mesinha de cabeceira e pegou um envelope branco pequeno.

Um pedaço de papel, isso era o tudo o que ela tinha. A mera visão dele foi suficiente para emocioná-la. Ela segurou-o junto ao peito como se aquilo fosse trazer tudo de volta. A memória, como um catalisador, a fez retroceder a três dias após seu aniversário de 13 anos.

– Não deixe de entregar essa carta à senhorita Neale – Erica disse.

– É a terceira vez que fala isso – Kim murmurou indo até a porta.

Erica puxou o capuz do seu casaco.

– Ei, mocinha, não se esqueceu de nada?

Kim se deixou ir e, então, a madrasta a virou, dando-lhe um forte abraço.

Na maioria das vezes, a garota simplesmente revirava os olhos e aceitava o inevitável. Tolerava a demonstração de afeto que brotava com tanta facilidade daquela mulher.

– Muito bem, agora vá. Tenha um bom dia – Erica disse, acompanhando-a até a porta da frente.

Kim ajeitou a mochila e seguiu seu caminho. Durante aquela curta caminhada, decidiu que naquela noite passaria um tempo na cozinha. Erica sempre lhe pedia que a ajudasse a cozinhar, mas a menina acabava dando alguma desculpa e ia para a garagem. Keith, concentrado em montar a moto de Kim, roubava a atenção da garota. Mas como cozinhar era algo importante para Erica, iria ajudá-la.

Às 11h14 o diretor interrompeu a aula de História, entrando na sala. Ele cochichou alguma coisa com a professora e então os olhos dele vasculharam o lugar.

Acabaram pousando em Kim.

A garota imediatamente pensou na carta que trazia na mochila e que ainda não havia entregado. Será que Erica havia falado com o diretor sobre isso?

O homem foi até Kim e tocou seu ombro.

– Pegue suas coisas e venha comigo, Kimberly.

A voz dele era suave e gentil, em nada parecida com o tom que normalmente usava com ela. O peito da menina apertou, Kim sabia que se tratava de algo mais sério do que uma carta não entregue.

– Aconteceu uma coisa, Kimberly, e por isso estou levando você pra casa da sua... hmmm... tia.

O diretor continuou com a mão no ombro da garota, guiando-a até a saída da escola.

Ela ficou confusa. Não tinha tia nenhuma. De repente, entendeu que ele se referia a Nancy, irmã de Erica.

As irmãs não eram próximas, e Kim havia encontrado a família apenas duas vezes durante os três anos em que ficara sob os cuidados de Keith e Erica.

Durante o curto trajeto de carro, a menina perguntou umas dez vezes o que estava acontecendo, mas o diretor não respondeu. Ela pediu que a levasse para casa. Ele ignorou. Pediu que ligasse para Keith e Erica. Ele engoliu seco e desviou o olhar.

O medo crescia dentro de Kim enquanto acompanhava o diretor pela entrada de uma casa que ela nunca vira antes.

Nancy abriu a porta, e a confusão no rosto da irmã de Erica logo se transformou em horror. A tia olhou para o senhor Crooks.

– Por que trouxe a menina pra cá?

– A família precisa ser...

– Não somos família – ela disparou. – Essa criança não é nada minha. O que é que vocês estão pensando?

O senhor Crooks estava visivelmente desconfortável.

– Bem, eu imaginei que quando você ligou para nos informar que queriam...

O lábio inferior de Nancy tremia.

– Liguei para que você pudesse fazer os arranjos necessários.

Kim observava aquele diálogo e sua inquietação só aumentava. A garota queria ficar com Erica. Queria ficar com Keith.

Então, por fim, o medo dentro dela explodiu.

– Alguém, por favor, vai me dizer o que está acontecendo?

Nancy ficou boquiaberta.

– Você não contou pra ela?

O senhor Crooks negou com cabeça.

– Na realidade não cabe a mim...

– E nem a mim... – Ela balançou a cabeça e deu um suspiro profundo. Finalmente, Nancy olhou para a menina, como cabia fazer.

– Desculpe, Kimberly, mas Keith e Erica sofreram um acidente. Estavam numa rodovia. Eles faleceram.

Kim ficou boquiaberta e, embora continuasse fitando Nancy, a tia não a olhava mais. Olhava para o senhor Crooks com uma expressão que dizia: "Pronto, fiz minha parte".

– Mas... n-não é possível, eles não podem ter... – Kim gaguejou, sua mente tentando digerir o que acabara de ouvir.

A menina balançava a cabeça, olhando de Nancy para o senhor Crooks. Esperava que alguém, quem quer que fosse, lhe dissesse que aquilo era mentira.

De novo, sentiu a mão do diretor no seu ombro. As lágrimas começaram a brotar dos olhos da garota, que se desvencilhou do toque dele.

Kim encarou Nancy, desesperada para encontrar algo que indicasse que aquilo tudo não era verdade.

A mulher recuou para dentro de casa.

– Sinto muito, mas eu preciso... Tenho um monte de coisas pra...

Nem a menina nem o senhor Crooks se moveram um centímetro do lugar. Nancy hesitou mais um segundo.

– Kimberly, cuide-se. Eu lhe desejo toda sorte do mundo, mas você não faz mesmo parte da família. Agora, preciso realmente voltar...

A frase não se completou, pois a porta se fechara na cara dos dois.

Kim olhou fixo para aquela porta pelo que pareceram várias horas, mas talvez tenham sido apenas segundos, até que o senhor Crooks guiou-a gentilmente de volta ao carro.

Ela estava vagamente consciente de que o diretor pegara a mochila que ela deixara cair enquanto caminhava. As pernas de Kim vacilavam, ela não conseguia mais colocar um pé diante do outro.

O diretor a amparou e a acomodou no assento do passageiro. Ela ficou exatamente do jeito que fora posicionada, e, então, o senhor Crooks começou a dirigir.

O coração de Kim gritava que aquilo não podia ser verdade, mas sua mente sabia que era. Ninguém diria coisas cruéis como aquelas se não fosse verdade.

A garota queria abrir a porta do carro e correr pelas ruas, voltando à casa que ela chamava de lar para verificar o que tinha acontecido.

A parte do seu coração que finalmente havia se libertado e aprendido a amar gritou e chorou.

Não, não podia ser, Keith e Erica tinham voltado para casa. Precisavam ter voltado. Keith estaria vasculhando jornais e internet procurando peças de moto, e Erica preparando a massa de uma torta de carne para o jantar. Kim tentou se agarrar a esse pensamento, mas ele não se sustentava.

Foi apenas quando o senhor Crooks parou o carro que ela percebeu que chorava desoladamente.

Kim nunca mais viu sua casa.

Na hora do almoço, já estava de volta ao lar infantil do qual havia saído três anos antes. Quatro horas mais tarde, dois sacos plásticos de lixo chegaram contendo suas roupas.

Sua "família" não a contatou mais, e o funeral aconteceu sem a presença dela.

Só mais tarde é que Kim soube que Keith e Erica voltavam de uma reunião com um advogado especializado em adoções quando sofreram o acidente.

Barney viera sentar, encostado à perna de Kim. As lágrimas agora rolavam como uma cascata do rosto dela, e sua dor era tão crua e poderosa como a daquele dia.

Ainda se lembrava daqueles braços acolhedores ao seu redor, o aroma do perfume Youth Dew envolvendo Erica e ela.

E, nos anos seguintes, Kim continuou eternamente grata a um pequeno detalhe daquela manhã com Erica.

Naquele último dia, Kim afagara as costas da madrasta.

Talvez Daniel não soubesse os motivos que levavam Kim a não se doar tanto ou por que ela se dedicava daquele jeito ao trabalho, mas a inspetora sabia que somente agindo assim se sentia segura, e nada poderia persuadi-la a fazer diferente.

Ela secou as lágrimas e colocou o pedaço de papel de volta na gaveta.

Não estava arrependida.

Havia pessoas que precisavam que ela fosse a pessoa que era.

Pegou o celular e tentou de novo ligar para o número de Tracy Frost.

SESSENTA E QUATRO

POR QUE VOCÊ foi me levar aquele dia, mamãe?

Como é que você não previu o que aconteceria?

Depois de me levar ao banheiro, Louise ficou olhando fixo para mim, o tempo inteiro, até a hora do almoço. Eu sorria, esperando que ela sorrisse de volta e ela sorria. Quer dizer, mais ou menos.

Havia alguma coisa nela que me lembrava a Lindsay. Queria que ela gostasse de mim. Queria que fosse minha amiga.

Louise arrumou um lugar para eu sentar e almoçar e então me abandonou ali para eu comer. Ela era uma garota popular. Ia de uma rodinha a outra e fazia todo mundo rir. E nos intervalos olhava para mim, franzindo um pouco o cenho, com uma expressão de estranhamento. Eu sorria e acenava, torcendo para ela vir até mim para eu não ficar me sentindo só.

Eu mastigava meus sanduíches, que tinham gosto de toco de madeira. Ficava olhando para o fundo da lancheira. Não queria olhar em volta.

Finalmente ela veio e sentou do meu lado.

– Tem aula de EF depois do almoço – ela disse. – Você pode ser minha dupla se quiser.

Eu assenti, feliz da vida. Não sabia bem o que era EF, mas pelo menos tinha uma companhia.

De repente, criei coragem suficiente para fazer-lhe a pergunta que rondava na minha cabeça.

– Por que todo mundo fica me olhando? – perguntei.

– É porque você chegou agora na turma – ela disse, e pegou o resto das minhas fritas e saiu andando.

Não me importei. Louise ia ser minha parceira. Isso queria dizer que seria minha amiga.

Tocou o sinal ao final do almoço, e eu segui as meninas de volta à sala de aula e de lá até a quadra de esportes. Não consegui chegar perto de Louise. Tinha muita gente em volta dela. Mas estava tudo bem. Ela ia ser minha parceira. Ela havia dito isso. Eu até já tinha esperanças de que um dia viesse à minha casa tomar um chá.

A senhora Shaw era uma moça magra, bonita, que vestia uma saia curta pregueada. Ela me perguntou se eu tinha trazido minhas coisas para fazer Educação Física. Eu disse que não. Eu nem sabia que precisava disso.
Ela hesitou por um momento.
– Acho que temos um uniforme de reserva – ela disse, saindo da quadra. Ela foi até a porta e parou.
– Louise, mostre à sua nova amiga onde ela pode pegar o colchonete de ginástica dela – disse a senhora Shaw antes de sumir de vista.
Louise virou-se e sorriu na minha direção.
Mas ela não seguiu as instruções da senhora Shaw.

SESSENTA E CINCO

KIM CONVOCOU uma reunião assim que o último membro da equipe a chegar naquela manhã se sentou. Ela postou-se em pé à frente do Aquário.

– Ok, pessoal, venham aqui rápido, pois acabei de receber uma mensagem dizendo que Isobel quer me ver. Já sabemos que Tracy Frost ou está desaparecida, ou resolveu ir embora. A repórter ainda não atende o telefone e o carro dela não está em frente à sua casa.

Kim já havia ligado para o celular de Tracy três vezes naquela manhã e dera uma passada rápida pela casa da repórter antes de ir para a delegacia.

– Você acha mesmo que nosso cara pode ter pego a Tracy? – Dawson perguntou.

A inspetora pensou por um momento e assentiu.

– Achei muito boa a matéria dela – Dawson comentou e então levantou as mãos. – E, antes que me pergunte, não fui eu que passei as informações.

Kim não entendeu bem por que Dawson achava que ele seria o primeiro suspeito de fazer aquilo.

– Eu sei, Kev – ela disse.

– Pensei que fosse levar a culpa... porque... bem... eu sou meio tagarela mesmo, e claramente a coisa vazou de alguém envolvido na investigação...

– Kev, fui eu – disse Kim.

– O quê? – Bryant e Stacey perguntaram juntos. Kim não disse nada.

– Foi você quem falou com a Tracy Frost? Jura? – Dawson indagou, espantado.

– Sim, fui eu, e agora é hora de trabalharmos. Bem, Louise Hickman foi a primeira vítima da qual temos conhecimento. Houve então uma pausa de alguns anos até que Jemima voltasse de Dubai. Então o assassino tentou matar Isobel e agora levou Tracy. Até agora sabemos que três delas frequentaram a mesma escola. Houve um incidente que o diretor recorda vagamente e que pode ter desencadeado toda essa matança, e duas de nossas vítimas têm a mesma presilha de cabelo que Louise Hickman usava na escola. Sabemos que aí está a chave de tudo.

– Parece um pouco forçado – Stacey propôs. – Todos nós passamos por algumas situações de merda na escola.

Kim assentiu.

– Concordo. Precisamos de mais detalhes sobre o incidente. – Ela parou por uns segundos antes de se virar para Stacey. – Veja se encontra alguma cozinheira, Stace. Cozinheiras sempre sabem de tudo. Tem mais coisa aí nessa história.

– A chefe, então, está quase admitindo que estava errada – Bryant disse com um sorriso.

– Estou? – Kim perguntou, surpresa.

– Bem, você ouviu o diretor. Ele disse que foi uma garota. Então vai ter que admitir que estávamos certos e você, errada. Estamos procurando uma mulher.

– E não poderia ter sido o irmão dela, ou o pai, o tio, o namorado, o marido? – Kim propôs.

– Ah, quer dizer que, em vez de admitir que se enganou, você só consegue admitir que esteve o mais próxima possível de estar certa? – perguntou ele.

Kim balançou a cabeça.

– Eu não admito nada até a gente saber mais sobre o que aconteceu naquele dia.

– Ainda estou tentando entender onde Isobel se encaixa nisso – disse Stacey. – A informação que tenho aqui é que Louise Hickman e Jemima Lowe estavam na mesma classe. Já Tracy Frost estava num ano acima...

– Cheque também os sobrenomes do meio, Stace – Kim aconselhou. – Algumas pessoas adotam o sobrenome do meio em certas situações.

– Vou fazer isso, chefe.

– Ainda preciso descobrir o que são aquelas marcas nas pernas e na barriga das vítimas. Não fazem sentido e sabemos que tanto Jemima quanto Isobel têm essas marcas. Obviamente, não há como saber a respeito de Louise.

Suas pernas estavam em estágio avançado de decomposição para que fosse possível verificar isso.

– Falando em Isobel, ela recuperou a consciência ontem, mas não se lembra de nada da vida dela. Além disso, a moça tem hepatite C. Não sei se ela sabe.

– Ela é uma drogada?

– Você não é ignorante a ponto de achar que essa é a única maneira de contrair hepatite C, Kev – ela disparou. Se bem que, sendo justa, sua experiência lhe mostrava que essa era a causa mais comum.

Talvez Isobel usasse drogas no passado, mas tivesse se recuperado. Kim não notara na mulher sinais óbvios de crises de abstinência ou de marcas de picadas.

– O namorado dela sabe disso? – Dawson perguntou.

E Isobel contaria a ele? Foi como se a inspetora ouvisse essa pergunta na voz do jovem detetive.

Essa dúvida ficara perturbando a inspetora. Duncan cuidava da namorada com muito carinho, o que significava que Isobel tinha com quem contar, mas será que ele teria a mesma dedicação se soubesse a verdade? Kim havia concluído que não era o tipo de informação que a mulher compartilhasse facilmente.

– Kev, quero que pergunte nos abrigos locais e também fale com algumas das prostitutas que a gente conhece pra ver se alguma delas ouviu falar de uma mulher chamada Isobel.

– Você acha que ela é puta?

Kim ergueu a cabeça na mesma hora.

– Vou te dar três segundos pra repensar os termos que usa.

Bryant ficou em pé antes mesmo de Dawson ter a chance de abrir a boca.

– Estou indo buscar café, e Stacey vai comigo me ajudar.

Kim ergueu as sobrancelhas dando aval e cruzou os braços antes que os dois saíssem da sala.

– Como você ousa? Como diabos você ousa se referir a essas mulheres ou a qualquer mulher com essa falta de respeito? – ela perguntou e então ergueu a mão. – Nem se dê ao trabalho de responder, porque nessa conversa você só tem que escutar calado, entendeu?

Além de surpreso, ele parecia chateado.

– Tenho a impressão de que em toda investigação a gente precisa repetir essa conversa, e eu vou ser bem sincera, pra mim já deu, Kev. Você tem momentos absolutamente brilhantes, e aí eu fico orgulhosa de tê-lo na equipe, mas às vezes, francamente, não sinto nenhum orgulho disso. Sabe, Kev, me irrita quando você parece priorizar algo ou alguém com base em um pré-julgamento seu. O fato é que não dou a mínima para quem Isobel era ou deixava de ser antes de conhecê-la. Tudo o que sei é que a vi gemendo no chão, tentando respirar enquanto jorrava sangue da sua cabeça. E depois falei com uma mulher incrivelmente corajosa que conseguiu voltar de um coma, apenas para ter que encarar o desprazer de sequer se lembrar do próprio nome. Então, quando você tem a audácia de se referir a ela nesses termos, como puta, isso me irrita um pouco. Fui clara?

Ela pôde ver o tom vermelho subindo pelo pescoço dele, e isso só acontecia quando ele ficava sob forte emoção.

– É só uma questão de ter sensibilidade, Kev – ela disse, balançando a cabeça. – Pense um pouco antes de abrir a boca, certo?

Ela ouviu Bryant vindo pelo corredor e tossindo alto. Ele não era nada sutil.

– A cantina ainda não abriu – ele avisou, sentando. Stacey veio logo atrás.

É claro que não havia aberto ainda. Todos sabiam que só abria às 8 horas.

– Chefe? – Dawson chamou.

– Sim, Kev?

– Acha que Isobel é prostituta?

Kim não hesitou em dar sua opinião dessa vez.

– Acho que pode ter sido. As cicatrizes no punho dela indicam que passou por problemas e desespero suficientes para pensar em acabar com a própria vida. Ter contraído hepatite C pode indicar que se prostituiu em algum momento pra se sustentar.

E tratava-se de um mundo no qual as pessoas entravam e saíam sem bater ponto. Isobel poderia facilmente ter driblado a polícia, mas não outras prostitutas. Elas sempre faziam questão de saber quem tinham por perto.

– Se ela trabalhou na rua, alguém deve ter ficado sabendo, Kev. Tente descobrir alguma coisa quando voltar de Westerley.

– Farei isso, chefe. E Curtis Grant deve voltar lá hoje de novo. Quero ter um papo rápido com ele. Essa história de colocarem de repente o Darren James como vigia do turno noturno é meio estranha. Acho que esse Curtis tem ido a Westerley com mais frequência que o necessário nessa semana. Tem alguma coisa ali que não se encaixa direito.

– Bem, fique de olho e me informe se acontecer algo.

Stacey parou de digitar por um minuto.

– E quanto a Ivor e Larry? O que quer que eu faça a respeito deles?

Kim suspirou.

A inspetora sabia que o caso fora reaberto e que pertencia à delegacia de Brierley Hill, embora não quisesse abrir mão do assunto. Ela e sua equipe tinham descoberto mais coisa em dois dias do que fora descoberto em três anos. Agora eles sabiam sobre o grande esforço realizado para remover a identidade daqueles dois homens. Sabiam também que eram amigos ou no mínimo conhecidos, e Stacey confirmara que ambos estavam fichados como agressores sexuais.

A empatia de Kim em relação a Ivor ter permanecido anônimo por vários anos havia diminuído bastante.

– Pesquise sobre as vítimas deles, Stace. Ambos cumpriram tempo na prisão, mas talvez alguém aí fora ache que não ficaram tempo suficiente.

– É... Eu, por exemplo – Dawson comentou.

Ninguém mais manifestou concordar. E nem foi preciso, era uma opinião unânime. Assim como a crença de que você não deve sair por aí matando gente, independentemente do que as pessoas tenham feito.

SESSENTA E SEIS

ISOBEL BEBEU um gole do chá fraco que a enfermeira do dia trouxera. Quase o cuspiu de volta no lençol imaculadamente branco, antes que um sorriso hesitante começasse a se formar. Ela não conseguia ingerir açúcar de jeito nenhum. Fato aprendido.

Isobel lamentou Marion não estar mais ali. A enfermeira cumprira sua palavra, acordando-a às 11h30 da noite, depois às 2 horas da manhã e de novo às 5 horas, e foi estendendo aos poucos os períodos de sono. Por fim, Isobel foi acordada às 7h30 pelo turno seguinte.

Ela escutara o pessoal conversando, e de acordo o que havia entendido seria transferida para outra ala mais tarde naquele dia. Ao que tudo indicava, sua memória, tanto de curto como de longo prazo, dava sinais de melhora. Por exemplo, ela registrara na memória que preferia torradas com geleia e que Duncan era seu namorado. Além disso, consideravam sua recuperação física um milagre.

Parte de Isobel não queria ser transferida, apesar de tudo indicar que estava se recuperando bem.

Sentia-se segura naquele ambiente silencioso, enclausurado, em que o trânsito de pessoas era o mínimo possível. Mas ela já respirava sem auxílio, sua dose de morfina havia sido reduzida com sucesso e ela conseguia dormir um pouco.

Isobel entrou em pânico por um instante ao imaginar que Duncan talvez não a encontrasse quando ela mudasse de ala, mas se tranquilizou ao ponderar que a equipe médica diria ao namorado dela onde ela estaria. Odiava quando Duncan precisava ir embora, ficava ansiando sua volta. O simples toque da mão dele na sua já a confortava.

Quando ele voltasse, pediria que relatasse de novo os encontros dos dois. E continuaria perguntando até conseguir lembrar-se de tudo sozinha. Talvez alguma hora ele relembrasse algo diferente, e isso despertasse nela alguma lembrança.

Em algum momento, Isobel se percebeu tocando as cicatrizes do punho. Aquele gesto era-lhe familiar. Por que ela teria feito isso consigo? Antes de ser levada pelo seu agressor, o que poderia ter sido tão ruim em sua vida a ponto de ela considerar a morte como uma saída? A ironia era que aquele homem quase atendera ao desejo de Isobel.

Ela passou a pensar nos sonhos que a perturbaram durante a noite. Sonhara que era carregada, tocada, mas não sexualmente. Havia uma voz. Em cada uma das vezes que acordada, havia tentado entender o sentido daquelas imagens, que eram apenas sombras dançando na caverna de sua mente.

Isobel agora havia parado de tentar compreender. Aprendera que procurar significado nas coisas que surgiam em sua mente era como tentar segurar uma enguia lambuzada de óleo.

Não, ela não conseguia identificar as imagens, mas sabia o que tinha ouvido.

Um pra mim, e um pra você. Além disso, existia uma mulher em algum lugar chamada Mandy.

Eram duas informações que não se desdobravam, por mais que as examinasse. Duas pequenas pepitas que Isobel virava e revirava na mente, observando-as de todos os ângulos possíveis, como se inspecionasse uma pedra preciosa para checar quantos quilates tinha.

Mas as pepitas continuavam iguais. Preciosas, por terem vindo de algum lugar de dentro da sua cabeça, por terem conseguido se arrastar para fora da caixa trancada.

A enfermeira do dia aproximou-se e conferiu sua xícara de chá.

– Esfriou, querida – disse ela.

Isobel abriu a boca para dizer algo sobre estar adoçado com açúcar, mas fechou-a de novo ao ver a inconfundível figura da policial que conhecera no dia anterior.

Isobel pedira à enfermeira chefe da ala que ligasse para a inspetora assim que ela acordasse, mas não esperava vê-la tão cedo.

– Ei, como está? – a mulher perguntou.

Isobel sorriu para a visita. Estranhamente, sentiu-se melhor ao vê-la.

No dia anterior, ficara intimidada pelos modos da inspetora, mas agora sentia-se reconfortada. Havia honestidade naquele rosto e, embora a mulher não sorrisse muito, havia paixão por trás daqueles olhos escuros.

– Estou bem. Acho que vão me transferir mais tarde.

A policial balançou a cabeça e sentou-se.

– Pedi que eles a mantivessem aqui por mais um tempinho. Não acho que esteja pronta pra ser transferida.

– Quer dizer que vocês ainda não pegaram o cara?

As palavras haviam saído antes que Isobel pudesse detê-las.

A inspetora ergueu uma sobrancelha.

– Vamos dizer apenas que eu ficaria mais feliz se você permanecesse nesta ala mais um pouquinho.

Isobel não se sentia mal com o envolvimento da polícia. Até que a sua memória voltasse, gostava da segurança de um ambiente confinado.

– Não gosto de açúcar – ela disse, dando os ombros.

– Também não – respondeu a policial.

– Preciso te contar umas coisas, mas não sei se fazem sentido – disparou Isobel. Agora que a inspetora estava sentada diante dela, o que Isobel tinha a dizer parecia sem importância. No mínimo porque ela não podia afirmar com certeza que escutara mesmo qualquer uma daquelas coisas enquanto estivera com seu agressor.

Eram palavras que poderiam estar relacionadas à sua vida anterior.

– Mandy. Acho que talvez houvesse mais alguém com ele, alguém chamado Mandy. Fiquei ouvindo esse nome, mas não consigo reconhecer a voz. Pode não ser nada. Pode não ter relação nenhuma, e talvez eu esteja dizendo...

– Tudo bem – disse a policial, dando um tapinha na mão dela. – Deixe que eu decida o que é relevante ou não. Apenas me diga o que vier à sua mente.

– Um pra mim, e um pra você – ela soltou de repente.

– Como? – a policial perguntou.

Isobel deu de ombros, confusa.

– Eu sei, é estranho. Mas quando fecho os olhos, essa frase fica se repetindo, em um *looping*. O problema é que não sei se isso acontece porque estou nessa condição. – Isobel soltou um suspiro que estava preso dentro de si, enquanto lágrimas brotavam de seus olhos. – Eu simplesmente não sei de mais nada. Não sei diferenciar um pensamento de uma memória. Simplesmente não sei mais o que é real.

– Ei, não se preocupe. Você está indo muito bem.

A mão tranquila, firme, continuava pousada no braço de Isobel. Sentia uma força pulsar, fazendo com que detivesse suas lágrimas.

– Você sofreu uma agressão horrorosa, que tinha a intenção de acabar com a sua vida. Você lutou e conseguiu sair de um coma, e seu corpo está tentando se curar. Então, por favor, dê um desconto a si mesma, certo?

Isobel notou que aquelas palavras não eram uma mera tentativa de confortá-la com falsas promessas de que sua memória iria voltar. Ambas sabiam que talvez nunca voltasse, portanto a policial não estava sendo indulgente ou fingindo.

Sua visitante levantou e Isobel na mesma hora sentiu-se sozinha. Aquela mulher emanava uma sensação de segurança. Embora ela tivesse modos bruscos e um jeito inflexível, Isobel gostava da franqueza de seu rosto.

– Bem, de qualquer modo, só os muito famosos é que podem levar a vida com um nome só – a inspetora disse, olhando de relance a placa acima da cama dela que dizia simplesmente "Isobel".

Isobel riu do comentário, enquanto a inspetora tocava de leve o braço dela.

– Volto mais tarde pra ver como você está, ok?

Isobel assentiu agradecida, animada com a possibilidade.

Dando um último sorriso, a policial virou-se e partiu com seu passo confiante e seguro.

Imediatamente, o lugar parecia vazio e escuro, como se tivessem apagado as luzes. Isobel teve o impulso de sair gritando atrás da inspetora, dizer que não queria que ela fosse embora. Implorar que ficasse.

Por um breve momento, havia se sentido segura, como se nada nem ninguém pudesse entrar naquela ala e arrancá-la de lá. Mas, assim que a policial saiu, sentiu-se exposta, vulnerável.

Isobel entendeu que se sentiria assim até que capturassem aquele filho da puta.

SESSENTA E SETE

– COMO ELA ESTÁ? – Bryant perguntou quando Kim voltou para o carro.

– Parece melhor que ontem. Mesmo assim, pedi que a enfermeira da ala ficasse com ela mais um tempo.

– Acha que Isobel ainda corre algum risco? – ele perguntou, saindo do estacionamento.

A inspetora sabia que naquela ala, devido à taxa de atendimento ser de uma pessoa da equipe médica para cada dois pacientes, sempre haveria alguém por perto. Visitantes não identificados não conseguiriam andar por ali livremente.

– Ela não morreu. Portanto, ainda é um alvo. Isobel fica ouvindo o nome Mandy – disse Kim, em dúvida quanto a isso. – Já liguei para a Stacey pra ver se ela descobre algo, mas, no caso de Isobel, é difícil saber o que é ou não real.

– Será que tem alguma enfermeira ou membro da equipe médica com esse nome? – Bryant perguntou.

– Não, já chequei. – Ela negou com a cabeça. – E também não tem nenhuma paciente com esse nome.

Bryant suspirou.

– Será que a gente precisa procurar mais alguém além de Tracy?

Kim tentava entender o que Isobel havia lhe dito.

– Se o assassino tivesse feito outra mulher de vítima, onde ela estaria? Sabemos que ele descarta os corpos em Westerley, então...

– Talvez haja algum outro corpo ali há muito tempo, que ainda não foi encontrado.

Era exatamente isso o que ela vinha pensando.

– Isobel também falou algo a respeito de *um pra mim, e um pra você*. Disse que essa frase não sai da cabeça dela.

Kim suspirou de frustração. As palavras não faziam sentido.

– Já quase consigo ouvir – disse Bryant, meio cantarolando.

– O quê? – ela perguntou.

– Essa mudança na sua voz. Ela diz tudo.

A inspetora o fitou como quem não entendeu. Não percebera nenhuma mudança em seu tom de voz.

– É quando um caso passa a ser uma questão pessoal pra você.

Ela sacudiu a cabeça e olhou pela janela enquanto o carro seguia em direção à Pedmore Road.

— Você realmente gosta de falar bobagem.

— Mas é verdade. Você começa todo caso querendo justiça. Mas chega uma hora, e essa hora sempre chega, em que a sua motivação muda à medida que você se familiariza com as vítimas e...

— Peraí, você tá querendo dizer que a minha visita à Isobel...

— Não é disso que estou falando, porque não é só com os vivos. É a mesma coisa com os mortos. Você dá um jeito de criar algum tipo de afinidade com a vítima e então essa mudança acontece. E aí você já não quer mais pegar o assassino por uma questão de justiça. Agora, por exemplo, é por causa de Jemima, Louise, Isobel e mesmo da Tracy. Já virou pessoal. E a sua voz muda, é só isso o que estou dizendo.

Kim abriu a boca para contra-argumentar, mas então mudou o foco quando entraram em Reddal Hill, em direção à rua principal de Cradley Heath. Ela olhou para Bryant.

— Pra onde você tá indo se eu nem lhe falei pra onde quero ir?

Ele entrou no estacionamento de um supermercado e, com um gesto de cabeça, indicou o outro lado da rua.

— Recebi uma chamada da Stacey enquanto você estava no hospital. Elsie Hinton, ex-cozinheira da Cornheath, trabalha ali.

— Seria bom se você me comunicasse essas coisas, porque circula um boato maldoso por aí de que eu estou atualmente encarregada do caso, sabe? — Kim disparou. Ainda digeria o que o colega lhe falara, sobre ela se envolver emocionalmente nos casos.

Percebeu que Bryant passava por várias vagas no supermercado, sem estacionar.

— Bryant, que raios você está fazendo?

— Procurando uma daquelas vagas maiores, para pais com carrinho de bebê.

— Ah, cara! Estaciona isso logo! — ela grunhiu.

O café ficava em frente ao supermercado, espremido entre uma pequena loja de tapetes e uma empresa de crédito imobiliário. A área interna era apertada, com seis mesas, mas a decoração era interessante, com fotos em preto e branco da rua principal de Cradley Heath na parede.

O cheiro de bacon, linguiça e café se intensificou à medida que se aproximavam do balcão. Kim já concluíra que nenhuma das mulheres que eles viam por ali era a que procuravam.

– Elsie Hinton? – Bryant perguntou, hesitante.
– Ainda não chegou – disse a mais nova. – E quem são vocês?
A pergunta foi direta, mas sem grosseria.
– A gente só queria trocar uma palavrinha com ela. Sabe onde ela mora?
Ela sorriu como quem dissesse "esse cara acha que vai me enganar".
– Na-na-ni-na-não, amigo, não é assim. Ela vai chegar em dez minutos. Podem esperar se quiserem.

Bryant olhou para Kim, que assentiu. Ela recuou uns passos e pegou uma mesa em cuja parede, na parte superior, havia uma foto da antiga Igreja de Cristo, que ficava perto do cruzamento Five Ways. Havia sido demolida para dar lugar a uma via de acesso ao novo supermercado.

Kim ficou ouvindo os chiados da máquina de café e a risada de Bryant, compartilhando alguma piada com a mulher que o servia. Apreciava o jeito fácil e afável do colega. Ele era do tipo encantador, capaz de se relacionar bem com a maioria das pessoas que conhecia. A inspetora se perguntava como Bryant havia adquirido aquela qualidade. Será que ele fora um menino que vivia rodeado pelos outros na escola, ou aquela aptidão havia sido aprimorada ao longo dos anos?

Independentemente de qualquer coisa, ela se sentia grata pelo equilíbrio que o colega trazia à equipe, apesar do tanto que ele a infernizava às vezes.

– Um curto, com leite – ele disse, colocando uma caneca de vidro na mesa. Bryant pedira chá para ele.

Assim que ele se sentou, uma garota em seus 18 ou 19 anos entrou no café com um carrinho de bebê duplo. Um dos assentos era ocupado por uma criança, o outro estava lotado de sacolas de compras.

Bryant levantou-se depressa e segurou a porta enquanto a garota se espremia em volta do carrinho para entrar no café.

Kim observou a habilidade daquela mãe novinha para tirar o filho do carrinho. O menino foi logo estendendo os braços para ser puxado do assento. Era um ritual bem ensaiado e executado pelos dois.

– Tem tempestade vindo por aí – comentou Bryant, mexendo o saquinho de chá no bule.

– Que bom – disse Kim. Fazia um calor abafado havia dias.

Bryant balançou a cabeça.

– Então você prefere chuva em vez de sol?

– Pois é – ela disse.

— Não entendo como alguém pode odiar o verão... – comentou, despejando o líquido bronze numa xícara de chá branca.

Ele entenderia se suas memórias mais traumáticas estivessem ligadas a um calor pegajoso.

O menino gritou quando a mãe o colocou no cadeirão infantil. A cada tentativa que ela fazia de acomodá-lo, ele esticava as pernas e então não conseguia sentar.

Kim virou o rosto para esconder o riso. Outra rotina praticada e aprimorada, mas dessa vez pela criança.

— Pode ser que a gente esteja equivocado a respeito de Tracy, você não acha? – Bryant disse. – Talvez ela só tenha dado um tempo pra clarear as ideias, se afastar um pouco de tudo.

A inspetora concordou.

Um choro bem alto veio da direção do menininho. Ele ficara preso na cadeira e pelejava para pôr as pernas para fora, mexendo-as para a frente para trás, levantando e abaixando.

— Acho que a gente está partindo de uma mera suposição...

— Psiu... – disse Kim, ainda observando as tentativas da criança de se desvencilhar.

O menino se inclinava para a frente, tentando escapar daquela sua armadilha. A bandeja de madeira diante dele comprimir a sua barriga.

— Chefe...?

Kim ignorou o colega e continuou olhando o menino que esperneava, tentando se soltar. A parte de trás das pernas dele batia na lateral de madeira do assento.

— Ei, chefe...?

— Bryant, fique quieto – ela disse, sem conseguir desviar o olhar.

O menino usava seus dedos gordinhos para agarrar o final da bandeja de comida, e empurrava o corpo para a frente contra a beirada.

— Ah, acho que quem estamos esperando acabou de chegar – disse Bryant, com um gesto de cabeça em direção à porta.

Finalmente, a inspetora voltou a olhar para o colega, perplexa, mas segura de estar certa.

— Bryant, as marcas nas vítimas... aquelas marcas que a gente não conseguia entender de onde vinham...

Ela não acreditava no que estava prestes a dizer.

— O filho da puta amarrou as vítimas num cadeirão.

SESSENTA E OITO

TRACY SE ESFORÇOU ao máximo para tentar abrir os olhos. Sentia-se como uma halterofilista, pronta a dar o último impulso, concentrando todas as suas forças para levantar as duas dobras de pele que cobriam seus globos oculares.

Por fim, ergueu as pálpebras, mas à princípio não estava certa se conseguira mesmo. Segundos mais tarde, seus olhos se ajustaram à escuridão. À distância, identificava estranhas formas em meio à escuridão.

– O-olá... – ela sussurrou para as sombras que dançavam pela parede. O silêncio que recebera como resposta foi aterrador.

Um líquido descia pelo canto da boca de Tracy, que percebeu que se tratava de sua própria baba escorrendo até o maxilar.

Tentou erguer a mão, mas foi em vão. Seu cérebro atordoado só permitia que seus olhos focassem para baixo, e a repórter queria entender por quê. Tentou movimentar a mão de novo, até entender que o punho estava imobilizado – só que ela não conseguia ver com o quê.

Demorou um minuto inteiro para perceber que sua outra mão não estava presa. Sacudiu a cabeça, tentando clarear aquela névoa. Era como se uma dúzia de aranhas tivessem enchido seu cérebro de teias.

Levantou o braço, mas a gravidade parecia se opor ao movimento. Imaginou tolamente que talvez estivesse aprisionada num daqueles sonhos em que você não conseguia mexer as pernas, por mais que tentasse.

Naquele breu, teve um vislumbre de esperança. Talvez estivesse sonhando. Quem sabe dali a pouco acordaria em casa?

Mesmo enquanto a esperança tentava chamar a sua atenção, a parte lógica de seu cérebro também ganhava vida. A dor em volta do punho era forte demais, intermitente demais para ser coisa da sua imaginação. Doía até os ossos. Além disso, seus pensamentos, embora lentos, eram reais.

Sabia que não estava dormindo, e silenciosamente maldisse o raio de esperança que por um momento a desconcentrara.

Tentou deslizar na cadeira. Talvez conseguisse tombar o assento para frente e acabar soltando o punho, mas, por mais que esticasse as pernas, seus pés balançavam e não encontravam nada além do espaço vazio.

Sentia uma barra na parte de baixo das costas e uma espécie de bandeja diante dela.

Tracy tentou desesperadamente se recordar da sua última lembrança antes de parar ali.

Ela saíra do café e voltava para o carro. Um saquinho de doces estava no chão, os doces haviam se esparramado. Ela olhava para baixo, concentrada nos seus passos e então... nada.

Imaginou que tivesse lutado com alguém, pois sentia algumas escoriações recentes na pele.

De repente, foi tomada pelo medo. Que diabos ela estava fazendo ali, tentando entender a situação, se o mesmo importante mesmo era o fato de que provavelmente iria morrer?

Tracy ergueu a mão direita e sacudiu-a. O metal bateu na madeira, mas continuou firme, prendendo-a.

Ela tentou espremer a mão, para fazê-la passar pelo círculo que a imobilizava. Mas os nós dos dedos sequer passaram. Tentou de novo, agora mais rápido, na esperança de enganar aquela amarra e se soltar.

Uma pancada de repente soou em algum lugar acima dela, o que a paralisou por um instante; o barulho bateu fundo em seu coração e bombeou o sangue pelas veias.

Ela havia desperdiçado um tempo valioso tentando entender o que tinha acontecido e onde estava, e agora era tarde demais. Uma ironia, pois essa mesma letargia a colocara naquela situação.

Tracy ouviu o grito que escapou dos próprios lábios. Um grito desesperado e estrangulado.

Ela empurrou o corpo para a frente, e a cadeira balançou, mas não o suficiente para que virasse. Jogou-se então para trás. De novo, houve um movimento, mas o impulso não deslocou a cadeira.

Droga, ela precisava fazer algo. E logo.

Recuou uma vez mais, forçando os músculos das coxas. Dessa vez, sentiu que os dois pés frontais da cadeira se ergueram do chão.

Preparou-se para tentar de novo, mas a porta de repente se abriu. Um facho de luz artificial rodeou uma silhueta.

Os olhos de Tracy doeram com aquela repentina invasão na escuridão. Piscou duas vezes e viu sombras na parede dançando na luz tênue.

A figura deu dois passos e acendeu a luz.

Tracy olhou para as paredes e identificou a forma das sombras.

A silhueta se aproximou. A luz que vinha de trás não obscurecia mais a visão da repórter.

O sangue de Tracy congelou. Sua mente se recusava a assimilar o que seus olhos estavam vendo.

SESSENTA E NOVE

— NÃO, não pode ser isso, chefe — disse Bryant enquanto a mãe e o filho saíam do café.

Kim não deu atenção para o colega e continuou observando a mãe, que alisava a roupa do filho antes de colocá-lo de volta no carrinho. Ela puxou a camiseta listrada do menino para baixo e o shortinho verde para cima.

— Veja como ficou depois de quinze minutos — disse a inspetora.

Bryant precisou se virar na cadeira para ver o que ela queria dizer. Havia duas linhas tênues, mas definidas, na parte de trás das pernas do menino.

Bryant sacudiu a cabeça.

— As marcas nas nossas garotas poderiam ser de qualquer coisa.

Kim discordou.

— Aposto que se você levantar a camiseta desse menino, verá exatamente a mesma linha atravessando a barriga dele.

— Só você mesmo pra achar isso. — Ele riu. — E de jeito nenhum eu vou perguntar pra mãe se a gente pode inspecionar a barriga do filho dela.

Kim ignorou-o. Uma parte dela achava que Bryant tinha alguma razão. Por que raios o assassino colocaria as vítimas num cadeirão? Por outro lado, aquelas marcas eram similares demais para serem ignoradas.

— Ei, olha, ela vem aí — Bryant disse quando a mulher que entrara no café se aproximava da mesa deles.

— Estavam me procurando? — perguntou ela, em pé entre os dois.

Kim fitou aquele rosto desgastado e bondoso. Avaliou que Elsie Hinton devia estar em seus 60 e tantos anos, e carregava uma vida inteira de trabalho duro nas costas.

— Por favor, sente-se — disse a inspetora, puxando uma cadeira.

Ela fez um aceno de cabeça em direção ao balcão. As duas mulheres que lá estavam tentavam disfarçar seus olhares curiosos.

— Não vamos tomar muito seu tempo — disse Kim, enquanto Bryant ia até o balcão explicar que eles precisavam só de alguns minutos do tempo daquela funcionária.

Kim explicou calmamente à mulher quem ela e Bryant eram. Elsie apenas assentiu, com a tranquilidade de alguém que sabe que não fez nada de errado.

Bryant voltou e sentou-se, enquanto Kim continuava falando.

– Precisamos fazer algumas perguntas sobre um incidente que aconteceu há alguns anos na escola secundária de Cornheath. Já conversamos com o senhor Jackson, que nos ajudou, mas esperamos que a senhora possa nos dar mais informações. Cozinheiras ficam sabendo de tudo – disse Kim. Não era nem um elogio, nem um insulto. Apenas um fato. – Foi algo que aconteceu durante a aula de Educação Física. Uma das crianças foi humilhada, mantida deitada no chão e exposta. Lembra-se disso?

Elsie fechou os olhos e uma expressão de aversão moldou sua boca. Ela assentiu.

– Sim, lembro. Foram quatro ou cinco delas que deitaram uma pobre criança à força no chão. E as outras ficaram olhando. Só que uma delas acabou correndo até a sala dos professores para pedir ajuda...

– Tracy Frost? – Kim perguntou.

– Sim, sim, acho que era esse o nome dela – Elsie assentiu. – Eu nem sabia por que ela estava correndo pelo corredor quando passou por mim, mas me lembro dos apelidos pelos quais estava sendo chamada enquanto passava. Escorriam lágrimas do seu rosto, mas ela continuou até chegar à sala dos professores. Sua deficiência ficava mais óbvia quando ela caminhava mais rápido.

Uma pontada forte de arrependimento atravessou a inspetora.

– Consegue lembrar os nomes das outras garotas envolvidas? – Bryant perguntou.

Ela pareceu surpresa.

– Ah, meu Deus, agora você me fez uma pergunta e tanto! Não tenho certeza se me lembro dos nomes delas. Isso aconteceu há muito tempo.

Kim não quis entregar de bandeja os nomes, pois ao mencioná-los poderia acabar influenciando a resposta da mulher.

– Uma das meninas tinha um nome que me lembrava uma boneca – ela disse.

– Jemima? – Bryant sugeriu.

– Sim, isso mesmo – disse Elsie sorrindo.

– Louise? – ele continuou.

– Sim, havia uma Louise ali também, acho eu.

Kim interveio.

– Que tal Joanna?

Ela pensou e então assentiu.

– Sim, também tinha uma Joanna.

Kim dirigiu um olhar significativo a Bryant. O palpite dela era que, se eles recitassem a lista inteira com os nomes que estão naqueles livros para escolher como chamar seu bebê, Elsie Hinton afirmaria se lembrava de todos.

Bryant devolveu o olhar de Kim com outro que sugeria que valia a pena fazer uma última tentativa. Ele inclinou-se para a frente.

– E a senhora saberia dizer o nome da menina que foi mantida deitada no chão?

Elsie olhou para Kim, depois para Bryant.

– Ah, o senhor Jackson não deve ter se lembrado disso, não é? A criança que elas seguravam no chão era um menino.

SETENTA

AQUELE DIA mudou minha vida para sempre.

Fiquei olhando aquela pilha alta de colchonetes de ginástica, mas Louise não olhava aquilo.

Olhava para mim.

O rosto dela estava esquisito. Havia um sorriso, mas que não me fez sentir bem. Me assustou.

Louise assentiu e de repente todas começaram a vir na minha direção. Louise vinha na frente, com aquele olhar excitado no rosto, e as outras tinham o mesmo olhar.

Eu recuei.

Meu estômago revirou, eu não sabia por quê.

– Pega ela, Jemima! – disse Louise. Eu não sabia quem era Jemima.

Uma menina de cabelo loiro curto se destacou do bando e se aproximou de mim pela minha esquerda. Olhei para ela, depois para Louise.

Minhas costas bateram nas barras de metal frias da parede.

Jemima segurou meu braço esquerdo e me puxou para perto dela. Louise agarrou o direito. Elas me puxavam cada uma para um lado. Eu não sabia para qual lado elas queriam que eu fosse.

Escorei minhas costas nas barras.

– Vocês duas, peguem as pernas dela – disse Louise.

Uma das meninas avançou mancando e se agachou. Eu chutava para fazê-las parar, mas a garota que mancava pegou meu tornozelo esquerdo e puxou.

Eu caí no chão.

– Parem com isso! – gritei, enquanto um mar de rostos começava a se juntar em cima de mim, bloqueando a luz.

O rosto de Louise chegou mais perto – excitado, curioso e determinado.

– Por favor, me solta – implorei.

– Cala a boca – Jemima disse, tirando meu sapato.

– Me solta! – gritei.

Jemima retirou a minha meia e a enfiou na minha boca. Meus gritos eram abafados pela meia. Os rostos passaram a espiar mais de perto, um teto de expressões de excitação.

Senti meu lindo vestido amarelo sendo levantado. Um ar frio se insinuou pelas minhas coxas.

– Vai, vai, vai! – algumas vozes começaram a gritar.

Vai o quê? eu queria gritar.

O vozerio era quase ensurdecedor. Aquelas risadinhas nervosas atiçavam meu medo.

Minha cabeça dava um nó de tanto que eu tentava entender a expressão daqueles rostos. Eu precisava saber o que fizera de errado, para não fazer nunca mais.

Eu prometeria que não repetiria o erro.

A gritaria ficou mais forte.

– Vai, vai, vai!

Dedinhos desajeitados apertavam minha pele enquanto elas tiravam minha calcinha.

Os rostos chegaram mais perto.

Tentei me mexer, mas não tinha como. Ao meu redor, uma teia de rostos me espiava.

A gritaria aumentava de volume nos meus ouvidos conforme as cabeças se aproximavam cada vez mais, sufocando-me.

– Vai, vai, vai!

Eu queria cobrir meus olhos e ouvidos.

Dedos fortes puxaram minha calcinha. O elástico deslizou pelas coxas. O tecido ficou enrolado na altura dos joelhos.

A gritaria de repente cessou. Por um segundo, senti alívio. Elas iam me deixar levantar agora. Iam me soltar.

– Olha, olha só, ela tem pintinho! – Louise gritou.

A primeira risada foi nervosa, hesitante, e então outra se juntou, e mais uma.

– Eu não disse? – Louise gritou, triunfante.

A risada ficou mais alta. Mais alta ainda que o vozerio. Um enxame de rostos se avolumava na minha frente, enquanto o calor tomava conta do meu rosto.

Eu não sabia o que "pintinho" queria dizer, mas soava como se fosse uma coisa errada.

As risadas faziam um estrondo dentro da minha cabeça. O rosto de Louise se aproximou do meu.

– Você é uma menininha com pintinho – ela disse, e as risadas explodiram.

Minha barriga começou a revirar, e tentei gritar mesmo com a meia enfiada na boca.

Queria fazer aquilo parar.

– Menininha não tem pintinho! – Jemima gritava.

As risadas continuavam aumentando de volume, mas então uma vozinha soou bem do meu lado.

– Parem com isso – disse a voz.

Imaginei que talvez meus pensamentos tivessem conseguido sair da minha cabeça.

– Parem com isso, todas vocês.

Entendi que a voz não viera de mim. Viera da menina que mancava.

Eu sabia que aquilo nunca iria acabar. Sabia que ia ficar ali naquele chão pelo resto da vida.

Minha visão começou a borrar, e os rostos todos se fundiram. Eu queria parar com aquilo, bloquear tudo.

Fechei os olhos, mas não conseguia tampar os ouvidos.

As risadas e a gritaria continuaram, os rostos continuaram a pairar acima de mim por muito tempo depois que a senhora Shaw me levantou do chão e me levou.

Aquelas meninas nunca foram embora, mamãe. Toda vez que eu fechava os olhos, elas estavam ali. Toda vez que meus ouvidos não captavam outro som, elas estavam ali. Toda vez que eu deitava para dormir, elas estavam ali.

E foi a partir daquele dia que comecei a odiar você, mamãe. Por ter me feito uma aberração do caralho.

SETENTA E UM

TRACY TENTOU esconder a repulsa pela figura que parou diante dela. Sentia como se tivesse entrado num set de um filme de horror ou no trem-fantasma de um parque de diversões.

A coisa usava uma bata marrom comprida. Dois falsos bolsos enfeitavam aquela vestimenta sem forma.

Pernas sinistras, com pelos, projetavam-se do tecido cortado quadrado. Mas não era isso que a assustara.

O cabelo curto tinha duas chiquinhas presas por elásticos enrolados bem apertado. O penteado lembrava a Tracy aquelas chiquinhas que bebês usavam, quando quase não há cabelo neles para prender.

A maquiagem pesada e extravagante parecia ter sido feita por uma criança brincando de se vestir de adulto. Cores se misturavam a esmo, sem nenhum capricho. O batom vermelho nos lábios era uma mancha mal delineada, dando ao rosto uma expressão maníaca, aterradora.

Os olhos brilhavam de excitação.

— Olá, Tracy, lembra-se de mim?

A voz era masculina, mas suave. Não era maldosa. Isso a assustou ainda mais. O tom calmo, relaxado.

— O q-quê...? — perguntou ela, balançando a cabeça.

— Sou eu, Graham. Você me conheceu como Maria. Deve se lembrar do meu primeiro dia na escola, apesar de terem se passado esses anos todos, não?

Tracy engoliu o medo. Ela vinha temendo aquilo desde que soubera do assassinato de Jemima.

— Eu sou... E-eu não... — a repórter balbuciou. Não tinha ideia do que dizer a ele, a ela, àquela coisa.

— Esperei muito tempo por isso.

Não eram apenas as palavras que injetavam terror nas veias de Tracy, mas o frio distanciamento com que eram ditas. Tudo de modo muito tranquilo, o que significava que não havia pressão nem precipitação nos atos de seu captor.

Ele virou para o lado, e Tracy aproveitou para dar uma boa olhada no lugar.

Fileiras e fileiras de prateleiras de bonecas zombavam dela, eram meras espectadoras. Algumas estavam amarradas no teto, dependuradas por um único membro, com seus vestidos caídos por cima da cabeça.

Um nicho à esquerda de Tracy era mobiliado com prateleiras de vidro. Na mais alta, havia um jogo de chá de porcelana. Um desenho de tulipas serpenteava as xícaras, os pires, o bule e o açucareiro.

Os olhos da repórter correram até a prateleira de baixo, e seu coração parou.

Dispostas debaixo do jogo de chá, havia pedras. Eram cinza-escuro, quase pretas, e irregulares, pareciam arrancadas da rocha como um pedaço de pão. Todas ensanguentadas. Duas mechas longas de cabelo loiro pendiam da pedra mais à direita.

Tracy teve que controlar a náusea ao se lembrar de que Jemima era loira. Desviou rápido o olhar para não vomitar.

Ao olhar para baixo, agora conseguia ver que estava enfiada numa engenhoca similar a um cadeirão de criança. Feita com pedaços de madeira desconjuntados e em escala maior. Os pés de Tracy balançavam a um palmo do chão. Debaixo das suas coxas, havia uma faixa de madeira sem envernizar, com dois dedos de largura, que enterrava na carne dela. Uma bandeja fora encaixada contra o seu estômago, forçando-a a ficar no lugar. Pregos que não haviam sido bem pregados se projetavam da maioria das junções. Estava imobilizada por uma fita adesiva cinza, enrolada em volta da perna direita frontal daquela engenhoca. Aquilo não era uma cadeira. Era uma prisão.

No meio das bonecas e da mobília infantil, Tracy sentiu-se a própria Alice no País das Maravilhas.

A figura olhou-a de cima a baixo e sorriu.

– Olá, bonequinha Tracy. Nós vamos jogar um joguinho, mas primeiro preciso preparar você.

SETENTA E DOIS

— STACE, procure informações sobre uma pessoa chamada Graham Studwick — disse Kim, assim que saíram do café.

A inspetora não sabia o quanto podia confiar na memória de Elsie em relação ao nome do menino. Afinal, a mulher concordara com Kim e Bryant que metade da escola estivera envolvida no incidente. Mas era tudo o que tinham no momento.

— Certo, chefe, e eu descobri uma coisa sobre Ivor Grogan. Quando o prenderam há oito anos, ele foi considerado culpado em duas acusações, mas inocentado numa terceira. Tenho os endereços de todas as famílias, mas essa terceira nunca obteve qualquer reparação da justiça, portanto...

— Mande todos os endereços para o Bryant — Kim instruiu. — E me ligue assim que ficar sabendo de qualquer coisa a respeito de Graham.

Ela encerrou a chamada e olhou para Bryant, que balançava a cabeça.

— É, parece que nós estávamos errados, e você estava certa sobre o assassino ser um homem — comentou ele.

Ela bufou, entrando no carro.

— Não dá pra contar com o ovo no cu da galinha, Bryant. A essa altura dos acontecimentos, quem pode ter certeza de alguma coisa?

SETENTA E TRÊS

A PROPRIEDADE DE STUART HAWKINS ficava atrás do pub Timbertree, junto a um terreno da prefeitura, entre Cradley Heath e Belle Vale, Halesowen. As cortinas da casa não combinavam umas com as outras, mas pareciam limpas. Ela ficava em um beco pequeno, numa rua estreita, com fileiras de casas dos dois lados. Sem entrada para carros, o espaço para estacionar era bem disputado.

Bryant estacionou o carro na rotatória do final da rua.

Kim estava a ponto de bater à porta quando ela foi aberta. Surgiu um homem alto, vestindo sobretudo azul-marinho, com uma marmita de plástico para sanduíches debaixo do braço e as chaves do carro na mão. A surpresa dele quando quase trombaram deu lugar a uma expressão de estranhamento.

– Senhor Hawkins? – Bryant perguntou.

Ele assentiu, mas o estranhamento perdurou. Bryant, então, apresentou-se.

O homem fez questão de olhar o relógio.

– Preciso começar meu turno às...

– É a respeito de Ivor Grogan – disse Kim.

Com essa frase, ela ganhou a atenção dele. O homem hesitou um segundo, mas voltou para dentro de casa, segurando a porta aberta para que entrassem.

O corredor dava para uma sala e depois para a cozinha. O que antes eram dois ambientes fora transformado num só, mobiliado como sala de jantar.

Stuart Hawkins contornou a ilha da cozinha e deixou sua marmita de sanduíche no balcão.

– Sabemos que aconteceu um incidente entre sua filha e Ivor Grogan – disse Kim.

O queixo dele ficou tenso e suas narinas se inflaram.

– Incidente? Ela foi agredida sexualmente por aquele canalha filho da puta e doente, é isso o que quer dizer, certo?

Sim, isso, ela pensou, mas descrevera o evento daquele jeito por um motivo. Queria ver a reação dele.

– Ele foi inocentado? – Kim perguntou, tranquila.

– Só por causa do envolvimento do hipnoterapeuta no caso.

Kim, por um instante, ficou perdida, mas logo entendeu o que ele quis dizer.

– Quanto anos tem a sua filha, senhor Hawkins?

– Tem 34 anos agora – respondeu. A fadiga na sua voz dizia muito.

– Ela recuperou a memória? – Kim perguntou.

Stuart Hawkins assentiu.

– A defesa dele alegou que ela teve síndrome de falsa memória e outras merdas do tipo. – Fez uma pausa. – Será que se alguém fosse inventar uma falsa memória pra si, escolheria uma assim?

Kim teve que concordar que ele tinha razão; se bem que ela sabia da existência de profissionais incumbidos da segurança e bem-estar das pessoas que usavam isso em benefício próprio. Ela quase fora destruída por alguém assim.

– O problema é que agora a memória existe e está sem solução. Não fizeram justiça. Por Ella, nunca teria ido a hipnoterapeuta nenhum, nem me levado a dar queixa na polícia.

– Mas por que sua filha precisou procurar um hipnoterapeuta? – Kim perguntou.

– Ela não conseguiu lidar com a perda da mãe. Tinha 15 anos quando Trish morreu, e eu também poderia ter encarado a situação melhor. Dez anos depois, ela ainda continuava dormindo com qualquer um, furtava coisas em lojas, bebia demais e ainda não se entendia direito. Depois de uns meses com um psicólogo, o cara sugeriu que ela fosse a um hipnoterapeuta. Mais ou menos um ano depois, ela relembrou os detalhes da agressão.

– Posso perguntar como…?

– Ela tinha 11 anos, e aconteceu na piscina pública – disse ele com muita naturalidade. Kim notou que o homem ainda lidava com a agressão como se tivesse acontecido com outra pessoa. Se ele percebera o que acabara de dizer em relação à filha, a inspetora achava que ele não se mostraria tão calmo assim.

– Como ela está agora? – Kim perguntou.

– Ainda trocando de parceiro toda hora e bebendo muito, pra dizer a verdade. Antes de resgatar essa memória, ela já agia assim, mas sem saber o porquê, e agora faz isso pra esquecer o que descobriu. Meio foda, você não acha?

– Acredita que vai fazer alguma diferença pra ela saber que Ivor Grogan está morto? – perguntou Bryant. A identidade do agressor havia sido anunciada no noticiário da noite anterior.

Stuart balançou a cabeça.

– Pra ela não, mas pra mim faz, e antes que você pergunte... Não, não fui que acabei com a vida dele. Se tivesse sido, admitiria e cumpriria pena. Sem problemas.

– Senhor Hawkins, isso é...

– Você tem filhos? – ele perguntou a Bryant de repente. – Meninas?

– Uma – Bryant respondeu.

O homem assentiu.

– Então não finja que não concorda comigo só porque está de serviço – disse e, então, voltou-se para Kim. – Inspetora, se eu tivesse assassinado esse homem, poderia voltar a olhar nos olhos da minha filha de novo. Também seria capaz de felicitar quem o matou. Aposto que é pai também, e mostrou ter mais colhões do que eu.

Kim notou a amargura e a culpa que sentia aquele homem. Teria Stuart Hawkins se vingado pelo que fizeram com a filha, e com isso aliviado sua culpa? Ele não conseguira impedir a agressão que a filha sofrera e pensava não ter sido um bom pai para a menina depois que ele perdeu a esposa.

O assassino de Ivor era o mesmo que o de Larry, disso a inspetora tinha certeza... Mas o homem diante dela só teria motivo para matar Ivor.

O celular de Kim vibrou no seu bolso de trás, e Stuart Hawkins já pegava de novo sua marmita. Ela assentiu agradecendo pelas informações e andou em direção à porta.

– O que você conseguiu, Stace? – perguntou ela.

– O nome de uma assistente social que você talvez queira conhecer – Stacey respondeu.

– Tem a ver com o Graham Studwick? – Kim quis esclarecer.

– Sim, chefe, foi ela que o resgatou quando a mãe dele morreu.

– Bom trabalho, Stace. Mande tudo isso pro meu celular, e continue pesquisando sobre Graham. Precisamos de toda informação possível sobre ele.

Bryant apareceu junto ao carro quando ela já encerrava a ligação.

– Ele não disse muito além do que já desconfiávamos, né? – disse Bryant.

– Na verdade, Bryant, o que ele nos revelou é que Ivor Grogan abusou de crianças durante anos, sem ser pego.

SETENTA E QUATRO

TRACY SABIA que tinha sido drogada mais uma vez. A "coisa" lhe oferecera uma bebida. Quando recusou tomá-la, o rosto dele mudou. Seus olhos gentis inundaram-se de raiva e o queixo tensionou.

A repórter sentiu o perigo quando ele deu alguns passos em sua direção, mas ainda assim se recusou a tomar. Ele então ficou atrás dela e puxou-lhe a cabeça tão abruptamente que Tracy achou que seu pescoço ia quebrar. A boca abriu com o impacto e era tudo o que ele precisava.

Ela sentiu a droga viajando pela corrente sanguínea, deixando seu corpo letárgico. Era como se seus músculos se dissolvessem, separando-se dos ossos. Toda a sua energia havia se extinguido, ela mal conseguia erguer a cabeça.

Em meio àquela névoa, ouviu a batida de uma porta acima dela. Seu coração martelava no peito. Sabia que não conseguiria deter o seu captor com o corpo mole daquele jeito.

Ponderou se teria forças para falar com ele, implorar por sua vida. Teria Jemima implorado pela dela?

Tracy quis gritar que havia tentado ajudá-lo, mas sabia que ele responderia: "Demorou muito".

E ele teria razão.

Lágrimas quentes e salgadas escorriam pelo seu rosto, a repórter chorava pelos dois. Eram crianças naquela época, criancinhas estúpidas que jamais imaginariam as consequências de seus atos. Não teriam como prever que aquela crueldade impensada impactaria tanto a vida dele, que as zombarias e risadas moldariam a pessoa que ele iria se tornar.

E, no entanto, fizeram o mesmo com ela.

Mas Tracy havia sido a única, a única que de fato tentara ajudá-lo. Ela tivera empatia por ele na ocasião, compreendera como ele deveria estar se sentindo e desejara acabar com seu sofrimento.

A injustiça da situação acrescentava amargura à garganta da repórter. Ela sabia que ia morrer.

Engoliu as lágrimas. Não deveria contrariá-lo. Não queria ter que ver a expressão dele de pura raiva de novo.

A porta abriu, permitindo que a luz entrasse. Não havia janelas ali, o que sugeria que talvez estivessem em um subsolo, mas ela não tinha ideia de onde o lugar ficava. Não havia outros sons, além da batida que vinha de cima, que sinalizava quando ele estava chegando.

Ele carregava uma tigela de água e trazia uma nécessaire dependurada no braço. Se pelo menos Tracy tivesse força para erguer as pernas, chutaria o conteúdo da tigela no rosto dele, o que lhe daria um tempo para tentar se libertar. Mas ela não conseguia sequer mexer os dedos dos pés.

— É hora de deixar você limpinha e pronta — ele disse, sentando-se num banco na frente dela.

Pronta para o quê?, ela quis perguntar, mas o tom afável dele estava de volta e, naquele momento, ela se sentia grata por isso.

Ele depositou a tigela no chão e abriu a nécessaire. Tirou de dentro um pano e um frasco. Molhou o pano na água da tigela e gentilmente esfregou os pés dela. Passou uma barra de sabão no pano até começar a fazer espuma.

Pegou o pé esquerdo com a sua outra mão e começou a ensaboá-lo. Seu toque era suave, e Tracy de repente quis chorar. Cada parte de seu pé foi lavada antes que ele o apoiasse gentilmente na própria perna.

Uma lágrima saltou do olho da repórter enquanto seus tornozelos eram esfregados com suavidade. O cheiro indicou-lhe que ele usava acetona para remover o esmalte vermelho de suas unhas.

— Não chore, Tracy — ele disse, sorrindo para ela. — Não há com o que se preocupar.

Ele pegou uma lâmina de barbear descartável da nécessaire e passou-a para cima e para baixo da sua perna. A lâmina cega cortou a penugem curta que se projetava da sua pele.

Ele abriu de novo a bolsa e pegou um pacote de lenços umedecidos para bebês. Quando tirou um do pacote, outro pulou. Pegou este também e juntou os dois.

Empurrou a cadeira de plástico cor-de-rosa para trás e foi em direção à repórter, posicionando-se entre o cadeirão dela e a mesinha em miniatura.

Primeiro limpou suavemente a testa de Tracy. Fazia movimentos lentos nas sobrancelhas e então círculos suaves, pequenos, que aumentaram depois.

— Feche os olhos — ele disse, e Tracy obedeceu.

O lenço úmido foi passado em sua pálpebra, com leveza. A pressão era pouca, não machucava, era apenas o suficiente para remover a sombra e o rímel dos olhos. Ele repetiu o processo no outro olho.

– Está muito melhor, agora, Tracy. Pode abrir os olhos.

E assim ela o fez.

Ele não a olhava nos olhos. Observava o rosto dela enquanto passava os lenços fazendo círculos maiores, até alcançar a mandíbula. Passou pelo queixo e depois esfregou o outro lado e o nariz. Finalmente, limpou ambos os lábios ao mesmo tempo.

Afastou-se um pouco para avaliar o rosto. Mais uma passada nos lábios e pronto.

Pegou a nécessaire e tirou de dentro uma escova. Foi para trás de Tracy, que prendeu a respiração. As cerdas da escova tocavam a parte de trás da cabeça dela, mas sem arranhá-la. Ele segurou firme os longos cabelos da repórter para que os movimentos da escova não puxassem seus cabelos.

Passou a escova de modo ritmado, da parte de trás para o lado esquerdo, com cuidado para não resvalar na orelha. Apesar das drogas que inutilizavam seus músculos, Tracy conseguia sentir cada toque.

Em seguida, ele escovou o lado direito. Dessa vez, raspou acidentalmente o alto da orelha de Tracy. Na mesma hora, parou de escovar. As mãos dele tocaram os ombros da repórter enquanto ele se inclinava para plantar um beijo onde havia arranhado com a escova.

– Desculpe, minha preciosa garotinha – disse ele carinhosamente.

Tracy precisou se controlar para não se esquivar. Qualquer que fosse a fantasia que ele estivesse vivenciando, ela não queria perturbá-la.

Quando ele terminou a escovação, plantou-se na sua frente de novo. Ela percebeu que ele tinha a mão esquerda bem fechada.

O captor estendeu uma das mãos até a testa da repórter, afastando a franja de lado. Abriu a outra mão e revelou duas presilhinhas, que era como a mãe de Tracy se referia aos grampos de cabelo. Mas esses eram brancos, diferentes dos marrons que prendiam os bobes da mãe.

Na curva de cada presilha, havia um coração partido. Ele colocou-as no cabelo da repórter para segurar sua franja.

– Assim está melhor. Agora posso ver seu rosto – ele disse, inclinando a própria cabeça. – Agora você está pronta para brincar.

A ternura na voz trouxe mais lágrimas aos olhos de Tracy.

Sabia que estava sendo preparada para morrer.

SETENTA E CINCO

— NUNCA ESTIVE AQUI ANTES — disse Bryant, parando com o carro num estacionamento que ocupava metade de um prédio de dois andares.

O Elms fazia parte da Dudley and Walsall Mental Health Partnership. Essa unidade em particular focava nos serviços de saúde mental para crianças e adolescentes, e era conhecida como CAMHS, ou Child and Adolescent Mental Health Services.

— Os assistentes sociais são alocados a partir dessa unidade?

Kim deu de ombros.

— Não tenho certeza, mas a Stacey falou que a mulher trabalha aqui.

A porta dupla abriu automaticamente, dando acesso a um anexo de atendimento repleto de cadeiras de plástico. Uma janela de vidro mostrava uma área de escritórios logo atrás dela.

Kim foi até a janela e bateu no vidro. Um segundo depois, viu um sino com a instrução "Toque-me".

Um homem de seus 20 e poucos anos com cabelo caindo nos olhos se aproximou da janela.

— Posso ajudar? — perguntou, através dos orifícios no vidro.

— Valerie Wood está nos aguardando — disse Kim, mostrando seu distintivo pela janela.

O rapaz olhou, nem impressionado nem preocupado. E Kim se lembrou de que aquela unidade lidava com adolescentes problemáticos. Ele caminhou até o fundo do escritório, de onde fez uma ligação. Assentiu um par de vezes e então acenou na direção deles, indicando que sentassem e aguardassem.

A inspetora afastou-se da janela de vidro, e foi dar uma volta pelo lugar.

Esta não se parecia com nenhuma das unidades que Kim visitara quando criança. Mas ela sabia que, no fundo, eram todas iguais. Os processos não mudam muito. *Ponha tudo pra fora, fale sobre isso, você se sentirá melhor depois.*

Será mesmo? Kim sempre se perguntara. E sempre escolhera ficar em silêncio.

Uma mulher usou o cartão que trazia dependurado em volta do pescoço para validar seu acesso do edifício principal ao anexo.

Kim avaliou que tinha quase 60 anos. Cabelo loiro encaracolado, rente à cabeça, rosto sem maquiagem e algumas rugas mais profundas em volta da boca e dos olhos. Ao sorrir, exibia um pequeno espaço entre dentes da frente.

– Sou Valerie Wood. Como posso ajudá-los?

A inspetora percebeu que Stacey não adiantara o assunto, havia apenas perguntado à mulher se ela teria tempo para atendê-los.

– Lembra-se de um caso envolvendo um menino chamado Graham Studwick? – Kim perguntou.

Os olhos de Valerie arregalaram.

– Lá atrás, nos meus anos de assistente social? Sim, por quê?

– Podemos lhe fazer algumas perguntas sobre o caso?

Ela pensou por um momento e então assentiu.

– Vamos lá pra fora, eu já ia mesmo fazer uma pausa pra fumar.

Kim seguiu a mulher, que logo que saiu da sala já foi pegando um maço e um isqueiro pequeno do bolso de trás de seu jeans.

– Terrível esse hábito – ela disse, segurando um cigarro. – Eu sempre resolvo parar depois que fumo um.

– Você trabalhava como assistente social na época? – Kim perguntou, só para entender melhor o relacionamento entre a mulher e o suspeito deles.

– Sim, parece que foi em outra vida... mas aquilo não era pra mim. Você precisa aprender a manter uma certa distância dos casos, e se não consegue, você não dura muito. Eu não durei. Graham na realidade foi um dos meus últimos casos e definitivamente foi uma das razões pelas quais decidi ir pra área de psicologia.

– E por que isso?

– Porque aquele menino precisava falar. Ele precisava mais do que de uma assistente social. Precisava de terapia. Precisava de um amigo, um confidente... mas quando você lida com trinta e nove casos ao mesmo tempo não tem como ser tudo isso. Ah, e eu tampouco era muito boa em esconder o que achava de pais negligentes.

A inspetora conteve um sorriso. Suspeitava que passaria pelos mesmos problemas se fosse assistente social.

– Até que ponto você se envolveu? – Kim perguntou.

– O quanto você sabe a respeito do caso? – Valerie perguntou, lembrando a Kim o motivo de nunca ter se dado bem com psicólogos quando criança.

– Sabemos que Graham sofreu um episódio terrivelmente constrangedor na escola. Foi nessa época que o conheceu? – Kim perguntou.

Valerie negou com a cabeça.

– Eu o conheci quando ele tinha 11 anos. Fiquei sabendo do incidente na escola, mas assistentes sociais não são chamadas para intervir em casos assim... sabe Deus por quê... Depois do ocorrido, ele passou a ter aulas em casa, com a mãe. Nunca mais voltou a frequentar uma escola.

– Mas isso é legalmente permitido? – Bryant perguntou.

– Ah, sim – ela assentiu. – Educação domiciliar é legalmente permitido em todo o Reino Unido, sempre foi. É simples, você só desmatricula a criança da escola, geralmente com uma simples carta, e aí apresenta uma proposta à autoridade local dizendo como pretende educar seu filho.

– Mas deve ter uma avaliação para verificar se o currículo nacional está sendo cumprido, não é? – ele pressionou.

– Não é responsabilidade do Estado educar seu filho, apenas prover instalações adequadas, caso precise. Os pais são obrigados a prover uma educação adequada para o filho durante o período de escolarização obrigatória. A escolas estão aí para serem utilizadas, mas se os pais acham que podem fazer um trabalho melhor, têm pleno direito de optar por isso.

– Está me dizendo, então, que a mãe de Graham conseguiu tirá-lo da escola e não houve qualquer tipo de supervisão? – Kim perguntou incrédula.

– Exatamente. A lei é clara quando diz que a autoridade local não tem obrigação legal de monitorar a provisão de educação, e raramente é feita uma visita à casa, apenas em circunstâncias extremas.

Kim levou um momento para digerir a informação.

Valerie prosseguiu:

– Sabia que a mãe de Graham lhe dava hormônios desde que ele tinha 3 anos?

A inspetora balançou a cabeça, negando. Não, não sabia disso, mas era outra coisa que a confundia. Se nem a ocultação de seu verdadeiro sexo nem sua ausência da escola haviam levado o serviço social a intervir, então que raios teria motivado isso?

– Como foi então que vocês dois se conheceram? – ela perguntou.

– Eu fui a assistente social que o recolheu, depois que a mãe morreu. Foi Graham quem chamou a ambulância e a polícia.

– Polícia? – Bryant perguntou.

Valerie assentiu.

– Graças a Deus ele nunca foi acusado de um delito. Afinal, depois de tudo o que a mãe fez com ele, a criança já havia passado por coisa suficiente. Ele precisava de ajuda, não de punição.

Kim olhou para Bryant.

– Não entendi. Acusado de qual delito?

Valerie apagou o cigarro na tampa da lata de lixo.

– Misericórdia, inspetora, você não sabe mesmo muita coisa a respeito dele, não é? O delito teria sido assassinato. Graham Studwick admitiu que havia assassinado a mãe.

SETENTA E SEIS

BRYANT DEMONSTROU ser mais paciente do que Kim, ao enfrentar o congestionamento no horário de *rush* de sexta-feira à tarde. Ainda assim, ela percebeu o ocasional maneio de cabeça dele quando não concordava com algo.

– O que foi? – a inspetora perguntou.

– Não acredito que o moleque não foi sequer indiciado!

Kim não teve nenhuma dificuldade em acreditar nisso. Valerie forneceu-lhes de bom grado os detalhes do que aconteceu naquele dia.

O menino Graham, com 11 anos, admitira ter segurado o travesseiro contra a rosto da mãe até ela parar de respirar. Mas quando admitiu isso, não havia um adulto responsável presente. O jovem policial que caminhara com o garoto da casa até o carro fizera umas duas perguntas que acabaram invalidando a confissão.

Graham tivera a sorte de conseguir um advogado que sabia o que ele havia feito e o enviara imediatamente para Bromley.

A investigação policial foi também emperrada por dois laudos psiquiátricos, que declaravam que Graham não estava "apto a depor" no tribunal.

Kim sabia que o CPS, o Serviço de Acusação da Coroa, só decidia abrir processo depois de considerar vários fatores. Um deles era se o caso era de interesse público. Além disso, avaliava o histórico da pessoa, a probabilidade de causar danos aos demais, a necessidade de tratamento e se essa necessidade vinha sendo atendida. Além disso, havia um fator não declarado: a probabilidade de condenação.

A inspetora entendia por que o CPS decidira não abrir processo.

Bryant parou o carro em frente a um sobradinho geminado de dois quartos. As casas ficavam um pouco afastadas da estrada na área de Lyde Green, em Halesowen, junto a Cradley Heath.

Apenas duas janelas eram visíveis e ambas estavam cobertas com pesadas cortinas de renda. Kim tentou espiar por elas, mas a única coisa que conseguiu concluir é que as cortinas eram bem grossas. E estavam bem fechadas.

Uma passagem coberta levava aos fundos da casa. A inspetora seguiu adiante e testou se o portão abria. Quando abriu, sentiu um pesar no coração. Stacey informara que esse era o endereço de um homem chamado Graham Studwick, mas a intuição de Kim lhe dizia que o portão deveria estar trancado caso eles estivessem no lugar certo.

O portão dava para um jardim básico, comprido e estreito, que desaparecia numa fileira de carvalhos adiante.

À direita de Kim, ficava um galpão malcuidado. Uma rápida olhada no lugar não revelou nenhuma ferramenta de jardim, nem cortador de grama ou brinquedos de menino. Não havia nenhuma planta, arbusto ou canteiro de grama para quebrar a monotonia das lajotas do piso que cobria o local de uma cerca a outra.

– Bryant, vou entrar – ela disse e tentou abrir a porta. Estava trancada.

Também tentou abrir a porta do galpão. Esta abriu. Dentro, havia apenas um vaso de planta de cabeça para baixo na segunda prateleira de cima para baixo. A inspetora moveu-o e achou uma chave.

– Só vou checar se não há nada escondido atrás daquelas árvores – disse Bryant.

Kim testou a chave na porta que, depois de ela forçar um pouco, abriu.

A porta dos fundos dava para a cozinha. Uma persiana *blackout* mantinha o ambiente em total escuridão.

A inspetora apalpou as paredes até localizar o interruptor.

O lugar estava vazio. Nos tampos dos balcões, nada de chaleira, canecas, chá ou café, coisas usuais numa cozinha de uma casa habitada.

Conferiu o interior dos gabinetes, um mais vazio que o outro. A geladeira e o freezer também, vazios e desligados.

Atravessou uma porta que levava à parte da frente da casa. De novo, o ambiente estava no escuro mas nem tanto. Dois fachos de luz do sol penetravam pelas beiradas de uma pesada cortina marrom de veludo, propiciando um mínimo de iluminação – suficiente para a inspetora ver que na sala havia apenas um tapete.

– Quase tão acolhedora quanto a sua casa, chefe – Bryant comentou.

Kim ignorou-o ao sentir que a claustrofobia do ambiente agora envolvia os dois.

Ela foi em direção à outra porta que havia ali, constatando que dava para a escada.

Subiu os degraus de dois em dois e, após checar os quartos e o banheiro, notou que a cena era a mesma do andar de baixo.

Não havia nada ali.

Desceu, voltando para perto de Bryant.

– Este até pode ser o endereço dele, mas ele não mora aqui.

A inspetora concluiu que, para avançar nesse caso, precisava compreender melhor o que estava enfrentando. Tinha que entrar na mente do assassino, entender como ele pensava. Não conseguia sequer conceber a mentalidade de alguém como Graham.

Kim sabia que só havia uma pessoa a quem podia recorrer.

SETENTA E SETE

— É BEM ALI — disse a inspetora, apontando para uma casa com a porta recém-pintada.
— É esse o cara que você mencionou? — Bryant perguntou.
Kim assentiu.
— Quer que eu fique no carro?
Ela demorou um instante para responder.
Eles estavam em frente à casa de um homem chamado Ted Knowles.
Ao longo da infância de Kim, de tempos em tempos ela era enviada para ver Ted. Queriam que conversasse com ele, para aprender a lidar com sua dor. E ela sempre se recusara a emitir uma palavra sequer a respeito de sua vida.
Mas ele não era como todos os outros.
Se Kim tivesse escolhido se abrir com alguém, teria sido com Ted. Mais recentemente, ele a ajudara a entrar na mente de um sociopata. E isso havia salvado a vida da inspetora.
Ela respirou fundo.
— Tudo bem, pode vir junto — ela respondeu.
Bryant a fitou antes de sair do carro.
O Citroën, modelo de doze anos atrás, confirmava que Ted estava em casa.
Após duas batidas curtas, a porta foi aberta por um homem baixo, encorpado, cuja cabeça parecia suspensa pelos últimos tufos de cabelo que restavam em volta das orelhas. O cabelo que ainda persistia fazia-o parecer uma espécie de "professor maluco". Inacreditavelmente, para Kim era exatamente assim que ele parecia vinte e oito anos atrás, quando ela tinha 6 anos.
Ao ver a inspetora, ele abriu um sorriso, que se ampliou quando seu olhar pousou em Bryant.
— Kim, que coisa boa vê-la — ele disse, dando um passo de lado.
— Este é Bryant, meu colega — disse Kim.
Ted estendeu a mão quando Bryant passava.
— Quer dizer que não é uma visita social, então? — ele perguntou.

Embora não houvesse repreensão na voz do homem, Kim ainda assim sentiu uma pontada de culpa. Ela só o visitava quando precisava de alguma coisa e hoje não seria diferente.

– Está com uma boa aparência – ela disse, e foi sincera.

– Deve ser por causa de umas misteriosas cestas de comida que chegam aqui uma vez por mês da Marks & Spencer's. Não tenho a mínima ideia de quem as envia.

Kim deu de ombros. Não era porque não mantinha contato com Ted que não pensasse nele ou não lhe fosse grata por tratar de uma vítima do tal sociopata que a levara a procurá-lo.

– Como está a mãe de Jemima? – ela perguntou.

– Melhorando aos poucos, é tudo o que posso dizer. Bem, você está aqui por algum motivo, e com certeza anda na correria, mas tem tempo pra um café?

Kim assentiu enquanto ele já pegava as canecas do armário. Todas tinham distintivos dos times de futebol locais. Bryant pegou a caneca do Albion, ela a do Wolves e Ted a do Aston Villa.

– Então, como posso ajudar? – perguntou ele.

Se Bryant não estivesse com ela, Kim sabia que Ted teria delicadamente procurado saber mais da vida dela. Teria perguntado se continuava visitando a mãe, se vinha se abrindo com alguém. Teria perguntado se tinha namorado. E a inspetora teria ficado cansada de responder tanto não às perguntas dele.

Ted, porém, jamais lhe faria nenhuma dessas perguntas na presença de outra pessoa. Mas não havia sido esse o motivo que a levara a concordar que Bryant a acompanhasse. Ela já era adulta e há anos dizia não a Ted.

Kim permitira que seu colega viesse junto porque não havia nenhuma razão para que não o fizesse. Era uma questão de confiança.

– Descobrimos a identidade de um assassino, e preciso saber com quem estou lidando – disse Kim.

Ele assentiu enquanto pegava sua caneca e se dirigia ao jardim, que havia mudado muito pouco desde que Kim era criança. O lugar parecia parte da Exposição de Flores de Chelsea. Um pequeno lago artificial com peixes era o destaque do jardim, acima dele uma sereia de pedra despejava água.

Cada um deles pegou uma cadeira de madeira e se acomodaram em volta de uma mesa circular. Kim colocou seu assento de costas para o sol da tarde.

– Sabemos quem ele é, ou talvez quem era. O nome dele é Graham Studwick e nasceu homem, mas a mãe o vestiu e tratou como menina até ele completar 11 anos. E então ele matou a mãe.

Ted não se mostrou surpreso. Em seus anos como psicólogo havia pouca coisa que já não tivesse visto.

– Ok, e quais crimes cometeu?

– O primeiro foi há alguns anos. O rosto da vítima estava terrivelmente machucado e a boca e a garganta cheias de terra. Provavelmente a mulher havia sido drogada, mas não foi encontrada evidência de agressão sexual.

– Você mencionou "primeiro"... Então quer dizer que tiveram outros crimes?

– A segunda vítima foi morta essa semana, e apresentava os mesmos ferimentos e também estava com terra na boca. E ainda há uma terceira, só que essa não morreu. O cara foi interrompido antes que pudesse concluir o que parece ser um ritual.

– Vocês têm alguma testemunha? – ele perguntou, dando um gole do café.

– Sim, mas que não se lembra de nada do que aconteceu – Bryant interveio.

– Conseguiram achar algo que conectasse as vítimas?

Kim bebericou seu café antes de responder.

– Todas essas garotas estavam envolvidas em um incidente que acabou revelando o segredo dele. Quando tinha 6 anos, ele foi deitado no chão à força e ridicularizado até que uma delas correu para pedir ajuda.

Ted ficou olhando para algum ponto no espaço e assentiu.

– Ele não conseguiu esquecer como elas o olharam nem as coisas que disseram. Não esqueceu a aversão que elas sentiam por ele, que, na verdade, é um reflexo da repulsa dele por si mesmo.

– A nossa testemunha diz recordar uma frase... *Um pra mim, e um pra você* – Kim acrescentou.

– Isso é um jogo pra ele – disse Ted enfaticamente.

– Não diria bem que é um...

– Ou isso ou uma espécie de diversão. Mas voltaremos a esse assunto num minuto. Algum de vocês ouviu falar do caso de David Reimer, no Canadá?

Kim negou com a cabeça, assim como Bryant.

— David Reimer nasceu em 1965. Ele e seu irmão gêmeo passaram por uma cirurgia de circuncisão rotineira quando tinham 6 meses. A procedimento teve complicações e o pênis de David sofreu um dano irreparável.

Pelo canto do olho, Kim viu Bryant cruzar as pernas.

— Resumindo a história, encaminharam a família para um tal de doutor Money, que usou o caso deles para provar sua teoria de que o que definia o gênero de uma pessoa era a criação, mais que a natureza. Ele acreditava que havia um limiar de identidade de gênero, um ponto após o qual a criança definiria uma identidade como homem ou mulher. Pensava que fosse entre os 2 anos e meio e os 3 anos.

— E o que aconteceu? — Bryant perguntou.

— Fizeram uma cirurgia para redesignação de gênero e ele foi criado como menina.

— Junto com o irmão gêmeo dele? — Kim quis saber.

Ted assentiu.

— Passaram-se os anos, e seus instintos naturais foram se desenvolvendo, assim como seu desejo de fazer coisas que garotos costumam fazer. A solução de Money para os receios dos pais foi que eles reforçassem ainda mais o tratamento dele como se fosse uma garota.

— Deus do céu! — Bryant sussurrou.

— Exatamente. Imaginem então a confusão, as batalhas que ele precisou travar em sua mente e em seu corpo.

— E como foi o desfecho?

— A certa altura, os pais dele contaram-lhe a verdade. A cirurgia então foi revertida e ele começou a levar a vida como homem.

— E viveu feliz a partir de então? — Kim perguntou, erguendo uma sobrancelha.

— Ele se suicidou aos 38 anos.

Bryant recostou-se na cadeira.

— Ele não conseguia mais ter paz. Não sabia mais quem era.

— Você falou de um jogo. Seria tipo uma reencenação? — Kim quis saber.

— Algo como um sacrifício, uma oferenda. O seu assassino poderia estar tentando recriar episódios da infância. Jogos que talvez jogasse com a mãe.

— Mas por que isso, se ele odeia tanto a mãe?

– Porque ele também a ama, e possivelmente sente falta do que tinham juntos. Devia haver momentos em sua infância nos quais ele se sentia feliz, mas também aqueles em que era humilhado. É uma situação de grande conflito, especialmente se ele não recebeu a devida ajuda na época. É provável que a aversão por si mesmo somente tenha começado após ele perceber que outra pessoa sentia repulsa dele.

A inspetora assentiu seu entendimento.

– Encontramos algumas marcas nas vítimas. Acreditamos que surgiram porque ele as prendeu em um cadeirão. Além disso, ele as deixa sempre bem limpas e arrumadas.

– A brincadeira do chá da tarde – Ted sugeriu.

– Ah, que merda, ele está tratando as garotas como se fossem bonequinhas – Kim disse quando a ficha caiu.

Ted assentiu.

– Brincar que as bonecas estão fazendo um chá da tarde é típico da infância de uma menininha. *Um pra mim, e um pra você.* Talvez fosse a brincadeira favorita da mãe dele.

– No momento, ele capturou outra mulher. Ainda não a matou.

– Então é bom que vocês a encontrem logo... Porque, como acontece em qualquer outra brincadeira, a criança acaba ficando entediada.

Um pensamento repentino veio à inspetora.

– É provável que ele varie o seu ritual? É que suspeitamos que haja outra garota envolvida. Ele manteria duas vítimas presas ao mesmo tempo?

Ted fez uma careta e então balançou a cabeça.

– Improvável, já que ele nunca agiu assim no passado. Não se trata de escalar, Kim. Ele não está acumulando crimes. Parece bem mais plausível que ele insista em manter a rotina com todas elas.

Aquela resposta fez a inspetora pensar na menina chamada Mandy. Kim suspeitava que eles não poderiam mais salvá-la. Os forenses ainda estavam em Westerley, e tudo indicava que encontrariam mais coisas. Se Ted estivesse certo a respeito do assassino manter sua rotina, então Mandy também poderia estar enterrada lá.

Bryant inclinou o corpo para a frente.

– Então estamos procurando um homem?

– Quanto à fisiologia, provavelmente sim. Quanto à aparência, é difícil dizer. Ele pode tanto se apresentar como mulher quanto como homem.

Talvez até alterne os dois. Depende muito do tipo de ajuda que tenha conseguido anteriormente. Onze anos é um longo tempo e trata-se de um período que afeta muito a formação da pessoa.

Bryant assentiu seu agradecimento, embora a resposta não o tivesse ajudado muito.

Kim nunca passara por uma situação como aquela.

Pela primeira vez, eles sabiam o nome do assassino, mas não tinham nenhuma pista a respeito de quem de fato ele era.

SETENTA E OITO

— OK, PESSOAL, precisamos ser rápidos. Temos pouco tempo.

A mente de Kim sussurrava-lhe que era o tempo de Tracy que estava se esgotando.

Eram 6 horas da tarde de uma sexta-feira, horário de mudança de turno, e a delegacia começava a se esvaziar. O pessoal do escritório já havia se despedido e saído para aproveitar o fim de semana. A equipe de Kim deveria estar fazendo o mesmo.

— Sabemos que Jemima foi levada no sábado e seu corpo abandonado no domingo à noite, e nós a encontramos na segunda de manhã. Isobel foi levada na segunda e abandonada na terça à noite. Ele as mantém por uma noite, portanto…

— Tracy foi levada ontem, ou seja, será descartada… hoje à noite? — Dawson perguntou.

Kim assentiu.

— Pra recapitular, sabemos que Louise Hickman, Jemima Lowe e Tracy Frost estavam presentes quando Graham Studwick foi ridicularizado na escola — disse e então voltou-se para Stacey. — Nenhuma novidade sobre o nome Mandy?

Stacey negou com a cabeça.

— Descobri que havia sete Mandys na escola Cornheath naquela época. Entrei em contato com elas, chefe, e até o momento estão todas seguras e avisadas.

— Ok. Estamos trabalhando com a hipótese de que após raptar suas vítimas, ele as trata como bonecas, reencenando um jogo que brincava com a mãe… Bem provável que seja uma espécie de brincadeira do chá da tarde. Depois, ele leva as vítimas até Westerley, arrebenta o rosto delas e as mata, enchendo-lhes a boca de terra.

— Acha que ele seria idiota a ponto de abandonar Tracy em Westerley? — Bryant perguntou.

— Acho que ele precisa agir assim — a inspetora respondeu. — Do mesmo jeito que deixou Isobel lá apenas dois dias depois de Jemima. Há uma razão para isso, só não sei ainda qual é.

– E quanto ao plano, chefe? – Dawson perguntou.
– Vamos ficar esperando por ele em Westerley – disse Kim.

A equipe toda olhou-a em dúvida, e Kim entendeu a preocupação deles. Somente um completo idiota arriscaria voltar ao local de descarte após a polícia ter estado lá. Só que, depois da conversa que a inspetora tivera com Ted, o instinto dela lhe dizia que Graham faria exatamente isso. Kim apenas esperava, para o bem de Tracy, que estivesse apostando certo.

– Bem, tenho que ir ao andar de cima agora e...

Não completou a frase, pois seu telefone tocou. Era um número bloqueado, mas considerando a situação decidiu atender.

– Stone.

Ela recuou alguns passos para se afastar do burburinho dos membros da equipe.

– Inspetora, é a Jo... do hospital.

O estômago de Kim reagiu à agitação que sentiu na voz da mulher do outro lado da linha.

– Isobel está bem? – Kim logo perguntou.

A falação em volta da inspetora parou, e seis olhos curiosos voltaram-se em sua direção.

– Sim, Isobel está bem, mas achei que deveria deixar você a par de um incidente que aconteceu mais cedo. Um homem tentou entrar na ala, querendo ver Isobel. Foi barrado na entrada, mas ficou muito alterado. Esmurrava e chutava as portas. Tivemos que chamar a segurança para tirá-lo dali. Foi agressivo com os vigias e precisou ser removido à força do edifício.

Os pelos da nuca da inspetora se arrepiaram.

– Jo, por favor, me diga que você conseguiu vê-lo e tem uma descrição dele – Kim pediu, prendendo a respiração.

– Consegui mais que isso, inspetora. Era um cara grande, fortão e careca, e o nome dele é Darren James.

Kim agradeceu Jo pela ajuda e encerrou a ligação. Então, se dirigiu à equipe.

– Ok, pessoal, aprontem-se o mais rápido possível. Temos que ir a Westerley agora mesmo.

Precisavam descobrir por que o segurança tentara entrar à força naquela ala do hospital.

SETENTA E NOVE

KIM NÃO HESITOU quando sua entrada no escritório do detetive inspetor-chefe foi permitida. A inspetora parou em pé à direita da mesa. A alça da pasta de couro marrom já estava na mão de Woody.

— Senhor, preciso que toda a força policial e forense seja retirada de Westerley — disse Kim.

Ele sorriu.

— Stone, de que diabos você está falando?

— Preciso que todos eles saiam de lá.

Agora Woody franziu o cenho.

— Isso é impossível. A busca na área está bem longe de acabar, e depois do que você disse a respeito dessa Amanda...

— Mandy — ela corrigiu.

— Tanto faz. O fato é que a gente precisa ter certeza de que não há mais nada pra encontrar.

Ela assentiu, demonstrando que compreendia, e deu mais dois passos em direção à mesa.

— Entendo isso, mas preciso daquela área desimpedida hoje à noite. A busca pode ser retomada amanhã.

Ele colocou a pasta no chão e voltou a sentar.

— Por quê?

— Acho que nosso cara vai tentar abandonar Tracy Frost lá hoje à noite.

Dessa vez Woddy riu, e isso a preocupou.

— Só um idiota teria essa ousadia. — Ele balançou a cabeça. — Você acha que esse assassino não vê televisão, não lê jornais?

— Senhor, há uma razão pra ele ter sido ousado o suficiente para deixar Isobel logo depois que a gente encontrou Jemima. Essa é a única maneira de pegá-lo.

— Mas você não tem o nome dele? — Woody perguntou, como se ela tivesse se esquecido disso.

— Graham Studwick não existe mais. Ele entrou no sistema da assistência social aos 11 anos, depois de matar a mãe, e não há registro de que saiu dele. Ou então saiu, mas com outro nome. Saber o nome dele não significa muita coisa nesse caso, dá num beco sem saída. Tudo o que podemos usar a nosso favor é o comportamento que ele vem tendo, e pelo que sabemos Westerley significa alguma coisa pra ele.

Ele recostou-se na cadeira.

— Senhor, quero apenas deixar aquele lugar o mais convidativo possível. É a única saída.

Woddy acenou, concordando e pegou a caneta.

— Ok, do que você precisa?

A inspetora já imaginara que essa primeira etapa seria fácil. Agora chegava à parte na qual previa conflito.

— Não preciso de nada. — Ela negou com a cabeça. — Tenho que envolver o mínimo de gente possível. Vai ser só minha equipe e alguns membros da equipe de Westerley.

Ele já balançava a cabeça antes que ela terminasse a frase.

— Sem chance, Stone. Não vou permitir que coloque sua equipe em tamanho risco. Além disso, as pessoas da unidade são civis. Se acontecer alguma coisa com elas...

— É claro que estou ciente disso. Mas preciso deles porque conhecem bem o lugar. Tenho que cobrir duas ou três áreas, e só vou conseguir isso com a ajuda deles.

Woody coçou o queixo por alguns segundos.

— Senhor, eu realmente acredito que essa seja a nossa única chance de deter o assassino e salvar a vida de Tracy Frost.

— Acha mesmo que ele aparecerá?

— Sim, acho. — Kim não hesitou.

Ele suspirou profundamente antes de dizer:

— Ok, mas vou querer uma equipe posicionada a não mais de oitocentos metros dali, e você tem que manter contato por rádio o tempo todo.

— Eu preciso...

— Se você disser mais uma palavra, vou acrescentar mais restrições.

A inspetora fechou o bico na hora.

— Se a segurança daquelas pessoas ficar comprometida, mesmo que seja por um minuto, você precisa recuar. Entendeu?

E foda-se a Tracy Frost? ela pensou.

Se alguém lhe dissesse algumas semanas atrás que ela defenderia tão apaixonadamente a segurança daquela mulher, teria rido na cara da pessoa. Tracy revelara muita coisa de si naquela semana, mesmo sem saber.

Como acontecia à Kim, a vida de Tracy não contava muito para os outros. Ambas se doavam aos seus empregos. Nenhuma das duas era casada ou tinha filhos... mas não importava o que a vida de Tracy fosse, era a vida que ela escolhera viver, e Kim estava determinada a devolvê-la a ela.

Racionalmente, a inspetora sabia que não era isso o que seu chefe queria dizer. Woody não queria que acontecesse nada com Tracy Frost, mas ele sempre encarava segurança em termos numéricos. Se fosse preciso sacrificar uma vida para salvar outras mais, então era essa a equação a ser escolhida.

O problema era que Kim nunca fora boa em matemática.

OITENTA

AH, MAMÃE, essa era a melhor parte do dia pra mim. Adoraaaava a hora do chá, e sei que você gostava também.

Eu escolhia as bonecas que vinham para os nossos encontros do chá. Limpava todas elas, deixava-as prontas, e você preparava a comida.

Não eram uma delícia aqueles doces que a gente comia? Às vezes você inventava doces diferentes, para experimentar, mas alguns eram sempre os mesmos.

De vez em quando no verão você fazia gelatina com sorvete. A gente ria vendo a gelatina tremer quando você tirava da geladeira. Eu encostava a ponta do dedo nela para vê-la oscilar de volta. E se voltasse, era sinal de que já estava pronta.

Lembra quando eu mentia, mamãe? Eu dizia que a gelatina já estava pronta, e não estava, mas é que eu não via a hora de comer aquela gelatina sabor morango, que me dava água na boca assim que você abria a porta da geladeira.

Você colocava uma colher no prato pra gente partir a porção. Mas em vez de dançar na tigela, a gelatina desmanchava e escorria pela mesa. Eu prendia a respiração, achando que você ia ficar brava comigo. Mas você não ficava. Você ria e aquela bagunça desaparecia debaixo do papel-toalha que você passava. Claro que você ria. Aquele era o seu jogo favorito.

Eu adoro todas as brincadeiras com as minhas coleguinhas, mamãe, mas essa é a que eu mais gosto.

É muito triste quando elas têm que ir embora. Mas elas precisam ir, mamãe. Assim como você precisou ir. Amei você, mamãe, mas a odiei também. Amei nossa vida quando éramos só você e eu, mas você deixou o resto do mundo entrar. Até então eu era apenas a sua melhor menininha.

Tentamos bloquear essas pessoas de novo, não foi? Tentamos voltar àquele nosso pequeno mundo, só você e eu.

Você fingia que aquele dia na escola nunca tinha acontecido. E eu também.

Você me deu livros para ler e exercícios para fazer e tudo voltou a ser como antes. Quase.

Os rostos e as risadas ainda atormentavam meus sonhos, mas pelo menos eu tinha você.

Até que meu corpo começou a mudar. Havia regiões que eu queria tocar, explorar, entender, mas não fiz isso, porque receava que você ficasse sabendo.

Mas os hormônios que você me dava só amenizavam um pouco as coisas. Chamei você na manhã que aconteceu.

Meu pintinho havia vazado naquela noite, e eu não sabia se ele estava quebrado.

O olhar que vi no seu rosto partiu meu coração. Aqueles anos todos foram para o ralo quando vi seu rosto contraído de aversão. Foi como estar de novo no chão, olhando para meus atormentadores.

Fui até você, e você se afastou, enterrando punhais na minha alma. Você não queria me tocar, como se eu estivesse com alguma infecção. Suponho que para você eu estava mesmo. Mas minha única aflição era ser menino.

O dia inteiro você me olhou de um jeito acusador. Como se a adolescência de algum modo fosse culpa minha. E a cada momento que passava a criança desaparecia e emergia o jovem revoltado.

De repente, eu não pertencia mais a lugar nenhum, e não era mais a sua menininha.

Aquela sua expressão, não seria mais possível desfazê-la. A sua traição foi pior que a delas, mamãe.

Porque você tinha me feito desse jeito. E, portanto, assim como as demais, você tinha que morrer.

OITENTA E UM

TRACY SABIA que não resistiria muito mais. Os copos de leite pela metade que bebera ao longo do dia agora voltavam, enchendo sua bexiga.

Ela sabia que aquelas bebidinhas aparentemente inócuas continham algum tipo de droga. Já passara um bom tempo desde que tomara a última e, portanto, seus pensamentos pareciam um pouco menos embaralhados. Mais fáceis de serem mantidos.

A repórter contorcia-se desconfortável no assento, com muito medo de não conseguir mais segurar a urina.

Não tinha ideia de quanto tempo havia passado desde a última vez que ele estivera naquele aposento, limpando-a com delicadeza. E não tinha ideia do que aconteceria a seguir.

Seu estado de consciência alternava. O rosto da mãe, sempre sorridente e acolhedor, havia zanzado pela sua mente, indo e vindo.

Uma pontada de arrependimento, que se traduzia em dor física, atingiu Tracy em algum lugar do seu peito. Arrependimento por ter permitido que um estranho destruísse o vínculo que ela e a mãe uma vez tiveram.

Nunca gostara do padrasto, e ele nunca gostara dela – a repórter não sabia ao certo qual desses dois fatos ficara evidente primeiro. Tanto ela quanto o padrasto haviam se tolerado por causa da mãe dela.

Depois que perdeu o pai aos 5 anos, ela e a mãe se aproximaram mais ainda. Faziam tudo juntas. Devido ao amor e acolhimento da mãe, Tracy sequer sentira os efeitos de sua infância sem amigos. Nunca sentira que lhe faltasse algo. A mãe estava ao seu lado toda vez que sofria bullying, quando as colegas a perseguiam fora da escola para vê-la mancando mais ainda quando corria.

A mãe acariciava seu cabelo e secava suas lágrimas e lhe dizia que tudo iria se ajeitar. E Tracy acreditara nela.

Até que Terry veio morar com elas.

A mãe considerava Terry um herói, por assumir uma criança que não era dele. Mas Terry não assumira nada. Havia muitas coisas que Tracy poderia ter contado à mãe a respeito dele, dentre elas o fato de ele colocar-lhe apelidos quando a mulher da casa não estava.

E isso começara apenas duas semanas depois de ele ter se mudado.

– Me faça um chá, Quiquinha – ele dizia, e então ria alto.

Ela não havia entendido. Quem era Quiquinha?

– Quiquinha? É um diminutivo de Manquinha – ele esclarecia, e ria de novo.

A humilhação fazia as bochechas de Tracy queimarem e a deixava com um nó na garganta quando tropeçava na cozinha.

Aquele homem dera um jeito de trazer a feiura para dentro da casa dela, antes o seu porto seguro, e isso era algo que não poderia mais ser desfeito.

Seu nome passou a ser Quiquinha toda vez que a mãe saía de casa.

Aos poucos ela foi evitando a companhia deles e subia direto para o quarto quando chegava da escola, guardando as zombarias e humilhações do dia para si. A eles, dizia apenas que estava tudo bem.

Ela saiu de casa três dias depois de completar 16 anos.

Hoje em dia, Tracy sabia que se decidisse visitar a mãe seria recebida com um longo e afetuoso abraço, como se nunca tivesse ido embora. Não escutaria recriminações. Nenhuma queixa pelo fato de nem sempre ligar toda semana. A mãe a teria abraçado, amado e, mais importante, perdoado.

Ainda assim, quando saiu de casa, já não foi sem tempo.

A mãe a amava. Ela sabia disso.

Assim como sabia que a mãe era a única. Só que Tracy fora levada, arrancada de sua vida e agora não havia ninguém que desse pela sua falta.

A porta bateu lá em cima, e ela se sobressaltou. Aquele era o sinal de que ele estava a caminho.

A repórter quase gritara de tanto fazer força para não se molhar. Não sabia quanto tempo mais conseguiria resistir.

A porta abriu, e ela juntou as pernas com força.

Ele acendeu a luz e sorriu. Tracy ouviu o queixume que escapou da própria boca.

Nunca em sua vida se sentira tão aprisionada. Alguns momentos em sua infância podiam ter chegado perto disso, mas mesmo então ela sabia que era uma criança e que um dia teria algum controle sobre o próprio destino. Mas agora, ali estava ela, adulta, e sentindo-se tão aprisionada quanto naquela época.

Essa sensação disparou um redemoinho de raiva e um sentimento de injustiça no estômago de Tracy. Prometera a si mesma que nunca ficaria de novo nessa situação.

– Chegou a hora do chá – ele disse animado.

Tracy não tinha ideia de que horas eram... Mas se era hora do chá, sabia que seu tempo estava contado.

Passeou os olhos pelas pedras. Se ao menos conseguisse pôr a mão numa delas, tentaria acertar a cabeça dele e fugiria correndo. Não sabia o quão longe conseguiria ir, mas ele sempre deixava aberta a porta que dava para o corredor escuro. No mínimo, tinha uma chance.

Ele voltou ao corredor e então, com ambas as mãos, trouxe um carrinho contendo um bule de chá, xícaras e pratinhos de doces.

O coração de Tracy começou a bater forte quando ele começou a depositar com cuidado os itens, um por um, na mesa. Não havia nada que ela pudesse fazer naquele momento. Seu punho direito estava acorrentado ao cadeirão, e ela já sabia que não conseguiria tomar impulso para mover o próprio cadeirão do lugar.

O sorriso dele era quase beatífico enquanto arrumava dois pratos, lado a lado.

– Esse é o meu momento preferido do dia – disse ele vertendo chá nas duas xícaras. – Adoro quando a gente se encontra para o chá. Só nós dois.

Ele olhou ao redor para a coleção de bonecas.

– Hoje a gente não vai convidar nenhuma delas. Vai ser só a gente, tá bom, meu anjinho?

Tracy nada disse, embora sentisse repulsa sempre que ele usava esses termos afetuosos. Pensar em comida fez o seu estômago revirar de náusea, mesmo que sequer se lembrasse de quando fizera sua última refeição.

– Ok, vamos começar com os doces. Qual você gostaria de comer?

A repórter era incapaz de se mexer. O medo paralisara todos os músculos de seu corpo, mas seu cérebro ganhava vida.

– Qual deles? – ele repetiu.

Ela engoliu seco e acenou com a cabeça para o pratinho da ponta.

– *Fondant* fantasia. Boa escolha.

Ele pegou dois doces do prato maior e depositou um em cada pratinho. Em seguida, colocou um deles diante dela.

– Um pra você, e um pra mim.

Talvez se ela seguisse as instruções dele, se fizesse tudo o que ele queria, quem sabe a deixaria ir embora? Talvez Jemima o tivesse enfurecido de algum modo. Talvez não tivesse comido o docinho.

Ela se concentrou ao máximo para levar o doce até a boca. Seu maxilar estava dormente de terror, mas conseguiu mordiscar a ponta. A massa seca esponjosa chegou ao árido deserto que era a sua boca e não conseguiu ir adiante.

– Não tá com fome, anjinho? – ele perguntou.

Sem saber o que responder, ela balançou a cabeça.

Ele assentiu indicando que entendera, e então fez desaparecer o último pedaço do doce na própria boca.

– Acho que você precisa de uma xícara de chá.

De repente, ela se tocou do ridículo daquela situação. Por que diabos estava concordando com tudo o que ele lhe mandava fazer? A vida dela estava em jogo. Ele a sequestrara, drogara, aprisionara e agora a alimentava. Lá estava ela, sentada como uma daquelas bonequinhas estúpidas do caralho, com o rosto limpinho e presilhas no cabelo.

Ela fez uma pausa ao perceber que conseguira sustentar aquele pensamento. Tinha grampos de arame no cabelo e uma mão livre. Precisava se manter lúcida tempo suficiente para que aqueles dois pensamentos se juntassem e virassem algo útil.

Ele colocou a xícara diante dela e acrescentou o leite.

– Agora, seja uma boa menina e tome seu chá.

Tracy pegou a xícara, lembrando-se de como ele havia reagido da última vez que ela se recusara a tomá-lo. A mão dela tremia, batendo a xícara lascada no pires.

Lembrou-se de novo de como ele reagira quando ela se recusara a beber. Colocou a xícara de volta no pires e balançou a cabeça devagar.

Ele sentou ereto, franzindo o cenho.

– Tracy, por favor, pegue sua xícara.

Mais uma vez ela balançou a cabeça.

Ele apoiou a xícara dele na mesa.

– Tracy, eu não vou pedir de novo. Você tem que tomar o chá.

O coração da repórter batia rápido, mas ela precisava recusar. De novo, balançou a cabeça.

Ele se levantou, derrubando a cadeira de plástico atrás de si. Deu a volta na mesa e pegou a xícara da bandeja. Tracy aproveitou aquele movimento de seu captor, para alcançar o grampo que estava no cabelo dela e tirá-lo.

A repórter sentiu a cabeça indo para trás num tranco, ele pegara o cabelo dela num rabo de cavalo e o puxara. Ao posicionar a xícara acima da boca da vítima, inclinou a cabeça de Tracy na direção dele. O rosto do homem apareceu de cabeça para baixo no campo de visão da repórter, que sabia que tinha apenas uma chance.

O chá quente começou a gotejar sobre os lábios dela, mas dessa vez ele não contava com o elemento surpresa. Tracy permaneceu com a boca fechada, o líquido escorrendo pelo queixo. Percebendo que tinha um problema, ele pausou. Não conseguiria ao mesmo tempo segurar a xícara e o cabelo da repórter, para forçá-la a abrir a boca.

Tracy estava esperando exatamente por esse segundo de distração do homem. Aquela seria a sua única oportunidade, e precisava fazer dar certo.

Ergueu o braço com a mão fechada segurando o grampo.

Na mente ainda anuviada da repórter, seu movimento havia sido veloz como uma chicotada, algo que levara um nanossegundo para acontecer. Na realidade, foi tão devagar quanto um replay em *slow motion*, e nem se ela reunisse toda a sua força, conseguiria mover o braço mais rápido.

Ele soltou o cabelo de Tracy, bloqueando o movimento dela com facilidade, e o grampo, junto com a única chance da repórter de se libertar, rolou pelo chão.

Com a mão livre, o homem tampou as narinas de Tracy. A mulher não teve escolha a não ser abrir a boca.

– Isso, garota – ele disse, levando a xícara aos lábios da repórter.

O homem inclinou a xícara um pouco mais, e a maior parte do líquido desceu pela garganta de Tracy.

– Boa menina – disse ele, sorrindo.

Ela sabia que acabara de receber mais uma dose da droga. Por instinto, tossiu, mas era tarde demais. Já havia bebido o líquido.

Suspirando, o homem inclinou a cabeça de lado. Não havia arrependimento em seus olhos. Neles, Tracy identificou uma frieza que nunca vira antes. Apesar do coração disparado, ela não desviou o olhar. Nunca ninguém a fitara com um ódio tão grande, o que fez seu rosto corar.

– Graham, eu fui a única que ajudou você – ela soltou. – Não se lembra?

– Claro que lembro – ele disse. Seu rosto não se alterou minimamente. – Mas você demorou muito pra decidir ajudar, não foi?

As bochechas de Tracy queimaram ainda mais de vergonha. Ele tinha razão, e a repórter sabia disso. De início, ela simplesmente ficara tão curiosa quanto as outras meninas e, droga, por alguns minutos curtira estarem todas rindo de outra pessoa que não fosse ela. Mas então seu estômago embrulhara, e ela saíra correndo pela porta.

Tracy não queria que ninguém se sentisse como ela. Mas Graham tinha razão: ela devia ter ido pedir ajuda mais cedo.

– Graham, eu sinto muito...

Ele ergueu as mãos para silenciá-la.

– Seja como for, Tracy, agora não importa mais. Está na hora de você ir.

E então ela soube que era hora de morrer.

OITENTA E DOIS

QUANDO COMEÇARAM a percorrer os últimos quatrocentos metros na estradinha até Westerley, Kim torceu para que o seu plano estivesse dando certo.

A imprensa sabia como a coisa toda funcionava. A saída em massa dos veículos da polícia sinalizava que não havia nada mais acontecendo ali. Não haveria mais atualizações nem corpos a serem encontrados. Repórteres não permaneciam num local quando não havia mais novidades. Já tinham ido para casa ou se ocupavam da próxima história triste.

Kim lembrou-se da última vez em que sua equipe estivera no seu Golf, indo para Westerley. Era difícil acreditar que isso acontecera havia apenas uma semana. Os ânimos não poderiam ser mais diferentes.

— Todo mundo pronto? — a inspetora perguntou ao se aproximarem do portão.

Todos responderam que sim.

O portão abriu antes mesmo de Kim tocar o interfone. Ela resmungou consigo. Será que não aprenderiam nunca? Não era porque você reconhecia o carro pela câmera do circuito de TV que deveria lhe permitir acesso instantâneo.

Assim que a inspetora parou o veículo, as quatro portas foram abertas ao mesmo tempo. Foi impossível não se recordar da picape vermelha que estivera estacionada ali dias antes naquela semana. Tinha sido um prazer rever Lola.

Kim caminhou até o alojamento e abriu a porta. O professor Wright e Catherine estavam sentados à mesa, e ela viu Jameel em pé junto à mesa do computador, o que indicava que havia sido ele que lhes dera acesso. Mais tarde, ela conversaria com ele a respeito disso.

A equipe da inspetora a seguia logo atrás e, então, se espalharam pelo alojamento.

Kim olhou para o professor, que retorcia as mãos. De imediato notou a ausência do segurança.

— Darren não chegou ainda?

— Ele ligou dizendo que está doente — Wright respondeu, parecendo preocupado.

Kim lançou um olhar a Bryant, que assentiu e saiu. Uma viatura fora enviada à casa de Darren, depois que a inspetora soube da visita do homem ao hospital. Quando os policiais disseram não ter notícia dele, Kim supôs que ele estivesse a caminho do trabalho. Naquele momento, não podiam sair atrás de Darren, mas Bryant instruiria a uma viatura que tentasse localizá-lo.

Catherine ofereceu um sorriso afetuoso à Kim, acenando-lhe ao ficar em pé. Vestia um jeans claro com um bordado e uma camiseta num tom pastel. A inspetora ficou surpresa ao ver a entomologista usando um pouco de maquiagem.

— Querem beber alguma coisa? — Catherine perguntou, olhando em volta. — Tem chá, café e latinha de Coca na geladeira.

A maioria disse que não. Só Dawson aceitou.

Kim sentiu um aroma de perfume floral quando Catherine passou atrás dela em direção à geladeira.

— Ok, pessoal, suponho que o professor Wright já tenha explicado a vocês por que estamos aqui.

Tanto Catherine quanto Jameel assentiram.

— Daqui a pouco, um veículo de apoio com mais cinco policiais vai estacionar no final da estradinha, para o caso de precisarmos deles. Quero que Bryant e o professor Wright fiquem onde Louise foi achada. Catherine e eu vamos ficar onde Jemima e Isobel foram encontradas, e quero Kev e Jameel entre esses dois locais.

A lógica do plano da inspetora era simples, baseava-se em aptidão física. O professor não era tão ágil quanto os demais membros da equipe dele, então era melhor que ficasse no ponto mais improvável. Tanto Dawson quanto Jameel eram jovens e com bom físico, poderiam rapidamente alcançar qualquer dos dois locais de perigo, se fosse o caso.

— Stacey, preciso de você aqui, de olho nas câmeras e monitorando o rádio.

Stacey assentiu.

— Vamos usar o sistema de rádio daqui para que Stacey possa manter contato conosco. Ela também vai ser nossa ligação com a equipe de apoio lá na estrada. Mantenham suas lanternas voltadas para o chão e apenas as usem quando necessário. Assim que chegarem ao local designado, desliguem as lanternas.

Kim fez uma pausa para que cada um indicasse que havia entendido.

– É muito importante que ninguém se separe do seu parceiro. Jameel, Catherine, professor, vocês estarão ali exclusivamente para nos auxiliar, dando orientações sobre o local. Sob nenhuma circunstância devem fazer algo que coloque em risco sua própria segurança ou a de qualquer outra pessoa. Se acontecer alguma coisa, vocês têm que avisar pelo rádio e logo o reforço chegará. Entenderam?

Três vozes disseram sim.

– E, por fim, quero ser contatada assim que chegarem à sua localização, e depois outra a cada quinze minutos. Combinado?

Todos expressaram entender.

A inspetora captou o breve olhar de dúvida de Bryant quando ele assentiu na direção dela.

Ela virou-se para ir embora, respirou fundo e fez uma prece silenciosa.

Tracy, para o seu próprio bem, espero que eu esteja fazendo a coisa certa.

OITENTA E TRÊS

TRACY OUVIU O SOM ACIMA DELA. De novo, não sabia direito há quanto tempo ele a deixara ali. Os pensamentos pairavam na cabeça da repórter como se fossem pipas ao vento, e ela simplesmente não conseguia agarrá-las pela rabiola.

A bandeja de chá havia sido levada embora, Tracy não sabia quando. Também não sentia mais vontade de fazer xixi, mas tampouco estava molhada, nem cheirava forte.

A porta abriu e por um momento a repórter pensou que seus olhos a enganavam.

A figura que estava diante dela parecia... normal. A maquiagem e as chiquinhas haviam sumido. Ele vestia jeans e camiseta.

De relance, pensou que não se tratava da mesma pessoa. Que aquele homem viera para salvá-la. Que ela fora encontrada. Que estava sendo resgatada.

Mas então viu os olhos dele. Eram penetrantes e cheios de raiva. Ele jogou de uma mão para a outra as chaves que segurava.

– Vamos, Tracy, está na hora.

OITENTA E QUATRO

BRYANT SEGUIU O PROFESSOR WRIGHT, passando pelo único poste de iluminação em que havia uma câmera de TV do circuito interno. O brilho alaranjado da luz estendia-se até o fim do trecho de cascalho. Aquele círculo luminoso em contraste com a escuridão ao redor lembrou Bryant uma dezena de filmes de ficção científica.

Depois daquele clarão, o caminho era iluminado apenas pela lua que ocasionalmente espreitava por detrás das nuvens de uma tempestade que se armava.

Bryant acelerou o passo a fim de acompanhar o professor. Para um homem atarracado, até que Wright se movia com rapidez.

Assim que a luz do poste não mais os alcançava, o professor ligou a lanterna, focalizando-a no chão, um metro e meio à frente dele. Não fazia sentido iluminar o caminho rente aos pés. Se fizesse isso, acabaria caindo. E se caísse ali, não estaria sozinho.

Bryant estremeceu só de pensar nisso.

Iam em direção ao local em que Louise fora encontrada, no ponto mais a oeste da propriedade, a uns mil e duzentos metros de onde Jemima e Isobel haviam sido deixadas.

Ele entendia por que a sua chefe os havia mandado para lá e não se ofendeu com isso. Embora ainda jogasse rúgbi, se colocasse na balança os fins de semana em que praticava o esporte e aqueles em que faltava às partidas, a balança se inclinaria para este último.

Dawson, por outro lado, ia à academia com a mesma obstinação que costumava colocar no trabalho. Fazendo chuva ou sol, o rapaz mantinha a rotina de quatro vezes por semana cuidar da saúde e do físico. Além disso, era quase vinte anos mais jovem.

Mesmo vendo que o professor andava com agilidade, Bryant não estava muito seguro de qual deles cruzaria primeiro a linha de chegada em uma corrida.

– Que tempinho ruim, hein? – comentou para quebrar o silêncio entre os dois.

– Não é, sargento? – retrucou o professor sem olhar para ele. – A condensação se aglomera numa massa de ar instável, gerando um movimento forte, rápido, ascendente, na atmosfera. A energia do calor cria poderosas correntes de ar subindo em espiral. – Ele reduziu o passo e apontou a lanterna para cima em direção à escuridão e assentiu. – Acho que teremos descargas elétricas mais tarde.

– Teremos o quê? – Bryant perguntou.

– Relâmpagos, sargento. É quando o atrito de massas de ar nas nuvens carregadas provoca descargas elétricas.

– Ah, sim – ele disse.

Pergunte coisas simples a um professor, Bryant pensou.

– Não é curioso que vocês saibam o nome do assassino, mas não consigam localizá-lo? – perguntou o professor.

Ao contrário de Wright, Bryant não era de dar respostas muito elaboradas, complicadas e técnicas.

– Ele entrou no sistema da assistência social como Graham Studwick, aos 11 anos. A partir daí, não há mais registros de Graham Studwick. Ele saiu do sistema com outro nome.

– É comum isso acontecer? – perguntou o professor. – Digo, as pessoas entrarem nesse sistema e depois simplesmente desaparecerem?

Mais do que gostaria de admitir, Bryant pensou. E certamente mais do que deveria.

– Hoje em dia muitos órgãos diferentes atendem a menores de idade – ele explicou. – Conselhos de prefeituras se fundem ou se separam. Contratam-se serviços, os registros médicos são transferidos para outra autoridade de saúde vizinha. Não existe um corpo que supervisione todos os aspectos dos cuidados com crianças.

Bryant reparou no uso que ele mesmo havia feito do termo "corpo" num lugar como aquele.

– Ah, sim, entendo – disse o professor num tom que sugeria que não estava de fato prestando muita atenção.

O detetive continuou falando, mas conforme se aproximavam da área designada percebeu que o homem ao seu lado estava disperso. Mantinha-se calado, sequer sinalizava que estivesse ouvindo.

Bryant fechou a boca e não falou mais.

Sabia que a tempestade se aproximava. Podia sentir a ameaça no ar.

Por alguma razão, também sentia que outro tipo de ameaça o rondava.

OITENTA E CINCO

– ENTÃO VOCÊS ACHAM que vai rolar alguma coisa aqui hoje à noite? – Jameel perguntou quando atravessavam o pátio de cascalho. – Quer dizer, estão achando que ele vai descartar outro corpo aqui, não é? – continuou ele, sem dar tempo de Dawson responder.

Dawson sacudiu a cabeça enquanto entravam naquela escuridão.

Só um garoto que tivesse presenciado poucas cenas de crime se mostraria tão empolgado com a perspectiva de ver corpos recém-assassinados, mesmo estando rodeado de cadáveres velhos, em decomposição. Era irônico, mas aquelas mesmas palavras poderiam muito bem ter vindo da própria boca de Dawson dez anos atrás.

Ele viu Bryant e o professor Wright desaparecendo de vista, rumo a oeste, em direção ao local em que Louise Hickman fora escavada havia apenas dois dias.

A chefe dele caminhava com Catherine rumo ao lado leste da propriedade, onde Jemima e Isobel haviam sido deixadas.

E ali estava Dawson, numa área entre eles, acompanhado por um garoto que mal controlava sua animação com a possibilidade de haver um novo corpo.

– Cara, para quieto com essa lanterna – Dawson instruiu. Aquela lanterna da qual dependiam iluminava tudo que era lugar.

Jameel soltou uma gargalhada.

– Ah, claro, entendi – disse, lembrando que a área que devia iluminar era o chão por onde andavam. Em Westerley, os túmulos que tinham sob seus pés eram uma ameaça ao bem-estar e à segurança de todos.

– E o que trouxe você para este lugar? – Dawson perguntou. A natureza efervescente do garoto e sua popularidade no YouTube não combinavam com o perfil de *nerd* estudioso que requeria o trabalho de processar números, que ele fazia no meio do nada, acompanhado apenas pelo professor, por Catherine e um bando de cadáveres.

– Os dados, cara – disse ele como se isso explicasse tudo. – Se você me der um punhado de números, eu posso lhe devolver dados, fatos, projeções. Me passe suas três últimas contas de gás e eu lhe devolvo dez páginas de resultados, com histórico, padrões, projeções. Aqui eu coleto centenas de números todo dia e os transformo em fatos. Tenho como produzir passado, presente e futuro. É muito legal, cara.

– Como você veio parar aqui? – Dawson perguntou. A lanterna ficava mais estável quando o garoto focava em alguma conversa.

– Todos que trabalham aqui foram escolhidos pelo professor Wright – ele explicou. – Eu fui assistir a um seminário sobre bactérias estomacais. Sabia que há cem trilhões de microrganismos nos intestinos? Isso equivale a mais de dez vezes o total de células humanas no...

– Ok, pode pular essa parte – Dawson sugeriu. Não estava a fim de saber sobre esse tanto de coisas vivas que habitavam seu estômago.

– Bem, esperei o professor terminar a aula pra falar com ele a respeito de dois cálculos da apresentação que estavam incorretos por uma casa decimal e cem avos de uma...

– Como você sabia que estavam errados? – Dawson perguntou, acompanhando o zigue-zague da luz da lanterna. Era inegável a inteligência do garoto.

– É que havia uma falha naquele software. Depois que você realizava qualquer cálculo acima de um trilhão, ele já começava a arredondar para o número inteiro seguinte a partir de quatro e não de cinco.

Dawson contentou-se em confiar no que o garoto dizia.

– Aí eu ofereci ao professor um *patch* de software para o programa dele, e ele me ofereceu um emprego.

– Jameel, estou falando sério sobre manter a lanterna estável – Dawson insistiu, irritado. A escuridão era desorientadora, mas os sentidos do detetive lhe diziam que estavam próximos de onde ele fixara as placas de "piso molhado", a fim de evitar que pés inadvertidos acabassem caindo na cova de Cher, o cadáver que apodrecia ali tranquilamente.

– Desculpe, só estou tentando encontrar alguma pista.

Dawson sentiu que havia ganhado um prêmio de consolação. Bastava dar uma nota fiscal de supermercado ao rapaz que ele provavelmente analisaria como seria sua vida financeira nos próximos dez anos. Mas se o segurança tivesse vindo trabalhar, Dawson se sentiria um pouco mais seguro quanto à aptidão de Jameel para cumprir o seu papel no plano.

– E o que mais o Darren disse quando ligou pra avisar que estava doente? – Dawson perguntou. Ele ainda não tinha visto Curtis Grant para lhe fazer essa pergunta.

– Disse que estava com algum problema de estômago. E aí entrou em certos detalhes meio desagradáveis, então achei melhor parar de ouvir. O chefe não ficou muito feliz, disse que a época de renovação do contrato de prestação de serviço de segurança se aproximava.

– Como assim? Ele vai mudar de prestador de serviço? – Dawson perguntou.

Jameel levantou a lanterna para que Dawson o visse dar de ombros.

– Talvez, mas Darren não é um cara tão ruim. Ele falou que arrumou outra pessoa pra substituí-lo no turno, ou seja, tem alguém vindo aí, só que vocês chegaram, então acabei desligando a ligação.

– Amigo, vire a lanterna pro chão – Dawson instruiu, caminhando mais devagar. A luz parecia focar todos os lugares menos para o chão onde andavam.

Ele pegou o celular para ligar para Stacey e informá-la sobre o vigia substituto.

– Sabe, cara, você podia muito bem ter avisado isso antes – disse Dawson, enquanto rolava a tela procurando o número da colega.

– Pois é, foi mal – Jameel disse, e então um relâmpago varreu o céu escuro, iluminando um rosto que não parecia nem um pouco preocupado com aquilo.

OITENTA E SEIS

O RELÂMPAGO ILUMINOU o alojamento como se fosse uma breve explosão e cegou-a por uns instantes. O lugar ficou silencioso, até Stacey se dar conta de que o impacto do raio causara um pico de energia elétrica.

Ela contou até cinco e então ouviu o zumbido do gerador reserva entrando em operação. Portanto, havia sido mais que um pico de energia. A eletricidade caíra temporariamente. O sistema estava programado para acionar o gerador apenas se a interrupção de energia durasse mais de cinco segundos. Um pico durava meio segundo ou menos.

– Deus do céu – Stacey sussurrou para si mesma e esperou o coração voltar ao ritmo normal.

Ela não se importava com tempestades, até curtia observá-las, mas só se estivesse a salvo na segurança de um edifício de tijolos, e com tudo desligado das tomadas.

Um por um, os aparelhos voltaram a ligar. Se fosse como nos sistemas que ela conhecia, seguiria a ordem de importância. Iluminação primeiro, depois aquecimento, equipamentos de comunicação, segurança e, finalmente, os demais aparelhos.

Surpreendentemente, a iluminação não falhara, mas Stacey sabia que era algo que costumava estar num circuito à parte do resto.

O aquecimento não estava ligado, portanto não sofrera interrupção.

O telefone fixo, que carregava na base, emitiu um bipe, voltado a funcionar.

Em seguida, a luzinha verde na lateral da base de sua estação de rádio piscou duas vezes, mas depois continuou acesa. Ótimo, ela sua comunicação seria a partir daquela estação base. Os walkie-talkies que as três equipes portavam continuariam funcionando entre eles, alimentados por baterias acopladas, mas a comunicação de Stacey com eles e vice-versa estava bloqueada.

Faltavam apenas as câmeras voltarem. A tela à direita da detetive continuava sem imagem.

– Vamos lá, ligue – ela insistiu.

O funcionamento daquele sistema não era algo tão fundamental assim, mas Stacey gostava de contar com todas as ferramentas disponíveis. Ter acesso às imagens do portão e da entrada da propriedade não tinha utilidade para os colegas dela, já que estavam em pontos mais afastados, mas poder ver o que acontecia em volta do prédio e nos arredores a tranquilizava.

De repente, Stacey percebeu que ela era a única pessoa que fora deixada sozinha. Mas não por muito tempo, imaginou, pois o interfone ao seu lado tocou. Pensou que fosse o substituto do vigia, que Kev acabara de informá-la que em breve chegaria.

Ela sorriu ao ver a tela ao seu lado piscar e voltar a funcionar. Exibia imagens das duas câmeras. Mesmo antes da voz soar pelo discreto alto-falante, Stacey viu o Aston Martin esperando no portão.

Curtis Grant anunciou que chegara, e Stacey liberou sua entrada.

A imagem que a câmera captava por cima da cerca até a estradinha era igual à anterior à falha elétrica. Ao fundo, via-se o furgão com a equipe de policiais de apoio.

Escutou um barulho de cascalho próximo à porta.

– Ei, Stacey, como vão as coisas? – Curtis Grant perguntou ao entrar no alojamento. – Vim cobrir o turno do Darren. Tentei todos os vigias que conheço, mas ninguém estava disponível, o pedido foi muito em cima da hora. Além disso, esse não é o bico mais fácil de vender, ainda mais com tudo o que está acontecendo.

– Mas você é o chefe – ela disse.

– Pois é, mas às vezes o chefe tem que sair tarde da noite e meter a mão na massa também, pra não correr o risco de perder um bom contrato.

Ele parou com as costas apoiadas na pia, perto da porta.

– Até tentei o Darren de novo pra ver se estava se sentindo melhor, mas o telefone dele está desligado.

– Mas você mesmo precisaria cobrir o turno? – Stacey perguntou em dúvida.

Ele deu de ombros.

– Provavelmente não, mas eu me sentiria ainda mais responsável se deixasse de cumprir o contrato por causa do Darren... Mas acho que é isso o que acontece quando você emprega alguém da família.

Stacey ficou confusa. Na investigação que fizera, não descobrira nenhum laço familiar entre os dois.

– Você e o Darren são parentes?

Ele revirou os olhos.

– Pois é, esse chato do cacete é meu primo.

Stacey se perguntou como diabos ela deixara escapar essa informação. Curtis Grant deu um sorrisão e foi até a cozinha.

– Bom, que tal eu ligar a chaleira? – ele perguntou. – Parece que a noite vai ser longa.

OITENTA E SETE

KIM TENTOU IGNORAR o sentimento estranho que tomava conta dela.

Um repentino relâmpago dividira o céu bem diante da inspetora e Catherine, assustando-as. Ele eclodira minutos após as duas deixarem a segurança do poste de luz na parte mais alta do lugar.

Kim suspeitou que aquela escuridão e o fato de saber que caminhava entre cadáveres ampliavam a sensação ruim no seu estômago.

Talvez a inspetora lidasse bem com cada uma dessas coisas de modo separado, mas não juntas. De qualquer modo, algo dentro de si a fazia querer voltar com aqueles corpos para casa. Não para a dela, mas para Keats, onde seriam tratados com respeito e depois adequadamente enterrados.

— E aí, como você está? — Kim finalmente perguntou à mulher que caminhava ao seu lado.

Catherine segurava a lanterna, iluminando o caminho diante delas.

Era impossível não notar como a mulher havia mudado desde a última vez em que se viram. Bryant tivera que olhar para Catherine duas vezes para se certificar de que era a mesma mulher, enquanto Dawson ficara reparando nela algumas vezes.

Não tinha a ver apenas com o cabelo loiro solto sobre os ombros em vez do prático rabo de cavalo que costumava usar. Nem o sutil esmalte rosa que coloria as unhas. Ou o discreto batom e o blush realçando as maçãs do rosto.

A mudança mais impressionante em Catherine era a interna. Kim notou quando ela ofereceu bebida aos presentes. A entomologista movia-se e falava com um desembaraço que destacava sua presença. A postura estava mais ereta, os ombros para trás.

A inspetora se perguntava se a mulher tinha ideia do quanto havia se escondido, ficando em segundo plano. Tinha a impressão de que se o professor a apresentasse de novo como a "dama das larvas", a entomologista lhe daria uma boa resposta.

— Não poderia estar melhor, inspetora — Catherine respondeu. — A imprensa foi embora e eu não preciso mais me esconder... ou fugir. E isso graças a você principalmente.

Kim nada comentou, e Catherine continuou.

– Não sei como fez pra manter meu nome fora do noticiário, mas sou extremamente grata por isso. Minha vida mudou muito nos últimos dias. Sinto como se conseguisse respirar de novo, viver de novo. – Ela deu uma risadinha e o som era cativante e leve. – É, sei o quanto pode parecer piegas, mas pela primeira vez em anos realmente me sinto livre, como se agora pudesse ser eu mesma. Entende?

Kim achou que entendia. Embora percebesse a enorme mudança na mulher desde aquela breve conversa entre as duas, a inspetora sabia que havia questões além do terrível calvário que Catherine sofrera quando criança. O terror de que seus captores reaparecessem moldara cada decisão que a cientista tomara ao longo da vida. O medo fora tão intenso que Catherine preferira viver enclausurada numa unidade psiquiátrica a morar com os pais que ela amava. Não, uma conversa não seria capaz de apagar todas aquelas lembranças, mas, de qualquer modo, Kim não tinha tempo para explorar isso agora. Talvez depois o tivesse quando o assassino que procuravam fosse parar atrás das grades.

– Estamos muito longe? – Kim perguntou, acompanhando a direção do facho de luz da lanterna.

– Mais uns vinte e poucos metros e vamos rever Jack e Vera – disse Catherine.

A inspetora ficou pensando como diabos ela conseguia saber.

O walkie-talkie no cinto de Catherine deu sinal de vida.

– Professor e Bryant para Stacey.

Se fosse o rádio da polícia, eles usariam os códigos apropriados do alfabeto fonético, mas haviam combinado que no sistema de rádio local utilizariam apenas seus nomes.

– Positivo – Stacey respondeu.

– Estamos no local um. Nada a reportar.

– Positivo.

Mais três passos e a forma já familiar do carvalho surgiu adiante. A luz da lanterna pousou nas rosas ao pé do tronco. Parecia que haviam se passado semanas desde que Kim notara a cortesia da equipe de Westerley para com aquele túmulo.

– Estamos quase lá – Catherine disse.

De novo veio o som de estática no rádio.

– Jameel e Dawson no local dois. Nada a reportar. Câmbio.

Elas ouviram Stacey confirmando o contato antes que o rádio mergulhasse ambas no silêncio mais uma vez. De repente, um som não familiar chegou aos ouvidos de Kim. A inspetora parou de andar e colocou uma mão sobre o braço de Catherine, que também se deteve, ao lado dela.

Apesar de baixinho, o som era inconfundível: de pneus.

– Ouviu isso? – cochichou a inspetora, que viu Catherine assentir.

Imóveis, as duas ficaram ouvindo o barulho cortando a escuridão.

– Vem lá de baixo – disse Kim, apontando para a trilha de terra ao pé do monte.

Ela forçou a vista na direção que imaginava ficar a trilha. Escutou o som de pneus rodando bem devagar.

A trilha de terra tinha um leve declive. Só podia ser o assassino. Para a inspetora, a pessoa que estava no volante desligara o motor e descia devagar em ponto morto.

Kim avançou confiante porque a escuridão a ocultava.

– Olhe... Ali – ela disse a Catherine. A uns cem metros, faróis baixos aproximavam-se delas lentamente.

A inspetora sentiu uma mistura de excitação e alívio. Na verdade, mais alívio. Seu palpite estava certo. Tracy ainda tinha uma chance.

– Rápido, Catherine. Avise a todo mundo que o nosso cara chegou.

Catherine puxou o walkie-talkie do cinto e falou:

– Catherine para Stacey. Estamos no local três... – seus olhos encontraram os de Kim acima do facho da lanterna – ...e não há nada aqui a reportar.

OITENTA E OITO

– QUE DIABOS VOCÊ ESTÁ FAZENDO? – Kim gritou, pegando o rádio.

Demorou alguns segundos para a inspetora compreender o que Catherine fizera e, naquele exato instante, o primeiro pingo de chuva caiu em seu braço. Por um momento, Kim se esqueceu de todo o resto. Seus colegas, a operação, até mesmo as vítimas, enquanto o cérebro reorganizava os fatos até então dispersos na sua mente.

– Meu Deus, você também tá metida nisso! É por isso que ele traz as vítimas pra cá. Você ajuda o cara a se livrar dos corpos, mas por que…

As palavras de Kim ficaram em suspenso enquanto mais peças se encaixavam. Seu raciocínio funcionava como uma ímã atraindo e depois juntando as peças, e, então, o quebra-cabeça começou a ganhar forma. Como ela não percebera a ligação entre os dois?

– Você conheceu Graham em Bromley, não foi? – Kim perguntou, fazendo os cálculos na cabeça. Sim, eles deviam ter estado ali na mesma época, e Kim sabia muito bem que almas profundamente feridas sempre davam um jeito de se encontrarem.

Mais dois pingos caíram no braço da inspetora, e o primeiro trovão soou a distância.

– Sim, eu o conheci lá, e nunca vou me esquecer do que passei naquele lugar. Havia um grupo de discussão estúpido, no qual a gente deveria falar sobre os nossos sentimentos para nos curar. Mas será que só ficar falando dos nossos medos nos ajudaria a esquecê-los? Iria resolver nosso problema? – Catherine disparou.

Kim não conseguia se mexer. Um relâmpago revelou o rosto retorcido e amargurado da mulher diante dela. Catherine Evans trocava de máscara de acordo com a ocasião, mas bem ali estava a real, a Catherine incapaz de deixar para trás as suas dores da infância.

– Uma pessoa naquele grupo tinha coragem de dizer a verdade. A verdade dele… a nossa verdade. Ele falava abertamente do seu desejo de ferir aqueles que o haviam ferido. Não fingia querer perdoar os outros nem fazer terapia. Dizia que queria vingança, e que apenas isso iria ajudar. Sim, algo nos unia. A nossa necessidade de vingança. Nós dois sabíamos que não conseguiríamos viver enquanto as pessoas que nos fizeram mal não fossem punidas.

– Mas como pôde ajudá-lo, Catherine? – Kim perguntou, perplexa. – Você conhece muito bem o medo de ser raptada, arrancada da segurança de sua vida. Veja tudo o que você teve que passar. No entanto, ainda assim ajudou alguém a fazer o mesmo com outras mulheres.

– Não seja estúpida – revidou Catherine com raiva. – Eu era uma criança e...

– Mas mesmo já crescida, uma adulta, você ficava aterrorizada só de pensar que eles poderiam reaparecer e levá-la de novo. Eu estava lá, Catherine. Vi você enfiada naquela caixa. Ajudei você a sair. Aquele seu medo era real.

– Claro que era real. Sempre foi. Enquanto aqueles filhos da puta continuassem vivos, eu viveria com medo – disse Catherine, no momento em que um relâmpago iluminava a ambas.

– E você acha que as mulheres que Graham tem raptado também não sentem esse medo? Duas mulheres morreram por causa de vocês. Não entendo, Catherine. Como é que você pôde fazer isso?

Não havia hesitação na voz de Catherine nem remorso em seu expressão quando o relâmpago a iluminou.

– Porque a gente tinha um acordo. De um ajudar o outro.

– Mas seus captores nunca foram... – A frase ficou em suspenso entre as duas quando Kim lembrou-se de um detalhe crucial da conversa delas na casa de Catherine. A cientista, tomada pelo medo, em um lapso admitira estar aterrorizada com a possibilidade de "ele" ter voltado. Só que foram dois homens que a sequestraram e abusaram dela. Catherine usara "ele" em vez de "eles" porque sabia que um deles já estava morto.

– Foram Ivor e Larry, não? Os dois a molestaram. Essa sua mudança de postura não tem nada a ver com poder continuar trabalhando em Westerley. Você está mudada porque o outro abusador está morto agora. Ele saiu da prisão há duas semanas. Vocês e Graham ficaram aguardando esse tempo todo?

– Aqueles dois filhos da puta acabaram com a minha vida – ela disparou. – Você não tem nem ideia do que aqueles dois porcos do caralho fizeram comigo. Toda noite ainda sinto o hálito podre e tóxico deles; ouço aqueles sussurros pervertidos no meu ouvido. Um após o outro repetidas vezes, passei de um para o outro como as garrafas de uísque que compartilhavam. Eles destruíram minha infância e minha família. Nunca consegui retomar minha vida. Quando tive condições de sair de Bromley, já nem conhecia mais meus pais, nem eles a mim. O terror que aqueles dois nojentos incutiram em mim tomou meu corpo como um câncer. Estava em toda parte. Nunca tive outra opção, inspetora. Para que eu pudesse viver, eles tinham que morrer.

Kim ouviu a emoção em estado bruto na voz da mulher. Não importava se Catherine acreditasse ou não nas próprias palavras, ela nunca ficaria livre daqueles homens.

Os pingos de chuva caíam com mais frequência agora. À medida que tocavam a terra seca, subia um cheiro enjoativo.

— Minha vida agora me pertence de novo, inspetora. Esta noite vou poder voltar a viver.

— Graham matou os dois, não foi? — Kim perguntou, quando tudo ficou mais claro. — O acordo era esse, não? Um ajudaria o outro, e foi assim que ele a ajudou, não é?

A inspetora sabia que não podia falar alto. Se Graham a escutasse, ele fugiria, levando Tracy com ele. Se esse vínculo com Westerley e com Catherine fosse rompido, Kim nunca mais o encontraria. Não teria mais nada. Ele era como um gato trazendo um camundongo ferido para o seu dono.

Um pingo caía na bochecha da inspetora quando ela teve um pensamento repentino.

— Mas se vocês fizeram um acordo, por que você não o alertou pra não vir?

— Ops! — disse ela.

— Meu Deus, você quer que ele seja pego, é isso? — Kim disse, horrorizada com o jogo duplo daquela mulher. Graham tirara a vida dos homens que sequestraram Catherine e abusaram dela, mas agora que estavam mortos a cientista queria livrar-se dele. Ele já havia concluído seu propósito, e apenas duas pessoas sabiam a verdade sobre o envolvimento de Catherine com Graham.

Na verdade, com Graham atrás das grades, sobraria apenas uma pessoa. Kim.

Os ossos da inspetora congelaram com a frieza daquela mulher.

De repente, o walkie-talkie atingiu Kim na têmpora esquerda. Ela ainda tentou se manter em pé, mas tropeçou de lado.

Era a vantagem que Catherine precisava para empurrar a inspetora no chão.

Kim tentou chutar a cientista quando foi forçada a ficar de bruços. Em segundos, estava com as mãos amarradas atrás das costas. Tentou chutá-la de novo, mas Catherine se esquivava de seus chutes com facilidade.

Catherine arrastou-a, puxando-a pelos cabelos, e Kim sentiu as costas esmagarem a embalagem do buquê de rosas. Os caules quebradiços das flores partiram-se embaixo dela, ferindo-a. Os espinhos espetaram sua pele exposta. A grama estava úmida contra a sua carne.

Kim tentou se agarrar à árvore, mas com as duas mãos presas não tinha muito o que fazer. A madeira do tronco arranhou as costas das suas mãos.

– Você sabe que não vai conseguir amarrar direito todas as pontas soltas dessa história, não é? – Kim perguntou, tentando ganhar tempo enquanto uma ideia começava a se formar. Ao afastar a embalagem das costas, sentiu os caules das rosas debaixo de si.

A inspetora fez força para afastar ao máximo as mãos uma da outra e começou a mover seus punhos para cima e para baixo contra o tronco rugoso do velho carvalho. O movimento esfolava sua pele, mas ela não podia contar que alguém chegasse para ajudá-la.

– Pelos meus cálculos, temos pelos menos doze minutos até que alguém nos contate pelo rádio, para verificar se está tudo bem. Mas armar o seu pequeno acidente será rápido.

O sangue de Kim esfriou com a ausência de emoção nas palavras de Catherine. Se a entomologista conseguisse simular um acidente fatal e então usar o rádio para pedir ajuda, Graham seria pego e todas as pontas soltas seriam devidamente amarradas.

– Suspeito que você vai cair aí dentro junto com Jack ou Vera e vai quebrar o pescoço na queda. – A voz de Catherine era calma e pausada. – Se isso não acontecer, tudo bem. Graham sempre carrega uma faca com ele.

A frieza naquela fala deixou Kim apreensiva. A sua morte seria apenas um meio para um fim. Uma maneira de Catherine levar adiante sua vida de modo mais fácil, já que não poderia fazer isso se a inspetora continuasse viva, sabendo de toda a verdade.

Kim ouviu um longo suspiro vindo de Catherine.

– Graças a Deus. Ele está quase aqui.

A inspetora sabia que se suas mãos ainda estivessem presas quando Graham chegasse ali, ela morreria.

Kim sacudiu a cabeça, afastando a franja molhada que caía sobre os olhos, e voltou a esfregar os punhos com mais força contra o tronco da árvore.

OITENTA E NOVE

TRACY BALANÇAVA de um lado para o outro na traseira da van.

Alguns minutos antes, aquela viagem havia ficado mais estável, com a van reduzindo a velocidade. As rodas davam alguns solavancos pela estrada, mas a repórter não estava mais sendo atirada para todo lado. O movimento a embalava para a frente e para trás.

Dormir era uma ideia tentadora. Atordoada, Tracy ainda achava possível acordar daquele pesadelo.

Mas ela sabia que não podia dormir. Talvez Jemima tivesse dormido.

Apesar de a mente de Tracy estar mais clara agora, o corpo ainda estava entorpecido. Lembrava-se vagamente de ter caído do cadeirão e não ter tido forças para levantar-se. Ele a havia ajudado a ficar em pé e a guiado até a van.

E a repórter se sentira grata pela ajuda. Raiva disparou pelo seu corpo como uma torrente de adrenalina. Que merda de gratidão era essa pelo homem que a raptara e agora estava prestes a matá-la?!

Esse pensamento afugentou de sua mente a ideia de dormir. Talvez aqueles fossem os últimos minutos da sua vida. Tracy estava determinada: se tivesse mesmo que morrer, não seria sem lutar.

Precisava estar pronta para aproveitar qualquer oportunidade que surgisse, pronta para fazer o que fosse possível. Não morreria de braços cruzados. Droga, ela havia lutado a porra da vida inteira. Em alguns momentos, morrer até parecera mais atraente que viver, mas ela combatera esses sentimentos, convencendo a si mesma de que as coisas acabariam melhorando.

Ela lutara contra os terríveis demônios que a faziam duvidar de si mesma, demônios que nunca a deixaram em paz, e focara no sonho de ser jornalista, determinada a não deixar que seu passado ditasse as regras.

Não, Tracy concluiu, ela não havia lutado a vida inteira para ser morta por um maluco fracassado.

Essa coragem toda durou trinta segundos. Até o carro parar.

NOVENTA

KIM NOTOU que as amarras cediam mediante o atrito contra o rugoso tronco do carvalho.

Os punhos já estavam todos cortados, mas o fio começara a afrouxar. Mais alguns segundos e suas mãos estariam livres.

Só que a inspetora não tinha esse tempo, Catherine a puxava para que se levantasse.

O pé esquerdo de Kim escorregou na lama ao mesmo tempo que um estrondo de trovão soou no céu. Os pingos de chuva ainda eram esparsos, mas haviam engrossado. Gotas redondas, pesadas, molhavam a ambas.

Manter Kim em pé impossibilitou Catherine de segurar a lanterna, que acabou caindo de sua mão. A inspetora desvencilhou-se da entomologista e se atirou no chão em busca da lanterna, que poderia usar como uma espécie de arma.

Kim desabou em cima do item, seu osso esterno o cobrindo. Catherine chutou as costelas da inspetora, que tossiu, mas manteve a posição. Não desistiria fácil da lanterna.

Com a luz sendo bloqueada, elas mergulharam na total escuridão. Cada centímetro da pele de Kim sentia a umidade da grama através de sua camiseta fina. Um caule de flor estava enterrado em seu quadril e seus punhos queimavam, mas ela não abriria mão da lanterna.

Um relâmpago rasgou o céu, conferindo a ambas uma clara visão da cena. Catherine aproveitou para desferir outro chute, que acertou o seio esquerdo de Kim. A inspetora gemeu alto, a dor espalhando-se por todo o seu tórax.

– Largue a lanterna, inspetora – Catherine sussurrou.

Nem fodendo, Kim pensou. E então elevou os ombros ao máximo, forçando aquele fio já folgado. Era sua única chance de continuar viva.

A lanterna passara para debaixo da sua barriga, os braços continuavam amarrados para atrás e o pescoço erguido, a fim de manter o rosto afastado da lama encharcada.

Outro chute a atingiu, agora no quadril. A dor viajou até o cérebro e depois reverberou de volta. Kim não sabia mais onde doía, pois a dor se espalhara pelo seu corpo, mas não podia pensar nisso agora. Se não se libertasse, morreria.

Quando deu outro puxão na amarra, a mão de Catherine tocou seu quadril. Merda, estava sendo colocada de barriga para cima.

Ao virar, sentiu o chão desaparecer. Não havia superfície na região das pernas nem na dos ombros.

Recorreu à sua memória para tentar entender o que estava acontecendo. Droga, fora rolada para cima da pequena ponte entre os dois túmulos. Debaixo de suas pernas, Vera apodrecia e sob seus ombros, Jack.

Se Catherine a girasse mais um pouco, a inspetora cairia no túmulo e se juntaria a eles.

Kim mais uma vez forçou as amarras ao sentir Catherine inclinando-se em sua direção. Afastou-se arrastando-se no escuro, com cuidado para não girar. Enquanto as costas permanecessem sobre a ponte, estaria segura.

Seus pés, então, começaram a ser erguidos do chão. Catherine segurava forte os tornozelos da inspetora.

– Que diabos é isso?! – Kim gritou, mas o ensurdecedor estrondo do trovão abafou sua voz.

Com os braços imobilizados, era impossível impedir a ação de Catherine, por isso tentou soltar os pés esperneando. Só que a cientista ainda os segurava com firmeza, além de usar o corpo como alavanca para girar a inspetora. Kim notou que a giravam no sentido horário.

Precisava soltar as mãos. Só assim sairia dali viva.

A hora decisiva se aproximava. Kim sabia que estava chegando.

Suor misturava aos pingos de chuva, escorrendo na testa da inspetora, cujas pernas Catherine segurava como se manuseasse um carrinho de mão, a fim de virar Kim.

Mais um pouco e a inspetora ficaria deitada de comprido na ponte entre os dois túmulos, e então bastaria um bom chute para jogá-la em cima de um dos cadáveres.

O fio não queria ceder.

Catherine tentou virá-la mais uma vez pelas pernas, e Kim percebeu que para a mulher conseguir fazer isso, precisava que a inspetora se mantivesse rígida. Todo aquele esforço e toda aquela luta ajudavam a inspetora a fazer com que Catherine a conduzisse para exatamente onde Kim queria. Assim, a inspetora, ao se debater para conter a entomologista, usava esse movimento para manobrar o próprio corpo.

O relâmpago eclodiu bem atrás de Catherine e, nessa hora, Kim parou de se mexer e dobrou os joelhos. Esse movimento inesperado fez a cientista cair para a frente. Por um instante, todo o peso de Catherine se apoiou nas pernas dobradas e afrouxadas da inspetora, que reuniu toda a sua força e as esticou de vez, catapultando sua algoz para trás. Isso lhe deu um segundo para tentar de novo soltar as amarras.

– Sua cadela estúpida – Catherine disse entredentes.

Kim tentava desesperadamente se soltar. Catherine ficou incapacitada apenas por segundos. Mas a inspetora, com as mãos ainda presas às costas, continuava em desvantagem.

Puxou mais uma vez com toda a força as amarras. Seus punhos ardiam. A fricção com o fio havia provocado centenas de cortes, que se aprofundavam a cada movimento brusco. As cicatrizes de uma recente ferida a faca que ganhara num caso anterior de sequestro ainda pulsavam naquela região.

O primeiro puxão da inspetora não pareceu ter qualquer efeito nas amarras.

Os ombros de Kim latejavam do esforço de tentar livrar as mãos.

No segundo puxão, porém, o fio se soltou e os braços dela se projetaram para a frente.

Kim pulou nas costas de Catherine e enrolou o fio em volta do pescoço dela. A cientista ergueu as mãos, tentando enfiar seus dedos por baixo, mas a inspetora aumentou a intensidade do puxão ao deslizar pelas costas da mulher.

Os cinco centímetros de altura a mais de Catherine obrigavam Kim a ficar na ponta dos pés. A mulher contorcia-se para se soltar, mas a inspetora puxava mais forte ainda, escutando o leve ruído de asfixia emergindo da garganta de Catherine.

Kim arrastou a cientista dois passos para trás, a fim de que a lanterna no chão iluminasse a área em volta.

Dos punhos da inspetora, onde os cortes se misturavam, gotejava sangue. Por um segundo, Kim ficou observando aquilo com atenção.

Levou apenas um momento para que todas as peças se encaixassem, e assim que alguém bateu no seu ombro, a inspetora soube quem Graham Studwick realmente era.

NOVENTA E UM

TRACY CONTORCIA-SE NO CHÃO. Sentia-se como uma minhoca, sem membros, tentando entrar em alguma toca. Braços e pernas estavam tão fracos que era como se não os tivesse mais, seu corpo sendo apenas feito de torso e cabeça.

A grama era alta e escorregadia, e a repórter não sabia qual direção tomar para se manter em segurança. Sabia apenas que naquele momento estava sozinha.

As costas de Tracy ainda doíam. Graham a havia puxado para fora da van pelas pernas. Ao menos ela tivera tempo de manter o pescoço um pouco suspenso e rígido, para que a parte de trás da cabeça não batesse no chão.

Ele a arrastara pelo caminho de cascalho. Uma centena de agulhas espetavam a pele da repórter, como se inúmeros pedregulhos perfurassem sua carne, ora arranhando-a, ora se enterrando nela. Tracy amaldiçoou as drogas que a paralisavam por não terem também anestesiado sua pele.

Por trás do estrondo do trovão, um ruído repentino, uma voz, chamara a atenção deles; Tracy também ouvira o som. Graham então largou suas pernas no chão e saiu correndo.

Ela fora largada ali, deitada de costas, olhando perplexa para a noite, incapaz de mexer os membros, mas sabendo que precisava tomar uma atitude.

Tracy ignorou braços e pernas e focou toda sua força nos quadris e na área da cintura. Na terceira tentativa, conseguiu rolar o corpo para a esquerda, ficando de barriga para baixo. Agora precisava decidir qual rumo seguir.

A repórter enterrou o queixo na terra encharcada e tentou usá-lo como ponto de apoio para se locomover.

Ela escutava um barulho vindo no alto da encosta.

Queria se arrastar para longe daqueles sons. Graham fora distraído por alguma coisa, e ela sabia que estava diante de sua única oportunidade de escapar.

Naquele lugar haviam assassinado e abandonado Jemima, e se Tracy não tentasse fugir arrastando-se, teria o mesmo destino.

Uma lágrima forçou caminho, saltando de seus olhos quando ela relembrou aquele fatídico dia na escola. Apenas por um momento optara pela saída mais fácil, permitindo que a dor de outra pessoa aliviasse a própria.

E agora, já nos seus 30 e poucos anos, fazia a mesma coisa. O artigo que vinha escrevendo invadiu sua mente. Negatividade, ódio, culpa. De novo, ela fugia da própria dor ao destacar as imperfeições de outra pessoa.

Envergonhada, a repórter não conseguiu conter a torrente de lágrimas. Algumas eram por quem ela era hoje, mas a maioria, pelo seu eu perdido. E havia ainda aquelas por saber que nunca mais veria a mãe.

Pensar na mãe trouxe uma dor nova, crua, ao seu coração.

Como gostaria de tê-la deixado com orgulho de mim, o coração de Tracy gritava no meio da chuva.

A repórter tinha plena certeza de que o perigo rondava o alto daquele monte.

Olhando à esquerda, à possibilidade de salvação pessoal, ela soluçava descontrolada.

Todos aqueles anos vivendo sozinha esmaeceram seu instinto de priorizar outra pessoa além de si mesma.

Tracy mudou de direção e começou a se arrastar encosta acima.

NOVENTA E DOIS

KIM VIROU-SE como um raio, ainda segurando Catherine pela garganta, e olhou o assassino.

Embora a chuva tivesse aplastado na cabeça do homem seu denso cabelo preto, a inspetora fitava os olhos de quem ela conhecera como Duncan.

Não terem encontrado ninguém com o nome de Isobel Jones fazia todo o sentido agora. Claro, esse nome não existia.

Algo soara estranho a Kim enquanto ele alimentava a namorada. As cicatrizes de tentativa de suicídio que a mulher carregava estavam no pulso direito, indicando que era canhota. Mas ele a ajudara a comer conduzindo a mão direita dela.

Duncan fornecera fatos falsos para levá-los a procurar inúmeros registros, e sabia que nunca a encontrariam.

Kim recuou um passo, arrastando Catherine com ela. O corpo da entomologista aos poucos parava de lutar, mas a inspetora não podia soltá-la. Não conseguiria enfrentar os dois.

Perdera a oportunidade de avisar sua equipe. Eles nunca a ouviriam agora em meio ao barulho de todos aqueles trovões e da chuva pesada. Naquele momento, estava por conta própria.

– Se você der mais um passo, ela morre – Kim ameaçou.

A chuva desabava sem trégua em cima deles.

Duncan deu de ombros e avançou mais um passo.

– Pode matá-la. Vai me fazer um favor. Com vocês duas mortas, ninguém nunca vai descobrir nada.

Minha nossa, Catherine planejava o mesmo em relação a ele. Eles não eram mais úteis um para o outro, e nem tinham mais um vínculo, pelo visto. A única coisa que tinham em comum era: querer a morte de Kim.

A inspetora recuou mais dois passos e notou que os pés de Catherine começavam a se arrastar. Mais um minuto ou dois e ela morreria, mas Kim não queria isso.

Ela deu só mais um passo e então afrouxou o fio.

Catherine caiu e rolou pela encosta, batendo na mureta do túmulo. Kim ouviu um gemido alto e uma tossida quando a mulher desabou sobre o cadáver apelidado de Jack.

A inspetora sabia que o walkie-talkie estava no chão em algum lugar, mas precisava localizá-lo tateando com os pés – o que significava que precisaria manter as mãos de Duncan longe dela.

Kim recuou mais, afastando-se da luz da lanterna e também dos túmulos.

A chuva continuava a cair; a inspetora sentindo-a penetrar em todos os poros do corpo.

– Você voltou ao hospital pra concluir o serviço, mas não conseguiu entrar. Disse ser o namorado dela, mas ela era monitorada muito de perto. Você não podia fazer o que pretendia. E quando cheguei, você apenas enfeitou a história. Como já tínhamos você, acabamos não procurando outros parentes ou amigos que pudessem desmentir sua versão dos fatos.

Duncan ouvia compenetrado, parecendo curtir a própria esperteza.

Kim continuou movendo-se, um passo por vez, mas ele já estava dois palmos mais perto dela. A inspetora ergueu a mão para enxugar a água da chuva que caía sobre seus olhos, atrapalhando sua visão.

– Catherine tem ajudado você a enterrar os corpos, não é? Vocês estão nisso juntos desde os tempos de Bromley?

A ponta de seu pé encontrou algo mais duro. Era o walkie-talkie, mas Duncan já estava a apenas sessenta centímetros dela.

Kim virou o aparelho com o pé e então apoiou seu peso nele, torcendo para que tivesse acionado o botão de transmissão.

– Vocês acordaram um ajudar o outro a se vingar das pessoas que transformaram a vida de vocês num inferno.

Ela aliviou o pé. Nenhuma resposta. Não conseguira ativar o rádio.

– Eu sei o que fizeram com você quando era Graham. Entendo que elas o magoaram, mas não mereciam morrer – disse Kim, e voltou a puxar o rádio para si com a ponta do pé. Apoiou de novo o seu peso nele.

– É claro que elas precisavam morrer – disse Duncan, sorrindo. Seu rosto assumiu um ar de inocência infantil, como se não tivesse outro jeito para aquilo. – E é o que vai acontecer com todas as outras, depois que eu tiver cuidado de você...

– Quantas pessoas são? – a inspetora perguntou. Ela achava que Tracy seria a última.

– Vinte e sete pessoas me ridicularizaram naquele dia – disse ele, aproximando-se mais um passo.

– Por que esse intervalo tão longo entre Louise e Jemima? – ela quis saber.

– É necessário método, inspetora. Ajo seguindo a ordem de quem mais odeio e também da voz que ouvi mais alto, aquele rosto que ficou mais gravado nos meus sonhos.

Kim notou que sua segunda tentativa de ativar o rádio havia falhado, mas precisava manter o rapaz falando.

– Você matou aqueles dois homens que mantiveram Catherine em cativeiro, não foi? – a inspetora perguntou, enquanto tentava de novo acionar o rádio.

Apenas recebeu o silêncio de volta até Duncan, que agora estava a trinta centímetros dela, quebrá-lo.

– A gente precisava um do outro pra conseguir o que queria – disse ele.

Kim localizou o rádio de novo e pisou nele com força. O tempo que tinha se esgotava, e seus colegas jamais ouviriam os gritos dela no meio da tempestade.

Mais outro pisão, e o rádio dessa vez ligou.

– Chefe, tudo em ordem aí? – soou a voz de Stacey.

Duncan olhou para baixo, identificando a fonte da voz debaixo dos pés da inspetora. Kim sabia que não conseguiria encontrar o botão de transmissão de novo para responder, mas também que a sua falta de resposta faria sua equipe entrar em ação.

– Chefe, por favor, confirme que está tudo em ordem! – Stacey gritou.

A segunda chamada fez Duncan partir para cima da inspetora.

No escuro, Kim viu o brilho de uma faca.

Tentou se esquivar completamente, mas a mão esquerda de Duncan alcançou o pescoço dela.

– Você não vai colocar tudo a perder, sua cadela – ele gritou. – Esperei a vida inteira pra resolver isso de uma vez por todas.

Kim não conseguia acompanhar o movimento da mão que segurava a faca.

– Porra, não entende? Eu preciso fazer isso.

A cada palavra dita, ele apertava mais forte a nuca de Kim, mas o que dissera acendeu uma lâmpada na cabeça da inspetora. Ele *precisava* fazer aquilo. Ou seja, ainda não fizera. Tracy estava viva. Onde quer que estivesse, ele ainda não a matara.

Kim tentava se libertar da mão no seu pescoço, mas temia que ele usasse a faca.

Duncan tinha dificuldade em segurá-la com uma mão e, ao mesmo tempo, manter a arma na outra.

A inspetora reuniu toda sua força e empurrou-o para trás. O homem caiu de costas, esperneando ao tentar se reequilibrar. Kim avançou, arrancando a faca da mão dele. Por não estar mais armado, ele tinha ambas as mãos livres e, então, atirou a inspetora no chão. O ombro dela afundou numa poça, espirrando água da chuva em seu próprio rosto. Kim tentou afastar a água.

Duncan sentou em cima dela, com uma perna de cada lado. Inclinou-se sobre o corpo da inspetora, tentando encontrar a faca que julgava estar perto dos ombros e da cabeça dela. A posição do homem lembrou à Kim a sua própria postura quando pilotava a Ninja. O peso dele prendia-a contra o chão.

Os espinhos das rosas espetavam as costas de Kim.

A inspetora sabia que se ele encontrasse a faca, seria o fim dela.

O corpo dele sobre o dela impedia-a de mover-se. Kim chutava e esperneava, mas as coxas do homem a mantinham presa na altura da cintura. Ela não tinha nenhuma arma e só podia usar as mãos livres.

As dele estavam plantadas no chão de ambos os lados da cabeça dela. Duncan usava um dos braços para mantê-la imóvel enquanto a outra mão procurava a faca.

Kim tinha apenas uma saída.

Usando a própria cabeça, a inspetora empurrou o braço de apoio do homem, fazendo com que ele tombasse em cima dela.

Kim não previra que receberia bem na cara o bafo de Duncan, mas era o preço de ter dado aquele golpe.

Ela envolveu o pescoço do homem com os braços, puxando a cabeça dele para baixo e enterrando seu rosto contra o esterno dela. Ajustou bem os braços ao redor da nuca de Duncan, prendendo-o numa espécie de abraço de amantes todo retorcido.

Ele tentava mover a cabeça para se desvencilhar, mas ela segurava firme. Aquela posição o impedia de voltar a ficar sentado ereto em cima dela. Kim continuava puxando o rosto dele contra o próprio peito, prendendo-o bem perto.

Duncan passou a mexer os quadris na tentativa de se soltar, mas a inspetora não podia permitir que ele encontrasse a faca.

Pelo modo como ele se contorcia, Kim soube que ele começava a ter dificuldades para respirar. Era exatamente o que ela queria. Era sua única chance.

Então, de repente, ela soltou o pescoço de Duncan. Ele levantou o corpo num impulso para trás e abriu a boca para respirar.

A mão de Kim tateou em volta e se fechou na única coisa que havia disponível. Sua palma apertou os espinhos de um caule com uns trinta centímetros.

Duncan ainda recuperava o fôlego, com a boca bem aberta. A inspetora ergueu a mão segurando o caule da rosa e enfiou-o com toda a força na boca do homem até a garganta.

Por uma fração de segundo, ele parou e a fitou, perplexo. E então caiu de lado, com as mãos no pescoço.

Kim sabia que ele conseguiria puxar o caule, mas ela havia ganhado o minuto de que precisava. Procurou ao redor de si e finalmente encontrou a lanterna.

Duncan ergueu-se em pé, engasgado, cambaleando, e conseguiu retirar o caule da garganta. Tossia enlouquecido ao virar-se para Kim. A inspetora jogou a luz da lanterna direto no rosto do homem e viu que ele avançava dois passos em sua direção, com o brilho homicida de novo no olhar.

Ele deu mais um passo e pareceu ter pisado em algo, pois soltou um grito e tombou, sumindo.

Kim iluminou a grama com a lanterna que mostrou uma Tracy Frost toda contorcida. A inspetora desabou no chão assim que Dawson apareceu, ofegante, diante dela. Com a sua lanterna, ele iluminou a chefe e em seguida a repórter.

— Deus do céu, chefe, você tá bem? — ele disse, ajoelhando-se ao lado dela.

O corpo de Kim começava a liberar toda aquela adrenalina que a mantivera em ação. Agora a fadiga invadia seu corpo.

— Estou bem, Kev — disse ela. — Veja se aqueles dois ainda estão vivos.

A inspetora não queria vê-los mortos. Queria vê-los no tribunal.

— Onde estão? — Dawson olhou em volta.

Ela acenou em direção aos túmulos de Jack e Vera, sem saber em qual dos dois Duncan e Catherine caíram.

Dawson iluminou com a lanterna e confirmou.

— Sim, chefe, os dois estão vivos.

A chuva começava a amainar, mas a tempestade ainda persistia no ar. Trovões soavam a distância, mas o mau tempo agora ia para outros lugares.

Kim correu em direção à repórter que escapara com vida.

– Ei, Frost, estávamos à sua procura – ela disse, afastando o cabelo encharcado do rosto de Tracy. A inspetora não se surpreendeu com a emoção que viu naqueles olhos velados pela exaustão. Kim conhecia aquela mulher muito melhor agora do que uma semana atrás.

– Eu... q-queria... ter... podido... ajudar... – gaguejou ela. Tinha as mãos e o queixo cobertos de terra.

A inspetora notou como Tracy lutava contra a droga que a debilitava.

Aquela mulher poderia simplesmente ter ficado deitada esperando ser encontrada. Mas não. Havia se arrastado penosamente até o alto do monte, em vez de pensar apenas na própria segurança.

Kim estendeu a mão e apertou o ombro da repórter.

– Tudo certo, Tracy. Você está bem. Encontramos você.

NOVENTA E TRÊS

O SOL DA MANHÃ refletia-se no mármore preto da lápide. O calor envolvia a mulher como um abraço suave, reconfortante. Naquele dia estava menos abafado, mais tranquilo.

Havia dois nomes naquela lápide.

Para Kim, aquele era o túmulo de seus pais. E ela trazia consigo dois pedaços de papel.

Keith e Erica West eram a coisa mais próxima de família que ela conhecera, e embora o tempo que havia passado com eles fora relativamente curto, sentia saudades dos dois todos os dias.

Ela planejara visitá-los no dia anterior, no aniversário da morte deles, mas sabia que eles compreenderiam o motivo de ela ter adiado a visita.

Restara algo a ser desvendado, e Kim se sentira obrigada a examinar.

Depois de resumir para Woody os eventos da noite anterior, a inspetora descera até a sala do esquadrão numa manhã de sábado e viu que Dawson estava ali.

Os relatórios sobre pessoas desaparecidas formavam uma pilha enorme em cima da mesa do detetive.

– O que você está fazendo? – Kim perguntou.

– Isobel ainda não tem nome – ele respondeu simplesmente.

Juntos analisaram os documentos, armados de mais informações do que tinham antes. Três horas mais tarde, encontraram o relatório que procuravam.

Isobel era uma ex-prostituta que havia mudado de vida dois anos antes. Fora reportada como desaparecida no início da semana por uma colega de trabalho. E o nome dela era Mandy Hale, e não Isobel.

Kim pediu que Dawson a visitasse para informá-la a respeito da própria vida. A moça merecia saber a verdade, incluindo as partes menos enobrecedoras e tudo mais. Era a sua identidade, a sua vida. E uma vida, mesmo não sendo perfeita, era melhor do que nenhuma vida.

Catherine e Duncan estavam presos. Duncan fora indiciado em quatro acusações de assassinato, uma de tentativa de assassinato e outra de rapto. Catherine enfrentava uma série de acusações acessórias. Cada um acusava o outro de ter sido o mentor da coisa toda, alegando que foram coagidos a tal quando ainda eram menores de idade. Era divertido ver que mesmo agora usavam a mesma justificativa sem saber disso. Em suma, nenhum dos dois provavelmente ficaria em liberdade antes dos 60 e poucos anos e, no caso de Duncan, talvez nunca.

Ele havia mantido as suas vítimas numa antiga loja de esquina, no final de uma fileira de casas geminadas condenadas, que aguardavam demolição. Depois que Duncan forçou a entrada no local, ninguém percebera suas atividades ali. Kim examinara as fotos daquele cômodo macabro e as pedras que ele usara como armas.

Talvez uma pequena parte de Kim pudesse ficar tentada a sentir compaixão por aquelas duas almas que foram machucadas tão cedo na vida, mas não era o que acontecia. Sim, os dois sofreram horrores nas mãos de outras pessoas e sem conseguirem se defender, mas, para Kim, a questão era que milhares de indivíduos também passaram por isso. Ao longo dos anos, a inspetora aprendera que pouquíssimas crianças têm um infância ideal. A maioria sofre algum tipo de trauma emocional, seja a simples falta de atenção de uma mãe muito ocupada tentando fazer o seu melhor, seja sofrendo todo tipo de abuso físico e emocional. E, no entanto, nem todas permitiam que a lâmina fria e afiada da vingança esvaziasse seus corações.

O próprio passado de Kim não havia saído de um livrinho de belas histórias. Ela convivera com doença mental, perda e abusos em todas as suas formas, e embora as memórias continuassem vivas dentro de si, nunca sucumbira a elas. Ao contrário, as usava como força motriz.

Kim ficou imaginando o que teria acontecido se Catherine e Duncan não tivessem passado por Bromley na mesma época. Será que Jemima e Louise estariam vivas ainda? A sede de vingança teria levado Duncan a rejeitar ajuda? Ele teria agido assim se a possibilidade de vingança não estivesse tão entranhada em sua mente? Nunca saberiam.

Não, a compaixão de Kim não ia tão longe assim, até a infância dos dois. Ela reservava esse sentimento a Jemima e Louise, que haviam perdido a vida, e a Mandy, que talvez nunca recuperasse a dela.

A inspetora não lamentava as mortes de Ivor e Larry. Cometeram crimes terríveis, e de jeito nenhum ela se compadecia por estarem mortos. Na realidade, acreditava que haviam merecido morrer pelo que fizeram com Catherine. Mas nunca aceitaria o fato de que a punição viesse por mãos diferentes das do sistema judiciário.

No dia anterior, recebera uma mensagem de texto de seu velho mentor, o Detetive Inspetor Dunn. Ela a abrira com certa reserva, já que não cumprira com sua palavra de não se envolver no caso dele.

Kim não precisava ter se preocupado. A mensagem dizia apenas: "Essa é a minha garota".

Woody estava satisfeito por ver os casos resolvidos e duas pessoas sendo julgadas.

Westerley continuaria seu importante trabalho, mas com a ajuda de alguma outra "pessoa das larvas" e um melhor sistema de segurança. Curtis Grant perdeu o contrato em Westerley depois que Stacey comentou com o professor Wright que, antes de mais nada, Darren James nunca deveria ter trabalhado ali. Ela havia apurado que Darren fora demitido de seu emprego como segurança num pub depois que ele teve que remover um jovem do estabelecimento e acabou agredindo-o.

O incidente deveria ter sido reportado à Auditoria do Setor de Segurança, e a licença de Darren, suspensa. Em vez disso, Curtis colocara seu negócio em risco ao esconder o primo na obscuridade de Westerley. Ambos agora estavam sendo investigados pela auditoria.

Para a inspetora, talvez Darren James até sentisse alívio por não precisar mais voltar a Westerley. A cena com a qual ele se deparara ao encontrar Mandy espancada e contorcendo-se no chão vinha torturando cada minuto da vigília do homem. Darren havia se comportado de modo agressivo no hospital porque se desesperara ao vê-la. Queria ficar com uma imagem da moça diferente da que via toda vez que fechava os olhos. Kim duvidava que ele fosse capaz de voltar lá algum dia. Dawson revelara à inspetora ter mencionado o progresso de Isobel um dia, numa conversa em Westerley, e que sem querer dera a Darren toda a informação que ele precisava para ir até lá e provocar aquele escarcéu.

Kim já não pensava mais tanto em Daniel. Ao mesmo tempo que ainda havia muita coisa não dita entre eles, não restava mais nada a dizer um para o outro. Ambos sabiam o que poderia ter rolado entre os dois, e era justamente isso que fazia a inspetora recuar. Eles acabariam encontrando-se de novo, ela tinha certeza disso, e talvez então ela estaria se sentindo inteira ou quem sabe ele já estaria com alguém. Mas Kim não tinha escolha, o que significava também que não tinha arrependimentos.

Kim continuaria fazendo o de sempre: atirar-se de corpo e alma no próximo caso que caísse em sua mesa.

Ela deu uma olhada no primeiro pedaço de papel que trazia na mão. Era a condecoração que recebera por sua atuação no caso das duas meninas de 9 anos desaparecidas. A inspetora se agachou e encostou o papel na lápide.

– Isso é pra vocês – disse com a voz embargada. Se não fosse o período que passara sob os cuidados deles, nem imaginava a pessoa que ela poderia ter se tornado. Aquele breve interlúdio em sua infância fora suficiente. Aqueles três anos haviam lhe mostrado o tipo de pessoa que queria ser. Prepararam-na para a vida.

Keith e Erica lhe mostraram o que era ser parte de uma família. Eles a amaram incondicionalmente. E ela os havia amado.

Qualquer premiação que a inspetora ganhasse sempre seria graças a eles também.

A inspetora tirou do bolso o segundo pedaço de papel – o que Erica colocara na mochila dela naquele último e fatídico dia.

Para outra pessoa, seria apenas um bilhete autorizando-a a participar de uma excursão da escola ao zoológico Dudley, mas para Kim significava muito mais.

Ela abriu o pedaço de papel datilografado, dividido em dois por uma linha pontilhada no meio. A metade de cima trazia os detalhes da viagem: tipo de passeio, o dia e o que levar para o lanche. O segundo parágrafo era uma solicitação para que a sua "tutorada" comparecesse.

Mas era conforme seus olhos desciam pela folha que sua visão começava a embaçar pelas lágrimas. E tudo bem, porque já estava gravado na mente dela que eles haviam riscado a palavra "tutorada" e escrito "filha" no lugar.

Por um momento, deixou as lágrimas correrem enquanto segurava aquele papel, que era tudo o que a mãe deixara.

Kim respirou fundo algumas vezes antes de afastar as lágrimas. Encostou a mão de leve no alto da lápide.

– Amo vocês e morro de saudade – sussurrou, dirigindo as palavras ao chão.

Um sorriso ganhou espaço entre as lágrimas. Dali em diante, ela faria questão de apenas relembrar o amor e os bons momentos que haviam compartilhado. Era o que eles mereciam, no mínimo.

Kim suspirou e, então, caminhou em direção à sua moto. Precisava fazer só mais uma coisa.

Pegou o celular e percorreu sua lista de contatos. Apertou o botão de chamada, e uma voz atendeu no segundo toque.

— Ei, Frost, sou eu. Como está se sentindo?

— Olá, inspetora, como...

— Se me lembro bem, Frost, você me chamava de Stone.

Kim ouviu uma risadinha do outro lado da linha.

— Bom, foi uma semana muito estranha, pra ser sincera. Eu me sinto diferente, sabe?

— Pois é, experiências de quase morte fazem isso com a gente. Mas logo vai voltar a ser você mesma.

— Você acha?

— Bem, não totalmente. Cagadas como essas mudam a gente um pouco. No seu caso, espero que seja pra melhor, mas quem...

— Ei, não precisa disso — Tracy disse com um sorriso na sua voz.

Kim ouviu-a murmurar algo, como se afastasse a boca do telefone.

— O que disse?

— Nada, não, estava só agradecendo minha mãe pela sétima xícara de chá do dia. Teoricamente isso vai me fazer sentir melhor.

— Está conseguindo dormir bem? — Kim perguntou.

— Não muito. Não tenho exatamente pesadelos, mas há alguns replays distorcidos que ficam rondando minha mente.

Kim entendeu.

— Isso vai passar — comentou.

Ela se lembrou da casa de Tracy, tão fria, vazia, desprovida de tudo exceto de segredos. Uma completa ausência de vida e de alegria, de família e amigos.

— Fique sabendo que nos empenhamos muito procurando você, como devem ter lhe contado. Queríamos resgatá-la a todo custo — disse Kim.

— Eu soube — Tracy sussurrou, e Kim identificou naquelas duas curtas palavras o quão grata a repórter estava.

A inspetora limpou a garganta.

— Bem, e quando é que vou sair como a estrela do seu artigo? — ela perguntou.

— Ah, Stone, de qual artigo mesmo você tá falando? Precisa parar de se imaginar tão fabulosa assim, viu?

Kim não conseguiu evitar a risadinha que escapou de seus lábios. Mas então decidiu abordar o verdadeiro motivo daquela ligação.

— Ok, ouça, Frost, e presta bastante atenção porque nunca mais vou repetir isso. *Deixe o passado pra trás*. O instante em que você decidiu escalar aquela encosta definiu a pessoa que você é hoje. Nunca se esqueça disso, porque eu não vou esquecer.

A linha ficou em silêncio por uns segundos antes que Tracy falasse.

– Ei, Stone, isso quer dizer que somos *amigas* agora?

Kim riu alto.

– Pô, não força a barra, Frost. Afinal, eu tenho certeza de que não vai demorar pra gente voltar a bater cabeça.

A inspetora encerrou a ligação com a repórter ainda rindo no fundo. Kim sabia que a mulher ficaria bem. Era uma guerreira, e daria a volta por cima.

Droga, Kim reconheceu com um sorriso. Levando tudo em consideração, até que as duas eram parecidas...

CARTA DA AUTORA

Em primeiro lugar, quero lhe agradecer imensamente por ter escolhido ler *Jogos mortais*. Espero que tenha gostado do quarto episódio da jornada de Kim e que se sinta tão satisfeito quanto eu com a história. Embora a inspetora não seja a mais calorosa das personagens, ela tem paixão e positividade, e uma grande sede de justiça.

Se você gostou do livro, eu lhe serei eternamente grata se resenhá-lo. Adoraria saber o que pensa, e isso também pode ajudar outros leitores a encontrarem um dos meus livros. Ou talvez você mesmo possa recomendá-los a seus amigos e familiares...

Cada história é uma jornada única, e esta não foi exceção. Algumas começam com uma visão bem definida, com um produto final muito semelhante à ideia inicial e um harmonioso relacionamento entre autor e obra. Outras vezes, essa relação é repleta de divergências, à medida que a história vai tomando um rumo diferente do pretendido a princípio. *Jogos mortais* passou por muitas transições antes de se tornar a história que sempre quis que fosse.

Espero que você acompanhe não só Kim Stone, mas me acompanhe também na nossa próxima jornada, aonde quer que ela nos leve.

Se essa for sua inclinação, adoraria saber de você. Entre em contato pelo meu Facebook, Goodreads, Twitter ou site. E se quiser ficar em dia com meus mais recentes lançamentos, é só acessar o link a seguir: www.bookouture.com/angela-marsons.

Muito obrigada pelo seu apoio. É algo que estimo muito.

Angela Marsons

www.angelamarsons-books.com
/angelamarsonsauthor
@WriteAngie

AGRADECIMENTOS

Cada livro é uma jornada particular e distinta. Ao longo do processo, invariavelmente, aprendo algo, e isso aconteceu com este livro também.

Nele quis que Kim explorasse a mente de um assassino cujas ações quando em posse de suas vítimas fossem tão importantes quanto o modo que ele as descartava.

Como sempre, tenho que reconhecer a paciência e a contribuição de minha parceira, Julie. Sua confiança em mim e seu incentivo foram inabaláveis, assim como sua disposição de largar tudo quando ouvia meu grito desesperado de "Preciso de uma reunião!". Ela uma vez me disse: "confie no processo", e esse agora é o meu mantra nos momentos difíceis. Embora ela não pense assim, esses livros não teriam acontecido sem a ajuda dela.

Sempre faço questão de agradecer à equipe da Bookouture por seu contínuo entusiasmo por Kim Stone e suas histórias. Em particular, à incrível Keshini Naidoo, que não desiste até que os livros alcancem todo o seu potencial.

Um agradecimento especial à inacreditavelmente impetuosa e obstinada a Lorella Belli, que continua vendendo os direitos estrangeiros das histórias de Kim Stone e já conquistou catorze territórios até o momento.

Agradeço à família de escritores da Bookouture, que não para de crescer. Cada um deles é único e talentoso. Seu entusiasmo mútuo é genuíno, criando um ambiente de amizade, aconselhamento e apoio. Caroline Mitchell é uma das editoras mais dedicadas e trabalhadoras que conheço, e tenho orgulho de chamá-la de amiga. Renita D'Silva continua a me envolver com sua prosa bela e expressiva.

Meus sinceros agradecimentos à minha irmã Lyn e ao seu marido Clive, e aos meus impressionantes sobrinhos Matthew e Christopher, que continuam me incentivando e apoiando nessa jornada.

Minha eterna gratidão a todos os maravilhosos blogueiros e resenhistas que reservaram um tempo para conhecer Kim Stone e acompanhar a história dela. Essas pessoas maravilhosas compartilham a plenos pulmões suas impressões com generosidade não porque são obrigadas a tal, mas porque amam o que fazem. Nunca me cansarei de agradecer a essa comunidade pelo apoio deles tanto a mim quanto aos meus livros; e um ou dois de seus membros apareceram nas minhas histórias (vocês sabem quem). Todos fizeram dos debates nas mídias sociais algo acolhedor e amistoso de participar. Sou muito grata a vocês todos.

Agradeço também a todos os meus fabulosos leitores, em especial àqueles que reservaram um tempinho de seu dia para visitar meu site, minha página no Facebook, minha conta no Goodreads ou no Twitter, e, sim, agora sei que a comida do *Bull and Bladder* é ótima!

Por fim, um agradecimento muito caloroso às adoráveis moças das minhas bibliotecas locais. Em particular Rachel Hamar, da Stourbridge Library, e Shazziah Rock, da Cradley Heath Library. Visitar e conversar com seus amáveis leitores é uma recompensa sempre bem-vinda.

Este livro foi composto com tipografia Adobe Garamond Pro e
impresso em papel Off-White 70 g/m² na Formato Artes Gráficas.